EL ANILLO DE ATILA

Albert Salvadó

A mis tres hijos: Meritxell, Laura y Miquel
Con la esperanza y el deseo de que puedan
construir un mundo mejor.

ISBN: 978-99920-1-931-3
Depósito legal: AND.205-2012

© **Albert Salvadó** ®
www.albertsalvado.com

Diseño de la cubierta: Sarabia Photo

ÍNDICE

EL IMPERIO ROMANO

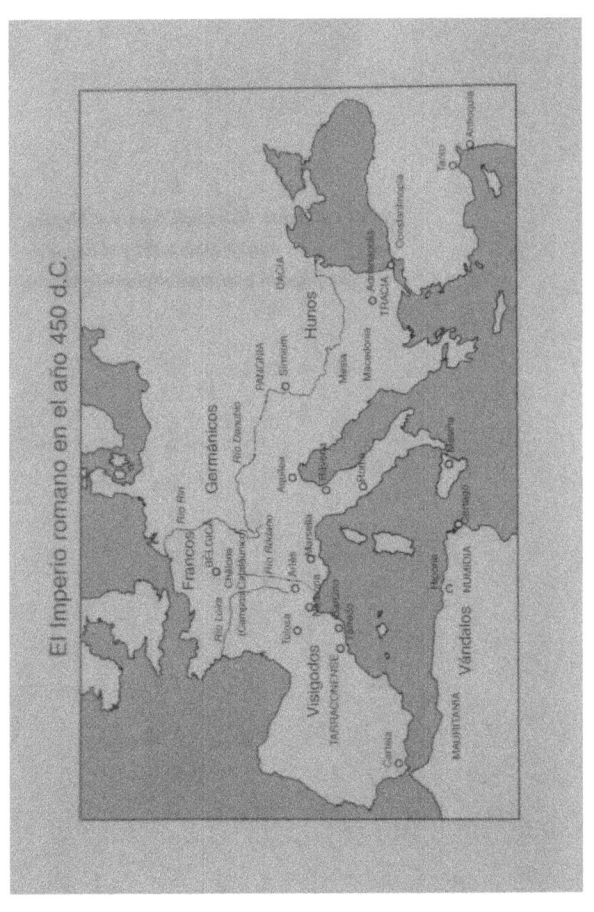

ÁRBOL GENEALÓGICO DE GALA PLACIDIA

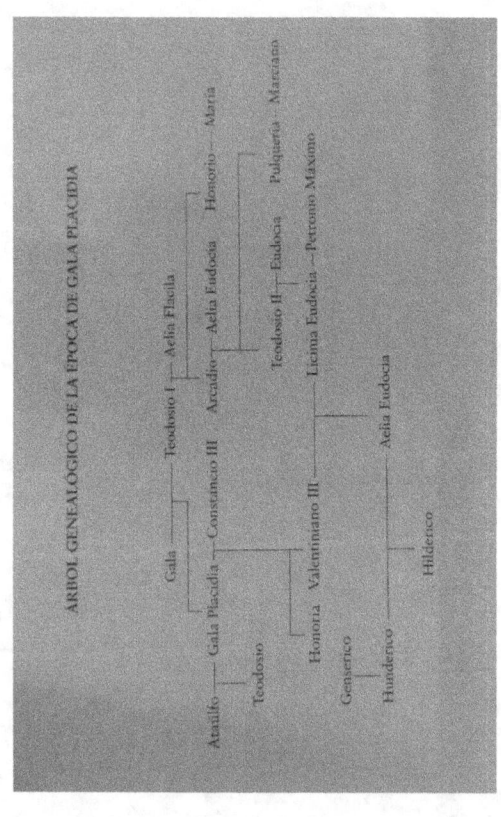

CARTA DEL SENADOR SEVERO AL PREBOSTE PABLO OROSIO

Querido Pablo:

Recibí tu carta con gran alegría. En ella no me cuentas cómo has conseguido localizarme, aunque es un detalle que carece de importancia. La verdad es que la recibí hace tres meses, nada más desembarcar en Tarraco, y me causó una gran felicidad porque no tenía noticias tuyas. Ni siquiera sabía si estabas vivo…

Es muy loable que hayas seguido los consejos del obispo Agustín, que Dios tenga en su gloria, un hombre santo y un sabio como pocos han existido, y dediques la mayor parte de tu tiempo a escribir una historia universal. Falta nos hace. No sé si podré ayudarte, porque en tu carta deduzco que vives convencido de que el desastre de Roma se debe al paganismo y que la grandeza del Imperio implica la miseria del resto del mundo civilizado. Yo, al contrario que tú, creo que somos nosotros que llevamos en la sangre el germen de la destrucción desde el mismo día de nuestro nacimiento.

Me pides que te explique cuanto ha sucedido. No he podido hacerlo hasta el presente, porque ha sido una tarea larga y difícil (sobre todo difícil) y he invertido más tiempo del que había imaginado, pero finalmente he concluido un relato que recoge el poso de mi memoria.

Ya hace años, muchos años, ¡demasiado tiempo!, que tú y yo no hablamos y siento mucho que los médicos te prohíban viajar. Poca cosa ha cambiado aquí, desde que nos abandonaste para huir de los suevos y te marchaste a Hipona. Lástima que no coincidiéramos durante mi estancia en el norte de África. Tarraco sigue siendo la ciudad acogedora de siempre y las representaciones en el teatro son tan ricas como cuando tú estabas. El actor Eutico, a pesar de ser un visigodo educado entre bárbaros (perdona, he olvidado que tú también eres visigodo), ha demostrado que posee buenas dotes de recitador y cada vez me maravilla con un texto repetido mil veces, que debería matar de aburrimiento. Sin embargo, él añade pequeñas inflexiones de voz que lo transforman y le otorgan un nuevo aliento de vida.

Tú y yo somos los restos de un pasado ya perdido y me gustaría que nos sentásemos juntos en las gradas para escuchar los versos y, después, poder caminar sobre la arena de la playa y acabar con el rumor de las olas, hablando, dialogando, porque ya no somos jóvenes y no podemos correr como en otros tiempos ni zambullirnos en las cálidas aguas del Mediterráneo. Sin embargo, podríamos conversar sin acritud, sin vehemencia, con el deseo de encontrar explicaciones y la esperanza de entendernos.

La casa, que fue propiedad de mi abuelo, luego de mi padre y ahora mía, ocupa el pequeño promontorio cerca del teatro, tal como la conocías de niño, cuando jugábamos juntos, pero ella también ha crecido con el paso del tiempo. Primero (¿Recuerdas?), cuando éramos un par de mocosos, únicamente cinco habitaciones rodeaban un pequeño patio que hacía las veces de huerto. Las sucesivas ampliaciones han transformado aquel rincón en verdadero peristilo. Las habitaciones han retrocedido y han aparecido las columnas que sostienen el porche rectangular, mientras que el número de habitaciones se ha doblado y un pasillo conduce al baño, a la cocina, a las habitaciones de los criados y a los almacenes. Con el paso de los años, el atrio ha adquirido generosas dimensiones, en parte a cielo abierto, donde mi padre recibía las numerosas visitas que eran propias de todo senador romano que iba a provincias a pasar algunas temporadas. Creo que ya no haré más cambios. Los años nos transforman en seres conformistas y comodones, porque el exceso de energías perdidas nos obligan a buscar el reposo y a dejar que las nuevas generaciones tomen el relevo.

Acabo de decirte que poca cosa ha cambiado y no es del todo cierto. Hace unos días llegó un joven senador procedente de Rávena. El más joven de los senadores que nunca había visto. Más joven, incluso, que mi hijo Antonio, cuando comenzó. Te explico este detalle porque él, por azar, ha sido el encargado de poner punto y final al relato de mis memorias. Y lo ha hecho sin saberlo, con el ofrecimiento más increíble que puedas imaginar.

Ahora, mientras escribo estas palabras, el mar permanece en calma, unos barcos abandonan el puerto y tan sólo unas diminutas nubes se atreven a manchar el inmenso azul del cielo. Abajo, junto a la playa, el mercado respira vida y la gente se mueve con la parsimonia que otorga el clima templado. Imagino que aún nadie está al corriente de la desgracia que se cierne sobre el Imperio. Todavía vivo la ilusión de que todo sigue igual y que nada puede estorbar la paz que (creo) Dios me ha concedido, sin que mis méritos sean suficientes para merecerla.

Por suerte ya habremos muerto cuando la historia nos juzgue y nos pregunte ¿qué habéis hecho, desgraciados? Por fortuna no deberemos dar cuentas de cómo hemos hundido todo un imperio y cómo hemos conseguido que Roma deje de ser la capital del mundo civilizado. Cuando menos, a nuestros descendientes, porque de dar cuentas a Dios no nos escaparemos. Y todo por ese afán de poder que nos ha engullido.

A ti, amigo Pablo, te han encomendado la noble tarea de perpetuar la historia en los volúmenes y yo he hurgado en el pasado y he buscado el recuerdo de cuanto mis ojos han visto y mis oídos han escuchado, de todas aquellas decisiones que han contribuido al desastre a que nos hemos visto abocados. En tu carta dices que he disfrutado de una posición privilegiada y que he sido el mayor espectador de la historia. Es posible que sea cierto, pero puedo asegurarte que no ha representado ningún privilegio, sobre todo cuando veo el precio que he tenido que pagar. ¡Demasiado grande! Vuelvo la vista atrás y contemplo los cadáveres que jalonan el camino que he ayudado a trazar, y no puedo esquivar la responsabilidad que por justicia me corresponde. Ya soy demasiado viejo para ello.

He tardado más de lo previsto porque la tarea era ardua y pesada. Quería relatar los hechos, tan sólo los hechos, pero, por más que lo he intentado, no he podido dejar a un lado los sentimientos que han llenado mi corazón. O, mejor dicho, los sentimientos que lo han vaciado hasta no dejar nada, porque no podemos olvidar que, mientras que la generosidad llena, la codicia vacía. En este escrito hallarás pensamientos que pueden ofenderte, detalles íntimos que pueden estropear la idea que puedas tener de mí. Te pido disculpas, pero ¿qué sería de la historia, si le robamos la sinceridad?

A partir de aquí, amigo mío, borra cuanto hayas de eliminar y transforma la historia en la crónica fría de los hechos fríos que han helado el corazón de Roma hasta acabar con ella por siempre jamás o, por el contrario, añade los pensamientos y los sentimientos y procura que la hoguera perdure a través de los tiempos y llegue a nuestros descendientes, que ya no sé ni quién ni qué serán. Contemplo a mi nieto y veo en él un visigodo, más que un romano. Paseo por Tarraco y descubro que sus calles han perdido el aire marcial de nuestros tiempos. Otros rostros, otras voces, otras lenguas ocupan las plazas. ¡Todo ha cambiado tanto!

Junto a este escrito, te mando todas las cartas, tanto las que recibí de mis hijos como las que guardo de Julia, mi amada esposa, y todos los documentos que he preservado todos estos años, sin saber a ciencia cierta la razón que me ha impulsado a mantener vivos unos recuerdos que me afligen. En ellos podrás comprobar que cuanto explico, a pesar de que hay algún pasaje que no he vivido directamente, es cierto. De los documentos, que llegaron a mis manos gracias a los cargos desempeñados podrás extraer mucha más información que te permitirá completar los agujeros que las vivencias personales no pueden llenar. Espero que, en tus manos, sirvan para perpetuar la historia de un imperio que no hemos sabido conservar, que hemos acabado por hundir.

Amigo, buen amigo, todo lo que de bueno y noble queda en mí (si es que aún no se ha agotado por entero) es para ti. Sólo me resta esperar el fin de mis días junto a los pocos parientes que esta locura me ha permitido conservar.

Únicamente te pediré que cuando escribas en los libros de la historia, procures no ser demasiado duro con todos nosotros. No fuimos capaces de hacerlo mejor y, por desgracia, aprendemos con la experiencia y, a menudo, la lección llega tarde.

Quisiera, también, que este escrito fuera mi confesión final. Procura que tus oraciones sirvan para que Dios me otorgue la gracia de su perdón, a pesar de que durante toda una vida no han sido demasiadas las ocasiones en que he dirigido mis ojos hacia Él.

Sinceramente, recibe el testimonio de mi profunda y eterna amistad.

Severo

1 - DOS GENERALES Y UNA EMPERATRIZ

Si tuviera que escoger dos de entre todos los generales de los últimos tiempos, indudablemente los nombres serían Aecio y Bonifacio. A los dos les conocí y a los dos les serví. Y a su servicio, corriendo por estos mundos de Dios, no vi nacer a ninguno de mis tres hijos. Julia parió a Serena, la mayor, en Tarraco, mientras yo estaba en África, en Hipona; Marcos, el primogénito de los varones, vio la primera luz en Rávena, en la casa que teníamos cerca del palacio imperial; y Antonio nació en Roma, en la Ciudad Eterna, en casa de Sara, la hermana de Julia. Y él, como ya sabes, es el único que entró de lleno en la política. No sé si existe alguna relación, pero puedo jurar que desde pequeño llevaba en la sangre el placer de la discusión y es la vida que le guió hasta el senado, impidiéndole que siguiera los pasos de su hermano. Sin embargo, lo que sí es cierto es que en todas aquellas ocasiones, bien por una razón u otra, siempre me encontraba lejos de casa y cuando, por fin, decidí que había llegado el momento de sentarme un rato y reflexionar junto a los míos, Antonio ya había cumplido diez años y Serena ya era toda una mujer, mientras que Marcos se había convertido en soldado.

¡Bien! A ti, todas estas cosas no te interesan. Sí, como amigo, pero no como historiador. Sin embargo no puedo separarlas del resto, porque es mi historia.

Tenía que escoger un punto de partida y no ha sido fácil. Primero he pensado iniciar este relato con mi nacimiento, que tuvo lugar en Tarraco porque mi madre, en el cuarto mes de gestación, se sintió indispuesta y no regresó a Roma con mi padre, el senador Antonino, hijo de Braulio, sino que se quedó con la abuela y, siguiendo los consejos del médico, esperó pacientemente mi llegada echada en la cama y en compañía de sus otros tres hijos y hermanos míos. En aquel tiempo el emperador Honorio había sucedido al gran Teodosio al frente de Occidente, mientras que Arcadio lo había hecho en Oriente. Sin embargo, de aquella época sólo puedo destacar el desgraciado incendio que costó la vida a mi hermano mayor Juvenio y que sumió a mi madre en una depresión que nunca pudo superar, por lo que se quedó para siempre en Tarraco y de allí no se movió hasta el día de su muerte, cuando yo tenía diez años. Además, este episodio lo conoces muy bien, porque tú estabas y no te aportará ninguna novedad. Juvenio era el preferido de mi madre y contra estas inclinaciones poco podemos hacer, a pesar de que a mí también me amamantó y me sostuvo entre sus brazos, prodigándome las caricias que toda buena madre dedica a cualquiera de sus hijos.

Después he pensado que sería más acertado iniciar la historia cuando fui a vivir a Roma y entré en la escuela militar, pero, si dejo a un lado las aventuras y las anécdotas, poca cosa podría añadir, porque a mi padre casi no le veía, mi otro hermano Lépido ya era soldado y había sido destinado a Aquitania y la única que me cuidaba era mi hermana Emilia, pero ella no estaba al tanto de los avatares del Imperio y las conversaciones se limitaban a temas banales.

Siguiendo la cronología de los hechos, he realizado un salto para buscar el momento en que dejé la escuela y me integré plenamente en el ejército. Este cambio me permitía dejar atrás la adolescencia y alcanzar la etapa de la vida que nos otorga responsabilidades. Emilia, por su lado, se casó con Hircio, un mercader medio griego medio romano, y se fue a vivir a Constantinopla, donde también murió cuando daba a luz a su primer hijo, que tampoco sobrevivió. El clima, por lo que se ve, no fue benigno con ella. Y yo me vi convertido en hijo único, por obra y desgracia de la noticia que nos llegó al año siguiente. Lépido había caído en un enfrentamiento con los ostrogodos que intentaban establecerse en la Galia.

Mi padre, ya mayor y con un corazón maltrecho y muy delicado, decidió que había llegado el momento de dejar paso a las nuevas generaciones y tomó sus dos últimas grandes decisiones. La primera casarme con Julia, hija de Mario Andrea, magistrado de la corte de Roma, hombre rico y poderoso. La segunda, me nombró su heredero universal. Y una vez concluidas sus voluntades, se retiró a su amada Tarraco y esperó pacientemente a que le llegase la hora de encontrarse con mi madre, infortunio que nos atrapó pocos años más tarde.

Como puedes ver, Julia y yo no nos casamos por amor, sino que nuestro matrimonio fue fruto de un acuerdo entre padres, sin que en ningún momento pudiera manifestar mi parecer. Es la costumbre de Roma y el amor cristiano nada ha podido hacer para cambiar una situación que hemos heredado de nuestros antepasados.

¡Ah, Julia, Julia, Julia! Era dulce y abnegada, buena cristiana y temerosa de Dios, pero también era capaz de concederme cualquier placer y comprender todas mis debilidades, que eran muchas porque nunca he sido un buen cristiano. Mi padre había abrazado esta religión al descubrir que le era más favorable de cara a establecer buenas relaciones con la mayoría del senado. Siempre me decía: si quieres hacer carrera, busca una buena sombra bajo la que cobijarte.

He de reconocer que en los primeros tiempos no nos veíamos mucho mi esposa y yo a causa de mis destinos siempre precarios. Y es que los primeros pasos de la carrera del soldado no están demasiado en armonía con la vida familiar, porque la necesidad de escalar peldaños te llevan siempre de un lado para otro, lejos de casa, con otras pieles que te abrazan para consolarte de las carencias. No, no y no. No son las mejores circunstancias para establecer una relación firme.

Quizás, ésta es una de las razones por las que yo no sentía hacia ella la misma devoción que ella hacia mí y me fui acostumbrando a la vida aventurera que me permitía disfrutar de experiencias de todo tipo, sabiendo que siempre tenía un lugar adonde regresar y unos brazos que me acogerían de buen grado. ¡Ya lo creo! Puedo afirmarlo sin temor a errar. Cuando volvíamos a encontrarnos, no perdíamos el tiempo. Julia era toda pasión. En uno de mis retornos, sólo abrir la puerta, me quitó el casco y lo lanzó sobre los criados, que huyeron asustados. Entonces me miró y me abrazó ofreciéndome su boca y atrapándome la lengua. Me complació tanto aquel recibimiento que allí mismo la revolqué por el suelo y nos poseímos mutuamente entre gritos y resoplidos. ¡Qué placer, arrancarle el vestido! Aquella violencia me excitaba, me recordaba las doncellas que perseguía cuando acababa una batalla, que huían aterrorizadas hasta que las atrapaba y las sometía con la ayuda de mis soldados, para después entregárselas y contemplar cómo las penetraban, uno tras otro, mientras chillaban y chillaban hasta perder la voz y las fuerzas y quedar inertes y a nuestro entero capricho. Sin embargo, a diferencia de aquellas pobres desgraciadas, cuando Julia se excitaba, sus dientes se hincaban en mis hombros y me arrancaban alaridos de rabia que aún me empujaban más hacia ella, que aceptaba mis embestidas con los ojos fijos en los míos, desafiándome. En otras ocasiones jugaba conmigo. Incluso había llegado a atarme las manos a la cabecera de la cama y me excitaba para abandonarme en el último instante, cuando el mundo estaba a punto de explotar en mi interior. Entonces la insultaba y ella se reía de mí. Era un juego a caballo entre el placer y el dolor, una mezcla de frío y de calor. Un día conseguí liberarme cuando se apartaba, la alcancé, cayó boca abajo y la penetré por el ano. Me maldijo, pero le gustó, porque, luego, a lo largo de los años, lo repetimos muchas veces. Parecía como si con aquella intensidad ella quisiera suplir la cantidad y confieso que, una vez me establecí definitivamente, aquella pasión disminuyó para dar paso a la calma y la serenidad del hogar, porque ya no era lo mismo, porque la veía cada día. Pero en mi memoria siguen presentes todos y cada uno de mis regresos a casa, que ella sabía aderezar convenientemente

Perdona este inciso en la historia, amigo Pablo, pero no he podido evitarlo. Cada vez que pienso en el pasado, se me viene encima y... ¿Cómo puedo separar unos hechos de otros? Todos éramos Roma, ella nos cobijaba en su interior y todos la llevábamos dentro. De manera que sus vicios eren los nuestros y nuestros pecados construían el suyo.

¡Bien! Finalmente, he creído que, para no alargarme en demasía y para encontrar un comienzo a este desastre, lo mejor será arrancar con el enfrentamiento de los grandes generales y la participación decisiva de una mujer que nos ha marcado a todos.

Es curioso. Mi primera verdadera acción militar consistió en participar en la conquista de Rávena, la nueva capital de Occidente que había substituido a Roma. Y digo que es curioso, porque ya conoces que la última acción de mi vida pública también ha tenido lugar en Rávena, y también ha sido una batalla. Aunque muy diferente.

Honorio había muerto enemistado con su hermana Gala Placidia, que se vio obligada a huir y refugiarse en Constantinopla, y (ya se sabe) a río revuelto ganancia de pescadores. Juan, el primer secretario del difunto, se alzó en armas y se hizo con el trono imperial. Pero enfrentarse a una mujer es peligroso y, más aún, si son dos. Gala Placidia recurrió a su estimada prima Pulqueria, hermana de Teodosio II, cuando el emperador de Oriente le negó su ayuda, después de meses y meses de rogarle. ¿Y quién mandaba en Oriente? ¿Teodosio...? No, evidentemente. De manera que al usurpador Juan se le pusieron las cosas muy difíciles cuando el general Bonifacio me ordenó abandonar Cartago para atravesar la península italiana y unirme al ejército enviado por Teodosio a las órdenes de Ardaburius.

Viajé deprisa hacia el norte con los escasos tres mil hombres que comandaba y, nada más llegar a Rímini, me sorprendió la noticia de que la flota del general enviado por Teodosio había topado con una tempestad que dispersó sus barcos, y el propio comandante había caído prisionero del usurpador Juan que esperaba conservar su trono gracias a la alianza que Aecio le había prometido con los hunos, pero que no acababa de llegar.

Ardaburius fue tratado con distinción, tal como corresponde a un hombre de su posición. Sin embargo, el usurpador Juan cometió el error de dejarle demasiada libertad, creyendo que el general de Oriente se pondría de su parte, pero en el amor y en la guerra todo está permitido y el exceso de confianza puede resultar fatal.

Estuve reflexionando sobre cuál sería la decisión más acertada: regresar a Cartago o esperar la llegada de Aspar, el otro general, hijo de Ardaburius, que había viajado con la caballería por toda la costa del mar Adriático en compañía de Valentiniano, el aspirante al trono de Occidente, de su hermana Honoria y de su madre Gala Placidia, que gobernaría mientras durase la minoría de edad del sucesor de Honorio. Recuerda que, por aquellos días, Valentiniano no era más que un niño de seis años que había sido nombrado nuevo emperador de Occidente por orden y gracia de Teodosio. O mejor dicho: por decisión de sus tres hermanas Arcadia, Marina y, al frente de ellas, Pulqueria.

Conocía muy poco al usurpador. Le recordaba de haberle visto junto a Aecio en alguna ocasión. Pero los comentarios que me habían hecho sobre él no eran demasiado halagüeños. Decían que era ambicioso y cruel, y la verdad es que lo había demostrado, porque todos aquellos que habían puesto en duda su legitimidad estaban muertos. Claro que, bien pensado, Roma tiene mucha experiencia en casos similares.

Cuando casi había tomado la decisión de regresar a Cartago, porque poca cosa podía hacer con las escasas fuerzas con que contaba, me enteré de que Aspar ya estaba cerca, pero por el norte, y envié un mensajero. El consejo de Aspar fue esperar.

Aún no había transcurrido una semana que llegaron otros mensajeros con nuevas instrucciones. Ardaburius, aprovechando el exceso de confianza del usurpador, había conseguido que parte de la tropa cambiase de bando y se aviniese a abrir las puertas de Rávena nada más vernos llegar, a Aspar por el norte y a mí por el sur.

Sin más dilación, me puse en marcha y, la verdad, no encontramos demasiada resistencia. Las puertas, tal como estaba previsto, se abrieron a nuestro paso. Tampoco hubo demasiados muertos. Y... bien... Ardaburius, quizás, se excedió un poco con Juan. Sí... Creo que no era del todo necesario cortarle la mano y pasearlo en burro para que el pueblo le escupiera a la cara y lo insultase durante todo el trayecto hasta al circo de Aquilea, como tampoco era imprescindible montar el espectáculo que concluyó con su cabeza separada del cuerpo y clavada en la punta de una lanza. Pero... ¿Qué le vamos a hacer? Como decía Constantino el Grande, lo que está hecho...

La misma tarde Helión, patricio de Constantinopla, enviado especial de Teodosio, saludó la entrada de Valentiniano con el título de Augusto ante todo el senado. Aquel mozalbete, de pie, junto a su madre y con cara asustada, ya era emperador de forma oficial, tras haber recibido en Constantinopla el título de *nobilisimus* y en Tesalónica el de César. A una indicación de Gala Placidia aceptó la púrpura y la diadema y recibió las aclamaciones de los senadores como quien se sorprende por una lluvia inesperada. Incluso recuerdo que Mario, uno de mis oficiales, comentó que la princesa Honoria, apenas un par de años mayor, mantenía la cabeza más derecha y parecía asumir con mayor dignidad el papel que el futuro le tenía reservado. Me fijé y capté la determinación que manifestaba aquel rostro de sólo ocho años, muy parecido al de su madre, y aquella barbilla que se avanzaba dominadora, mientras los ojos se movían inquietos e intentaban abarcarlo todo, desde un extremo al otro de las gradas del senado. Me sorprendió sobremanera aquella muchacha. Lo confieso.

En la misma ceremonia se anunció el compromiso matrimonial del nuevo emperador con Licinia Eudocia, la hija del emperador Teodosio y de la emperatriz Eudocia. Valentiniano se volvió de nuevo hacia Gala Placidia e hizo un tímido gesto para atraparle la mano, pero una sola mirada fue suficiente para cortar el intento. Tenía que aprender que un emperador siempre estará solo.

Por aquel entonces no lo sabía, pero aquel anuncio no era otra cosa que la confirmación de un pacto entre mujeres. Teodosio, como siempre, supongo que sólo abrió boca para decir que sí. Era evidente que el pacto ya estaba acordado y bien atado desde hacía tiempo, desde la última conversación entre Pulqueria y Gala Placidia.

Aquélla fue la primera ocasión que pude contemplar a Gala Placidia de cerca y la recuerdo como si fuera ahora. Una mujer más que notable: nieta del emperador Valentiniano I, hija de Teodosio el Grande, prima de Teodosio de Constantinopla, hermanastra de Honorio, esposa del rey Ataulfo, esposa de Constancio III, madre de Valentiniano III e, indudablemente, verdadera emperatriz de Roma durante años. Pocas veces ha existido una persona tan predestinada como ella ni tan emparentada con la silla imperial. A ella, amigo Pablo, tienes que dedicarle una buena parte de tus escritos.

Gala Placidia no era muy alta, la cabeza bien derecha, su cuerpo era proporcionado, con unos pechos altivos que se mantenían firmes y unas caderas redondas y bien marcadas. Su rostro era noble, la nariz pequeña y simpática, la barbilla cuadrada mostraba su carácter fuerte y la frente alta acababa de enmarcar unos ojos grandes de mirada profunda que cambiaban al mismo tiempo que sus labios carnosos se alargaban para mostrar una sonrisa o para adoptar el rictus de la furia. Comentaban que poseía un carácter forjado en la lucha y el dolor y que no era fácil de convencer ni, menos aún, de doblegar, pero que tenía una buena dosis de inteligencia y que era suficientemente práctica como para saber cuándo había de retirarse.

Su enseñanza había arrancado con Alarico, cabecilla de los visigodos, saqueador de Dalmacia, Iliria, Macedonia, Grecia y Roma, donde capturó a Gala Placidia y se la llevó como rehén. Menos mal que el rey visigodo murió poco después de entrar en Roma y le sucedió Ataulfo. De aquí que la emperatriz de Occidente inició su carrera política con un curioso cargo: reina de los visigodos, pues Ataulfo se enamoró locamente de ella y se la llevó a Barcino. No podía ser de otra forma, porque cuando la conocí era hermosa como una flor, altiva, orgullosa, firme y elegante como una diosa, y eso que ya hacía más de diez años que el rey de los visigodos había muerto y dos que su segundo marido, el general Constancio, emperador a título póstumo, también estaba enterrado. Además, ella había parido tres infantes. Y, a pesar de todo, su cuerpo seguía despertando pasiones.

Explicaban que Ataulfo, aquel bárbaro, aquel rey sin una pizca de educación civilizada, fue su gran amor durante los cuatro años que vivieron en Barcino, ciudad que había arrancado la supremacía a Tarraco. Aún había gente que recordaba las lágrimas que Gala Placidia derramó a la muerte de su hijo, al que había puesto por nombre Teodosio en honor a su estimado padre, y, después, por el asesinato de su esposo a manos de la bestia que era Singerico, que también hizo matar a los seis hijos de Ataulfo habidos en un anterior matrimonio. Y no contento con tanto desenfreno, Genserico ordenó a la reina que caminase durante doce leguas delante de su caballo y la echó entre las esclavas, hasta que, siete días después, el pueblo se alzó en armas y le mató. Su sucesor Valia la condujo con honor hasta las puertas de Roma y la cambió por seiscientas mil medidas de trigo que Honorio ordenó pagar por haber liberado a su hermanastra.

Toda una historia que permite afirmar, sin ningún género de dudas, que aquella mujer había nacido para llegar muy lejos. La última vez que alguien tomó una decisión por ella fue cuando Honorio la casó con el general Constancio, un hombre ya mayor y un gran soldado pero sin el menor atractivo, con quien la obligó a compartir el lecho y con quien tuvo dos hijos, pero a quien nunca otorgó su amor.

Honorio reinó durante veintiocho años ignominiosos, repletos de actos luctuosos y extraños asuntos que llevaban a hermanos, tíos, y nietos a compartir la misma cama, mientras se preparaban secretas alianzas que significaban el infortunio de muchos. Incluso se decía que Gala Placidia y Honorio habían cometido incesto. Y supongo que no les faltaban argumentos para semejante afirmación, porque de todos eran conocidos los sospechosos abrazos que su hermano le dedicaba y habían podido contemplar con sus propios ojos cómo sus manos se colaban bajo la ropa de ella buscando el último de los rincones, o los besos largos y húmedos que dejaban marcas de chupetones en aquel cuello blanco e inmaculado, y cómo la respiración del emperador se alteraba cuando la miraba con deseo en sus ojos. Demasiadas evidencias, ¿no crees? Sobre todo conociendo los excesos de un hombre que en público loaba a Dios y en privado únicamente vivía para su placer.

Cuentan, también, porque yo no lo viví ni lo vi, que Honorio se enfadó con Gala Placidia a causa de Moravio. El eunuco del emperador era un ser intrigante que había adquirido una posición de privilegio merced a los favores comprados y vendidos a lo largo de los años y no podía permitir que la hermanastra del emperador estuviera por encima de él.

Amigo Pablo, me maravilla comprobar el papel tan destacado que los eunucos han desempeñado en los últimos tiempos de la historia del Imperio, por encima de senadores, magistrados, prefectos y de cualquier otra autoridad. Ellos, mutilados desde pequeños, convertidos en lo contrario de lo que deberían ser, se han revelado contra todo y contra todos y han tomado el poder desde la sombra. Engañada la naturaleza con la ausencia de las partes masculinas más vitales, imposibilitados para concebir ni parir hijos, porque el engaño no va más allá de una voz femenina, de unas carnes fofas y de unas formas redondeadas, su carácter pretende emular las intrigas de las mujeres hasta el extremo de superarlas y ridiculizarlas. Sin embargo, conocen el alma del hombre, porque albergan en su interior el espíritu de un macho, y saben cuanto deben hacer y lo que han de buscar, cómo deben moverse y cómo han de escurrir hasta la última gota de su víctima. Cuentan que Moravio, en el instante en que notaba que el emperador eyaculaba en su ano lanzaba las manos hacia atrás y le acariciaba bajo los testículos, mientras murmuraba tiernas palabras y conseguía arrancarle cualquier promesa. Fue así como ganó la partida a Gala Placidia, que procuró con ahínco recuperar el favor de su hermano, pero no pudo, a pesar de que también poseía más armas que todo un ejército. Puedo dar fe de que, cuando yo la conocí, conservaba intactas todas sus legiones, y puedo jurar que, si se me hubiese ofrecido, no la habría rechazado. Aquella mujer tenía un atractivo animal que la hacía deseable para cualquier ojo y era capaz de obtener cuanto ambicionaba, cuando lo deseaba y de quien le apetecía, sin ningún freno.

Bien, no puedo dejarme arrastrar por el dolor de los recuerdos ni por los remordimientos, y no quiero que veas en mis palabras ni una pizca de odio, porque ya he vivido demasiados episodios y he agotado todo sentimiento. Aunque también es cierto que no puedo esconder la vehemencia propia de quien ha contemplado decisiones absurdas y no ha podido hacer nada por impedirlas. O, peor aún, no ha tenido el valor de hacerlo.

Rávena era una ciudad grande que aún extendió más sus murallas cuando Gala Placidia fijó su residencia. Cualquier ciudad crece cuando una emperatriz la escoge para sentar su culo, porque necesita espacio para ventilar sus pedos. Así se expresaría Atila y, a pesar de su lenguaje bajo, vulgar y sucio, no andaría lejos de la realidad, porque centenares de sirvientes y miles de personajes oscuros tomaron al asalto el palacio de Rávena para estar cerca de la fuente del poder y conseguir favores y riquezas. Conocí un buen puñado. Algunos, incluso, venían a hablar conmigo fiados de que yo podía ayudarles en sus negocios y me ofrecían dinero a cambio de introducirlos en los pasillos de las salas de audiencia. Sólo para que los vieran. Con ello tenían suficiente y podían explicar que se encontraban allí por tal o cual razón y cerrar el negocio con el incauto de turno que se tragaba cualquier historia. En aquel juego entrábamos todos: desde el soldado de la puerta al oficial mayor. Todos éramos vendedores de lo que no poseíamos, capaces de manejar un poder inexistente, conocedores de quien nadie conocía, parientes imaginarios de alguien importante y alma de toda decisión.

Me quedé perplejo ante la cantidad de dinero que simplemente cambiaba de manos cada día, sin producir absolutamente ningún beneficio. Dinero sucio, que calificaba Bonifacio con desprecio, pero que yo acepté de buen grado y que me permitió acrecentar mi fortuna. Por desgracia mi padre había muerto y no podía alertarme de ciertos peligros que conducen a la pendiente de la corrupción.

Aecio llegó a Rávena al frente de un ejército de cincuenta mil hunos cuando Juan ya había sido ajusticiado. Fue una suerte inmensa, porque viendo la situación, el general decidió que lo mejor era unirse al vencedor y se dirigió a Arles para luchar contra los visigodos y restablecer la paz al norte de Occidente. En esta ocasión no tuve demasiado tiempo para conocerle.

Meses después recibí una carta de mi general en jefe en la que me ordenaba regresar a Cartago. Me supo mal perder la oportunidad de convertirme en un hombre inmensamente rico, pero no pude negarme. Allá quedaba Sebastián, su sobrino, al frente de la guardia imperial.

Julia, en aquellos meses, había venido a Rávena y ocupaba la casa que mi padre tenía cerca del senado, y que ya era mía. Serena ya despuntaba como una mujercita hermosa y la ayudaba en todo. Marcos había decidido que quería ser soldado, como yo, y la nueva capital era un buen lugar para comenzar su carrera. De manera que hablé con Sebastián, y Marcos entró en la escuela militar con una buena recomendación que le permitiría acceder a la mejor instrucción y a los puestos de oficial.

Cuando le comuniqué que regresaba a África, Julia se entristeció, pero yo había previsto su reacción y le regalé un anillo que había encargado a un artesano que conocía bien y que supo interpretar mi deseo como ningún otro. Era una pieza de oro puro con un par de palomos esculpidos sobre un nido. Dos pequeñas filigranas que son una verdadera obra de arte. Le agradó tanto aquel regalo que aquella misma noche quedó embarazada de nuestro hijo Antonio.

*** ***

En los dos años siguientes Aecio consiguió mantener quietos a los visigodos de la Galia, entre otras razones, porque recordaban que nuestra emperatriz había sido su soberana, y Bonifacio, por su lado, tampoco topó con demasiadas dificultades en África. Habíamos entrado en un período de bonanza que me permitió viajar en varias veces a Rávena, conocer a mi hijo Antonio, pasar algunos días con Julia y descubrir a un hombre que acabaría siendo vital para Roma.

Aecio era un joven general a quien todos respetaban. Quien le conocía bien explicaba que era capaz de mantenerse en pie cuando el último de sus hombres caía desfallecido. Caminador infatigable bajo la lluvia y el viento, sin comer, sin beber, sin abrir la boca y sin dormir, alcanzaba siempre su objetivo. El padre de Aecio, Gaudencio, ya había muerto. Un gran hombre, manifestaban. Había escalado puestos lentamente, hasta adquirir el rango de maestro general de la caballería. Pero no fue de él de quien Aecio aprendió a cabalgar, a disparar el arco y a lanzar la jabalina, sino de sus huéspedes, porque se pasó la mayor parte de su juventud haciendo de rehén. Gaudencio había consentido por el bien del Imperio que su hijo, después de permanecer con los visigodos, pasase a manos de los hunos en prueba de buena voluntad.

Ésta es una práctica muy corriente para asentar una paz con garantías ciertas o para ganar un tiempo precioso que sirve para rehacer los ejércitos o para buscar nuevas alianzas, mientras el enemigo permanece adormecido y confiado.

En una de mis visitas a Rávena coincidí con Aecio, que también se había desplazado desde Arles para informar a la emperatriz, y recibí una invitación para cenar con él.

Aecio era un hombre afable, con un rostro noble y agradable, capaz de sonreír con facilidad, hablador y simpático. No era demasiado alto, pero su cuerpo era proporcionado y transpiraba agilidad y velocidad. Me recibió con mucha cordialidad y la cena se alargó hasta altas horas de la noche. Me hizo muchas preguntas sobre África y acerca de Bonifacio y respondió a todas las que yo quise formularle, sin que en ningún momento tuviera la sensación de que me ocultaba nada ni que pretendía nada, excepto pasar una agradable velada y ofrecerme su amistad.

Recuerdo que vi en su brazo derecho, poco más arriba de la muñeca, en la cara interna, dos pequeñas cicatrices paralelas, muy curiosas, y me interesé por ellas.

Me explicó que pertenecían a su juventud, a la época en que estuvo con los hunos, cuando Roma lo ofreció como rehén. Ruas, el rey de todas aquellas tribus, decidió que le educaría con sus sobrinos Atila y Bleda, hijos de su hermano Mundzuk, muerto ya hacía tiempo.

Bleda se mostró indiferente, pero Atila le trató con desconfianza y le aceptó sin demasiado agrado. Decía que era un puerco romano y que como tal era un cobarde y un mentiroso. Tampoco es de extrañar. Los últimos emperadores no han sido muy afortunados en sus actuaciones.

Durante los días posteriores, se creó una fuerte rivalidad entre los dos jóvenes y Atila pudo comprobar que Aecio no era ningún melindroso. Su estancia entre los visigodos había fortalecido su cuerpo y su carácter hasta el extremo de que soportaba con estoicismo el hambre, el sueño y la fatiga y en aquellos días ya era capaz de caminar y caminar hasta caer rendido. Todas esas cualidades eran agradables a los ojos de Ruas que siempre le mentaba como un ejemplo a imitar, cosa que aún exasperaba más la rivalidad de Atila, que bajo ningún concepto podía competir con la educación del romano ni con las formas exquisitas que exhibía en cualquier ámbito.

Al contrario que Aecio, el perfil del rostro del sobrino predilecto de Ruas tenía forma de punta de flecha. Se iniciaba en el nacimiento del cuero cabelludo, bajaba por la frente en una línea recta hasta alcanzar el extremo de la nariz y se ahondaba de nuevo hacia la barbilla otorgando al conjunto una agresividad feroz coronada y enaltecida por la trenza de pelo que partía de centro del cráneo y caía hacia atrás hasta alcanzar su espalda. Y cuando el rostro se volvía, quien lo contemplaba descubría que las cejas formaban una sola línea, espesa, con los pelos revueltos que parecían discutir entre ellos y pelearse para poder sobresalir. Sus cejas constituían la frontera que separaba la superficie plana de la frente de unas cuencas hundidas que albergaban unos ojos pequeños, oscuros y duros, guardados por unos pómulos protuberantes y osudos mal disimulados por la barba rizada. Decían que, cuando se enfadaba, aquellos ojos se oscurecían más y más y su rostro adoptaba la mismísima imagen del diablo, momento en que infundía terror y nadie era capaz de predecir cuál sería el siguiente paso.

Una noche Aecio dormía en su habitación Todo estaba oscuro y sintió que la puerta se abría. Escuchó atentamente. Alguien se acercaba. Abrió ligeramente los párpados y escudriñó las sombras. Era Atila con la espada en la mano. Continuó en silencio, sin moverse. Atila se acercó a la cama y le puso la espada en la garganta, pero Aecio no reaccionó, sino que abrió los ojos, se quedó mirándole fijamente, esperó y, finalmente, Atila retiró el arma, le hizo un corte en la muñeca derecha y abandonó la habitación sin pronunciar palabra.

A la mañana siguiente, Aecio fue en busca de Atila, le mostró el brazo derecho y le preguntó:

—¿Qué significa este corte en la muñeca?

—Cuando la espada abandona la vaina nunca ha de regresar limpia. Así reza la ley.

—¿Y por qué no me has herido de verdad?

—La palabra de Ruas es la palabra de los hunos, y es sagrada —sonrió Atila—. ¿No has tenido miedo de morir?

—Soy vuestro rehén. Mi padre así lo ha aceptado. Si Ruas decide mi muerte, yo he de callar, porque la palabra del noble Gaudencio es ley —le desafió.

Aquella misma tarde Atila y Aecio se convirtieron en hermanos de sangre y la rivalidad que los había separado se mudó en la mayor y más fuerte de las amistades. Junto al fuego, los puñales abrieron la carne y las sangres se mezclaron para sellar un pacto eterno, dejando en Aecio la huella de una nueva cicatriz, de aquellas dos cicatrices que el general romano mostraba con orgullo.

Días después de aquella cena tan reveladora, Aecio partió de nuevo hacia Arles y yo regresé a Cartago, profundamente impresionado por aquel hombre y por su relato.

2 - UNA TRAICIÓN

Siempre he considerado a Cartago, y aún lo hago, como la tierra más rica que jamás he conocido. Y supongo que tú estarás de acuerdo conmigo. No me llevé a Julia, ni a ninguno de mis hijos, porque representaba un destino temporal. Y lo fue al comienzo, a pesar de que he de confesar que me habría quedado para siempre, porque la vida en el norte de África era un regalo constante. Los graneros de todas las ciudades, desde la propia Cartago hasta Hipona y mucho más allá, estaban perpetuamente llenos a rebosar y las ramas de los olivos aparecían tan abarrotadas de aceitunas que casi se arrastraban por los suelos, obligando a los propietarios a contratar más jornaleros, mientras los fabricantes de aceite buscaban más brazos que mantuviesen las prensas y los barcos sólo se detenían el tiempo necesario para cargar las bodegas y partir. No es extraño que todos dijesen que Cartago era el granero del universo. Siete provincias, a cuál más fértil, se extendían bañadas por el Mediterráneo y los cereales y los olivos ocupaban cada palmo de terreno bajo el esplendor de un sol como nunca se ha visto en todo el Imperio.

Por lo que se refiere al arte, pocas veces ha existido una colección de obras tan vasta y tan prolífica como la de Cartago, la Roma africana, tal como la llamábamos todos, donde los artesanos tenían tanto trabajo que debías rogarles para que te escucharan y pagar verdaderas fortunas para conseguir que dejasen una ocupación y se dedicaran a tu encargo. No tengo que recordarte que esa ciudad magna, rica y poderosa brillaba especialmente por sus juegos en el circo y por la grandeza de sus teatros perfectamente integrados en una arquitectura majestuosa que cobijaba las escuelas los gimnasios, las tertulias y las discusiones filosóficas más profundas.

Era, sin ninguna duda alguna, la ciudad más opulenta de todas las del norte de África y buena parte del Mediterráneo, y la más liberal, porque entre las disputas donatistas y la ortodoxia esgrimida por Agustín, obispo de Hipona y gran amigo y confidente del general Bonifacio, había nacido una moral muy peculiar que permitía convivir con cualquier creencia y, tal vez, era el único lugar que conservaba la antigua costumbre de separar placer y obligación, sexo y matrimonio. Desde que Escipión el Africano la reconstruyó a partir de las cenizas, las casas de las cortesanas y sus harenes eran famosos en el mundo entero. Incluso, el propio conde, a espaldas de Lidia, su esposa, disfrutaba de un gineceo particular de concubinas que mantenía con discreción, y yo, tampoco lo negaré, era extraña la noche que me acostaba solo.

Como si fuese un contrapunto obligado, pocas leguas más al oeste se alzaba Hipona, con una moral estricta, unas costumbres basadas en las enseñanzas de su obispo Agustín y un arte religioso que era una perfecta muestra de su devoción y causa de la envidia de muchos otros prelados cristianos, que contemplaban cómo los monjes de Cartago podían ser insultados por la calle, mientras la fe de buena parte de sus habitantes permanecía adormecida. Y todo ello custodiado por las murallas que daban paso a uno de los mayores puertos de toda África.

En cuanto a nuestro trabajo, era escaso. Los moros no se movían de la sierra del Atlas, los donatistas ya habían recibido lo suyo con Honorio, y los demás consideraban que, mientras pudiesen vivir en paz y llenar sus estómagos, no valía la pena ninguna revuelta. Era un oasis completamente alejado de los cambios sociales que habían tenido lugar en Italia, en la Galia y en Hispania, donde los esclavos y los labriegos se habían convertido en pobres desgraciados al servicio de los grandes terratenientes, entre los que me contaba yo. Sin embargo, la lejanía me impedía pensar en esos asuntos y no deseaba calentarme los cascos en lo que calificaba de absurdas comparaciones. La vida es para vivirla con plenitud y ¿hay algo más pleno que el placer? Si tú no tomas lo que el destino deposita en tus manos, otro lo hará. Ésta era mi filosofía, el norte de mi existencia y la única razón que me movía. De manera que me dediqué tranquilamente a compaginar la tarea militar con los negocios que muchos comerciantes me proponían para obtener beneficios adicionales, para quedar exentos de ciertos impuestos o para disfrutar de protección y escolta para sus barcos.

Una buena época, si sólo me fijo en las riquezas obtenidas. ¡Ya lo creo! Negocios fáciles y seguros que llenaban mi bolsa hasta reventar y que me permitían viajar a Rávena de vez en cuando con un buen cargamento de oro, plata y mercancías de todo tipo.

Pero, nada es eterno y aquella vida llegó a su fin.

Fue en otoño. Yo regresaba de Hipona con una columna de soldados. Dejé mi montura y me dirigí a tomar un baño, pero Bonifacio me llamó. La orden era imperiosa. Casi sin darme tiempo ni sacudirme el polvo del camino, corrí a palacio.

El conde permanecía sentado a la mesa del consejo militar y le acompañaban los oficiales principales: Afer, Mauricio, Plinio y Ántrax. Su gesto era grave y sostenía en sus manos un escrito que, nada más verme, me entregó.

Era una carta de Gala Placidia en la que le pedía que viajase a Rávena. Le decía que deseaba hablar con él, pero no mencionaba el motivo. La leí dos veces buscando algún detalle, sin saber a ciencia cierta qué. Contemplé los rostros de todos los presentes, sobre todo el de Mauricio, que era el más reflexivo y, finalmente, se la devolví con un gesto de extrañeza. Entonces me alargó otra nota.

—Acabo de recibir este mensaje de Aecio. Me alerta de que tras la carta de la emperatriz se esconde la traición —

me dijo, se quedó callado un instante y preguntó—: ¿Qué crees? ¿Puede ser cierto?

Ahora ya tenía sentido su gesto grave.

—No sé... —respondí sin acabar la frase.

—Tú conoces a Aecio —me cortó—. ¿Mentiría?

—No le conozco lo suficiente como para responder con certeza a tu pregunta —negué lentamente—. De todas formas, siempre puedes buscar una excusa para negarte y dejar que el tiempo y las próximas decisiones te muestren la verdad.

Se quedó pensativo. Bonifacio había sobrepasado los cuarenta años, era alto y vigoroso, con una mirada penetrante y directa. Su coraje se había convertido en leyenda y de todos era conocido que nadie le superaba ni en el campo de batalla ni en la cama. Aún así, ninguna de estas artes empañaba su fama de hombre justo y noble que no acepta de buen grado el juego sucio, a pesar de que sabe que hay que conocerlo y que, forzosamente, tarde o temprano hay que jugar con las reglas de los demás.

—Mauricio piensa como tú. Y Plinio también. Ántrax es el único que me aconseja ir, que negarme podría tomarse por una traición —contestó en voz baja, más como reflexión que como respuesta.

—¿Salvar una provincia se considera traición? —pregunté.

—Tienes razón —respondió Bonifacio, aceptando mi sugerencia, y nos rogó que le dejásemos solo.

Aquella misma tarde un emisario embarcó con una carta dirigida a Gala Placidia. Un foco de resistencia de los donatistas era la excusa para no viajar a Rávena.

Naturalmente, quedaba a total disposición de los deseos imperiales y le manifestaba su devoción. Me pareció acertado. Pero, Ántrax negó con la cabeza y chascó la lengua en señal de desaprobación.

—Pero, ¿qué ves? ¿Fantasmas? —me reí de él.

—Huele mal —respondió—. Las anteriores cartas de la emperatriz eran más cálidas.

—¿De amor, quizás? —aún seguía riendo.

—Más cálidas —repitió, se dio la vuelta y me dejó solo.

Unas cuantas semanas después, cuando ya habíamos olvidado el incidente, apareció por el horizonte la flota imperial de Occidente y empezaron a desembarcar las primeras fuerzas en África al mando del general Amedio. No venían como amigos, precisamente. Bonifacio no entendía nada de nada. Y yo, menos todavía. ¿Qué había sucedido en Rávena?

—Las mujeres son imprevisibles y locas —no paraba de quejarse Bonifacio—. Aecio tenía razón.

—Quizás sí —dijo Ántrax—. Pero, ahora, él mismo se enfrenta a nosotros. ¿Por qué?

—Porque tiene que obedecer a la emperatriz —le disculpó Bonifacio.

—Pues, no lo entiendo —replicó Ántrax.

Secretamente envié una carta a Julia en la que le ordenaba que abandonase la capital y regresara a Tarraco. Y no me sentí tranquilo hasta que no me llegó la noticia que había embarcado en Livorno con nuestros hijos y había conseguido atravesar el Mediterráneo y alcanzar las costas de la Tarraconense. Allá teníamos muchos parientes y amigos, tierras y casas. El único que se quedó en Rávena fue Marcos. Si se lo hubiese llevado, habría despertado sospechas. Aún así, si aquello se alargaba, ya buscaría la manera de que Marcos se reuniese con ella, y pensé en escribir a Sebastián, pero no lo hice. Era demasiado peligroso.

Las primeras victorias a cargo de Afer y Plinio nos llenaron de satisfacción. Yo no participé, sino que me quedé en Cartago organizando las defensas. Bonifacio se mostraba preocupado. La capacidad y las dotes de buen militar del conde estaban muy por encima de las del general Amedio, pero, cuando reflexioné, me di cuenta que era evidente que no podríamos resistir eternamente, como tampoco podíamos menospreciar a Aecio, que contaba con los poderosos hunos como aliados y con una inteligencia digna de todo respeto. Entonces mi general apuntó la posibilidad de pactar con los vándalos que se habían establecido en Hispania y tomarlos como aliados.

—No me fío de ellos —le dije—. Les conocemos muy poco y es gente salvaje. Tengo entendido que Honorio los toleraba, pero también les temía.

En pocos años los vándalos habían dejado las heladas tierras del norte y habían alcanzado las costas del estrecho de Gibraltar, ocupando Corduva, Hispalis, Gades y Carteia. Godigisel era, justamente, quien había abandonado las tierras del Rin y había conducido a sus hombres hasta la calidez del clima mediterráneo atravesando la Galia y estableciéndose en Hispania, después de luchar contra todas las tribus. Honorio, viendo que era imposible expulsarlos de sus dominios, les propuso constituir una federación con el Imperio y les permitió gobernar buena parte de la Cartaginense y toda la Bética, desde Valentia hasta Onoba. No era el mismo caso que los visigodos y no compartíamos una historia común, como la de Gala Placidia, que nos permitiese fiarnos de su lealtad.

Mauricio fue el encargado de aquella misión y las conversaciones se iniciaron con Gonderico, hijo y sucesor de Godigisel, que había derrotado a los suevos y los había confinado en Galicia. Padre e hijo eran hombres acostumbrados a la lucha y Gonderico, nada más acceder al trono, decidió que no se conformaba con las tierras cálidas de Hispania, sino que ambicionaba dominar el mar. Por esta razón estableció dos metas en su camino hacia el reino de las aguas del Mediterráneo: Mallorca y Menorca, las mayores de las islas Baleares. De manera que exigió a los hispanos que aún quedaban en la península que le proporcionasen barcos y preparó la expedición contra los que habían huido de la persecución de aquellas bestias humanas vestidas con pieles y se habían refugiado con sus tesoros.

¡Pobres desgraciados! Los hispanos que no se sometieron habían cometido el error de encerrarse en una isla sin contar con suficientes hombres ni con unas defensas seguras, y Gonderico no quería perder la ocasión. Mauricio regresó sin ninguna respuesta clara. Cuando el rey de los vándalos acabase con los hispanos, ya hablaríamos. Éste era el mensaje.

Bonifacio recibió con preocupación el poco interés de Gonderico por nuestro dinero. ¿A quién podía recurrir? A nadie más, porque al este se encontraban las fuerzas del Oriente que ayudaban a Gala Placidia y al sur no había más que hombres salvajes. Sin embargo, la vida siempre está llena de sorpresas y todo puede cambiar en un instante.

Cuando ya parecía que las conversaciones se habían roto y que Aecio tenía preparado un ejército para saltar sobre África, Gonderico murió y le sucedió su hermanastro Genserico.

El nuevo rey era hijo bastardo de Godigisel y de una puta que se abría de piernas ante el primero que le ponía la mano encima. El desgraciado había crecido entre humillaciones y había desarrollado un carácter violento que le conducía a cometer con los enemigos las mayores de las atrocidades, como si ellos fueran los culpables de su infelicidad. Los que le rodeaban, o los que habían de colaborar con él, le temían hasta tal punto que nadie con un rango inferior al suyo se atrevía a contradecirle, porque sus reacciones eran brutales.

En esta ocasión, Bonifacio me escogió a mí para hablar con el nuevo rey. Decía que poseo una buena capacidad de negociación y sé utilizar la palabra. Pero yo me preguntaba: ¿De qué sirve la palabra con un animal que no entiende otra cosa que no sea el lenguaje de las armas?

Crucé el estrecho de Gibraltar y los vándalos me recibieron en Carteia con muestras de simpatía. Genserico, tras escucharme, entendió que Mallorca y Menorca podían esperar y que África estaba tan cerca que casi la olía con sólo alargar la punta de la nariz. Su hermanastro había muerto joven, ninguno de sus seis hijos había alcanzado la edad necesaria para acceder al trono y no había un sólo general entre los vándalos con suficiente fuerza y falta de escrúpulos como para hacerse con el poder de la noche a la mañana. Le hablé de inmensas riquezas, de tierras fértiles y del precio que pagaríamos por sus servicios y así nos entendimos muy bien, porque le brillaban los ojos cada vez que escuchaba la palabra oro.

No era alto, lucía una larga trenza rubia, su rostro era duro, los ojos azules y la piel cosida por las cicatrices. Caminaba ligeramente ladeado como un barco con el peso mal repartido, porque su pierna izquierda tenía que adaptarse para compensar el resultado de un accidente de caballo. Su gesto era vulgar y carecía de la más elemental cultura. Comía como un puerco y reía como un bárbaro. No hablaba, sino que chillaba todo el tiempo.

Me dijo que sí, que él cruzaría el estrecho y se nos uniría, y yo acepté su palabra y regresé. No creía que fuera una buena compañía para llevar a cabo cualquier travesía, y así se lo comuniqué a Bonifacio.

—No tenemos más alternativa —me respondió.

Genserico no tardó en cumplir su palabra. Los moros, los habitantes de las regiones internas de Mauritania, que vivían a los pies del Atlas, contemplaron con cierta desconfianza su llegada desde Hispania, a través del estrecho de Gibraltar, con una fuerza de cincuenta mil hombres formada por vándalos, godos, alanos y suevos, súbditos y mercenarios que le seguían bajo la bandera de la promesa de que se harían con los tesoros que se escondían en las ricas y fértiles tierras del norte de África que a lo largo de la historia habían llenado una buena parte de los graneros de Roma.

Contraviniendo todos los pactos, Genserico, en un aparente exceso de celo, llegó a un acuerdo con los moros y los donatistas. Los primeros le tomaron por alguien que se enfrentaría al invasor y los segundos creyeron en su palabra de devolverles todas las riquezas y poderes que el emperador Honorio les había arrancado después de que Agustín, el obispo de Hipona, condenase con entusiasmo a los seguidores de su colega Donato de Cartago. Y todo por una discusión absurda (como todas las religiosas) sobre si los pecadores estaban excluidos o no de la Iglesia y si los sacramentos administrados por sacerdotes indignos eran válidos.

Disculpa que hable de esta manera, con tan poco respeto, pero habrás de convenir conmigo que aquella postura tan cerrada significó muchas muertes, muchos ultrajes y demasiada violencia sin sentido, hasta convertirse en un inmenso abismo de incomprensión que separaba a unos y a otros y que ni el sínodo romano de Letrán ni el concilio de Arles pudieron aclarar y, menos aún, las disposiciones del emperador Honorio ni los escritos del obispo Agustín, siempre atento a las herejías.

Creo, sinceramente, que la religión cristiana ha traído a Roma, junto a grandes virtudes, discusiones absurdas que han ahogado en sangre muchas familias. Estoy más que convencido de que Constantino, el gran emperador, no nos hizo ningún favor ensalzando nuestra religión por encima de las demás. Mientras Roma aceptó e, incluso, adoptó con liberalidad cualquier dios, el Imperio se mantuvo fuerte aún en las peores épocas. Soy cristiano, naturalmente, pero no hipócrita y no voy a tapar los errores cometidos.

Pero olvidemos el tema. No voy a perder el tiempo en disquisiciones religiosas ni recordar las barbaridades que tuvieron lugar a un lado y a otro, olvidando que todos somos cristianos. Además, no poseo ninguna autoridad para discutir sobre esta cuestión. El hecho es que Genserico, con semejantes aliados, encontró las puertas de la Mauritania Tingitana abiertas de par en par y entró sin pedir permiso.

¡Dios mío! Aquello fue el gran desastre. Sin embargo, no fuimos conscientes del alcance hasta que el general Darío vino a África para entrevistarse con Bonifacio. Eran amigos y Darío le había defendido ante Gala Placidia y había obtenido el permiso de la emperatriz para visitarle y hablar con él. Yo asistí a aquella reunió.

Aún recuerdo la mirada de Bonifacio, absolutamente perdida, incrédulo ante la carta que Darío le mostraba. Y también recuerdo los gestos de asentimiento de Ántrax. Él había previsto la traición y no le hicimos el menor caso.

—¿Entonces, todo es una maniobra de Aecio? —preguntó Bonifacio, con rabia contenida.

—Así es —respondió Darío—. Conspiró contra ti y le dijo a la emperatriz que ibas a traicionar el Imperio y quedarte con África. Gala Placidia no se lo creía y Aecio le propuso una sencilla prueba. No tenía más que pedirte que regresaras a Rávena sin mencionar el motivo para probar tu lealtad y apuntó que te negarías porque ya habías tomado una decisión y ya habías establecido tu reinado. Ésta sería la prueba de tu traición. La emperatriz cayó en el engaño, te escribió la carta y Aecio te hizo llegar un mensaje falso. Cuando tú te negaste, ella dio crédito a las palabras del general.

Darío abandonó Hipona con una carta para Gala Placidia. Bonifacio, en aquellas líneas, mostraba su arrepentimiento y rogaba su perdón. Le habría gustado entregarla personalmente, pero entonces existía una buena razón para quedarse. Genserico había conquistado la Mauritania Tingitana entera, casi toda la Mauritania Cesariana y estaba a punto de entrar en Numidia. Si nos marchábamos, perderíamos África.

*** ***

Las noticias que nos llegaban del lado del invasor eran espeluznantes. Una mujer que había huido del terror nos explicó que Genserico se había plantado ante Cesarea y había exigido su inmediata rendición. Prócer, el gobernador, se negó. Entonces, el rey vándalo lanzó a sus hombres al ataque y no se detuvo hasta conseguir la victoria. Una vez entró en la ciudad, ordenó ajusticiar cinco habitantes por cada uno de sus soldados muertos, y no hizo distinción entre jóvenes y viejos, hombres o mujeres, niños o niñas. Con cara de horror, aquella pobre desgraciada nos explicó que las calles se llenaron de cadáveres y que Genserico no puso freno a la barbarie de los donatistas ni de los moros. Al contrario, él, personalmente, torturó y descuartizó a quienes podían esconder los mayores tesoros hasta obligarlos a hablar. Ella había presenciado cómo tomaban a su hija de ocho años y ante los ojos atónitos de su marido le cortaban primero la nariz y las orejas, después una mano, la otra y un pie, hasta que decidieron que quizás aquel hombre decía la verdad y no escondía ninguna riqueza. Entonces les mataron, a su hija y a su marido, y a ella la dejaron viva en medio del charco de la sangre que brotaba de las heridas de la niña.

Quedé horrorizado al ver aquellos ojos abiertos de par en par, secos, agotadas todas las lágrimas, hablando sin la más mínima inflexión de voz, como el niño que recita mecánicamente una lección, desorientada y sin escuchar las palabras de consuelo que Bonifacio intentaba transmitirle. Finalmente, Lidia, la esposa del conde, la abrazó con exquisita dulzura y se la llevó, mientras aquella mujer seguía hablando y hablando, repitiendo la misma historia una y otra vez. No hay duda de que había perdido el juicio.

Unas semanas después nos llegaron noticias de Cirtia, donde aquella bestia había ordenado llenar hasta rebosar más de quince barreños de cabezas cortadas, los había dejado cinco días bajo un sol abrasador y ,luego, había desparramado el contenido en mitad de la plaza, había congregado a los supervivientes y les había obligado a localizar a sus parientes y amigos, para, finalmente, hacerles besar los despojos que ya comenzaban a vomitar gusanos por todas las aberturas.

Era difícil creerse todas aquellas historias, que el propio Genserico engrandecía para enviar a sus mensajeros por los caminos a explicarlas. De esta manera, nada más pronunciar su nombre, la gente temblaba de miedo. Una táctica que resultó harto efectiva, porque muchos de nuestros hombres sudaban al divisar el polvo que se levantaba en el horizonte e imaginar que eran los vándalos que se acercaban. En diversas ocasiones asistí al triste espectáculo de pueblos enteros que huían en desbandada y no se detenían hasta descubrir que había sido un error, una equivocación de alguien que había confundido un rebaño con las fuerzas enemigas.

Una vez conseguida la paz con Gala Placidia, Bonifacio pudo dedicarse a intentar corregir una situación que adquiría proporciones inusitadas. Salimos de Hipona con un ejército de veinte mil hombres, muy inferior a las fuerzas de Genserico. Quizás en otros tiempos, cuando la disciplina era la piedra angular de Roma, habríamos vencido, pero nuestros soldados se comportaban como bárbaros. Habían perdido aquella formación cerrada que yo aún había contemplado cuando era pequeño y que avanzaba como una máquina perfecta que arrasaba cuanto encontraba a su paso. En lugar de ello, nuestros hombres se lanzaban a la lucha con un absurdo grito de guerra. El resultado fue la derrota y la retirada para salvar los restos y nuestras vidas. Nuestros hombres huían cagados de miedo y arrojaban las armas, que eran recogidas por nuestros atacantes.

—¡Qué vergüenza! —grité, junto a Bonifacio, enfadado, blandiendo mi espada, a punto de bajar la colina y lanzarme en medio de las fuerzas enemigas.

—¡Retirada! —ordenó Bonifacio.

Abandonamos el campo de batalla. Continuar allí habría significado un estúpido suicidio.

*** ***

Hipona se convirtió en nuestro refugio y allí, desde las murallas, pudimos comprobar que las historias que nos relataban sobre Genserico y su locura no eran ninguna invención.

Durante los meses siguientes, cada mañana, descuartizaban vivos tres prisioneros y desparramaban los pedazos delante de los muros. A los gritos desgarradores de aquellos pobres desgraciados que el destino había escogido con su macabro dedo había que sumar los pestilentes e insoportables hedores que emergían de los cuerpos podridos de los compañeros que les habían precedido y que nadie se atrevía a retirar. Un espectáculo como nunca había contemplado, casi el recuerdo de otros tiempos, de cuando en Roma y en todo el Imperio los leones se comían a los cristianos. Sin embargo, aquella barbarie, lejos de desmoralizarnos, aún nos alentó, porque teníamos la certeza de que si abríamos las puertas moriríamos todos, y resistimos a cualquier precio.

No sé si ya estaba escrito o si aquellas horripilantes visiones aceleraron el proceso, pero el obispo Agustín enfermó de gran debilidad.

Agustín era un hombre mayor y muy venerado por todos. Ya lo sabes. Sus escritos dejaban constancia de su dedicación plena a la religión cristiana, de su lucha contra los herejes (a menudo con agresividad) y de su pensamiento que alcanzaba con facilidad el corazón de la gente por su gran carga de sinceridad. Dicen que tuvo una juventud viciosa, y él no lo negaba, pero estoy seguro de que ya ni se acordaba y de que su vida de virtud había limpiado toda culpa anterior. Le conocí poco, y únicamente al final de su existencia. Dicen que fue un hombre notable y lo creo. A sus más de setenta y cinco años aún conservaba en sus ojos pequeñas chispas que en otro tiempo se adivinaban hogueras, y, a pesar de ser tan viejo, era capaz de pasarse horas y horas conversando o escribiendo pensamientos, oraciones y epístolas. «¿Por qué nos hemos de matar los unos a los otros, cuando Él dice que nos amemos?», exclamó poco antes de exhalar el último suspiro. Atrás quedaba la vehemencia con qué atacó a los donatistas, buscando la comprensión por encima de la pasión que ponía en la defensa de las consignas emanadas de Roma. Cerró los ojos para apagar definitivamente la luz que irradiaban una mañana soleada después de más de diez días de permanecer postrado en la cama, rezando por todos nosotros y pidiendo a Dios que iluminase nuestros corazones y nos otorgara la paz.

Ya hacía tres meses que Genserico permanecía a las puertas de Hipona y la gente del pueblo tenía miedo, mucho miedo, pero toda la ciudad se unió para rendir homenaje al hombre que acababa de morir y que había representado la hoguera que mantenía bien alta la fe de sus habitantes. La campana de la basílica no cesó su llanto en toda la tarde. Los vándalos estaban desconcertados. No entendían nada. Incluso enviaron a un soldado que se detuvo ante la muralla y gritó:

—¿Qué significa la campana? ¿Habéis decidido rendiros?

—Ha muerto el obispo Agustín, la luz de Hipona —le contestó el oficial.

A la mañana siguiente, inexplicablemente, nadie fue descuartizado, ni ninguna otra mañana, a pesar de que el asedio continuó.

Bonifacio lloró amargamente la pérdida de aquel amigo, porque para él representaba una pieza fundamental en su vida. Agustín le había movido a reflexionar en diversas ocasiones, le había pedido que abandonara a sus concubinas y retornase a la paz y el respeto del hogar. Intentó arrancarle la promesa de que el resto de su vida guardaría voto de castidad y no tan sólo lo consiguió en su lecho de muerte, sino que la esposa del conde, Lidia, también aceptó semejante imposición. Pero, por desgracia, Bonifacio, aunque era muy devoto, sentía una excesiva inclinación por el placer de la carne y las manos seguían el mismo camino que los ojos. Posteriormente, en alguna ocasión, cuando alguien le había recordado su promesa, él había sonreído y había contestado:

—La mejor forma de vencer la tentación es caer en ella —mientras le guiñaba un ojo.

En otra ocasión, él mismo nos había dicho que no podía dejar de joder porque era Dios que le había hecho hermafrodita y le había puesto un sexo entre las piernas y el otro perpetuamente en el pensamiento. Y el día que le recordé que los jovencitos que también calentaban su cama no eran del sexo contrario, él me respondió que un agujero caliente siempre es una buena madriguera para mantener a buen recaudo el gusanito.

El obispo Agustín fue enterrado bajo el suelo de la basílica, mientras Bonifacio ordenaba que todos sus escritos fuesen escondidos y preservados para el futuro. Si Genserico entraba en Hipona, nunca los encontraría. Y si nosotros conseguíamos escapar con vida, nos los llevaríamos a la península. Ésta fue la consigna, el último homenaje a un hombre que había librado toda su vida a un ideal y al Dios Eterno.

¿Cuántas vidas se habían perdido por culpa de una traición? En aquellos momentos sentí odio por Aecio y por la estúpida emperatriz que no había sido capaz de descubrir un engaño que dejaba todo el norte de África a merced de un animal que no se detenía ante nada, que tanto le daba la vida de un hombre como la de una mujer, la de un anciano o la de un niño, que sólo vivía para su codicia, para conquistar a cualquier precio, olvidando la palabra dada, que se regocijaba con el sufrimiento de los demás y buscaba en la punta de su espada la venganza por haber nacido hijo de puta.

3 - EL AMOR DE UN GENERAL

Once meses más duró el sitio. Once más tres, catorce. Durante aquel tiempo, la ruta del mar siempre permaneció abierta, de manera que recibíamos los barcos procedentes de Sicilia y no padecimos ni hambre ni miseria. No fue un milagro, naturalmente, sino que mucho tenía que ver, en este prodigio, la habilidad del conde Bonifacio para mover a los hombres entre los muros y el estrecho paso que nos permitía llegar hasta la playa.

Al otro lado, los vándalos habían quemado los campos en venganza por sus hombres muertos y ésta fue nuestra victoria y el motivo de que agotaran las provisiones y tuvieran que levantar el asedio, porque ya no les quedaba nada que llevarse a la boca. Era tan corta su inteligencia, tan limitado su conocimiento del arte de la guerra y tan absurdo su afán de destrucción que habían arrasado una tierra fértil y la habían despojado de toda su riqueza. Sólo eran capaces de ver el brillo del oro y no se dieron cuenta de que con su brutal actuación Numidia ya no volvería a ser nunca más el granero del universo. Los campos de cultivo se habían convertido en enormes extensiones de tierra estéril que tardarían mucho tiempo en recuperarse.

Fue entonces cuando Bonifacio entendió que podía haber llegado la gran ocasión y me envió a Rávena con un mensaje para Gala Placidia. Pero, prudente como era, ordenó a Lidia abandonar Cartago acompañada de su esclava Emilia y viajar a la península aprovechando la seguridad de mi escolta.

Lidia, alta y elegante, conocía el griego, había estudiado filosofía, era la perfecta anfitriona de toda fiesta y la esposa ideal de todo hombre importante. Julia y ella habían crecido juntas, en Roma y asistió a nuestra boda y frecuentó nuestra casa hasta que el conde, que había quedado viudo, la tomó por esposa y se la llevó al norte de África. En más de una ocasión, cuando la contemplaba, la imaginación se me escapaba y no entendía cómo el general podía sentirse inclinado a buscar conquistas fáciles que le costaban dinero y abandonar aquella diosa que haría palidecer a la propia Venus.

La travesía por mar fue rápida y sin incidentes y bordeamos Sicilia para enfilar la entrada del mar Adriático, donde me sentí más tranquilo y más seguro a la vista de nuestras costas.

Hasta aquel instante, Lidia y yo apenas habíamos intercambiado unas palabras, porque toda mi atención estaba dirigida hacia la posible presencia de algún barco enemigo, pero una vez el peligro había pasado, la tensión se relajó y pudimos hablar, cenar juntos, recordar tiempos pasados y hacernos mutuas confidencias, porque el aislamiento en mitad del mar, el rumor de las aguas, la compañía de la luna y las caricias de la brisa ayudan a crear una atmósfera de confianza y de complicidad. Era la primera vez que podía hablar con ella sin que nadie estuviera presente, sin que ningún otro hombre acaparase su atención. Tenía una voz dulce que me acariciaba y sonreía con un pequeño deje de tristeza que le otorgaba una brizna de misterio y aún la hacía más atractiva.

Al anochecer, después de haber entrado en aguas del Adriático, nos encontrábamos en el puente. Me acababa de decir que sentía mucho que Julia no estuviera en Rávena, que hacía tanto tiempo que no la veía... y, de pronto, sus ojos se cubrieron de lágrimas.

—¿Qué te sucede? —le pregunté.

—No le he dado ningún hijo y el obispo Agustín, tras todo este desastre, le ha convencido de que Dios le ha castigado y le ha arrancado la promesa que hará voto de castidad y que no tocará nunca más a ninguna otra mujer —me respondió.

—No creo que Bonifacio cumpla esa promesa —sonreí.

—Quizás con otras mujeres no, pero a mí ya hace días que no me toca y mucho me temo que ha decidido repudiarme.

—Él te ama —mentí. ¿Qué podía decir?

—Te agradezco la buena intención, pero Bonifacio quiere apartarse de mí —murmuró. Intenté replicarla, pero me cortó— Ésas son cosas que a una mujer no se le pueden ocultar, sobre todo si te han tocado en tan pocas ocasiones que casi podrías pasar por virgen —dijo con tristeza. Me sentía incómodo ante aquellas confidencias. Después alzó los ojos y me miró—. Julia ha tenido mucha suerte al encontrarte. Ella me explicaba que eres noble y afectuoso, y la envidio, porque he oído decir que eres un buen amante —me puso la mano sobre el brazo y apretó ligeramente. Luego se volvió y se dirigió a la cabina.

Me quedé boquiabierto y tardé en reaccionar.

El día que la conocí, poco antes de casarme con Julia, su belleza me impresionó vivamente y me sentí atraído por su persona, pero aparté ese pensamiento porque mi padre había escogido para mí otra mujer y yo debía respetar su deseo. Poco después Lidia se casó con Bonifacio y desapareció de mi vida, hasta que fui destinado a Cartago. Cuando nos encontramos de nuevo, aún quedaban briznas del fuego que estuvo a punto de prender en mi interior, pero era la esposa de mi general y como tal debía respetarla. Además, no podía ni imaginar que ella se hubiese fijado en mi persona, porque nunca me lo había demostrado abiertamente. Era amable y me recibía en las cenas con atenciones, pero también las dedicaba a todo aquél que era considerado gran amigo del conde.

A Julia la quería, pero no estaba enamorado de ella. Era la madre de mis hijos, una mujer que no me merecía, pero Lidia me arrastraba, me conmovía y arrancaba poesía a mi corazón.

Aquella noche fui a su cabina. Llegué, alcé la mano y golpeé la madera con suavidad. La puerta se abrió y apareció Emilia. Detrás de ella, a través de la penumbra, divisé la silueta de Lidia, de pie, junto a la cama.

—Déjanos solos —ordenó.

—Señora...

—He dicho que nos dejes solos.

Emilia hizo una reverencia y abandonó la cabina. Me acerqué y ella soltó los lazos de la camisola y se quedó desnuda. La abracé. Tenía las carnes tiernas y la piel suave. Le acaricié la espalda y bajé mis manos hasta atrapar sus nalgas y amasarlas. Lidia dejó escapar un suspiro de placer y me ofreció su boca abierta que exploré con la lengua hasta el último de sus rincones. Cuando levanté ligeramente la rodilla para alcanzar su entrepierna, la noté húmeda y caliente. Todo su cuerpo transpiraba deseo. Me arrastró hacia la cama y caí encima de ella. A partir de aquí... el placer. La poseí con verdadera pasión, ignorando mis responsabilidades y la confianza depositada por el hombre a quien servía. Exploré su cuerpo y gocé hasta el infinito. Penetré sus carnes y le di cuanto era mío, sin remordimientos, sin ni tan siquiera pensar que estaba cometiendo un pecado.

A la mañana siguiente abandoné la cabina cuando el sol despuntaba. Emilia había dormido junto a la puerta y mis hombres me eran fieles y ninguno explicaría nada de lo que había podido observar o deducir. A pesar de ello, durante el resto de la travesía, Lidia fue mucho más discreta y procuraba mantenerse alejada de mí hasta que la noche nos envolvía y yo bajaba para rememorar el primer encuentro y superarlo. Sin embargo, el barco era pequeño y topábamos a cada paso, intercambiábamos miradas de complicidad y procurábamos disimular como dos niños a los que han pillado en alguna travesura, mientras Emilia bajaba los ojos y simulaba no ver nada.

Finalmente entramos en el puerto de Rávena y desembarcamos. Ordené que la escoltasen hasta su casa y nos despedimos. En el instante de marcharse me abrazó en público y depositó un beso en mi mejilla, hundiendo sus labios con pasión y apretándome de nuevo el brazo, como la primera vez. Estuve a punto de retenerla, de atraparla y fundirme con ella, pero se escapó y la vi desaparecer engullida entre la gente que paseaba por la calle, pero antes se volvió un instante y me dirigió una mirada que no olvidaré nunca.

Por suerte, a partir de aquel momento las muchas ocupaciones vaciaron mi mente de todo otro asunto que no fuera la guerra al norte de África. En caso contrario, no sé qué habría pasado.

No pude ver a Aecio. Me habría gustado contemplar su cara, pero el general estaba en Arles, procurando que la Galia no se levantara en armas aprovechando las malas noticias que llegaban del norte de África y que representaban un duro golpe para el prestigio y la dignidad del Imperio.

La emperatriz, nada más leer la carta de Bonifacio, redactó dos más y partí hacia Constantinopla, que aún no conocía. El viaje lo hice por mar, bajando por el Adriático para seguir las costas griegas y atravesar el Bósforo. Tuvimos suerte, los vientos soplaban con fuerza y nos acompañaban y el barco alcanzó el puerto de Constantinopla en menos tiempo del esperado.

Me quedé atónito ante la magnificencia de aquella ciudad, la capital del gran Constantino, la segunda Roma, la nueva ciudad eterna del Imperio del Oriente que superaba en riqueza cuanto podía imaginar.

Nada más mostrar el sello de la emperatriz de Occidente, fui recibido por el emperador Teodosio y, la verdad, entendí de inmediato que quien mandaba de veras en Constantinopla era Pulqueria.

Teodosio no hacía honor al nombre que llevaba y que había pertenecido a un gran emperador de Occidente, al padre de Gala Placidia, sino que era de carácter infantil. Vestía con distinción, procurando que su ropa siempre gozase de la excelencia que se le suponía. A veces se mostraba más preocupado por la prestancia de la tela que por la conversación, a pesar de que adoptaba el gesto grave que se le ha de atribuir a todo emperador, sonreía teatralmente, se movía con afectación y caminaba con tanta majestuosidad que parecía envarado. Su mirada era vacía y la conversación intentaba aparentar una importancia de la que carecía. Las preguntas fueron idiotas y las respuestas aún más. Procuraba utilizar palabras altisonantes. Poco después, aunque estaba allí para solicitar su ayuda, ambos casi bostezábamos en medio de la gran sala del trono. Era como hablar con un libro de poesía insulsa y estúpida que sólo busca la estética.

No sé cuánto tiempo más tarde, Teodosio me dijo que estudiaría la petición y, sobre todo, que rezaría por todos nosotros. Me quedé perplejo. ¡Rezar, decía el imbécil! Estuve a punto de replicarle que no eran oraciones lo que había venido a buscar, sino hombres y armas para defender unas tierras que estábamos perdiendo. Pero guardé silencio.

Abandonó el trono y me despidió con salutaciones para su querida Gala Placidia. Cuando me encontré en la calle, aún me preguntaba si aquella conversación había tenido lugar o si se trataba de una pesadilla. Entonces me fui a ver a Pulqueria y, tal como me había ordenado la emperatriz, le entregué la segunda carta.

Como ya sabes, años atrás, Pulqueria, Arcadia y Marina, las tres hermanas de Teodosio, habían hecho voto público de castidad en la catedral, habían ofrecido su virginidad a Dios y habían rubricado el solemne juramento sobre una tabla de oro incrustada de piedras preciosas. Quienes lo vivieron cuentan que fue un gran día y que la noticia corrió por todo el Mediterráneo y viajó hasta Rávena. De esa manera se alejaban definitivamente las sospechas sobre las posibles relaciones de Pulqueria con Paulino, maestro de oficios y joven de una extraña y turbadora belleza que, según decían, excitaba a las mujeres hasta extremos inimaginables, hasta que se olía a leguas de distancia los efluvios de su feminidad que les chorreaba por los muslos. Llegué a conocerle, tiempo después, y era un hombre alto y apuesto, con un rostro de formas perfectamente equilibradas, unos ojos grandes y negros, hablaba arrastrando las palabras y se dirigía a las mujeres con una eterna sonrisa, cubriéndolas de delicadezas y acariciando sus oídos con elogios constantes. De vez en cuando se acercaba para hacerles alguna confidencia y proyectaba su aliento en la oreja y ellas entornaban los párpados y disfrutaban de la caricia como si les hubiera abierto las carnes y las hubiera penetrado.

Aquel acto público, motivo de orgullo para la religión cristiana, también sirvió para diluir el espectro de un posible incesto con su hermano y emperador, gracias al que, apuntaban todos los rumores, Pulqueria era la verdadera emperatriz de Oriente, a pesar de que a los ojos de todos Teodosio II se sentaba en el trono. Y acabó de desvanecer toda sospecha cuando le escogió esposa.

Atenea, la mujer escogida por Pulqueria para convertirse en esposa de su hermano, era hija del filósofo griego Leoncio. Una joven de una belleza difícil de igualar, porque se ajustaba punto por punto a todos los cánones que durante muchos años habían constituido el ideal de la cultura griega, con una larga cabellera rubia como las espigas del trigo a punto de siega y unos ojos más azules que el propio firmamento. El equilibrio de las proporciones de cualquier parte de su cuerpo era maravilloso y la perfección cantada por todas las voces de Oriente. Tanto es así que su padre repartió su fortuna entre sus hermanos, confiado que ella ya tenía bastante con sus gracias. Y la joven, al morir su padre, repudiada por sus hermanos y desamparada, se fue a hablar con Pulqueria, que la acogió, la educó en la religión cristiana y la bautizó con el nombre de Eudocia. Una vez formada, la presentó a su hermano Teodosio, que cayó rendido a sus pies y no tardó ni dos meses en celebrarse el matrimonio.

Aún así, Pulqueria tuvo sumo cuidado en no conceder a Eudocia la púrpura imperial hasta no tener asegurado el futuro, hasta que no nació una hija, a quien pusieron por nombre Licinia Eudocia y que, cuando Teodosio nombró emperador de Occidente a Valentiniano, fue destinada a ser la esposa del nuevo monarca. En definitiva, pactos de mujeres, sin el conocimiento ni la intervención de ninguno de los dos emperadores. Y no dejaba de ser curioso que dos mujeres gobernaban el Imperio con firmeza, pero con estilos bien diferenciados. Mientras en Occidente Gala Placidia mantenía quieto y ahogado en placeres a su hijo, en Oriente Teodosio seguía un plan de estudios inacabable establecido por Pulqueria que dedicaba mucho tiempo a la meditación y a la oración, cumpliendo todas y cada una de las indicaciones de su hermana, como si fuera su madre. Y eso que ella tan sólo le aventajaba en dos años.

¡Misterios de ser humano, amigo Pablo!

Las tres hermanas del emperador de Oriente vivían en un palacio convertido en casa de oración y fortaleza de virtudes, donde únicamente eran admitidos algunos sacerdotes, que hubieran demostrado cabalmente su rechazo de los apetitos de la carne, y los eunucos. Todas las criadas habían sido especialmente escogidas y todas ellas habían hecho voto de castidad, por lo que se respiraba un ambiente de santidad.

A mí sólo me permitieron acceder al patio de los arcos, que se encuentra justo al atravesar el pórtico. El resto del palacio era un misterio para los demás mortales.

¡Qué diferencia! Pulqueria era una mujer alta y delgada, con un rostro anguloso de marcados pómulos. Contaban que comía con frugalidad. Su mirada era fija. A veces parecía traspasar los cuerpos, como si pudiera ver más allá de las personas. Hablaba latín y griego con absoluta corrección y se expresaba con mucha gracia y facilidad, empleando siempre las palabras exactas y precisas. Y no decía más de lo que tenía que decir. Me sorprendió sobremanera. Cada movimiento tenía la gracia de una persona cultivada y el gesto serio de su rostro le otorgaba una aureola de espiritualidad que la mantenía por encima del resto de los mortales.

—Di a mi estimada prima que ahora mismo hablaré con el general Aspar y le ordenaré que envíe un ejército a África —se quedó unos instantes en silencio, con los ojos entornados, como si meditara, y añadió, casi en un murmullo—: Es evidente que el paso siguiente será Egipto.

Por segunda vez me sorprendió. Aquella mujer poseía visión de estado. Su imagen engañaba, porque, a pesar de no ser soldado, podía pensar como un estratega. Había captado de inmediato el peligro evidente que significaba dejar a Bonifacio sin ayuda y que Genserico conquistase Cartago. Como bien decía, el próximo paso podía ser Egipto. Y las tierras del Nilo, también ricas y fértiles, pertenecían a Oriente.

De allí partí camino del puerto. No había tiempo que perder.

Ciertamente mi primera visita a Constantinopla es un recuerdo imborrable.

*** ***

La experiencia me ha demostrado a menudo que, cuando algo se ha estropeado por completo, no vale la pena seguir luchando, porque ya es imposible enderezar cuanto se ha torcido. La flota que Aspar nos envió transportaba un poderoso ejército al mando de un oficial que no hacía mucho que había obtenido el rango de tribuno. Marciano era su nombre y había servido con Ardaburius en la guerra con Persia. Era un hombre noble y valiente, humilde y responsable, que se unió a nuestras menguadas fuerzas y, a las órdenes de Bonifacio, avanzamos hacia Mauritania para enfrentarnos a los vándalos.

¿Qué falló? Pues... con exactitud... en aquellos momentos no hubiese sido capaz de decirlo. El planteamiento de la batalla fue correcto, nuestras fuerzas podían compararse con las suyas y pisotearlas, los soldados estaban bien alimentados y parecían bien entrenados. Sin embargo, nada más iniciarse el combate se creó un extraño desánimo que acabó en desorden y, finalmente, en derrota. Años después, muchos años, he llegado a la conclusión de que aquello era el reflejo del desastre que ya amenazaba a Roma.

De nuevo tuvimos que retirarnos a Hipona, pero esta vez no fue para preparar otro asedio, sino para embarcar de inmediato hacia Sicilia, abandonando definitivamente el norte de África y las provincias que ya casi eran sólo el recuerdo de los campos que llenaban los graneros de Roma y del Imperio.

De Sicilia saltamos a la península y seguimos hasta Rávena. Bonifacio marchaba al frente, entristecido por la pérdida de los territorios bajo su mando. Apenas cruzamos palabras. Yo tampoco sentía el menor interés por recordar la derrota ni por analizar sus causas.

Marciano fue el único que dedicó largo rato a pensar cuál había sido nuestro error. El pobre se sentía hundido y su pena era sincera, completamente alejada del miedo por lo que tendría que explicar a Aspar. Se había comportado como un héroe y había ocupado puestos de verdadero peligro, enardeciendo el coraje de cuantos le rodeaban. Nos despedimos, tomó sus barcos y regresó a Constantinopla.

Días después las puertas de Rávena se abrían a nuestro paso y la emperatriz nos recibía en la sala del trono. Bonifacio se arrodilló ante ella y bajó la cabeza en señal de sumisión y de disculpa por no haber podido conservar África. Sin embargo, Gala Placidia se levantó del trono, descendió hasta nosotros, posó la mano sobre el hombro del general y dijo:

—África no se ha perdido por tu falta de valor, sino por causa de la traición —alzó la voz y, dirigiéndose a los senadores, añadió—: A partir de hoy el conde Bonifacio recibe el título de patricio y maestro general del ejército romano.

En aquellos días descubrí otro hecho transcendental para la historia, un pequeño detalle que, posiblemente, no se escribirá en los anales y que, para mí, fue decisivo para entender muchos de los acontecimientos que habían tenido lugar y las razones que hasta ellos nos habían conducido.

Por orden de Gala, se acuñaron las medallas conmemorativas del regreso de Bonifacio. Al conde no le hizo gracia ver su rostro en una medalla con los atributos de la victoria, cuando sabía que su error había significado la derrota y la pérdida de África, pero guardó silencio porque la emperatriz se las mostró orgullosa, como quien ofrece un presente y hace un homenaje.

Bonifacio me invitó a cenar a su casa y me escurrí como pude. Me aterrorizaba encontrarme de nuevo con Lidia, a pesar de que fuera en presencia de muchas más personas, y tener que disimular, o, peor aún, que alguna mirada, algún gesto, tal vez un beso demasiado emocionado, me traicionara o la traicionase a ella, porque las matronas del Imperio poseen ojos demasiado escudriñadores y hurgan y comentan e investigan y ven mucho más allá de lo que sería deseable y, finalmente, construyen su propia historia y la esparcen por doquier. Por otro lado, la presencia de Bonifacio y las muestras de amistad que me prodigaba producían en mí sentimientos de angustia y de culpa. De manera que siempre tenía una excusa o un compromiso bien a punto y nunca asistía a sus cenas ni a sus fiestas.

Una noche fui a palacio invitado por Sebastián, el jefe de la guardia imperial. Nos unía una buena amistad. Cenamos juntos y me habló de mi hijo Marcos, que había sido enviado al sur en período de prácticas, y de los progresos que alcanzaba, aunque todavía era un adolescente. Me sentí orgulloso. No tenía la menor duda de que había engendrado un gran soldado, fuerte y valiente. Era tan feliz que el tiempo transcurrió deprisa y nos despedimos a altas horas de la noche, cuando el palacio ya estaba oscuro y únicamente los guardias permanecían despiertos.

Le dije a Sebastián que no me acompañara. Conocía muy bien el camino de salida. No en vano me había pasado varios meses de mi vida haciendo negocios entre aquellos muros, cuando Gala Placidia accedió al poder, y podía moverme por los pasillos con los ojos cerrados, como hacía en aquel instante guiado por la débil iluminación de la luz de la luna y las pocas antorchas que se mantenían encendidas.

Caminaba entre reflexiones, pensando que sería acertado que Julia regresase a Rávena, porque su proximidad y la presencia de mis hijos me ayudarían a no pensar en Lidia y no imaginar imposibles, cuando, de pronto, capté una figura que me resultaba familiar. Entre las sombras, procedente del ala sur de palacio, divisé al conde Bonifacio. ¿Qué hacía, allí?

Dudé entre ir a su encuentro o esconderme y, sin saber a ciencia cierta la razón, quizás un sexto sentido, me agazapé tras los cortinajes y observé con mucha atención.

La luz era tenue, pero suficiente como para verle el rostro y la amplia sonrisa que lo adornaba y que yo conocía de otras ocasiones, cuando había disfrutado de una conquista que sobresalía por encima de las demás. Era el rostro del vencedor, del hombre que ha alcanzado el inmenso placer de enterrar su espada personal entre dos paredes de la carne más sonrosada, más pura y más tierna. Pero, en el ala sur de palacio sólo había las habitaciones imperiales. Y a aquellas horas de la noche... ¡Es imposible!, exclamé para mí.

Sin embargo, a la mañana siguiente, con un poco de habilidad, ya sabía cuanto necesitaba saber. O mejor dicho, cuanto me negaba a creer, porque me parecía demasiado fantasioso. Y la gran sorpresa llegó cuando me enteré que no era la primera vez que Bonifacio era acogido en las estancias imperiales a altas horas, como también quedaba desvelado el misterio de la devoción que Gala Placidia mostraba hacia el general.

Me sentí idiota, porque parecía que era el único que desconocía que aquella relación venia de muy lejos. Y yo, que tenía remordimientos por haberle traicionado con su esposa... ¡Pobre Lidia! El voto de castidad del conde sólo la afectaba a ella, que se consumía día tras día relegada en el olvido, encerrada en casa con el único consuelo de las oraciones. A partir de aquel momento se acabaron las excusas, acepté sus invitaciones para visitar su casa y disfruté de Lidia, incluso cuando él estaba, en la oscuridad del jardín, escondiéndonos tras las cortinas, aprovechando cualquier ausencia del general, porque Emilia se convirtió en la mensajera que me avisaba cuando podía acercarme sin peligro y cada vez que venía a buscarme le obsequiaba con una moneda para gratificar su complicidad y comprar su silencio.

No había que ser muy inteligente para encontrar explicaciones a detalles que hasta aquel momento me habían pasado inadvertidos. Lo que de veras asustó a Bonifacio, cuando recibió el mensaje de Aecio, fue imaginar que la emperatriz quisiera tapar su boca para que nadie conociese jamás los secretos de su alcoba. Porque él, de vez en cuando, viajaba a Rávena y se quedaba cierto tiempo. ¿O, tal vez, el conde había planeado repudiar a Lidia con la excusa de que no le daba descendencia y así quedar libre para poder casarse con la emperatriz y a Gala Placidia, aquel planteamiento no la convencía? ¿Por qué no podía ser así? De hecho, aquélla seria una buena razón para que Lidia me hubiera dicho que casi era virgen. ¿Cómo podía tener descendencia, si no la tocaba?

Aecio, que seguramente también estaba al corriente de aquella relación imperial, perdida toda esperanza de llegar a patricio y poder aspirar a algo más que el eterno papel de segundón, convencido de que el conde había comenzado a escalar la montaña del poder absoluto, maquinó una traición e intentó derribar a su rival. Ahora ya no le odiaba tanto, a Aecio, sino que le comprendía. Y, por otro lado, la figura de Bonifacio, de su nobleza y de su sentido de la justicia, se desdibujaban lentamente, porque la honradez y la moralidad empiezan en casa y se extienden hacia afuera. Nunca es al revés, porque la manifestación de aquello que no poseemos es un engaño.

¿Cómo acabaría aquel asunto?, me preguntaba. ¿Aecio se quedaría quieto ante las maniobras de su rival?

La respuesta no se hizo esperar. Aecio, descubierta la jugada y viendo cómo Bonifacio era ensalzado y le eran concedidos todos los honores, regresó de Arles. El Imperio era demasiado pequeño para albergar dos generales y planteó una batalla con el objeto de decidir cuál de ellos quedaría al frente del ejército. Sin embargo, el mayor descubrimiento por mi parte fue que la emperatriz, a quien hasta aquel instante consideraba persona inteligente, poseía el cerebro de un mosquito. Dejó que los sentimientos dominasen la razón y no fue capaz de imponerse y buscar la paz, sino que aún azuzó a Bonifacio a un absurdo combate, cuando la lógica apuntaba que, tras la derrota en África, la peor de las desgracias sería una guerra interna.

Intenté dialogar con el conde, pero no quiso escucharme.

—Aecio debe morir —no cesaba de repetir.

Podía haber esgrimido argumentos contundentes, mostrarle que conocía su relación con Gala Placidia, recordarle la promesa que había hecho a su amigo

Agustín, manifestarle mi total desacuerdo con sus planes y procurar que la amistad que nos unía sirviera de punto de reflexión, pero callé. Ahora estoy convencido de que fue un grave error, uno de los muchos que cometimos en aquellos días y que nos condujeron, indefectiblemente, al punto en que nos encontramos.

Rímini, al sur de Rávena, fue el lugar escogido para tapar el error y la debilidad de Gala Placidia y significó la muerte de muchos romanos, de muchos compañeros de armas que no defendían nada, excepto el orgullo de una emperatriz.

Participé en la acción. Servía al conde. No podía hacer otra cosa. Había perdido la gran ocasión de hacerle reflexionar y sabía que una vez formado el ejército en posición de ataque ya no escuchaba a nadie.

La batalla se inició bien de mañana, poco después del amanecer, y duró hasta bien entrada la tarde. El fuego, el humo, la sangre, los gritos, los golpes de las armas y el silbido de las flechas guardaron silencio en el preciso instante que los dos protagonistas de aquel desastre se encontraron cara a cara. Había llegado el gran momento, el combate singular entre los generales, porque era evidente que la lucha les pertenecía sólo a ellos y, aún era más evidente, que habría sido mucho más juicioso montar un buen espectáculo en el circo y dejar que ellos solitos dilucidasen el resultado final.

Bonifacio acabó gravemente herido por la lanza de Aecio, que le atravesó el costado, bajo las costillas, y le seccionó el hígado. Dicen que Aecio, sabedor que se buscarían y se enfrentarían, ordenó que le preparasen una lanza más larga de lo habitual. No sé si es cierto. Nunca se lo pregunté. Y me arrepiento de ello, porque ahora no puedo confirmar ese detalle.

Retiramos el cuerpo de Bonifacio, lo condujimos a la tienda de los físicos y seguimos luchando, pero no mucho más. Las bajas en el bando contrario superaban con creces las nuestras y se retiraron.

Finalmente, llegada la noche, podíamos decir que la victoria era nuestra. Los cuerpos sin vida de los numerosos soldados de Aecio, que permanecían desparramados por el campo de batalla, así lo testimoniaban. Pero, aunque la victoria nos pertenecía, los médicos no ganaron su batalla y la vida del nuestro general se escapó lentamente a lo largo de los días que siguieron.

Le trasladamos a Rávena y Lidia lloró y le abrazó. Le conté cómo había sucedido y le rogué que me permitiese permanecer junto a mi general. En aquel instante, cuando el alma se le escapaba de las manos, yo sentía pena por él. Había sido un buen general: me había enseñado muchas cosas y me tenía estima y consideración. Su vida íntima le pertenecía sólo a él y yo no era nadie para juzgarle ni para pedirle cuentas de nada.

Gala Placidia vino a casa de Bonifacio, ordenó que la dejásemos sola con él y permaneció largo rato. Cuando abandonó la habitación, la emperatriz tenía el semblante triste, pero no lloraba ni había llorado. Quizás no deseaba que la gente supiera lo que no debía saberse.

Poco antes de morir Bonifacio me llamó, y también a Lidia. Nos pidió que nos acercásemos y habló en voz baja. Las fuerzas le abandonaban. El bravo general nos explicó y nos confesó que Aecio era noble y que todos los acontecimientos no tenían otro responsable que él, que había empujado a su rival a cometer todas las traiciones. Confesó sus pecados con gran sinceridad, pero escondió su relación con la emperatriz. Tampoco habría hecho ningún bien a nadie, con semejante revelación. Y acabó diciendo:

—Estimada Lidia, soy consciente de la ofensa de mi olvido, de todas las ocasiones en que otras mujeres se han llevado cuanto te pertenece sólo a ti. Por esa razón he decidido darte como esposa a Aecio, con la esperanza de que consigas lo que siempre has deseado y has merecido: la felicidad.

Yo estaba de pie al otro lado de la cama. En todo aquel tiempo Lidia y yo apenas habíamos cruzado dos palabras, y ella me miró. Asentí con la cabeza y ella, con lágrimas en los ojos, tomándole la mano y besándosela, aceptó y prometió que cumpliría el último deseo de su marido. Tenía que hacerlo como un acto de justicia, para poder pagar todas las deudas del conde. Yo también acepté en silencio, porque una promesa a los pies de un lecho mortuorio es sagrada y, una vez hecha, no hay más que decir. E hice un juramento. Nunca más (¡nunca más!) disfrutaría de la esposa de un amigo, porque la lealtad es sagrada, tal como decía mi padre. No somos jueces de nadie.

Bonifacio murió poco después de solicitar un sacerdote y confesarle sus pecados. Supongo que a él le reveló el mayor de sus secretos.

Aquella misma tarde me dirigí al campamento contrario con una carta dirigida a Aecio y atravesé las líneas enemigas, muy maltrechas a causa de la derrota, hasta alcanzar la tienda del general y entregarle, con gran dolor, la última voluntad de mi superior y amigo. La leyó y conforme sus ojos avanzaban en la lectura se llenaban de lágrimas, de todas las que yo había echado en falta en los ojos de Gala Placidia.

—Si algún hombre ha habido en Roma verdaderamente noble y generoso, es el conde Bonifacio —dijo Aecio, y le creí. Caminó hasta la puerta de la tienda, contempló el cielo azul, inspiró profundamente y añadió —: Acepto a Lidia como mi esposa y prometo que nunca más volveré a enfrentarme a ningún otro romano por causa de una mujer, aunque sea una emperatriz.

El conde fue enterrado dos días más tarde y Lidia se preparó para marchar hacia su nuevo destino. Sin embargo, antes, vino a despedirse.

—Si fuera posible, rogaría a Dios que cambiase la historia y que me permitiera permanecer a tu lado —me dijo.

—En esta vida todo es objeto de mercadería. Así ha sido y así será —le respondí, mirándola a los ojos—. El amor no existe cuando están en juego asuntos de estado. Nuestros padres nos lo enseñaron. Comerciamos con sentimientos, compramos y vendemos lealtades y nunca solicitamos el consentimiento de nadie. Es la ley del Imperio y debemos aceptarla. Ya has oído a Bonifacio. Te ha pedido perdón por haber entregado a otras lo que te pertenecía sólo a ti. Más vale que nunca tengamos que pedir perdón por idéntica acción.

—Eres noble, Severo. El más noble de los romanos —me dijo con una sonrisa triste.

Me abrazó y me besó en los labios. La retuve durante unos instantes. Su cuerpo era tierno, la boca dulce como la miel, su piel desprendía el perfume de un jardín en primavera, aquellos brazos me abrazaban como una túnica de la más delicada de las telas y sus manos me acariciaban como el viento cálido de una noche de comienzos de verano. De pronto, se apartó, dio media vuelta y abandonó la sala para dirigirse hacia su destino. En esta ocasión, ni tan sólo se volvió, porque, si lo hubiera hecho, no la habría dejado marchar. Y ella lo sabía.

Gala Placidia, nada más conocer la decisión de Bonifacio, que aún pretendía disculpar y ensalzar al general enemigo, enrojeció de rabia y ordenó que el senado declarase proscrito a Aecio, que no tuvo otra opción que huir hacia el norte, abandonar la Galia y buscar la protección de los hunos, perseguido por Sebastián que quería vengar a toda costa la muerte de su tío.

Roma, de un sólo tajo, acababa de perder a sus dos mejores generales. Y todo por culpa de una mujer. Sin embargo, la paz reinaba de nuevo.

Al día siguiente escribí a Julia y ordené preparar la casa de Rávena. Todo retornaba a la normalidad.

4 - LA BODA IMPERIAL

Había sido ascendido a tribuno de primer orden y mandaba las fuerzas de Cesena; Marcos acababa de cumplir diecisiete años y dentro de poco regresaría para ser nombrado oficial y recibiría su primer destino; Antonio había comenzado sus estudios bajo la experta guía de los maestros y de los filósofos y apuntaba rasgos de una inteligencia pragmática que ya hubiesen querido muchos niños de su edad; y Serena ayudaba a Julia en la administración de la casa. Cada cosa en su lugar y un lugar para cada cosa, tal como decía mi padre.

Ya sé, amigo Pablo, que no estás de acuerdo, pero es una realidad. Los romanos, a lo largo de la historia, siempre hemos tenido una especial atención en no mezclar conceptos. La política es un arte, la guerra una necesidad, el amor una meta, el matrimonio un contrato y el sexo un añadido que nos permite disfrutar de instantes de sublime placer. Así ha sido durante años, hasta que llegó el cristianismo y lo revolvió todo. A veces pienso que, quizás, no deberíamos haber permitido que cambiasen tantas cosas.

Pero, ¿A qué viene ahora esto? ¿Qué quería explicarte...? ¡Ah, sí! ¡Claro! Los cambios nunca se presentan solos. Aquí quería llegar.

Tras el desastre del norte de África, de la derrota frente a Genserico, con un ejército que en otros tiempos habría vencido a cualquier fuerza, no pude analizar las causas del hundimiento de la moral de nuestros hombres, porque me sentía tan entristecido que el recuerdo de la imagen de nuestros soldados huyendo asustados me producía náuseas. Pero una vez muerto Bonifacio no tuve la menor dificultad en descubrir la posible explicación. Naturalmente, el fuego que corroía mis entrañas se había apagado. Eso sí, que el tiempo puede curarlo, porque la memoria se va diluyendo poco a poco y el fuego deja paso a las brasas y, finalmente, al humo y a la frialdad.

Recuerdo haber leído en la historia de los grandes hombres del Imperio, en tiempos de la república, antes de que Julio César se encumbrara, que los soldados comían trigo, únicamente trigo, y no bebían vino ni tocaban mujer alguna hasta no haber alcanzado la victoria. Después, el general les concedía el derecho de saqueo, la disciplina desaparecía y los más bajos instintos se desataban. Es una vida dura, la del hombre que ha escogido la carrera militar. Sin embargo, aquellos soldados avanzaban en perfecta formación y obedecían a una sola voz, mientras guardaban silencio absoluto, un silencio sobrecogedor que atemorizaba a nuestros enemigos. Cuando escaseaba el trigo y tenían que recurrir a otros cereales —la cebada era un castigo reservado a los soldados más cobardes— o se llegaba a las habas o, aún peor, tenían que alimentarse a base de carne, la moral se relajaba y únicamente la lealtad a su jefe los mantenía firmes.

Nuestros hombres, en África, comían cualquier cosa, bebían vino y atacaban gritando como locos, creyendo que sus alaridos asustarían al enemigo. Y no es el miedo que podamos infundir a los demás, lo que gana una guerra, sino el respeto a nuestros superiores, el coraje en el campo de batalla y la disciplina cuando recibimos la orden de marchar adelante.

Contemplo el Imperio y veo que nuestros jóvenes han dejado de creer que debemos luchar para mantenernos erguidos, han relajado la disciplina y han descubierto que es más sencillo y menos peligroso pagar a mercenarios para construir un ejército, escudándose en argumentos que visten a su entera conveniencia. Me estoy refiriendo a aquello de amarse los unos a los otros y frases que ahora ya interpretan en función de su deseo. ¿Quién venció en el puente Milvio, sino un ejército de cristianos? ¿Y cómo lo consiguieron, sino con coraje, con verdadera violencia y sabiendo que la consigna era matar o morir? Recuerdo los tiempos en que los hombres que habían perdido el dedo pulgar estaban exentos del servicio militar y cómo hubo una cierta época en que se lo cortaban para librarse y cómo los generales decidieron crear el grupo de los cobardes, centurias únicamente formadas por quienes habían preferido perder un apéndice antes que defender el Imperio.

Ahora el senado ha aprobado leyes que permiten a los jóvenes no integrarse en las fuerzas que tiene que mantener la paz y hemos tenido que reclutar gente venida de lejos que no posee ni tierras ni oficio ni beneficio y que encuentra fácil entrada en la milicia. Pero el precio ha sido muy elevado. Poco a poco nuestros hombres se han contagiado de las costumbres bárbaras, la disciplina se ha evaporado y ya comen despojos de animales, vociferan cuando atacan y no escuchan las órdenes de su superior ni la voz interior que debe guiarles hasta la victoria.

No lo entiendo. De veras que no lo entiendo. Cuando pienso fríamente llego a la conclusión de que tendría que haber sido al revés, porque el cristianismo comenzó como una revolución, con una fuerza que lo arrasaba todo, pero ha acabado en una extraña mezcla que ha olvidado buena parte de las virtudes que lo alzaron, muy similares a las de nuestros primeros tiempos del Imperio, y ha alcanzado el rango de fanatismo que proclama verdades eternas y dogmas incuestionables, cayendo en la comodidad de una sociedad opulenta. La moral cristiana ha implantado el culto a la pureza, al ideal de que la máxima virtud es la castidad. Quizás era necesario un contrapunto al desmadre que reinaba entre nuestros nobles, pero pasar de un extremo al otro siempre comporta situaciones absurdas e hipócritas. Honorio fue un emperador vicioso y podrido, como tantos otros, que rezaba en público y adoraba a Dios. Seguro que los antiguos romanos eran tan abyectos y tan impuros como nosotros, pero, por lo menos, no se escondían.

A poco que repasemos la historia, descubriremos que Roma nunca tuvo miedo de dejar a un lado la sexualidad y a otro el matrimonio, que siempre fue un contrato para tener hijos. Ningún hombre del Imperio puso reparos a compartir la cama con quien fuese. Poco importaba si era similar o diferente, hombre o mujer, esclavo o señor, esposa, amante, hermana o hija. El placer no forma parte de la relación ni de ningún contrato. Es libre. Sin embargo, el cristianismo ha impuesto la nueva moral hasta el extremo y no hemos sido capaces de detener el movimiento en el punto de equilibrio, hemos aceptado la carga que nos impone el dogma y hemos convertido el placer en crimen, prestando oídos a la locura de unos exaltados que se creen los enviados de Dios.

Ya sé que tú no piensas así y, en cierto modo, debo darte la razón. Es cierto que los cristianos hemos aportado una mayor responsabilidad en muchos aspectos, una evolución que pretendía ensalzar el ser humano por encima de los animales y acercarle a las esferas celestiales, uniendo amor, matrimonio y sexo en un solo contrato eterno por encima de la ley humana. Pero, tal vez, nos hemos olvidado de la libertad y hemos aceptado las cadenas de las obligaciones impuestas por otros.

¡Maldita sea! Ya he vuelto a perderme entre disquisiciones religiosas y más vale que recupere el hilo del relato.

Julia, en aquellos días, se trasladó definitivamente a la casa, casi un pequeño palacio, que mi padre poseía en Rávena y que me legó en testamento, a pesar de que ella habría deseado acompañarme a Cesena. Era mejor para nuestros hijos y yo podía visitarla a menudo. Protestó un poco, pero se conformó cuando logré que Serena entrase al servicio de Gala Placidia gracias a mis relaciones con Sebastián y a los méritos obtenidos en la batalla de Rímini. El lugar de dama de compañía de la emperatriz no era para menospreciarlo. Y me dispuse a encarar una nueva etapa de mi vida.

*** ***

Aunque estudiamos el tema bajo todos los puntos de vista. Sebastián y yo, y otros oficiales, llegamos a la conclusión de que el ataque a África presentaba dificultades insalvables. Genserico había asentado sus fuerzas de tal manera que era imposible, dadas las circunstancias, desembarcar con éxito en unos territorios tan alejados y sin la menor posibilidad de planificar una intendencia segura a causa de la escasez de hombres, aunque conservásemos Cartago y la isla de Pantelaria. No obstante, no descartamos emprender dicha acción en un futuro, siempre y cuando consiguiésemos mantener a raya a Teodorico, rey de los visigodos.

Por aquellos días descubrí que Sebastián no poseía — ¡ni en sueños!— la experiencia ni la visión estratégica de Bonifacio. De manera que aplaudí la decisión de posponer nuestro retorno a África. De otra suerte, habríamos padecido una derrota peor que todas las precedentes. Aquel general era la figura ideal en un desfile con la guardia de palacio, pero nunca supo de veras lo que significa tomar decisiones en el campo de batalla, sino que siempre había vivido a la sombra del gran árbol que fue el conde.

En mis visitas a casa me enteraba de las cosas de palacio por boca de Serena, que había sido asignada al servicio personal de Honoria, la hija de Gala Placidia y hermana de Valentiniano. En alguna ocasión había coincidido con la princesa por los pasillos de palacio. Ya no era la niña que se mantenía erguida y digna junto a su madre durante la ceremonia de coronación de su hermano, sino que se había convertido en una muchacha joven y hermosa. Más alta que su madre, más delicada y muy amable con los sirvientes, me saludaba siempre que se cruzaba conmigo. Serena comentaba que Honoria había heredado buena parte de la nobleza de la emperatriz y que se movía con gracia, pero que también había heredado la rebeldía y no era la primera ocasión que madre e hija discutían con una vehemencia que ya no sorprendía a los criados, haciendo realidad el pensamiento que tuve el día que vi por primera vez aquella barbilla decidida y firme. ¡Todo un carácter!

Su trabajo en palacio permitía a mi hija conocer ciertos secretos de la familia imperial que no estaban al alcance del resto de los pobres mortales que corríamos por esos mundos de Dios, y yo me aprovechaba de esas revelaciones porque podían serme útiles y porque, como todo el mundo, también soy morboso y fisgón. No pretendo ocultarlo.

Valentiniano, el segundo hijo de Gala Placidia, el emperador a los ojos de la ley, era dos años más joven que su hermana. Dueño de un carácter débil, siempre pendiente de los juegos, se movía con la mirada altiva y el convencimiento de que el mundo entero sólo existía para su servicio. El propio Sebastián afirmaba que nunca sería educado como un emperador, sino que viviría en un universo de constante felicidad para que su madre pudiera reinar eternamente.

Durante los ocho años que ya duraba su reinado, Valentiniano había estudiado con un montón de preceptores que procuraban enseñarle inutilidades, conocimientos que podían servir para animar una cena o una fiesta, pero que nunca le permitirían tomar decisiones acertadas para el Imperio. Únicamente sus entrenadores en la equitación y en el manejo de las armas le legaban algún saber que le podía rendir servicio.

En lo tocante al arte de vivir, las contradicciones le devoraban. Por un lado los sacerdotes procuraban mostrarle el camino de la virtud, pero él sentía otras inclinaciones más mundanas y más materiales. Corrían rumores de que a sus apenas catorce años el joven emperador ya había probado la mayor parte de los placeres de los adultos y murmuraban que ya no extrañaba a nadie que muchas noches sus habitaciones recibieran la visita de las cortesanas o de algún sirviente o compañero. A veces, incluso, más de una visita. Y los sirvientes y las sirvientas, especialmente escogidos, sabían muy bien que el joven emperador gozaba de una notable energía que se dispersaba encima o bajo de los cuerpos desnudos de los que estaban a su lado. Comentaban que en sus estancias privadas era habitual encontrarles con la túnica recogida por encima de la cintura y las partes al aire y —explicaban en voz baja— cuando servían la comida las manos del emperador podían ir de las viandas a cualquier lugar y mezclar todos los gustos y todos los olores.

—¿Cómo puede permitirlo la emperatriz? —pregunté a Serena una noche, mientras cenábamos.

Ya hacía largo rato que me sentía profundamente conmovido por sus relatos. Me era del todo imposible aceptar aquellas historias que nuestra hija nos explicaba. A veces con las mejillas encendidas por la vergüenza. Julia se lo tomaba con más calma. Tal vez porque ya estaba al corriente. ¿Pero yo...? En Cesena no nos llegaban los rumores de la corte y, además, sabía que Gala Placidia tenía en gran estima al obispo Marcelo y que seguía en buena medida sus consejos. ¿Qué razón se podía aducir para tanto desbarajuste?

—¿Desde cuándo dura todo esto? —pregunté.

—Dicen que meses atrás la emperatriz visitaba de noche y con mucha frecuencia las habitaciones de su hijo para desearle felices sueños —nos explicó Serena—. Lo sé por una de las criadas que se acuesta con un soldado de palacio. Un compañero suyo, un anochecer, estaba de guardia en la puerta de las habitaciones de Valentiniano y vio que la emperatriz abandonaba la estancia con el pelo revuelto y el vestido medio roto —bajó la voz, como hacen las mujeres cuando te cuentan lo que únicamente saben ellas y que ha de permanecer en el más absoluto secreto —. Dicen que las manos del joven emperador, que ya sentía la llamada de los instintos, buscaron la mujer que tenía más cerca, sin importarle quién era. Naturalmente nadie sabe si alcanzó su propósito, pero a partir de aquel día la emperatriz dejó de visitarle y comenzaron a aparecer las otras. Además, es ella que las escoge personalmente, y ¡pobre de la que se niegue al capricho de su hijo! Así puede gobernar sin que Valentiniano le pida cuentas.

—¡Ya basta! No me lo puedo creer —grité.

—Si es verdad —protestó Serena, mirando a su madre.

—Sí que lo es —asintió Julia.

—No quiero que trabajes en palacio —dije con una sombra de preocupación en la mirada.

—Valentiniano y yo no nos vemos —sonrió Serena—. Honoria duerme en el ala este de palacio. Y la emperatriz tiene las ideas muy claras. Su hija tiene que guardar la virginidad como buena cristiana, mientras que su hermano puede hacer cuanto le apetezca. Por esa razón los mantiene separados, no fuera el caso que el joven llegase a desear su propia hermana.

—¡Dios mío! —exclamé, visiblemente alterado y sin tener en cuenta mis aventuras en Cesena—. Todo esto me recuerda los tiempos de Honorio y de cómo vivía una concupiscencia que ha debilitado nuestras costumbres y ha minado nuestra moral.

—Gala Placidia también es consciente y Ana dice que la emperatriz ha decidido acelerar los preparativos para la boda de Valentiniano con Licinia, la hija de Teodosio de Constantinopla.

Ana era una de las mujeres más hermosas y cautivadoras de Rávena, la joven esposa de Petronio Máximo, un senador perteneciente a la familia Aniciana, de larga tradición y nobleza. A pesar de la diferencia de edad, se habían hecho muy amigas con Julia y, cuando estaba en casa, asistíamos regularmente a todas sus fiestas. Si ella lo decía, debía ser verdad, porque era juiciosa y virtuosa hasta el extremo que intentaba poner un poco de responsabilidad en su marido, un hombre que no podía resistir la visión de unos dados sin echarlos y apostar. Todos comentaban que tenía la suerte del mayor de los cornudos, sin serlo. Pero su esposa se desesperaba. Por eso jugaba a escondidas. Sin embargo, era amable y simpático e hicimos amistad.

La conversación concluyó aquí. Serena se retiró a dormir y yo visité a Julia en su cama, pero no hicimos el amor. Únicamente deseaba hablar.

—No debes preocuparte —me dijo—. Honoria está hecha de otra pasta. No es débil como son hermano. Si fuera hombre, sería un gran emperador.

Asentí en silencio. Por lo menos así lo esperaba y así lo deseaba. Pero no me quedé tranquilo. Había vivido en palacio y sabía, por propia experiencia, lo fácil que es caer en la corrupción. Menos mal que Bonifacio me había llamado cuando el desenfreno adquiría tintes dramáticos y me había sacado de aquel infierno. Sin embargo, las lecciones no acaban de aprenderse nunca y yo había metido a mi hija en aquel madriguera de serpientes. Ahora me arrepentía.

Fue al día siguiente. Antonio regresaba de la escuela con sus compañeros y cayó entre las rocas de la muralla. Corrían, saltaban y jugaban y no se dio cuenta del peligro. Lo trasladaron a casa. Yo no estaba. Julia, viendo las heridas, mandó llamar a Fidel, nuestro médico, que lo examinó y le aplicó un remedio. Cuando llegué, al anochecer, lo encontré dormido con la cabeza vendada y el brazo derecho inmovilizado y recubierto de cataplasmas de arcilla con yerbas.

—No siente los dedos de la mano —nos dijo Fidel, visiblemente preocupado.

—¿Perderá el brazo?

—Creo que no. No hay gangrena ni tiene ningún hueso roto.

—¡Menos mal! —exclamé contento—. El año que viene está previsto que entre en la escuela militar para seguir los pasos de su hermano.

—El brazo, casi seguro, no lo perderá, pero no podrá sostener el peso de una espada —respondió nuestro amigo —. He visto muchas heridas como la suya y el brazo queda muerto durante mucho tiempo para, luego, recuperarse lentamente pero nunca de forma completa.

Aquella noche no dormí, sino que estuve a su lado, junto a Julia y a mi hijo Antonio que, cuando se enteró que no podría ser soldado, lloró amargamente.

Una semana después, justo antes de reintegrarme al mando de Cesena, Sebastián mandó a buscarme. La emperatriz había quedado plenamente satisfecha de mis gestiones ante Teodosio y Pulqueria, cuando fui en petición de ayuda para intentar mantener África. Eso me dijo, y me condujo a presencia de Gala Placidia.

La emperatriz estaba sentada en el trono. La observé en detalle. Para ella parecía que el tiempo no existía. Su rostro seguía manteniendo el equilibrio de formas y su piel era tersa.

—Partirás hacia Constantinopla con una misión especial —me ordenó—. Deseo que lleves esta carta a Teodosio y que regreses con una fecha para la boda de nuestros hijos.

—Soy un soldado y no sé si... —intenté escabullirme. No me hacía ninguna gracia concertar bodas y discutir cosas de mujeres. Incluso sentía vergüenza...

—Eres un buen soldado, pero también participas de la vida política. Me han comunicado que te reúnes con diversos senadores y que les has proporcionado algunas ideas brillantes —cortó mi excusa y le dio la vuelta. Era evidente que aquella mujer disponía de buenos informadores y sabía emplear los argumentos necesarios para cada circunstancia—. Dicen que hablas con elocuencia, que Bonifacio sentía gran afecto por ti, que te escuchaba y que eres hábil negociador. Mi prima Pulqueria también lo cree y recuerdo que tu padre fue un notable senador y un brillante político. Y esas cualidades se heredan.

—A pesar de ello, no creo que sea la persona más adecuada para un asunto tan delicado.

—Sólo por el hecho de rechazar la misión calificándola de delicada, ya muestras tu capacidad, porque la juzgas en su justa medida —¡Maldita sea! Tenía respuesta para todo. Se levantó del trono, se dirigió a la puerta y, antes de cruzarla, se volvió y dijo—: Es importante que la fecha sea cuanto antes.

Por segunda vez embarqué y navegué rumbo a Constantinopla.

*** ***

Este nuevo viaje a Oriente fue mucho más tranquilo que el primero, sin la inquietud ni el desasosiego, a pesar de que el encargo escapaba a todo aquello que estaba habituado a hacer y me tenía preocupado. Sin embargo, no tanto como para no disfrutar del palacio imperial de Teodosio, herencia de Constantino el Grande, detrás del circo, rodeado de inmensos jardines que llegaban hasta la basílica. En esta segunda ocasión fui conducido a través del jardín que se extendía frente a las estancias privadas de la emperatriz Eudocia y que discurría paralelo a la muralla que las separaba del circo para entrar en una construcción de mármol que cobijaba la gran biblioteca del emperador.

Toda la riqueza de los jardines venía multiplicada dentro del pabellón. Desde el peristilo con la fuente presidida por la estatua de una Venus arrodillada de estilo marcadamente griego, adonde daban las habitaciones reales, hasta la gran biblioteca, pasando por las tres salas de lectura, el aula de estudio de la hija del emperador, el comedor privado, los baños y las dependencias del servicio.

Me acompañaba Crisapio, el eunuco de confianza de Teodosio, que me explicó que todo, absolutamente todo, había sido decorado por la emperatriz Eudocia con un gusto exquisito, propio de una mujer que ha sido educada para dichos menesteres y que aprendió mucho porque poseía una inteligencia heredada del filósofo que fue su padre.

Aquel personaje parecía un mercader que vende el producto. Escuché con atención su delicada voz femenina y disfruté de sus gestos amanerados y elegantes que sus rechonchas manos, en consonancia con el resto de su cuerpo, dibujaban en el aire. Me habían aleccionado antes de abandonar Rávena y me habían repetido hasta la saciedad que Teodosio escuchaba a aquel idiota y que había que estar a bien con él para poder obtener el favor del emperador.

Teodosio me recibió en una de las salas de lectura y alabé con profusión el refinamiento de los mil detalles que alcanzaban el más insospechado de los rincones de aquel patio interior, sin que ninguno de ellos estuviera fuera de lugar ni admitiese la menor crítica.

He de reconocer que las explicaciones de Crisapio me fueron de mucha utilidad. Teodosio, halagado por mis palabras, y después de haber intercambiado una mirada con su eunuco, me invitó a cruzar los arcos que sostienen el techo del paseo que rodea la fuente y que se dirige a la biblioteca, mientras añadía a mis comentarios explicaciones sobre detalles arquitectónicos que escapaban a la pobre mirada de un soldado que pretendía engañarle haciéndose pasar por un buen embajador.

Crisapio se despidió de mí y se marchó caminado lentamente y con estudiada elegancia. La mirada que intercambió con Teodosio le enviaba el mensaje de que yo era persona de su agrado. Seguí al emperador hasta las dependencias privadas, donde una criada, nada más verle, hizo una reverencia y abrió la puerta que da paso a la magnífica colección de volúmenes, papiros y rollos que guardan la sabiduría de siglos y siglos de civilización y que constituye motivo de justo orgullo para quien ha sabido atesorar aquellas joyas de la humanidad y que ahora las mostraba con un deje de soberbia.

Cuando alcanzamos la segunda sala de lectura apareció Eudocia. Todo cuanto me habían explicado acerca de su belleza no tenía nada que ver con la realidad, infinitamente superior. La perfección de su rostro superaba netamente a la de la estatua de Venus del peristilo y si el artista que la esculpió hubiera visto aquellos ojos, aquella nariz y aquellos labios, habría hecho añicos su obra para tapar la vergüenza que presidía un jardín, cuando su ama y señora la superaba con creces.

Durante el resto de la mañana no hice más que purgar mi pecado de exceso de adulación. El emperador de Oriente me mostró, uno por uno, todos aquellos escritos que había que atribuir a su persona y me invitó a contemplar la riqueza de su caligrafía. Una letra que parecía un dibujo. No era de extrañar que sus súbditos le hubieran puesto el sobrenombre de «Calígrafo».

Hacia el mediodía, cuando ya creía que me había librado de aquella tortura, porque Teodosio nos abandonó para atender ciertos asuntos importantes, descubrí con horror que Eudocia se había contagiado de las maneras de su esposo.

—A Teodosio le gusta la escritura, pero ciertos expertos afirman, cuando no puede oírles, que su estilo es pobre —me dijo, mientras escogía unos volúmenes y los dejaba sobre la mesa para que yo los contemplase—. Naturalmente, nadie se atreve a decírselo. Y es que, para la escritura, hay que nacer y tener escuela. Sin ir más lejos, esos mismos expertos dicen que mis poesías sobre el Antiguo Testamento o sobre las profecías de Daniel y Zacarías poseen la fuerza de la creación. He de dejar que leas los versos sobre la vida de Jesús que escribí cuando aún no era emperatriz, cuando vivía con Pulqueria y abrazaba la religión cristiana.

Menos mal que llegó la hora de comer y, por fin, abandonamos aquellas estancias para dirigirnos al ala oeste de palacio y encontrarnos de nuevo con el emperador. Estaba más que harto de leer poesía y de menear la cabeza arriba y abajo, al tiempo que no paraba de emitir sonidos de aprobación y de admiración.

En el interior, los altos muros decorados con pinturas históricas, custodiados por los bustos de los emperadores que habían hecho grande el Imperio y rodeados por las gigantescas columnas del más fino de los alabastros imponen respeto y causan admiración en quien los visita. Sonreí al verme de nuevo entre aquellas paredes silenciosas y los inmensos techos que empequeñecen a cualquiera que se atreve a levantar la mirada y desafiarlos. Al fondo, elevado del suelo más de diez escalones, con toda la decoración de oro y piedras preciosas, el trono acogía a Teodosio que había adoptado el gesto grave de emperador y dejaba un lugar a su izquierda para un trono más pequeño donde la emperatriz Eudocia se sentó para lucir toda su belleza.

La primera vez que había estado en aquella sala, tiempo atrás, no había podido contemplar la decoración, porque mi mente estaba más centrada en conseguir fuerzas con las que luchar contra Genserico, pero, ahora, mi misión me permitía pasear la mirada por todos los rincones y disfrutar plenamente. Después de todo, la tarea de discutir lo que como soldado considero tonterías de mujeres y que, como embajador, tengo que catalogar de asuntos delicados, permite conocer y catar sensaciones y placeres que únicamente la paz y la tranquilidad pueden descubrirte. Fue una enseñanza muy notable.

La inmensa puerta de dos hojas y más de diez codos de altura se abrió y apareció la figura alta y espiritual de Pulqueria. La hermana del emperador no había cambiado lo más mínimo. Avanzó lentamente entre las dos hileras de senadores, con elegancia y dominio, escaló los peldaños, saludó a Teodosio, abrazó a Eudocia y se sentó a la derecha, apartada del emperador, pero a su misma altura. Entonces, y únicamente entonces, me miró y me saludó con una sonrisa que lo decía todo. Me había reconocido, estaba contenta de verme de nuevo y me daba la bienvenida. Sin una sola palabra. Verdaderamente exquisita.

De pronto, Teodosio empezó a exponer el objeto de mi visita como si no nos hubiéramos visto hacía tan sólo unos momentos ni hubiéramos hablado de nada. Por lo menos, tenía un buen pico y se dirigía a los senadores con elegancia y les explicaba, de la misma forma que un maestro con sus discípulos o un orador, que Gala Placidia había enviado a su embajador y, entonces, me preguntaba a mí cuál era el contenido de mi embajada.

Por segunda vez mantuve con él una conversación insulsa y estúpida, repleta de palabras amables y vacías, y le transmití (en esta ocasión públicamente) las salutaciones y los mensajes de buena voluntad de Gala Placidia, para él y para Pulqueria, y añadí de mi propia cosecha unas palabras para Eudocia, a quien la emperatriz de Occidente, curiosamente, había dejado de lado en un olvido de difícil justificación. Decididamente, tengo alma de embajador y, si es necesario, palabras de poeta.

—¿Te quedarás unos días con nosotros? —me preguntó Teodosio, con la misma afectación que había empleado la primera vez, cuando le había conocido en mi anterior viaje— ¿Dónde te alojarás?

—El noble Severo es el embajador de nuestra amada prima Gala Placidia y no hemos de olvidar que nuestra hija Licinia es la prometida de Valentiniano —intervino Eudocia—. Quizás lo más adecuado sería que Severo se quedara aquí, en palacio. Así podríamos preguntarle sobre las costumbres de Rávena.

—Es una gran idea —aplaudió Teodosio, se volvió hacia Pulqueria y preguntó—: ¿Podemos contar contigo esta noche para la cena?

—Será un honor —respondió Pulqueria.

—El honor es enteramente mío, porque cenar en compañía de las tres mujeres más hermosas de Constantinopla representa el mayor de los sueños de todo mortal —hice una ligera, pero bien estudiada reverencia.

—¿Tres? —se sorprendió Eudocia.

—Dos las tengo ante mí y la tercera es la amada futura esposa de Valentiniano —aclaré.

—¡Es cierto! —sonrió la emperatriz—. Nuestra hija ya es una mujer.

—Cierto, cierto —corroboró Teodosio, como quien descubre una evidencia largamente escondida.

Sí, en Constantinopla se me reveló que estaba dotado para la política. Soy capaz de mentir más de lo que hablo.

Licinia tenía catorce años, era rubia, simpática, con una amplia sonrisa y unos ojos espléndidos que lo abrazaban todo. Se pasó toda la cena preguntando por Valentiniano e interesándose por las costumbres de Rávena. Inventé cualidades impensables, sentimientos nobles y virtudes inexistentes para poder coronar con éxito la más absurda de las misiones que hasta entonces me habían encomendado.

El triunfo fue arrollador. Incluso Crisapio me echó una mano y la fecha de la boda se fijó para aquella primavera. Además convinimos que una numerosa delegación viajaría por mar desde Constantinopla hasta Roma y prepararía el camino para que el obispo de la

Ciudad Eterna bendijese la unión de Licinia y Valentiniano. Naturalmente la boda se celebraría en Roma. Así lo había solicitado Gala Placidia y nadie se opuso, porque Crisapio consideró que era una gran idea y yo descubrí que sus apreciaciones se convertían en voluntad de su señor. Pulqueria, en algún momento, le dirigió una mirada que no era demasiado amistosa, pero tampoco se opuso.

Los días sucesivos, porque me prohibieron abandonar Constantinopla hasta que Licinia no hubo satisfecho enteramente su curiosidad, que era mucha, me permitieron dibujar un cuadro preciso de las relaciones de aquella familia, que giraban en torno a tres protagonistas principales. Crisapio, a pesar de ser el eunuco, representaba el nexo de unión de todas las partes. Siempre entre Eudocia y Teodosio, Crisapio había sabido ganarse a una y a otro e influía en cualquier decisión. Sin embargo, Pulqueria no le tenía simpatía, aunque lo toleraba. Crisapio procuraba mantenerse alejado de ella. Y ese curioso triángulo, formado por el eunuco y ambas mujeres, poseía un lado más largo y más pesado que los otros dos. Llegué a la conclusión que el eunuco había sembrado la discordia entre Pulqueria y Eudocia y que la hermana del emperador ya no era tan feliz con el matrimonio imperial. Eudocia no únicamente era hermosa, sino inteligente. Empleaba con astucia sus encantos con Teodosio y también era capaz de hallar la manera de decir lo que quería decir en presencia de su cuñada y sin que Pulqueria fuese capaz de replicarla. En alguna ocasión las había sorprendido intercambiando una mirada de aquellas que las mujeres lanzan para enviar todo un discurso y que representa un desafío, una batalla, una derrota, una victoria, una herida que ha de cerrarse, una retirada y la promesa de que habrá nuevas oportunidades.

Finalmente, antes de partir, tuve ocasión de saludar a un viejo conocido. El tribuno Marciano me abrazó y recordamos las aventuras en el norte de África. Seguía siendo el mismo: humilde y buen conversador, siempre atento con sus invitados y con la palabra justa en los labios. Me sentí muy contento con aquel encuentro.

Una vez concluida mi misión, regresé a Rávena y comuniqué el resultado a Gala Placidia. Su satisfacción fue tal que me preguntó:

—¿Qué quieres para ti o para los tuyos?

¿Qué podía pedirle? Y la imagen de mi hijo Antonio se me apareció de inmediato.

—Mi padre fue senador y tengo un hijo que estudia el arte de la política. Estoy convencido que será un buen sucesor de su abuelo cuando acabe su formación.

—Si ese muchacho posee la mitad de la habilidad de su padre, tendrá un puesto en el senado. Y tú, para cuando decidas retirarte del ejército, piensa que hay otra silla que te aguarda. Hombres como tú no abundan. Ordenaré que redacten esta promesa por escrito y la firmaré —me contestó con una amplia sonrisa. Entonces, recuperó la seriedad y añadió—: Hay una cosa que quiero pedirte. Pero, en este caso, no se trata de una orden, sino de la necesidad de una madre.

—Cualquier petición será un compromiso para mí —me incliné con respeto.

—El emperador, mi hijo, perdió a su padre cuando era un niño. He visto con satisfacción que tu hija Serena es prudente y tienes otro hijo que pronto será oficial.

Necesito un hombre que hable a mi hijo sobre el matrimonio y sobre las responsabilidades que adquirirá.

A partir de aquel día visité regularmente palacio y sostuve largas conversaciones con Valentiniano.

Nunca entenderé cómo es posible que te pases toda una vida luchando en el campo de batalla sin obtener mucho más que los ascensos propios de la milicia y, de pronto, un buen día, sin más ni más, con una simple embajada, en un asunto que siempre he considerado menor, se te abran las puertas del cielo.

*** ***

Durante los meses que precedieron a la boda imperial intimé con Valentiniano y constaté aquello que ya sabía, que era inconstante y voluble, sin carácter, débil y caprichoso. Podía ofrecerte cualquier cosa y, de pronto, te la quitaba. Preguntaba y preguntaba con un interés que en principio podía sorprender, pero el vuelo de una mosca le distraía y se marchaba tras de un suspiro como si se tratara de un tesoro.

Procuré ser benévolo y pensar que el joven emperador estaba falto de afecto, a pesar de que su cama siempre estuviera caliente. E hice un notable esfuerzo para entender que necesitaba de un padre y, sorprendentemente, se me confió como nunca lo había hecho con nadie. Sin darme cuenta me descubrí respondiendo preguntas sobre la propia vida, sobre detalles que a mí me parecían banales. Pero, ¿cómo era posible? Un hombre que lo tenía todo, que disfrutaba del poder más grande de la tierra y no conocía nada de nada de su entorno ni era capaz de tomar una sola decisión por sí mismo ni sabía la más mínima cosa sobre el gobierno de un imperio. Su conversación predilecta eran los placeres. Sobre todo el sexo.

En aquellos meses hablamos como dos amigos, dos compañeros que buscan respuestas y pensé que podía llegar a ser un buen emperador, si recibía una formación como era debido, y que aún se podía enderezar un árbol que había crecido torcido. Le hice ver que existe un mundo por descubrir y que el dolor convive con el placer. Fueron horas y horas durante las que sentí afecto por él. Le veía solo y perdido, débil y asustado. Incluso me atreví a hacer algún comentario a Gala Placidia sobre la conveniencia que su hijo tomase parte de las decisiones imperiales. Y aquí cometí un grave error, porque unos días después fui relevado de mis funciones de preceptor y me asignaron a las órdenes de Sebastián para organizar la seguridad y la protección durante la ceremonia. De manera que mi superior me envió a Roma y perdí todo contacto con el emperador.

Siempre he deplorado aquel error. Tal vez... si... ¡En fin! No vale la pena retornar al pasado y pensar en lo que habría podido suceder, porque la realidad es la realidad y el resto son elucubraciones inútiles, sueños y fantasías.

Julia aprovechó mi viaje para poder visitar a su hermana Sara, que vivía en Roma. Nuestros hijos, a pesar de que no querían perderse un espectáculo como aquél, tenían que proseguir sus estudios y, por lo que se refiere a Serena, ya llegaría con la princesa Honoria.

En muy poco tiempo las calles se llenaron de guirnaldas y alfombras de flores y de colores vivos que colgaban de los balcones. Todos andaban atareados y comentaban los detalles de cómo sería la fastuosa celebración que significaría un fuerte lazo entre Oriente y Occidente.

Cada tarde, cuando llegaba a casa de mi cuñada, el tema de conversación era, invariablemente, todos los rumores que corrían, y Sara, Julia y sus amigas dedicaban horas y horas a discutir sobre los vestidos que lucirían las damas principales y quién asistiría y quién sería excluido del banquete. Aquella escena era el pan nuestro de cada día en las calles, en los mercados, en las plazas, en las iglesias y en todos los rincones de Roma. Más pendiente de los detalles de la boda, el pueblo vivía ajeno a que aquella boda también serviría para establecer la estrategia del Imperio, para salvaguardar las fronteras y para acabar con el peligro de Genserico.

Por fin, una mañana, tuvimos noticias de que un barco había alcanzado la costa y que la comitiva de la novia navegaba por el Tíber. La hija del emperador de Constantinopla había desembarcado. Solicité más detalles. Llegaba acompañada de las damas de honor y de sus tías, me informaron.

—¿Alguien más?

—El emperador Teodosio y su esposa llegarán dentro de dos días.

Sara me cosió a preguntas y me pidió, por medio de Julia, que les informase de por dónde pasarían las literas y los carros y que les consiguiese una invitación para poder visitar el palacio y contemplar de cerca la novia.

No fue difícil colmar el deseo de Sara y de Julia, aunque la situación se tornó dramática cuando quisieron sumarse todas las amigas y las amigas de las amigas, que de pronto se habían multiplicado por centenares. Aquello era inexplicable. Todos, desde el más humilde al más rico, querían participar de un acontecimiento que parecía ser el último, como si tras aquella boda llegara el Juicio Final. Tolomeo, mi cuñado, me miraba con cara de lástima y procuraba mantenerse alejado de todo aquel desbarajuste. He de reconocer que era muy inteligente.

—Te compadezco, amigo mío —se reía cuando me veía entrar en su casa.

Aquellas palabras significaban que las mujeres ya habían decidido qué nueva petición podían formularme y no tardaba mucho en conocer el nuevo favor que estaba a punto de concederles, porque negarme, en aquellas circunstancias, habría representado poco menos que la muerte.

Roma acogió la que sería nueva emperatriz con todos los honores debidos a tan augusta persona y no escatimó nada para conseguir que su espera se convirtiera en una cálida y agradable estancia, mientras las noticias de Rávena no cesaban de llegar. Valentiniano, conforme marcan las normas del protocolo, entraría en Roma aquella tarde y se alojaría en el palacio imperial. No debía ver a su futura esposa hasta el altar. Alguien hizo el comentario que no era por causa de las normas protocolarias, sino para garantizar que Licinia llegaba virgen a la cámara nupcial. La fama de Valentiniano le precedía por donde pasaba. Y Roma siempre ha sido Roma.

Gala Placidia entró en la ciudad y, de inmediato, se hizo cargo de los últimos detalles. Su llegada significó una verdadera revolución que me produjo más de un quebradero de cabeza, porque hacía caso omiso de las indicaciones y de los trayectos señalados y echaba por tierra nuestra organización y se movía con absoluta libertad, mientras mis hombres tenían que hacer equilibrios para seguirla y protegerla como era debido. La emperatriz madre no cesaba de dar órdenes, de comprobar que todo estaba a su gusto y que sus deseos se habían cumplido al pie de la letra. Fue agotador. Cada noche, en la cama, rezaba para que todo aquello concluyera lo antes posible.

Dos días después, otro barco alcanzó las costas de Italia, fuertemente custodiado por la flota de Aspar. Eudocia y Teodosio llegaban acompañados de su fiel Crisapio.

De nuevo tuve que conseguir que Sara y Julia fueran incluidas en la lista de invitados que se acercarían para dar personalmente la bienvenida a los emperadores de Oriente. Y les rogué que dedicaran una mirada y una sonrisa a Crisapio. Nunca se sabe cuando vas a necesitar que te echen otra mano.

Fue la boda más fastuosa que nunca se había visto en Roma. El obispo Sixto, después de que un antecesor suyo, Bonifacio, estableciera la supremacía de los obispos de Roma, se convirtió en el tercero de los patriarcas de la Ciudad Eterna que llevaba el mismo nombre. Él fue la persona escogida por Gala Placidia para celebrar la boda y esperaba a la puerta de la basílica, mientras toda la plaza aparecía abarrotada de curiosos que se habían acercado para contemplar el desfile de las personalidades invitadas al más importante de todos los acontecimientos de los últimos años. Aquellos hombres y mujeres llevaban dos días durmiendo allí mismo, disputándose el honor y el privilegio de contemplar en primera fila las riquezas, el lujo y la pompa, casi acariciándolas, tan sólo separados por la guardia real que llenaba todas las calles y marcaba el camino por donde transitaría el cortejo imperial.

Julia se vistió con sus mejores galas y puedo jurar que enamoraba. Para la ocasión —todavía lo recuerdo— escogió una túnica blanca, inmaculada, con unos pliegues a la altura de las caderas que caían como un cortinaje y un collar de oro y esmeraldas que se enganchaba en el vestido y se abría para seguir la forma del escote y enmarcar sus pechos, a juego con la diadema que se alzaba arrogante sobre el peinado y que coronaba su testa majestuosa. Sara también había hecho un notable esfuerzo, pero no la superaba. No poseía los mismos pechos. E, incluso, creo que se dio cuenta, cuando ascendían la escalinata para entrar en la basílica, que la mayor parte de las miradas no eran para ella, y sintió envidia. Tolomeo las acompañaba y saludaba con un ligero movimiento de cabeza a algunos conocidos que se encontraban entre el público. Si todo iba bien haría buenos negocios, porque un invitado a la boda imperial tiene que ser persona muy importante, con inmejorables relaciones, y él sabía hacerse valer. También estaba Ana, junto a Máximo, y ocupaba una de los lugares preeminentes. La contemplé. Era una diosa y, naturalmente, acaparaba buena parte de las miradas que se repartían entre ella y Eudocia.

Las trompetas, partiendo del arco de Constantino, a lo largo de toda la vía Sacra, pasando por delante del

Capitolio y enfilando hacia la basílica de San Pedro, aquella que ordenó construir el propio Constantino, el último de los emperadores que había gobernado sobre todo el Imperio, comenzaron a sonar en el preciso instante en que la princesa Licinia iniciaba su marcha precedida por el gran cortejo de vírgenes vestidas de blanco, mientras los pétalos de flores caían desde los balcones y cubrían la luz del sol y los gritos y los vítores ensordecían la música hasta el punto que la poderosa voz de las trompetas desapareció por completo.

Desde el palacio imperial, Gala Placidia escuchó el griterío. Por fin su hijo Valentiniano se casaba y, quizás, abandonaría durante un tiempo su irrefrenable deseo de sexo que le conducía a compartir el lecho con toda suerte de putas, cada vez más tiradas y más sucias. Su marido Constancio era viejo cuando la dejó embarazada por segunda vez. Quizás ya no tenía fuerzas para engendrar un hijo con el suficiente coraje. Honoria era muy distinta. Tenía carácter y no se dejaba doblegar fácilmente.

Otra preocupación ocupaba la mente de la emperatriz. Si Valentiniano moría, Honoria le sustituiría y ocuparía la silla imperial con una nueva alianza entre Oriente y Occidente. Había que buscarle un marido que pudiera asegurar dicha alianza. De eso ya se encargaría Pulqueria, mientras Gala Placidia debía tener bien presente que, bajo ningún concepto, ni Licinia ni Valentiniano debían gobernar, de la misma manera que su prima había tenido sumo cuidado para que su hermano y su cuñada permaneciesen apartados de las grandes decisiones, porque la verdadera alianza la constituían ellas dos y no los matrimonios imperiales.

La mañana del gran día entré en las habitaciones del emperador. Valentiniano estaba rodeado por sus sirvientes y sirvientas que retocaban su túnica. Me saludó y, de pronto, hizo un gesto violento con la mano y ordenó a voz en grito que le dejasen solo, que todos, excepto yo, abandonasen la estancia.

Asustados, los sirvientes se marcharon y Valentiniano salió a la terraza y contempló la ciudad. A él le agradaba más Roma que Rávena, pero su madre decía que la Ciudad Eterna no posee buenas defensas. Y ella sabía más que su hijo. Sí, sabía más de todo.

Me acerqué lentamente, en silencio. Él se volvió hacia mí y le vi los ojos enrojecidos. Sin embargo, no era por causa de ningún llanto, sino por el vino. Había bebido más de la cuenta y se mostraba tenso y preocupado. Comenzó a hablar y a hablar, recordando hechos del pasado, de su joven pasado. Algo le asustaba y siguió hablando y hablando hasta que se quedó estático, sin mirarme, e inició lo que seria su gran confesión.

—Aún recuerdo aquella noche en mi habitación —me dijo con los ojos fijos en la lejanía. En aquel momento no sabía de qué me hablaba, y guardé silencio—. Venía cada noche para desearme felices sueños. Hablábamos un rato y se echaba junto a mí, me acariciaba el rostro y el pecho y esperaba a que me durmiese. Yo la abrazaba y escuchaba su voz. Me gustaba sentir su pecho en mi mejilla y ya hacía días que había descubierto que su proximidad, cuando me abrazaba y me besaba, encendía un fuego interior que bajaba por el estómago y me excitaba —se rascó los testículos como si le picaran y, después, se fregó el pene, como si fuera a masturbarse, mientras entornaba los ojos. Me quedé de una pieza. No sabía qué hacer, y él siguió hablando—. Aquella noche me abrazó como siempre y acercó sus labios a mi mejilla, pero se encontró con otros labios ávidos que deseaban experimentar con ella sensaciones que la imaginación me proporcionaba. Intentó retirarse, pero la así y le impedí moverse mientras mi lengua lamía sus dientes y su paladar y mis labios sorbían su saliva y la mezclaban con la mía. Me excitaba y me subí encima de ella al tiempo que intentaba abrirle el vestido y se lo rompía. Sus pechos quedaron al desnudo y los apreté con fuerza —alzó las manos y las extendió hacia adelante mientras estrujaba unes tetas imaginarias. Dejó caer sus manos hacia el bajo vientre, cerró los párpados y me explicó—: Noté que mi pene se endurecía conforme me frotaba contra su pubis, por encima de la ropa, y la respiración se me alteró. Entonces ella me apartó con violencia y me pegó. Me cubrí la cara y lloré avergonzado. Sentía toda la vergüenza del mundo sobre mí y noté que ella me levantaba la túnica y me buscaba. Por un instante creí que accedía e intenté abrazarla, pero ella puso su brazo en mi garganta y casi me ahogaba. Atemorizado, la dejé obrar y me masturbó hasta que el semen chorreó entre sus dedos. Entonces, me lo restregó por la cara con violencia y me dijo: «Nunca estarás por encima de mí. ¿Me has comprendido?». Asentí en silencio. «Si me obedeces, yo te mostraré un mundo infinito de placer. Pero, no olvides nunca que quien manda soy yo». Vi la muerte en su mirada y me quedé quieto y asustado. Ella se levantó, abandonó la habitación, sin pronunciar una sola palabra, y nunca más regresó ni nunca hemos hablado de este incidente. Simplemente, al día siguiente, una cortesana entró en mi dormitorio con la orden de calentarme la cama y todo cuanto me viniera en gana.

Me quedé helado. Valentiniano lloraba.

—Estoy enamorado de ella y nunca podré amar a ninguna otra mujer —exclamó.

Amigo Pablo, me juré que nada de cuanto había oído saldría jamás a la luz. Y he cumplido la promesa hasta hoy. Pero... ahora me pregunto: ¿Cómo se pueden entender ciertas cosas sin conocer toda la realidad? Y esa pregunta me ha conducido a traicionar mi juramento.

El emperador respiró profundamente el aire de Roma y se retiró del balcón. ¿Tendría que renunciar a sus noches?, no cesaba de preguntarme. Volvía a plantearme preguntas como cuando le explicaba cosas de la vida. La respuesta era que sí, si seguía los sabios, prudentes y cristianos consejos del padre Mario.

—Deberás dedicarte a una sola mujer. A tu esposa —le dije—. Licinia es dulce como la miel, joven y amable. El amor que sientes por tu madre es producto de la falta de afecto durante tu infancia. Licinia te ayudará a olvidar y a encontrar el verdadero amor.

Asintió lentamente.

—Eres el único amigo sincero que he tenido y me habría gustado que fueras mi padre —de pronto se echó a reír—. Podrías acostarte con ella —se refería a Gala Placidia—. Los tiene redondos y duros —entornó los ojos y se excitó—. Y su entrepierna desprende tanto calor que casi te quema a través de la tela —de pronto, cambió de conversación—. He echado a todos los sirvientes porque estaba harto. Me he sometido a sus decisiones durante casi toda la mañana. Son inaguantables y desesperantes —me explicó, gesticulando y sonriendo—. Y ese imbécil de

Tulio, el maestro de ceremonias que no para de repetirme una y otra vez cómo tengo que entrar y cómo debo comportarme. Y aquel otro... sí... aquél... Florencio, que tiene que vestirme por encargo de la emperatriz... ¡Insoportable!

Yo no sabía cómo reaccionar. Era como si hubiese olvidado completamente la revelación que acababa de hacerme, tan sólo hacía un instante, y no paraba de quejarse.

Me pidió que le acompañase hasta la guardia de honor que esperaba al pie de la escalinata para iniciar la marcha precediendo al carruaje, mientras los soldados de caballería, con sus mejores galas, permanecían quietos para seguir a su emperador.

—Es un gran día para Roma y para todo el Imperio —me incliné respetuosamente—. Quiero ser el primero en ponerme a las órdenes de mi emperador y desearle larga vida, hijos y prosperidad.

—No eres el primero que se pone a mis órdenes, porque no he escuchado otra cosa desde hace más de una semana. Pero eres el primero que siento que lo dice de corazón, y te lo agradezco —respondió Valentiniano. Se quedó un instante en silencio y preguntó—: ¿Significa esto que, a partir de ahora, mandaré yo?

Tardé en reaccionar. Aquélla era la única pregunta que no me esperaba. ¿Se lo permitiría Gala Placidia?, pensaba yo.

—Significa que Roma sigue tan fuerte y poderosa como siempre, bajo la imagen de un emperador que representa la luz que nos ilumina, pero que aún es demasiado joven para tomar sus decisiones —respondí con una sonrisa, y añadí—: Espero que muy pronto el Imperio esté bajo tus órdenes.

—¡Sí, sí, claro! —exclamó Valentiniano, se quedó mudo, escuchando la multitud y dijo—: Parece que ya es hora de partir. Mi futura esposa ya ha llegado y me aguarda.

Repetí la reverencia y abandonamos la sala.

—Vamos. No hemos de impacientar a la futura reina —sonrió cuando ya bajábamos las escaleras.

—Emperatriz —le corregí.

Él se detuvo y me miró a los ojos. Durante un momento creí que, tal vez, no había entendido bien mis palabras o que el vino le hacía dudar, pero Valentiniano sonrió divertido y exclamó:

—Reina, que emperatriz ya tenemos desde hace tiempo y no nos la quitaremos de encima así como así —y me dejó atrás.

Aquélla fue la primera y la única vez que capté en él una inteligencia capaz de descubrir la más escondida de las verdades. Lástima que únicamente fue una brizna que Gala Placidia ya se preocupó de apagar.

5 - EL RETORNO DE UN GENERAL

Ruas, el rey de los hunos, casi siempre respetó a Occidente. Sin embargo, Oriente fue el blanco de su ambición. Llegado de las lejanas tierras de la China, había cruzado las montañas que se encuentran al final de las estepas y había descendido hasta alcanzar el Danubio, atacando y atemorizando a la pobre gente que allí vivía. Los constantes ultrajes se prodigaron a lo largo de toda la frontera y, finalmente, el emperador Teodosio, aconsejado por su hermana Pulqueria, consiguió que el senado de Constantinopla en pleno decidiera establecer una alianza y conceder al rey de los hunos un pago anual de trescientas cincuenta libras de oro por sus (supuestos) servicios y, además, otorgarle el título de general romano, que el gran Ruas no aceptó. Fue una estupidez increíble que mereció una respuesta incuestionable. ¿Si ya era rey, para qué quería ser general? Sin embargo, este gesto, además de mostrar la debilidad de un emperador que se pasaba el día entre oraciones y prácticas piadosas, también significó un breve periodo de paz.

Difícilmente, por más que la historia lo pretenda, toda la culpa de aquellos incontables enfrentamientos y escaramuzas se pueden atribuir a la indocilidad de unos seres que más que humanos parecían animales, sino que buena parte fue mérito de la corte del imperio de Oriente. En los últimos tiempos todas las cortes son iguales y acaban por convertirse en nidos de intrigas. Todas se vician y aplican los mismos principios y comercian con favores, mientras los idiotas de los emperadores viven en un mundo completamente alejado de la realidad cotidiana, a capricho de sus eunucos.

Mi padre fue un hombre muy instruido. Le agradaba leer y discutir sobre política. ¡Lástima que murió cuando se encontraba en el mejor momento de su sabiduría! En diversas ocasiones me había dicho —cuando yo ya había entrado en el ejército— que añoraba los tiempos de los emperadores soldados, de los hombres que iban a la guerra y no se inmiscuían en las intrigas de palacio y, cuando lo hacían, era para cortar la cabeza de unos cuantos desaprensivos que querían mandar sin arriesgar la piel. Hacia el final de su vida, cuando los médicos ya no daban esperanza, se lamentaba de los desenfrenos de Honorio y recordaba los textos que había leído de joven para centrar sus ideas y proyectarlas hacia el futuro, que él pintaba con colores tenebrosos. Recuerdo que estaba junto a él, escuchaba su voz y pensaba que el pobre había perdido la razón, que la enfermedad le traía extrañas visiones del futuro. Ahora le entiendo. Mi padre podía ver y oler todo lo que de podrido hay en nosotros.

Durante el pequeño paréntesis de paz, sin que Teodosio supiera nada de nada, Aspar llevó a cabo un buen número de reuniones y de pactos secretos con todos los pueblos que tenían a los hunos por bestias llegadas del norte, de más allá de las estepas, que habían atacado sus casas, robado sus cosechas, arrasado sus campos y matado a sus hijos, y consiguió que los bávaros se levantasen contra los hunos y que se les unieran otros pueblos, hasta un total de cuatro, prometiéndoles que recibirían ayuda del ejército imperial. Una gran labor que nos habría librado de aquella infección, pero, desgraciadamente, en el instante final, Pulqueria se enteró, se fue a hablar con su hermano Teodosio, que se hizo atrás una vez más, y dejó en la estacada a los pobres aliados que habían confiado en la palabra del bravo general. Poco le importó que Aspar quedase en ridículo. Teodosio sólo tenía oídos para Pulqueria, que escuchaba en cada esquina la voz de Dios que le exigía la paz, y al emperador ya le iba bien para no tener que tomar decisiones ni tener que enfrentarse a nadie.

El resultado fue que el formidable Ruas acabó con todos sus enemigos en pocas semanas, como si fueran insectos, y envió a su embajador Eslaw a la corte de Oriente con un mensaje muy claro: él estaba convencido, y tenía pruebas, de que los bávaros habían atacado por orden de Constantinopla y, ahora, a menos que Teodosio reconociera su culpa, estaba dispuesto a declarar la guerra a Oriente y arrasar todos los campos desde el Danubio hasta el Adriático y el Mediterráneo.

Aspar contempló cómo su oportunidad de enfrentarse a los hunos se diluía porque, una vez más, a instancias de Pulqueria, el senado votó la paz. Una paz vergonzosa que tenían que negociar el general Plinto y el cónsul Ifigenio, los cuales se dirigieron al campamento de los hunos. Aspar se negó. Nunca se arrodillaría ante unos bárbaros.

Sin embargo, Ruas murió antes de concluir las negociaciones y le sucedieron sus dos sobrinos Atila y Bleda que se repartieron las tierras de los hunos y el poder de su rey. A partir de aquí se produjo un giro inesperado y la historia tomó otros derroteros.

Los dos hermanos recibieron a los embajadores romanos en Margus y, con absoluto desprecio, sin tan siquiera apearse del caballo, impusieron sus vergonzosas condiciones, que Constantinopla aceptó sin rechistar. A partir de entonces, toda la ribera del Danubio se convirtió en puerto franco para los hunos sin que Oriente pudiera intervenir ni limitar ni imponer nada de nada; la contribución anual ascendió al doble, es decir: hasta setecientas libras de oro; además, Constantinopla pagaría ocho piezas de oro por cada cautivo romano que aún permanecía con vida; el emperador Teodosio renunciaba expresamente a cualquier alianza con los enemigos de los hunos; y, para colmo, Oriente debía entregar todos los refugiados a Atila y Bleda.

Aún hoy se me eriza el vello al ver que todas y cada una de aquellas condiciones —¡exigencias!— fueron ejecutadas de inmediato.Los mensajeros explicaron que Atila había ordenado crucificar a los refugiados que le habían entregado antes de abandonar las tierras del

Imperio y regresar a la otra orilla del Danubio, dejando tras de sí un reguero de cadáveres colgados que se pudrieron y llenaron el aire de un hedor insoportable, señalando cada huella de su caballo y dejando a su paso el recuerdo imborrable de su ferocidad. Los únicos que agradecieron su ascensión al poder fueron los buitres. Nunca habían disfrutado de un festín como aquél y acompañaban al caballo de Atila como su séquito más fiel, hasta el punto de que la gente podía saber de su presencia con sólo mirar el cielo.

En unos meses —¡muy pocos!— la nefasta leyenda de Atila se esparció. Bleda, su hermano, reinaba en la Dacia y Atila en la Panonia, pero todos decían que él era el sucesor natural de Ruas, a pesar de que Bleda gobernaba un territorio más amplio. También decían que Atila estaba creando un gran ejército y que tenía ambiciones y, como nunca atacaría a su hermano, se extendería hacia el oeste, hacia la Galia, o hacia el sur, hacia Constantinopla y Persia.

En Occidente, Gala Placidia recibió con preocupación las noticias de la Panonia. Ella y todos nosotros, evidentemente. La pregunta era sencilla: ¿Cuánto tiempo tardarían los hunos en atacar Occidente? ¿Y cuál sería el precio de la paz? ¿O, tal vez, la paz sólo llegaría cuando las tropas de aquellas bestias pudieran lavarse los pies en el Mediterráneo?

Sebastián era un buen oficial, pero no un gran general. Desaparecido Bonifacio y desterrado Aecio, no quedaba nadie con experiencia y capacidad como para conducir los ejércitos y ganar una batalla ya perdida de antemano. Algunos dirigían sus ojos hacia mí porque había luchado junto a Bonifacio, pero yo tenía claro que la pregunta seguía siendo: ¿Cuánto tiempo le queda a Roma para defenderse? Y aún más importante: ¿Cómo la defenderemos? Nuestras fuerzas, tras la campaña que significó la pérdida de África, tras el enfrentamiento de los dos grandes generales y con unas alianzas precarias, estaban muy mermadas y no habíamos tenido tiempo para rehacernos. Teodorico había firmado un pacto con Genserico, mientras que Gala Placidia, sentada en el trono imperial, descuidaba las relaciones con los reyes venidos del norte y establecidos en Hispania y en la Galia. Sobre todo con los que fueron sus vasallos en otros tiempos.

Con estas desgraciadas circunstancias habíamos comenzado a establecer un plan. El peligro no era únicamente el ataque de los hunos por el norte, sino que nuestros informadores nos habían alertado sobre que la codicia de Genserico acariciaba Sicilia, estratégicamente situada para dominar todo el mar Mediterráneo y puerta de entrada a Italia. Si él subía por el sur, los hunos descendían del norte y Teodorico se levantaba en la Galia, significaría el fin de Roma. Teodosio no hacía más que rezar, mientras su general Aspar se desesperaba y Pulqueria repetía una y otra vez que había que preservar la paz a cualquier precio.

Estuve muy ocupado entrenando nuevos soldados en Cesena. No podíamos perder tiempo y mis visitas a casa, a Rávena, se espaciaron. Julia se quejaba, pero procuraba entender la situación.

Un día Sebastián me llamó y viajé a la capital. Debíamos establecer las zonas de defensa porque había recibido noticias del norte sobre extraños movimientos que nos obligaban a emplazar las tropas en previsión de un posible ataque.

Estábamos reunidos en la sala de oficiales cuando un mensajero se presentó a las puertas de Rávena. Su aspecto sucio nos hacía suponer que llevaba días y días cabalgando, pero su vestimenta mostraba lo que yo ya conocía. Llevaba las piernas cubiertas hasta los tobillos, botas en los pies, la chaqueta de piel y el sombrero redondo. Barbudo y greñudo, con una trenza que le caía por la espalda, no había duda de que pertenecía a las tribus del norte, e iba sucio porque sucia era su condición. ¿Qué significaba su presencia?, ¿Que los hunos ya estaban cerca?, ¿Que ya había empezado la invasión...?

Intenté que me comunicase su mensaje, pero aquella bestia se negó, y tampoco quiso entregarlo a Sebastián. Sus instrucciones eran determinantes. Sólo hablaría con la emperatriz. Finalmente, Gala Placidia le recibió a última hora de la tarde.

Aquel despojo, sucio e insolente, la miró sin ningún respeto, con deseo en sus ojos, husmeando sus redondos pechos que se movían, que se alzaban y bajaban rítmicos, como si ya la estuviera poseyendo. Antes de que pudiéramos detenerle, se encaramó en la escalera del trono e hizo ademán de entregarle un pergamino en propia mano, pero Gala Placidia volvió el rostro e hizo una señal para que Sebastián recogiera el rollo y se lo pasara.

—¿Dónde está Aecio? —preguntó la emperatriz después de leer el contenido.

—A una jornada de aquí, acampado y esperando —respondió el mensajero en un latín vulgar y lleno de incorrecciones, mientras enseñaba los dientes en una patética sonrisa que pretendía agasajar a la emperatriz.

Gala Placidia le miraba con una mezcla de asco y de temor y ordenó que esperase fuera. El hombre se marchó sin dirigir una sola reverencia a la emperatriz. Con nosotros también se encontraba Tibio, que había luchado en el norte.

—Tú estuviste con ellos, ¿No es cierto? —le preguntó Sebastián, cuando nos habíamos quedado solos.

—Sí. He conocido a los hunos, pero sólo durante unos meses.

—¿Son tan feroces como dicen? —preguntó Gala Placidia.

—No conocen el miedo, ni tienen cultura ni educación. Ya lo has visto, señora —dijo Tibio, con un deje de desprecio—. Son poco más que bestias capaces de hablar y se comportan conforme a su condición.

—¿Qué crees que podemos hacer? —se volvió Gala Placidia hacia Sebastián.

—Si partimos hacia el norte, en tan sólo unas horas podemos sorprenderles. Seguro que no se lo esperan.

—¡No! —le corté—. Es un error.

Sebastián me miró incrédulo y quiso replicar, pero Gala Placidia le detuvo.

—Habla —me ordenó.

—Desconocemos sus fuerzas, pero mucho me temo, sabiendo que Aecio es gran amigo de Atila, que no ha venido solo. Salir sin conocer las fuerzas del enemigo sería un suicidio y, si perdemos la batalla, Rávena quedará a su merced. Es más prudente enviar a alguien que nos informe y, por el momento, nuestra única oportunidad es mantenernos aquí. Rávena puede soportar un asedio mientras voy en busca de las tropas de Cesena. Aún así, no creo que sea el momento de enfrentarnos e intentar ganar una batalla que abriría las puertas para que Atila dispusiera de una buena excusa para presentarse personalmente. Por otro lado, si Aecio hubiera querido atacar, ya lo habría hecho. Y no podemos olvidar que, si provocamos a los hunos, Genserico atacará por el sur y ¿Quién nos asegura que los visigodos no aprovecharán la revuelta?

—¡Aecio es un traidor! —exclamó Sebastián.

—Tal vez sí, pero en estos momentos representa nuestra salvación y, quizás, su deseo de perdón sea sincero —repliqué.

La emperatriz me miró, se levantó y caminó hacia la ventana para contemplar la ciudad de Rávena.

—Consultaremos con el senado —dijo, y abandonó la sala.

No hicieron falta demasiadas deliberaciones para que el senado aconsejase a la emperatriz que concediera el perdón al general que había pretendido encumbrar al usurpador Juan hasta la púrpura imperial y que, más tarde, se había enfrentado a Bonifacio. Tampoco era difícil de comprender si se tiene en cuenta que Aecio, tal como había imaginado, solicitaba el perdón con sesenta mil hunos a sus órdenes. Un pequeño regalo de su amigo Atila que, según las últimas noticias, ya disponía de un ejército de setecientos mil hombres, ya que se le habían unido los ostrogodos y los gepidas. Ardarico, rey de los gepidas se había convertido en su consejero y también contaba con Walamir, el rey de los ostrogodos que, según decían, era modesto y prudente. No estábamos en situación de seguir los dictados del corazón, sino de la razón, por más que Gala Placidia y Sebastián desearan tomar venganza por la muerte del general Bonifacio.

Dos días después Sebastián me ordenó ir al campamento de Aecio, transmitirle las salutaciones del senado y entregarle el documento firmado por la emperatriz con su perdón.

El general me recibió con muestras de alegría y le respondí de igual forma. Le recordaba del día que le llevé a Lidia. No había cambiado demasiado. Sus ojos seguían siendo sinceros. Y en aquel instante, tuve un pensamiento para ella. La recordaba del último día, de cuando me abrazó y me besó. Si cerraba los ojos, aún llevaba prendido en mi memoria el olor de su piel.

Aecio me impidió que regresara de inmediato a Rávena. Necesitaba hablar conmigo, con alguien que le entendiera, me dijo. Lidia le había dicho que yo era la persona adecuada, que Bonifacio confiaba en mí y que era capaz de escuchar en silencio.

Aquella noche me confesó su arrepentimiento por haberse enfrentado a Bonifacio. Por eso solicitaba el perdón del Imperio y quería ponerse a su servicio. Y todavía me dijo más. Mucho más.

—Un hombre como pocos ha habido —exclamó con tristeza, refiriéndose a Bonifacio—. De veras siento haberle matado, a pesar de que nada sucede porque sí —guardó silencio y me preguntó—: ¿Sabes de quién es la culpa de todo cuanto ha sucedido? —y sin que pudiera responder, dijo—: De Gala Placidia. Ella me empujó con su devoción por el conde, con sus desprecios constantes hacia mí y con los regalos en forma de nuevos títulos que intentaban encumbrar a su amante. Porque eran amantes. ¿Lo sabías?

—Algo sospechaba —respondí. No valía la pena negarlo.

—¿Algo...? —sonrió sarcástico—. Tú me trajiste a Lidia como legado póstumo de Bonifacio. Posiblemente en su lecho de muerte pensó que, si su esposa se casaba conmigo, la emperatriz tendría que aceptarme por amor a él. Se equivocó. Él amaba a Gala Placidia hasta el extremo de descuidar todos sus deberes y, quizás, se imaginaba que su amor era correspondido con idéntica intensidad —entonces dejó escapar una risotada—. Verás, noble Severo. El día que le abrí las carnes a Lidia chorreaba como una fuente —dijo, y yo casi estuve a punto de darle la razón—. La penetré como si fuera mantequilla fundida, porque era tan grande el deseo de volver a ser mujer, era tanto el tiempo que Bonifacio ni se la miraba, y la pobre había aceptado con tanta devoción las palabras del obispo Agustín, que con sólo oler un cuerpo desnudo las piernas le flaqueaban —una forma bastante grosera de expresarlo, pensé, pero muy gráfica y precisa. Yo la recordaba igual cuando se me ofreció en el barco. Entonces cambió de tema y mis recuerdos se desvanecieron—. Si he vuelto es para salvar a Roma. Si Atila y Bleda no han atacado, es porque yo se lo he impedido. Aceptaré el perdón de la emperatriz, pero nunca me someteré a su autoridad.

¿El perdón de Gala Placidia...? Casi da risa. Sin embargo Aecio fue consecuente y aceptó que los reyes y los emperadores tienen sus prerrogativas y han de salvar la cara en cualquier circunstancia porque ellos o ellas representan la máxima autoridad.

La emperatriz recibió a Aecio en la sala del trono, rodeada de la mayor parte de los senadores, y allí mismo, en presencia de los más altos dignatarios, le confirmó el perdón, le concedió el título de patricio y lo invistió como cónsul.

No obstante, ante la sorpresa de los senadores, Aecio no se conformó y con una arrogancia que sobrepasaba todo lo imaginable solicitó que se le nombrase general de todos los ejércitos. Sebastián se avanzó con el ánimo de atacarlo, pero Gala Placidia le detuvo.

—Roma no dispone de ningún general —dijo Aecio, y su mirada desafiaba al sobrino de Bonifacio, que luchaba desesperadamente entre seguir avanzando u obedecer a la emperatriz.

Fueron instantes de verdadera tensión. Los ojos de Gala Placidia se clavaron en Aecio y contemplé que las venas de su cuello se hinchaban y sus labios se tornaban delgados y alargados. Sin embargo, de pronto, sonrió y aceptó. ¿Qué otra opción le quedaba? Aecio sólo tenía que levantar la mano y sesenta mil bestias caerían sobre Rávena y no dejarían piedra sobre de piedra. De sobra conocíamos la fama de los hunos cuando saqueaban una ciudad. Sebastián se sintió despreciado. Capté su respiración agitada y vi cómo la rabia y el dolor contraían su rostro hasta convertirlo en una máscara de odio, pero hizo una ligera reverencia a la emperatriz y abandonó la estancia con paso firme y decidido.

Roma, Valentiniano y Gala Placidia siguieron ocupando sus puestos como si nada hubiera sucedido, pero bajo las directrices de un hombre que ahora llegaba con la aureola de héroe del pueblo, salvador del Imperio y máxima garantía de paz.

El joven emperador ni se enteró del alcance de la nueva situación. Vivía en su mundo, encerrado en su palacio de placer, disfrutando de su esposa Licinia y, por desgracia, habiendo olvidado sus buenas intenciones manifestadas el día de su boda. Valentiniano no sabía, ni tenía la menor idea de cuanto se cocía, pero Gala Placidia era plenamente consciente, como también tenía perfecto conocimiento de que su poder quedaba tan mermado que no pudo hacer nada por impedir lo que sucedió durante los días siguientes.

He dicho que Aecio no había cambiado mucho y no es del todo cierto. Literalmente se apoderó de Rávena, instaló a sus hombres fuera de las murallas, sin que quedase claro si nos defendían o nos mantenían quietos, y publicó nuevos edictos que el senado ni siquiera leía y que la emperatriz ratificaba sin rechistar. Finalmente, en uno de aquellos edictos se ponía en tela de juicio la fidelidad de Sebastián y días después fue hecho prisionero junto con algunos de sus oficiales más fieles.

Me fui a hablar con Tibio, que había luchado junto a Aecio en el norte, años atrás. Él no podía hacer nada, me respondió. Las órdenes eran claras y evidentes y el general buscaba venganza, porque Sebastián le había perseguido después de la batalla de Rímini.

Entonces conseguí que me recibiera la emperatriz, pero Gala Placidia tampoco estaba dispuesta a ayudar a Sebastián.

—Si Aecio lo dice, debe ser verdad —me contestó.

—No puedes permitir que muera. Él te ha servido fielmente.

—Ya he pasado por una situación parecida y en aquella ocasión el pueblo se levantó en armas —me respondió, recordando la muerte del rey Ataulfo.

Era absurdo. ¿Cómo podía ni siquiera imaginar que Rávena reaccionaría igual que Tarraco y Barcino? No eran los mismos tiempos ni los mismos súbditos ni el mismo usurpador ni las mismas circunstancias. Sebastián sería sacrificado por nada.

Sólo me quedaba un camino. No podía tolerar aquella injusticia y me fui al encuentro de Aecio.

—La acusación es falsa —le dije.

Nos encontrábamos en la sala de oficiales, la que servía para planificar estrategias militares. Mis palabras le sorprendieron y tardó en reaccionar. Nadie, desde que había regresado, se había atrevido a contradecirle en nada. Me miró con dureza, pero aguanté. Entonces me alargó los documentos que inculpaban a Sebastián e hice lo que nunca habría podido imaginar. Sin siquiera echarles una ojeada, los rompí y los tiré al suelo.

—Si le tocas, me alzaré contra ti —exclamé y le desafié con la mirada.

Por un instante creí que era hombre muerto. Vi que su mano buscaba le espada y que los guardias bajaban la punta de sus lanzas hacia mi pecho. Pero, de pronto la puerta se abrió y apareció Lidia con un niño en brazos.

Estaba tan hermosa como cuando se marchó. Me olvidé de las lanzas que me apuntaban y de cuanto había venido a discutir.

—¿Los dos hombres más juiciosos del Imperio se pelean? —dijo con una sonrisa—. ¿Tan grave es la ofensa?

Aecio se relajó. Levantó la mano y los guardias recuperaron la posición de firmes.

—Este es nuestro hijo Carpilio —me dijo Lidia, y me lo mostró.

Acaricié la mejilla de aquel niño. Era la viva imagen de su madre. Por un instante imaginé que el mundo era otro, que ella y yo estábamos casados y que aquellas palabras significaban que el hijo era nuestro, de ella y mío.

—¿Cómo está mi amiga Julia? —me preguntó Lidia y mis pensamientos desaparecieron para retornar a la realidad.

—Feliz por tu regreso y con ganas de explicarte muchas cosas.

—Eres noble y valiente —dijo Aecio, y le miré—. Serviste a Bonifacio con lealtad y espero que hagas lo mismo conmigo. No te deseo mal alguno. Al contrario, pienso que podemos ser buenos amigos y mejores compañeros.

—No me cabe ninguna duda. Nunca he rechazado la amistad de alguien que decide seguir los dictados de la razón y no del odio o del afán de venganza —respondí—. Permite que Sebastián abandone estas tierras y que pueda llevarse consigo a todo aquél que quiera acompañarle. Entonces entenderé que sirvo a un hombre justo y magnánimo y mi lealtad será tan firme como la que tuve para Bonifacio.

—Si mañana sigue en Rávena, morirá —dijo, y me dio la espalda.

Me incliné ante Lidia, pero ella se acercó y me abrazó. Puso su mejilla junto a la mía y lanzó un beso al aire.

Dos días después me encontré con ella. Estaba sola con Carpilio y pudimos hablar.

—¿Eres feliz? —le pregunté.

Tomó en brazos a su hijo y me sonrió.

—Aecio es noble y es un buen padre. No es demasiado afectuoso, pero tiene un gran corazón y es amable conmigo. He tenido suerte.

—Entonces, yo también soy feliz —sonreí a mi vez.

Ahora era esposa y madre. Ahora ya tenía responsabilidades y teníamos que olvidar el pasado. Se lo agradecí, aunque mis ideas eran claras. Si Aecio se convertía en un amigo, ella era sagrada. Le dediqué una amplia sonrisa. Nos habíamos entendido.

Sebastián dispuso de suficiente tiempo, más que sobrado, para abandonar Rávena con diez mil hombres y se dirigió hacia Hispania. Nunca más volví a verle. Sé que murió años más tarde, luchando contra los vándalos, al servicio de los suevos. Pero, por lo menos, Aecio no se ensució las manos con su sangre.

Es así como Roma, el imperio de Occidente, aceptó el retorno de un general y le otorgó todo el poder.

*** ***

Quien más lo agradeció fue Julia, porque recuperó de nuevo a Lidia, a su amiga de la infancia, y ambas renovaron una amistad largamente dormida. Eran más maduras, más reposadas y más juiciosas. Ellas consiguieron que Aecio y yo olvidásemos todas las pequeñas afrentas e iniciásemos una sincera amistad.

También es cierto que Lidia había cambiado. Recordaba su aspecto de cuando estaba en Cartago y su sonrisa medio triste. Ahora, en cambio, lucía feliz. Era, tal como decía Aecio, una hembra satisfecha. Porque Aecio no podía ocultar ni disimular que se había criado entre los hunos y se expresaba como ellos cuando se refería a las mujeres. «Una mujer bien follada, es una hembra contenta», reía a menudo. No me gustaba aquella forma de expresarse, sobre todo porque se refería a Lidia, pero la aceptaba. Él era así. Duro y a veces vulgar y grosero, pero noble y valiente.

Una vez acabó su tarea en Rávena, Aecio estableció su cuartel general en Arles para poder controlar la Galia, y la emperatriz continuó gobernando un palacio lleno de intrigas y una corte que hedía, mientras yo fui confirmado en mi responsabilidad del control de las tropas establecidas en Cesena, al sur de la capital, y Julia y Lidia se entristecían al tener que separarse de nuevo, pero con la promesa que se escribirían cada semana para contarse todas aquellas cosas que las mujeres desean saber y que las mantienen vivas e informadas.

6 - TEODORICO Y LOS VISIGODOS

El día que Marcos nos trajo la noticia de que abandonaba la escuela militar para integrarse de lleno en su vida profesional porque ya era oficial, Julia lo abrazó con lágrimas en los ojos, tomó el anillo que yo le había regalado años atrás, antes de partir hacia África, aquél con dos palomos sobre un nido, y se lo entregó.

—Te traerá suerte y te protegerá de todo mal, porque con él estaremos tu padre y yo —dijo y de nuevo sus lágrimas inundaron la estancia y se les unieron las de Serena.

Confieso que estuve a punto de echarme a llorar como una mujer ante el abrazo con que nos obsequió nuestro hijo Marcos. Y es que una madre, cuando se lo propone de veras, acaba arrastrando a cuantos están junto a ella. Bien, a todos... excepto a Antonio. Él nos contemplaba con una sonrisa divertida. A él, un niño a las puertas de la adolescencia, todo aquello le sonaba a sentimientos propios de mujeres e, incluso, se atrevió a bromear cuando ya no podía verle.

Marcos fue asignado a la guardia de palacio. No era el puesto que yo hubiera deseado para él, porque carecía de experiencia y, tal como decía mi padre, antes de descansar debes luchar. Pero, Valentiniano lo había escogido personalmente. Con ello tal vez creía hacerme un favor. Así que no protesté. Podía haber recurrido a Aecio, naturalmente. Sin embargo, estoy convencido de que habría ofendido al emperador. El pobre seguía conservando un gran afecto por mí, a pesar de que no nos veíamos a menudo. Sólo de tarde en tarde, cuando visitaba palacio para informar a la emperatriz, había topado con él en los pasillos.

El hijo de Gala Placidia se movía cada vez con más afectación y sus ojos mostraban los estragos de una vida cargada de vicio. Era muy frecuente que no llegara sobrio a media tarde.

En cierta ocasión Valentiniano me tomó del brazo y me obligó a entrar en sus estancias privadas. Quería mostrármelas. Fue entonces cuando descubrí que me admiraba. Deseaba ser como yo, no cesaba de repetir una y otra vez, mientras me ofrecía cuanto tenía a la vista.

—¿La deseas? —dijo señalando a una de las criadas—. La puedes gozar ahora mismo, aquí o en el baño. Hará cuanto le pidas, sin ningún límite. ¿O prefieres...? —y me mostró un joven que debía tener poco más de quince años

—. Es tierno y dulce como no puedes imaginar y conoce muchos secretos sobre el cuerpo y los placeres.

—Quizás otro día. Ahora me espera la emperatriz.

—Claro, claro —murmuró y apartó la mirada—. Pero, el emperador soy yo.

—El pueblo aguarda con entusiasmo que su emperador tenga un hijo —sonreí—. Ésta es la gran tarea que tienes ante ti.

Y me marché. Una vez fuera, la cabeza me daba vueltas. ¿Qué sería de nosotros el día que Valentiniano reinase? Más valía que Licinia quedara embarazada pronto. Entonces pensé en mi hijo, que tenía que servir entre aquellos muros. No me gustaba ni un ápice que el emperador pensara que me hacía un favor. Las relaciones y los regalos que no has solicitado son en extremo peligrosos. ¿Por qué los que te rodean y te aprecian toman decisiones por ti? ¿No es mejor esperar a que pidas ayuda? A veces pienso que siempre hay gente dispuesta a salvarte la vida cuando tú ni siquiera te sientes en peligro. Me preocupaba que el emperador, algún día, imaginase que podía poner precio a aquel capricho en forma de presente.

La paz reinaba en los territorios gobernados por Aecio y recibí un mensaje. Me rogaba que fuese a Arles para discutir un posible plan que nos permitiese recuperar África, aprovechando que Cartago aún se mantenía en pie.

Gala Placidia no sabía nada. De hecho, estaba confinada en palacio y gobernaba una capital cada vez más vacía de poder y cada vez más llena de suciedad y de vicios, donde el emperador no tan sólo había vuelto a las andadas con sus aficiones sexuales, sino que ahora incluía juegos cada vez más arriesgados. Los rumores apuntaban que, en alguna ocasión, los médicos habían tenido que correr para salvar la vida de alguna joven con quien Valentiniano y sus sirvientes habían ido demasiado lejos. Mientras, su madre o callaba o lo aprobaba, cuando no le empujaba para seguir mandando y, en una contradicción absurda y cruel, mantenía el ala este de palacio como un recinto sagrado donde vivía la princesa Honoria rodeada de una aureola de santidad y pureza virginal.

Serena me había informado de que Pulqueria, siguiendo las peticiones de Gala Placidia, había buscado un pretendiente adecuado para tan alta persona que, además, sirviera para establecer una nueva alianza entre Oriente y Occidente, pero la princesa los había rechazado a todos, uno tras otro, desafiando la furia de su madre que la amenazaba con encerrarla en un convento.

«Me casaré con quien yo quiera», explicaba Serena que Honoria había respondido en diversas ocasiones, cuando discutía el tema con Gala Placidia, que vivía convencida que podía gobernar nuestras vidas.

Y en medio de esas disputas de palacio, cuando me disponía a salir hacia Arles con una carta larguísima de Julia para Lidia, en la que sólo le explicaba lo que había sucedido en las últimas semanas, pero con un detalle exquisito que casi permitía pintar un fresco con los ojos de la imaginación, los burgundios atacaron Bélgica por el norte y, después, la Germania Inferior.

No dispuse de tiempo para entregar la carta. Ni siquiera vi a Lidia. Aecio estaba a punto de partir, me uní a él y salimos hacia el este para encontrarnos con Atila.

Sólo tuve tiempo para enviar un mensaje a Julia. «Volveré en cuanto todo esto termine», le decía.

*** ***

Aquella fue la primera ocasión que le vi, y era tal como me lo había descrito mi general. Incluso, más agresivo. Nos aguardaba en una tienda hecha con pieles, en mitad de su campamento. Entramos después de que los dos hombres de la puerta, grandes como gigantes, con unos rostros brutales y una mirada dura, nos franquearan el paso. El interior era espacioso y se adivinaba cómodo, con el suelo cubierto de pieles, excepto el centro, donde habían dispuesto unas piedras en círculo que servían para hacer fuego y calentar las frías noches de aquellas tierras.

Atila se encontraba sentado ante una mesa de madera. Nada más vernos, se levantó, vino corriendo hacia nosotros y saludó a Aecio con un abrazo de oso, mientras gritaba y reía como un loco.

—¡Mi hermano! —exclamó—. ¡Mi amado hermano! — y lo levantó del suelo e inició una extraña danza con él. De pronto me descubrió y se detuvo en seco. Clavó su mirada en mis ojos y preguntó—: ¿Y éste, quién es?

—El noble Severo. Mi mano derecha —respondió Aecio. Entonces, se echó a reír—. Su madre está muerta —dijo.

—¡Qué pena! —comentó Atila y siguió mirándome sin parpadear.

El rey de los hunos hablaba latín con bastante corrección, pero con un fuerte acento extranjero. Durante mucho rato estuvieron recordando anécdotas de los viejos tiempos. De vez en cuando Aecio colaba algunas palabras sobre el objeto de su visita. Quería más soldados para poder hacer frente a los burgundios. Pero, curiosamente, parecían tímidos intentos por desviar una conversación informal. Largo rato más tarde, Atila le insinuó que podía dejarle cincuenta mil hombres y Aecio hizo como que no le había oído.

Reían por cualquier cosa y tras beber unos vasos de vino Atila preguntó por Lidia y Aecio le devolvió el cumplido preguntando por Enga. Deduje que debía ser su esposa, pero, inmediatamente, Aecio preguntó por tres o cuatro mujeres más y no supe si eran hijas o amantes o alguna otra cosa porque hablaban a medias, sin concluir las frases. Yo asistía a aquella conversación como el espectador mudo. No podía participar de un diálogo tan personal. De pronto, guardaron silencio, como si se les hubieran agotado todos los temas. Así permanecieron rato y rato, mientras Atila me observaba y lograba que me sintiera incómodo y cada vez más tenso. Deseaba que aquello acabara de una vez, pero Aecio parecía no tener ninguna prisa. Aguanté con firmeza.

—¿Le has puesto sobre aviso? —rompió Atila el silencio.

—No —respondió Aecio.

—De acuerdo, de acuerdo —movió la cabeza arriba y abajo, con aquel cuello de toro— ¿Qué recibiré a cambio?

—Las tierras del norte son ricas. Suficiente trigo como para llenar todos tus graneros.

—Durante todo un año —puntualizó Atila, y añadió—: Y mil libras de oro.

—Trescientas.

—Ochocientas.

—Quinientas.

—Por adelantado.

—Las tendrás en unos días.

Nos despedimos al atardecer y regresamos a nuestro campamento, momento que aproveché para hacer algunas preguntas a Aecio sobre aquel extraño personaje.

—Negociar con los hunos es difícil. Hay que conocerles. Y Atila es aún más difícil de conocer. El silencio le ha servido para saber si me siento fuerte. Si lo hubiera roto significaría que tengo prisa y que los burgundios me dan miedo. Y si lo hubieras roto tú, significaría que no dispongo de hombres valientes y leales. ¿Comprendes?

—No demasiado —negué con la cabeza—. ¿Qué ha querido decir, con que si le habías avisado? ¿A quién se refería?

—A ti. La pregunta buscaba saber si yo te había advertido de que te sometería a la prueba del silencio. Y la respuesta le ha complacido.

—Podías haber mentido.

—Algún día, posiblemente, nos buscaremos para matarnos el uno al otro, pero ni él me mentiría nunca ni yo a él —sonrió—. Son unas bestias, pero su palabra es ley.

—¿Y por qué le has dicho que mi madre había muerto?

Aecio detuvo el caballo, me miró a los ojos, se echó a reír y dijo:

—Es una vieja costumbre entre los hunos interesarse por la madre de los extranjeros —y prosiguió sin darme ninguna otra explicación.

Aún tendría que pasar cierto tiempo para entender aquella extraña costumbre.

*** ***

Regresé a Arles, mientras él permanecía en la Panonia, y sin detenerme tomé el mando de una fuerza de veinte mil hombres, salí hacia el norte y atravesé la Galia para encontrarme con él, que ya se había desplazado con los hunos que le había dejado su amigo Atila (a buen precio) y me uní en una campaña que duraría casi un año.

En la parte alta de la Galia, en la frontera con Germania, inicié una etapa dura al frente de una parte de la caballería escitia.

Aecio tenia razón. Aquellos hombres eran bestias salvajes que se lanzaban sobre el enemigo con gritos y a golpes de hacha. Veinte mil burgundios murieron en poco menos de los doce meses que duró la campaña del norte y el resto no tuvo más remedio que retirarse a las montañas de la Saboya y reconocer la autoridad de Valentiniano y de Gala Placidia. Mejor dicho: la autoridad de Aecio. La emperatriz poco contaba en aquellas decisiones y Valentiniano no tenía la menor idea de cuanto allí sucedía. Estoy convencido de que ni siquiera sabía que se estaba luchando para mantener una parte de su imperio.

Fueron un montón de meses interminables, repletos de lucha y de horror, durante los que me contagié de la locura de los hunos. Cuando entraba en combate lo hacía con rabia, procurando que mi entrega fuera total, y me descubría descargando cada golpe con una furia como no había conocido jamás, que enardecía a mis soldados y abría brechas que se convertían en abismos entre las filas enemigas. Entonces sentí pena por mí, por todos aquellos cambios que me alejaban de mis antepasados y me acercaban a la bestialidad de mis nuevos soldados. Llegada la noche, me sentaba en la tienda y me interrogaba por el significado de todas aquellas contradicciones. Sin embargo, no obtuve respuesta alguna.

Tanto y tanto me libré a la empresa que Aecio me felicitó y me prometió que cuando todo hubiera concluido y regresáramos a Rávena me concedería cualquier deseo.

Finalmente, el norte de la Galia quedó en paz y Aecio decidió que había llegado el momento de ocuparse de Teodorico, que había aprovechado la ausencia del bravo general para asediar Narbona y sumir a sus habitantes en el hambre y la miseria. Siempre ha sido igual. Todos aprovechan una pequeña revuelta para sumarse y pedir más.

Acaté la nueva orden de partir hacia el sur y unirme al conde Litorius. No es que me sintiera con ánimos, pero alguien tenía que hacerlo y Aecio debía regresar a Rávena y hacerse cargo de las negociaciones que tenían lugar entre la emperatriz y los embajadores de Genserico, no fuera que Gala Placidia tomase decisiones que, tal como decía mi general, aún nos trajeran más desgracias. Era evidente que Aecio confiaba más en una víbora que en aquella mujer, a la que despreciaba a la más mínima ocasión.

¡Dios mío! Vivíamos una época de locos, con frentes por todas partes, luchas interminables, y miles y miles de muertos. Mi estancia en el norte de la Galia con los hunos, aquellos meses de mi vida, no sirvieron para nada más que aburrir la sangre y acabar sintiendo lástima de los prisioneros que eran descuartizados por las bestias humanas, mientras Aecio lo toleraba e incluso lo enardecía.

Sólo cuando todo hubo acabado, me asusté al ver el extremo al que puede llegar el ser humano, pero no tuve mucho tiempo para más reflexiones. Recibí el grado de general y partí hacia el sur.

*** ***

El conde Litorius era un oficial sin demasiada experiencia, fatuo y nada inclinado a escuchar consejos ajenos. Un imbécil y un creído que mantenía la espalda bien tiesa sobre la silla y vivía convencido de que el nombre de su familia ya le otorgaba todo honor. Lo descubrí tan sólo cruzar unas palabras con él. Sin embargo, no tuvo más remedio que seguir mis directrices. Yo era general, llegaba con órdenes directas de Aecio y mandaba sobre él.

Al frente de los diez mil hombres que había traído conmigo, en cuanto vi la posibilidad, me colé entre las tropas de los visigodos de Teodorico que permanecían acampadas ante las murallas de Narbona confiados que Aecio aún estaba persiguiendo burgundios. Aquella noche sin luna, oscura como la boca de una cueva, una larga hilera de soldados hunos silenciosos como el zorro que se acerca a las gallinas, conmigo a la cabeza y conducidos por un pastor que conocía aquellos parajes como la palma de la mano, hasta el extremo que era capaz de moverse con los ojos vendados, atravesé las líneas enemigas seguido por quinientos hombres, cada uno de ellos cargando dos sacos de trigo a las espaldas, y entré en una ciudad medio muerta de hambre que casi había perdido toda esperanza de salvación.

Nunca imaginé que los hunos, aquellos bárbaros bulliciosos, fueran capaces de caminar con tanto sigilo, sin pronunciar una sola palabra ni mover una sola hoja a su paso, siguiendo mis órdenes con absoluta exactitud. Aquel día sentí un profundo respeto y una gran admiración por unos hombres a los que siempre había catalogado de bestias salvajes. Ahora veía claro que no era de extrañar que Atila hubiera conquistado casi todo el norte de Europa. Se movían como gusanos, todos a una, siguiendo una única consigna y hacían alarde de más disciplina que nuestros soldados, pero no lo había descubierto hasta entonces porque todos los demás ataques, durante doce meses, fueron encarnizados y salvajes.

Tres días después, una vez recuperadas las fuerzas y el ánimo, con las primeras luces del alba, las puertas de la ciudad se abrieron y una multitud armada con cualquier cosa que pudiera servir para atacar corrieron hacia el campamento enemigo entre espantosos gritos que hacían temblar al propio viento, mientras la caballería de Litorius avanzaba por la retaguardia e infringía un castigo que obligó a los visigodos a huir en desbandada, sin orden ni concierto.

Al ponerse el sol una extensión de cadáveres cubría el llano. Narbona había sido liberada y el sitio había concluido. Los hunos arrasaron todo el campamento enemigo y se llevaron cuanto podía considerarse parte de un botín. El conde Litorius, junto a mí, les contemplaba desde las murallas con un deje de desprecio que contrastaba poderosamente con el sentimiento de gratitud que llenaba los corazones de los narboneses. Yo también contemplada el fuego que quemaba las tiendas de los visigodos y oía los gritos salvajes de los hunos, pero no les juzgaba. Habían luchado y habían vencido. Habían liberado Narbona y nadie les recriminaría nada. Al contrario, se habían hecho merecedores de nuestro respeto y admiración.

Dos días después abandoné la ciudad y salí camino de Arles con una pequeña columna de soldados. Atrás quedaban las luchas y los meses y meses de campaña.

El viaje fue largo, demasiado largo, a pesar de que lo hice deprisa, y sólo me sentí tranquilo cuando vi las murallas de Arles que se alzaban imponentes ante mis ojos y que abrieron sus puertas para dejar entrar a quien llegaba como vencedor. Sin embargo, Aecio no estaba, sino que había tenido que partir hacia Rávena. Estuve tentado de proseguir hacia la capital, pero Lidia me lo impidió. Estaba demasiado cansado para continuar, me dijo, y me invitó a cenar y a descansar hasta la mañana siguiente

¡Dios mío! ¡Cómo pasa el tiempo cuando estás lejos de todo! Durante aquellos meses de campaña Lidia dio a Aecio un segundo hijo, a quien pusieron por nombre Gaudencio, en honor al padre del brillante general. Seguía tan hermosa como siempre. Le entregué la carta que llevaba conmigo desde hacía más de un año.

—No sé si te explicará alguna novedad, pero yo he cumplido mi cometido —bromeé.

—Soy feliz al ver la amistad que os une, a ti y a mi marido —me dijo, dejando la carta un lado—. Hace tiempo me preguntaste si era feliz. ¿Lo eres tú con Julia?

—La felicidad es un estado ideal que todos perseguimos y que nunca acabamos de alcanzar —respondí—. Sin embargo, no puedo quejarme. Julia es una gran mujer —y guardé silencio. No quería seguir por aquel camino—. ¿Qué ha sido de Emilia?

—Le diste tantas monedas que pudo comprar su libertad —sonrió ella.

—Guardo un gran recuerdo de aquellos días y...

—Yo también —me cortó, adoptando un gesto serio—. Pero, tengo muy presentes tus últimas palabras, a la muerte de Bonifacio, y no querría que algún día tengan que reclamarnos lo que no nos pertenece.

Asentí lentamente. Tenía razón y no hubo más confidencias, sino que el resto de la velada hablamos de temas banales y de recuerdos de Cartago, de las fiestas y de la riqueza que se derrochaba en las casas de los nobles.

Al día siguiente, a primera hora, habiendo reposado y recuperado fuerzas, me despedí de ella y partí hacia Rávena.

Aecio me esperaba en el pequeño palacio que ocupaba al oeste de la ciudad. Nada más verme entrar en la sala que le servía para reunirse con los demás oficiales, se levantó y vino para abrazar a su amigo.

—¡Victoria total! —exclamé—. Teodorico se ha retirado y ha perdido miles y miles de hombres.

—¡Bien! Ahora podremos enfrentarnos a esos imbéciles y derrotarlos —rió Aecio—. Genserico ha enviado a sus embajadores con la pretensión de hacerse cargo de Cartago. Ha llegado el momento de echarlo fuera. Aspar ya tiene preparada la flota y sólo espera la orden de partida.

Hablaba entusiasmado, ya veía la victoria sobre de los mapas y ya hacía planes sobre el futuro del Imperio. Me uní a su alegría.

—¿Quién le hará llegar la orden? —pregunté.

Una sonrisa iluminó el rostro de Aecio.

—Tú —me señaló.

—Me dijiste que cuando regresara, me concederías lo que te pidiera. Prefiero que envíes a otro —respondí, mientras me volvía y bajaba los ojos para mirar los mapas que había sobre la mesa.

—¿A quién has hecho cornudo en Constantinopla? —me preguntó con una risotada.

—Si tuviera que dar razón y satisfacción a todos los cornudos que dejé en Cartago, no haría otra cosa durante el resto de mis días, pero en Constantinopla no tuve tiempo de catar una sola hembra. Ahora tengo ganas de sentarme un rato junto a los míos y sentirme en casa.

—Perdona. Tienes razón —dijo—. Has estado fuera más de un año y te mereces un buen descanso.

Cuando llegué a casa, Julia me esperaba. Había ordenado preparar comida y una jarra del mejor vino de la bodega. La abracé con fuerza, hasta casi hacerle daño. Ella lo había dispuesto todo para que nos dejaran solos y me obligó a tomar un buen baño, mientras fregaba lentamente cada pulgada de mi piel y me excitaba sin dejar que la tocase. Aquello me recordaba tiempos pasados.

El agua estaba caliente. Julia tomó unos higos, los abrió y me los frotó por todo el cuerpo. Después, se desnudó y entró en el baño. Se había perfumado con agua de rosas, alargó la mano, alcanzó la jarra de vino, la alzó y dejó correr aquel líquido rojo por su cuello, mientras me acercaba los pechos a la altura de la boca y se movía para que pareciera que brotaba de sus pezones. Bebí a placer, lamiendo la punta de aquellas tetas que parecían desafiarme. Entonces ella se puso en pie y el vino siguió cayendo hasta perderse entre el pelo del pubis y aparecer chorreándole entre sus muslos. Allí sí que me ahogué por entero y mi lengua apartó los labios y buscó el interior de la vagina para sorber sus mieles. Pero, cuando la penetré, mientras cerraba los ojos, la imagen de Lidia se me apareció. Ahora era consciente que la había deseado y que el recuerdo de los momentos vividos junto a ella no se habían desvanecido del todo (¡ni mucho menos!), a pesar del tiempo y de la distancia.

*** ***

Cuando ya estábamos preparados para marchar con el ejército hacia el sur, el destino volvió a dar un giro inesperado, porque el conde Litorius tomó la más estúpida de las decisiones y atacó Tolosa. El muy imbécil, inflado por la victoria de Narbona, una victoria que él hizo suya, olvidando toda prudencia y creyéndose un general invicto, se puso al frente de las tropas de los hunos que Aecio le había dejado y ordenó el asedio de la ciudad donde se había refugiado Teodorico, que envió como embajadores a dos obispos con una oferta de paz.

—Decidle a ese salvaje que sólo aceptaré su rendición incondicional —respondió Litorius una y otra vez, sentado como estaba en la tienda de su orgullo.

Aecio sabía que nunca hay que acorralar a los hombres hasta el extremo de no dejarles la posibilidad de huir o de llegar a una paz honorable, porque en el fondo del ser humano se esconde el animal que se despierta cuando el último recurso que le queda es el coraje de la desesperación. Pero, el imbécil de Litorius no tuvo en cuenta esta norma de oro y siguió con el asedio y atacó las murallas de Tolosa que se desmoronaban lentamente y se llenaban de cenizas, mientras él contemplaba la escena con enfermizo placer.

Teodorico, al contrario que su atacante, se armó de prudencia y estudió con suma atención sus posibilidades. La ciudad de Tolosa ocupaba un amplio recinto, pero la verdadera fortaleza se hallaba en el centro de la llanura, rodeada por un foso de agua que moría a los pies de la muralla e impedía que los atacantes pudieran acercarse con escaleras, porque los cazaban bajo una lluvia de flechas. Únicamente un paso estrecho con un puente fuertemente custodiado por dos torres coronadas por unas poderosas defensas permitía acceder al interior del recinto amurallado. Y el conde había cometido el error de iniciar un asedio sin estar preparado. Los bosques se encontraban lejos y no disponía de torres ni tampoco podía construirlas.

Durante días y más días Litorius envió a sus hombres contra unos muros inexpugnables, confiado que aquellos ataques minarían la moral y las fuerzas de los habitantes al tiempo que las provisiones se agotaban y las energías les abandonaban. ¡Dios mío! No recordaba que Narbona había resistido hasta la extenuación y que nunca se rindió.

Las noticias de aquella locura viajaron por todo el sur de la Galia y alcanzaron el palacio de Rávena, sembrando la preocupación entre nosotros.

—¡Es idiota, es idiota! —no cesaba de bramar Aecio y caminaba arriba y abajo como un animal enjaulado, mientras se desesperaba— ¿Pero, cómo se le ha ocurrido semejante estupidez? Ya habíamos vencido y Teodorico nos respetaba.

Poco después llegó la noticia que el conde Litorius había entrado en Tolosa y había recorrido todas sus calles, pero no como vencedor, sino como prisionero. Teodorico había aguardado pacientemente el momento oportuno y una noche las puertas de la fortaleza se abrieron y su ejército asoló el campamento romano, cuando nadie ni se lo imaginaba. Las pérdidas, tanto de un bando como del otro, habían sido cuantiosas, pero la derrota de Litorius era total.

Teodorico, tras el descalabro de Narbona, con un país hundido en la miseria y con el coraje casi agotado había sido capaz de levantar un sitio y derrotar a su oponente, teóricamente muy superior sobre el papel, y ahora exigía una reparación.

Aecio no podía abandonar Rávena y me envió a mí. Maldije a Litorius, porque de nuevo había de abandonar Rávena.

Alcancé las aguas de la Roine con treinta mil hombres a mis órdenes en el preciso instante en que las tropas del rey de los visigodos se disponían a cruzarlas.

Desde la orilla este, mientras observaba sus movimientos, me preguntaba si valía la pena un nuevo enfrentamiento que costaría miles y miles de vidas para no demostrar nada, excepto la estupidez de un pobre idiota que se creía que había nacido para la victoria, pero la consigna de Aecio era clara. Teodorico no debía cruzar el río, aunque fuese al precio de la muerte. Eso me había dicho. Sin embargo, nadie me impedía intentar detenerle con palabras, antes de pasar a la acción.

Durante todo un día estudié el campo de batalla y planteé mi estrategia. Al día siguiente, un trapo blanco colgado de una lanza precedió a los cinco embajadores que envié a la otra orilla. Los visigodos eran hombres desesperados, hambrientos y con sed de venganza. Unos enemigos temibles, tanto como yo cuando luchaba en el norte con los burgundios, y mi cerebro y mi corazón sólo pensaban el modo de acabar aquella campaña y retornar a Rávena, junto a Julia y a mis hijos, lejos de los campos de batalla. ¡Estaba harto de tanta lucha!

Los cinco embajadores llegaron al campamento visigodo y fueron recibidos con frialdad. Entregaron mi mensaje y aquella tarde, a primera hora, después de que me llegase la respuesta de Teodorico aceptando el encuentro, crucé el río y me entrevisté con el rey.

Teodorico era un hombre alto y fuerte, con una barba espesa y una mirada sincera. Lo capté de inmediato, él tampoco deseaba un baño de sangre, pero llegaría hasta donde fuera necesario para salvar a su pueblo. Había oído hablar de mí y de mis acciones en el norte de la Galia, recordaba perfectamente que fui yo, y no el idiota de Litorius, quien había levantado el sitio de Narbona. Ambos, en los últimos meses, habíamos perdido muchos hombres y la guerra ya se había cobrado toda la sangre que las casas de sus súbditos estaban dispuestas a ofrecer. De manera que no fue demasiado difícil que se impusiera el buen juicio.

Había cruzado el Roine casi sin escolta, en una muestra de confianza en la seriedad y en el honor de Teodorico que inflamó la admiración del rey que me esperaba al otro lado rodeado por sus seis hijos, todos ellos educados en la lengua latina y en las escuelas del Imperio.

—Tolosa ha sufrido un asedio espantoso —dije—. Pero, Narbona también. Ambos tenemos ofensas que exponer y reparaciones que demandar, pero nosotros no reclamaremos nada, y si el noble rey de los visigodos no lo desea, no habrá guerra. Nuestra emperatriz, en otro tiempo reina vuestra junto a Ataulfo, no desea que dos pueblos que han nacido para ver crecer su amistad se enfrenten en el campo de batalla. Aquí tienes mis manos extendidas en señal de buena voluntad.

—No he sido yo quien ha iniciado esta guerra —me respondió—. Nunca he buscado ningún enfrentamiento, pero Litorius era ambicioso y cruel y nos empujaba cada vez más hacia el oeste, robándonos nuestras tierras. Sólo queremos vivir en paz, pero en una paz digna.

—Ningún otro romano intentará nada contra ti ni contra tu pueblo, porque, si es necesario, yo mismo le mataré. Tienes mi palabra.

Las tropas romanas se retiraron hacia el este al tiempo que los visigodos partían hacia el oeste y las aguas del Roine continuaron bajando limpias, transparentes y cristalinas. Era la primera ocasión, en más de un año, que podía comenzar y acabar una acción sin que la sangre ensuciase las manos de nadie.

Detrás de mí dejé un amigo de veras, alguien que me había impresionado vivamente y de quien había obtenido su respeto, y me marché a Rávena para iniciar una nueva vida, que esta vez podía ser cierta porque las negociaciones con Genserico habían dado como fruto un acuerdo y por el momento no atacaríamos el norte de África. El rey vándalo había ofrecido unas garantías que Gala Placidia estimó suficientes y que consiguieron que el senado en pleno votara por la paz. Sin embargo, aquello no contentó Aecio, que vino a verme.

—¿Qué te ha parecido eso de tener a Hunderico, el primogénito del rey vándalo, como rehén? —me preguntó.

—¿Pretende estafar a un estafador? —contesté con una sonrisa de picardía.

—Tienes razón —dijo Aecio. Nos habíamos entendido muy bien—. Prepara algo. Y me temo que es con los hunos. Tenemos que encontrar una solución y detenerlos para poder prepararnos.

—Atila es amigo tuyo, ¿No?

—Sí, pero ya viste que los hunos hacen distinción entre amistad e interés.

—¿Entonces, cómo actuaremos?

—Necesito alguien que aprenda quiénes son los hunos. Será conveniente si hemos de negociar y siempre constituirá un arma más si algún día tenemos que enfrentarnos a ellos —me miró a los ojos. Por un instante temí que estuviera pensado en mí, pero Aecio también era hombre de palabra —. Tu hijo Marcos —exclamó—. ¿Qué te parece? ¿Es listo?

Respiré aliviado y, además, contento. Aquélla era una gran oportunidad para Marcos. Con los hunos aprendería mucho y regresaría con experiencia de combate.

—Te lo agradezco —le dije. Y mi agradecimiento era doble: por un lado que le ofreciera aquella oportunidad y, por otro, que le alejara de palacio.

—Es una lástima que el hijo de un brillante general pierda todo su valor con las putas de Valentiniano —me respondió, y se marchó.

¡Las putas de Valentiniano! ¡Ya lo creo! No había forma de que el emperador dejase embarazada a Licinia y, por otro lado, los rumores sobre hijos bastardos llenaban las plazas de Rávena. Sus habitaciones, explicaban, habían adquirido el rango de prostíbulos y Licinia dormía cerca de Gala Placidia, en ala sur de palacio. De vez en cuando, cada vez más de tarde en tarde, el emperador visitaba a su esposa, despedía a todas las sirvientas y se quedaba un rato, pero, según explicaba la propia Licinia a su cuñada Honoria, que lo transmitía a Serena, y ésta a mí, sólo en contadas ocasiones la tocaba. De hecho, Valentiniano siempre llegaba bebido y harto de sexo y su esposa tenía que conformarse con oírle roncar a su lado. ¡Pobre Licinia! Y yo que había dicho, en Constantinopla, que Valentiniano hacía honor a su nombre...

Éste era el triste panorama que se dibujaba en la corte de Rávena, que vivía bajo el manto de la mujer más ambiciosa que nunca he conocido, mientras Aecio no dejaba de pensar la mejor manera de conservar un Imperio que cada vez poseía menos tierras y más problemas.

7 - UN NUEVO IMPERIO

Querido amigo Pablo, tiempo después, cuando Marcos regresó, me contó lo que encontrarás en sus cartas y que te adjunto a este escrito que corona y completa su relato.

Como muy bien sabes, una cosa es la leyenda y otra muy distinta el hecho sobre el que se basa. Lo que te explico es el relato de Marcos, en quien siempre he confiado plenamente porque era muy juicioso. Es la historia que él escuchó de primera mano de aquellos que la habían vivido directamente y que aún no habían tenido tiempo para añadir el producto de una imaginación demasiado calenturienta.

Supongo que conocerás versiones de todo tipo y, tal vez, habrás oído que la becerra era negra como la noche y que su pelo brillaba como si fuera de los propios demonios. Prefiero creer a mi hijo, que decía que era marrón con manchas blancas, a pesar de que poco importa el color, a menos que pretendas que sea un prodigio y, entonces, los detalles también hay que vestirlos. Sin embargo, si somos sinceros, lo que cambiaría el curso de la historia no era su piel, sino su sangre. Y la sangre, dejémonos de tonterías, siempre es roja.

La becerra se había apartado del rebaño y caminaba lentamente por los pastos ofreciendo un espectáculo bucólico de paz y verdor. El pastor se dio cuenta de que retrasaba, tomó el zurrón, se lo cabalgó al hombro y subió el pequeño promontorio para recuperarla. Cuando ya estaba cerca descubrió que el animal andaba cojo. Se acercó, lo examinó y vio en la pata delantera izquierda un corte limpio y profundo que sangraba. La blasfemia se extendió por todos los campos hasta alcanzar el bosque. La herida era importante y el animal moriría, porque no podía quedarse para curarlo. El otoño ya estaba avanzado, empezaba a hacer frío y tenía que dirigirse hacia el sur. A dos leguas de camino, descendiendo hacia el este encontraría Sirmium, la antigua fortaleza romana convertida en ciudad de los hunos. Si conseguía llegar antes de que se desangrara, aún podría vender la becerra por carne y, cuando menos, algo sacaría.

¿Qué podía haber producido aquella herida?, se preguntó el pobre hombre. El corte era tan limpio y tan recto que no creía que fuese ninguna piedra, por más afilado que tuviera un costado. Apoyado en el bastón contempló el hilillo de sangre que ensuciaba la hierba verde y que subía arriba. Lo siguió. Unos pasos más allá, casi enterrado entre matojos, brillaba un pedazo de metal. El pastor apartó la hojarasca con el bastón y arañó la tierra hasta desenterrar una espada grande (¡enorme!) y pesada.

Todo aquel que le hubiera visto habría pensado que era un loco, un pobre pastor cubierto con pieles que había perdido el juicio y corría solo con una espada tan grande que apenas podía sostenerla derecha sin la ayuda de las dos manos.

Reunió el rebaño, envolvió la espada en una piel, se la colgó a la espalda y descendió hasta alcanzar el llano.

El soldado que guardaba las puertas de Sirmium detuvo al pastor. No podía entrar con el rebaño, le dijo. Y el pobre hombre intentó explicarle que quería ver a Atila, que traía una cosa para él. Hablaba de los dioses que le habían visitado mientras se encontraba en los pastos con las vacas, los bueyes y las becerras y de cómo le habían enviado una visión y de cómo le habían guiado hasta mostrarle su poder.

—¡Un milagro, un milagro! —no paraba de repetir el pastor.

El soldado llamó a su superior y éste intentó averiguar lo que quería aquel desgraciado y tras largo rato decidió que lo mejor era que dejase el rebaño allí y conducirle a palacio, donde otro oficial consiguió, tras mucho rogar, que el pastor le mostrase la espada que traía escondida en la piel y colgada a la espalda.

Era grande y brillaba. La hoja estaba muy bien afilada, perfecta, sin rastro de haber tomado parte en ningún combate, y el puño dorado tenía incrustaciones de piedras preciosas que arrancaban destellos a la luz del sol. El oficial quiso tomarla, pero el pastor se opuso con todas sus fuerzas. Quería entregársela a Atila personalmente y no permitiría que nadie se la quitara.

El oficial condujo al pastor por los pasillos del palacio de madera hasta la sala grande, la que daba al río. Aquél era el primer palacio que los hunos construyeron por orden de Uldín, hermano de Ruas y Mundzuk, tío de Atila y Bleda, hijo de Turda y nieto de Atel. «¿Por qué perder el tiempo, si la madera se trabaja más sencilla y rápidamente que la piedra y también permite edificar defensas seguras?», le explicaron a Marcos, cuando estuvo con ellos. Si todos razonásemos de la misma manera, la civilización romana no existiría ni sabríamos tallar la piedra ni habríamos construido calzadas ni acueductos ni ciudades ni nada de nada. Sin embargo, a ellos ya les iba bien y se conformaban sin rechistar. También es cierto que les cuesta hacerse a los hábitos de nuestra cultura, porque son un pueblo acostumbrado a los fríos del norte, a vivir de la caza y a pastorear por las montañas, sin disponer de un lugar fijo donde establecerse.

El poderoso Atila, sentado en la mesa larga que le servía para recibir al Consejo, observó la espada que el pastor depositó sobre ella. Era enorme y preciosa, como nunca había visto otra. La tomó con una mano y notó el peso, pero la levantó con fuerza hasta sostenerla bien derecha.

—¿Dónde la has encontrado? —preguntó, sin apartar los ojos de aquellos destellos dorados que le atraían como la más voluptuosa de las vestales.

—Estaba en el suelo, entre unos matojos, escondida, medio enterrada —explicó el pastor con mirada de iluminado—. Si no hubiera sido por la becerra nunca la habría visto.

—Que venga Eslaw —ordenó Atila.

El soldado abandonó la estancia y el rey de los hunos pagó al pastor con una buena bolsa de monedas romanas, de las que habían recibido de manos de Teodosio por la vida de los cautivos. El buen hombre abandonó la estancia temblando de emoción. Valía más aquella bolsa que todo su rebaño. Era un hombre rico, inmensamente rico.

Poco después, el antiguo consejero y embajador de Ruas se presentó y examinó con mucha atención la espada. Le dio vueltas y más vueltas, la sopesó una y otra vez y estudió todas y cada una de las incrustaciones del puño hasta detenerse en una figura en relieve que parecía un guerrero sobre de un carruaje.

—Es la espada de Marte. No hay duda —dijo Eslaw.

—Entonces, es una señal —exclamó Atila y tomó de nuevo la espada para esgrimirla una y otra vez. De pronto se detuvo—. Que vengan todos mis generales —dijo, y clavó la espada sobre la mesa con un solo golpe.

La espada quedó derecha, cimbreando a un lado y a otro, mientras el sol arrancaba destellos de su hoja.

Otra coincidencia se sumó para acabar de modificar el curso de la historia. Dos días después, tal como estaba previsto, Bleda llegó a Sirmium acompañado de Scotta, su general. Bleda reinaba en la Dacia y venía en visita de cortesía. Hablarían y cazarían juntos. Era durante las cacerías que trataban los temas importantes, porque nadie les estorbaba. Dicen que fue en una cacería, donde decidieron que Oriente tenía que pagar un tributo para obtener la paz, base de toda la negociación que costó muy cara al emperador Teodosio.

Nada más llegar a las puertas, Bleda se encontró con una gran fiesta. Primero pensó que era para recibirle y se sintió halagado, pero su alegría se desvaneció al poco.

—Atila ha descubierto la espada de Marte —le informaron los soldados de la puerta.

—La espada de Marte no existe —sonrió Bleda—. Es una leyenda.

—Yo la he visto —replicó el soldado y agrandó los ojos mientras abría los brazos para dar idea de las dimensiones—. Es la más grande que puedas imaginar.

Bleda y su séquito avanzaron por las calles llenas de gente y de griterío y se dirigieron a palacio. El sol caía y los troncos de la empalizada alargaban sus sombras como fantasmas que preceden a la llegada de la oscuridad. Los habitantes ya habían comenzado a encender hogueras y antorchas. Los recién llegados avanzaron lentamente, se detuvieron a la puerta de palacio, descabalgaron y subieron hasta la gran sala donde tenía lugar la magna celebración.

La sala estaba llena a rebosar y en aquel momento depositaban sobre las mesas las bandejas de carne. Por el aspecto de los invitados, era evidente que ya llevaban mucho rato bebiendo.

Bleda y sus hombres se detuvieron a la entrada. Nada más verles, Atila se levantó, se acercó hasta su hermano y lo abrazó.

—Bienvenido, hermano. Es un gran día para los hunos —exclamó y lo condujo hasta un altar de piedra que había ordenado levantar en mitad de la sala—. He encontrado la espada de Marte —y señaló el arma que habían colocado bien tiesa clavada en la roca.

Bleda examinó el puño y la hoja brillante. El soldado no le había mentido. Era la espada más grande que nunca había visto. La tocó para comprobar que era de verdad, que no se trataba de ningún sueño ni de una visión fantasmagórica. El filo estaba tan afilado que podría cortar la piel de un oso con sólo acariciarla.

—¡Levántala! —dijo Atila. Todo el mundo guardaba silencio y observaban la escena.

Enga, la esposa de Atila, una mujer exuberante, se acercó y se colgó del brazo de su marido, orgullosa. Bleda la miró y le devolvió la sonrisa. Después paseó la mirada por los invitados. ¿Qué tenía de especial aquella espada? Alargó la mano y la puso sobre el puño para extraerla de la hendidura de la roca, tiró hacia arriba y se encontró con que la espada no se movía. Un murmullo llenó la sala. Entonces, Atila le apartó y con una sola mano la arrancó del agujero.

—Toma. Manéjala —dijo Atila, al tiempo que se la entregaba.

Bleda tomó la espada con las dos manos y la esgrimió ante un enemigo imaginario. Era más pesada de lo que había imaginado, pero estaba bien equilibrada.

Cuando ya tuvo bastante, la devolvió a su hermano que le sorprendió haciendo que la espada, con un solo brazo, describiera amplios círculos en el aire, rompió en dos mitades una jarra de un solo tajo perfecto y limpio y, finalmente, la alzó bien alto.

En el instante que la punta de la espada apuntaba al techo, los gritos, los vítores y los golpes sobre de las mesas ensordecieron a Bleda.

—Sólo es una espada —dijo con un toque de desprecio—. Lo que cuenta en un soberano es la inteligencia. Incluso, a menudo, por encima de la fuerza.

—Es una señal de los dioses —replicó Atila—. ¿Estás celoso?

—Los hunos somos muy hábiles para convertir en señal divina cuanto nos conviene. Pero, yo también conozco el juego. ¿Entendido, hermanito? —sonrió Bleda.

Atila le miró con dureza. Su hermano quería robarle la gloria. Pero sonrió y exclamó:

—Es un gran día. Bebamos, comamos y follemos —dejó escapar una risotada que llenó la sala y que fue coreada por todos, tomó a Bleda y a Enga por los hombros, uno a cada lado, y los condujo hasta la mesa.

La historia, esta historia que tú quieres escribir, dice que los romanos siempre hemos empleado el sexo con liberalidad y con verdadera prodigalidad, pero, hasta el presente, también hemos sido discretos con la palabra, porque lo hemos considerado un acto personal e íntimo. A pesar de que nuestros antepasados lo practicasen en grupo o montasen una orgía, a nadie se le ocurría explicar cómo penetra ni si es contra natura, con un hombre o con una mujer, ni si sintió placer enfermizo porque le asaltaban los remordimientos por lo prohibido. En todo caso trazaban una pincelada y ya era suficiente. Podían acostarse con quien desearan y hacer todas las maravillas que el cuerpo les solicitase y que la imaginación les mostrase, sin freno alguno para la voluptuosidad. En cambio, Marcos me explicó que los hunos poseen un lenguaje repleto de vulgaridades y que gozan con las explicaciones detalladas y las frases que siempre hacen referencia a partes del cuerpo o a actos que aquí consideramos de mal gusto citar. Y lo hacen en público y no se cohíben al explicar las intimidades de quien tienen junto a ellos. Es por esa razón que he llegado a conocer detalles impensables sobre el propio Atila. No obstante, ahora, nuestro lenguaje ha sorbido buena parte de las costumbres de los bárbaros y tampoco nos azoramos al relatar cualquier episodio de nuestra vida privada. No sé si es bueno o malo. Únicamente sé que es diferente de antes.

La fiesta duró hasta bien entrada la noche. Comieron, bebieron, rieron, se pelearon y gritaron hasta hartarse. Porque sus fiestas son bulliciosas. Todo tienen que hacerlo con grandes demostraciones de vitalidad que los deja exhaustos, hasta que poco a poco todo se calma y el silencio retoma el mando de las sombras. Algunos acaban durmiendo bajo las mesas y otros encima de ellas. Marcos pudo asistir a fiestas como aquéllas, donde el olor de los alimentos y de las bebidas se confundían con el sudor de los cuerpos. Invariablemente, algunas mujeres perdían sus vestidos y acababan bañadas en vino y lamidas por un grupo de hombres que se disputaban cada gota y cada pulgada de piel hasta que se desplomaban todos, unos sobre otros, sin que pudieras establecer con precisión de quién era aquella pierna o aquel pie. Sin embargo, no los criticaré, porque no creo que estas celebraciones difieran mucho de las que organizaban Nerón o Calígula o Mesalina.

Aquella noche Enga consiguió arrancar a su marido de la mesa y empujarlo por el pasillo que conducía a las habitaciones, dejando atrás la alegría desbordante de los que aún se mantenían en pie. Bleda hacía rato que se había retirado. El hermano de Atila era más juicioso en ciertos aspectos.

Aquel ligero paseo se convirtió en una empresa bastante difícil, porque a cada paso tenían que apoyarse en la pared. Milagrosamente la mujer coronó la hazaña de llegar al dormitorio, a pesar de que acertar a entrar por la puerta no fue nada fácil. Una vez dentro, resultó bastante más sencillo enfilar hacia la cama y tumbarlo. Entonces lo desnudó, mientras él entonaba canciones obscenas de soldados e intentaba alcanzarle la entrepierna sin éxito.

Enga acabó su empresa y se desnudó. Atila canturreaba con voz cada vez más pastosa. Ella dudó entre dejarse la camisola o quedarse tal como había venido al mundo. Sabía lo que su marido esperaba. Sin embargo, los cantos cesaron. Entonces Enga se vistió la camisola, levantó la piel de oso y se metió debajo. Pensaba que su marido dormía, pero Atila se volvió hacia ella como un animal amodorrado y perezoso, la destapó, le arremangó la camisola y le abrió las piernas. Cuando había bebido, le gustaba lanzarse sobre la hembra como si fuera una presa y poseerla con violencia. Enga ya estaba acostumbrada y no se oponía. Si no era con ella sería con cualquier otra y, además, sabía que después, cuando su hombre ya estaba satisfecho, la bestia que llevaba dentro se convertía en un animalito dulce y tierno.

—¿Crees que la espada es una señal? —preguntó Atila, mientras intentaba penetrarla y no acertaba de ninguna de las maneras.

—Sí —respondió ella—. Los dioses te han señalado a ti, amor mío, y te han mostrado el camino —tomó el miembro de su hombre para conducirlo hasta la vagina, pero lo encontró tan flácido que se doblaba al menor intento.

Durante un buen rato procuró despertar aquel pedazo de carne dormida, pero su señor había bebido en exceso. Atila, cansado, se retiró y se dejó caer de espaldas respirando pesadamente. Enga prosiguió, pero ni las manos ni la boca alcanzaron su propósito. Finalmente abandonó su empeño. Tal como estaba, aquella noche descansaría tranquila, porque su marido ya no levantaría ninguna otra espada.

Es curioso lo que las mujeres explican a otras mujeres. Las confesiones que a los hombres nos avergonzarían, ellas las vomitan sin ningún pudor y las adornan con detalles impensables. Pero es gracias a estas confidencias que conocemos los pensamientos que se esconden bajo las sábanas y que deberían guardar por siempre jamás entre las piernas bien cerradas.

Cuando Marcos estuvo en el campamento de los hunos, la anciana que hablaba y hablaba le dijo que Enga le había explicado que aquella noche se cobijó en brazos de su marido y le acarició el vello del pecho. Cuando había bebido era un animal, pero era bueno con Ellak, su hijo. Sus leyes, las de los hunos, permiten que un hombre posea muchas mujeres, pero sólo una es la principal. Atila usaba y abusaba de esa ley, pero siempre había respetado que Enga era la hija de Ebarse y, por tanto, la primera de sus esposas.

—Seré emperador y gobernaré todas las tierras que se extienden hasta el mar —dijo e hizo un gesto con el brazo para dar a entender la amplitud de sus dominios imaginarios. Ya ni se acordaba del deseo de poseerla, a ella.

—Siempre que Bleda esté de acuerdo —comentó Enga, acompañando sus palabras de un bostezo—. No olvides que gobierna más territorios que tú.

—Soy yo quien tiene la espada —la miró con ojos turbios.

—Antes que a ti, ha pertenecido a otro —sonrió ella—. Y cuando tú la pierdas, alguien la encontrará. Si es que antes no te la quitan.

Atila se enfureció, se alzó y la agarró por el cuello como si fuera a estrangularla. Sus ojos eran los de un loco. Enga notó que le faltaba la respiración y se asustó.

—Me haces daño —suplicó con un hilo de voz, mientras intentaba retirarle la mano y buscaba el aire alargando el cuello.

—Nadie ha tocado esta espada antes que yo y nadie la tocará. Yo seré el emperador de todos los hunos. ¿Me has comprendido? —murmuró al oído de su mujer con rabia contenida.

Enga asintió ligeramente con la cabeza, tan sólo el movimiento que la enorme zarpa de su marido le permitía. Él la soltó y volvió a echarse. Inició un nuevo discurso sobre la grandeza de su destino, pero no lo concluyó. Instantes después roncaba.

La mujer se apartó y se escondió bajo la piel de oso, mientras se frotaba el cuello, pero aún tardó un rato en poder dormir. Nunca había visto aquella mirada de endemoniado en los ojos de Atila y nunca más mentó la espada.

Al día siguiente Bleda y Atila salieron de caza con un grupo formado por Scotta, Eslaw, Berik y Oktar, el mejor de los rastreadores con que contaban. Atila les explicó que el pastor que le había traído la espada de Marte también le había informado que unos ciervos rondaban por aquellos bosques y que el macho merecía la pena, porque se trataba de un ejemplar como pocos. El otoño tocaba a su fin y el invierno le empujaría hacia el sur hasta la próxima primavera y debían andar presto si querían hacerse con él. Como buenos cazadores, los hunos saben que sólo hay que abatir los machos adultos y dejar en paz a las hembras y a los ejemplares jóvenes. Es gente salvaje y sin cultura, pero poseen cierta inteligencia conseguida con el paso de los años y la experiencia.

Atila cabalgaba al frente, justo unos pasos detrás del rastreador, seguido de Eslaw y de Berik, mientras que Bleda y Scotta se mantenían más alejados.

De pronto Oktar, que avanzaba a pie, se detuvo en mitad de un pequeño claro y permaneció atento y vigilante. El caballo de Atila dejó escapar un relincho y se puso tenso. Los demás jinetes se le unieron y Bleda detuvo su montura junto a su hermano. Se hizo el silencio. El rastreador examinó con mucha atención las marcas de las garras en las cortezas de los árboles y por la altura podía deducir que el animal debía de ser un oso imponente. Y, a juzgar por lo tierno de los arañazos, no estaba muy lejos. Quizás les observaba.

—El viento ha cambiado —dijo Oktar—. Ahora es él quien nos huele a nosotros. Y eso es peligroso, porque de cazadores nos convertimos en presa.

—Podíamos haber traído los perros —se quejó Bleda.

—No teníamos intención de cazar un oso, pero tampoco voy a despreciar la oportunidad —sonrió Atila.

—Hemos salido en busca de ciervos y no estamos preparados. Si ese oso nos ataca, lo pasaremos mal —replicó Bleda.

—¡Silencio! —exclamó el rastreador y alzó la mano para apuntar hacia unos matorrales.

Los cinco hombres a caballo tomaron los arcos, cargaron una flecha y apuntaron hacia el lugar que señalaba Oktar. Unas hojas se movían. Oktar se retiró lentamente para buscar la protección de los jinetes. El bosque se había quedado en silencio y todos sabían que el ataque era inminente.

—Sería prudente descabalgar y dejar libres los caballos —dijo Scotta.

Eslaw afirmó con la cabeza. El oso se lanzaría sobre ellos y más valía tener ambos pies bien asentados para no errar el blanco con las flechas. Lentamente, Scotta y Eslaw se dirigieron hacia el fondo del claro, abandonaron la silla y encararon los caballos hacia la parte baja del bosque. Si echaban a correr se dirigirían hacia abajo y ya se detendrían en el llano. Berik se les unió de inmediato.

Bleda y Atila ya se acercaban cuando los matorrales se volvieron locos y una bestia de más de seis codos de altura, grande como un gigante y negro como la más oscura de las noches, apareció entre bramidos y les persiguió.

De pronto el caballo de Atila se levantó sobre sus patas traseras y con las delanteras golpeó el de Bleda, derribándolo y arrastrando a su jinete en la caída, que se convirtió en juguete del oso. Berik, Eslaw y Scotta dispararon sus flechas y alcanzaron el lomo del animal, que se había vuelto de espaldas y desgarraba con sus enormes uñas el cuerpo de Bleda que había quedado inmóvil. Atila desenfundó la espada y la clavó en el pecho de aquella mole. Inmediatamente se le unieron los demás y lucharon con aquella fiera salvaje hasta que consiguieron derribarla.

Empapados en sudor y jadeantes, los cinco hombres se dirigieron hacia el cuerpo de Bleda que había quedado inerte y cubierto de sangre por todas partes. Le dieron la vuelta. Ya era cadáver.

*** ***

Scotta había servido fielmente a Bleda durante todos aquellos meses, desde que murió Ruas y los dos hermanos le sucedieron, y ahora era consciente de que, después del entierro de su rey, debería tomar una decisión.

Tres días duraron los funerales. Tres días que el general aprovechó para enviar a dos de sus hombres de confianza en busca del pastor que había entregado a Atila la espada de Marte. Algo le preocupaba. Y yo, cuando me enteré de la historia por boca de Marcos, también pensé que los pastores se fijan en los osos y en los lobos, pero los importa muy poco la presencia de los ciervos. Por tanto, no tenía el menor sentido que hubiera hablado a Atila de cacería, a menos que le informara de la presencia de un oso y que Atila supiera muy bien con qué podía encontrarse en el bosque.

Scotta interrogó a Oktar, pero el rastreador lo negó todo. Había recibido unas buenas monedas por sus servicios, por su valentía frente al oso o... tal vez... ¿por guardar silencio? Si así fuera significaría que... ¿Por qué no? Muerto Bleda, no quedaba más que un rey de los hunos, porque casi nadie dudaba de que se trataba de un accidente y Scotta no podía aspirar a substituir a Bleda ahora que Atila había sabido emplear la espada de Marte para crear una nueva leyenda que se propagó con inusitada rapidez y alcanzó las puertas de Rávena.

El tercer día, a punto de enterrar definitivamente el cuerpo de Bleda, después de que hubieran llegado su esposa y sus hijos, regresaron los dos soldados enviados por Scotta. El pastor había muerto. Había caído al río y se había ahogado. Unos campesinos lo encontraron sin vida y recogieron el rebaño que pacía desperdigado. Puede que tampoco fuera un accidente. El pobre idiota —explicaban — hacía ostentación de su fortuna y, quizás, había tentado la codicia de alguien. De cualquier forma, accidente o no, aquel desgraciado episodio impedía que Scotta pudiera descubrir la verdad y sólo quedó el rumor que algunas malas lenguas relataban, que un hombre había llegado unas horas antes y había susurrado al oído de Atila «Todo ha ido según lo previsto», palabras acompañadas de una sonrisa para satisfacción del soberano.

Aquella misma tarde, nada más enterrar el cuerpo de Bleda, el general le manifestó su lealtad y se puso a las órdenes del nuevo rey. En ese acto se le unieron todos los habitantes de la Dacia, y Atila se convirtió en el rey de todas las tribus de los hunos.

Acababa de nacer un nuevo orden entre aquellos salvajes sin cultura. Acababa de iniciarse el largo reinado del hombre que sembraría el terror en aquellas tierras y mucho más allá.

*** ***

Doce meses fueron suficientes para que el ejército de Atila alcanzase la región de Escitia, al norte del mar Negro, entre el Don y los Cárpatos, y llegase hasta Germania para someter todos aquellos pueblos y sembrar la desgracia y la destrucción entre los francos. Berik, el más duro y sanguinario de sus generales, casi exterminó a todos los burguiñones que habitaban las riberas del Rin. En aquel poco tiempo, el nombre del sucesor de Ruas se convirtió en sinónimo de espanto, de pánico, de horror y de muerte, y la pobre gente que habitaba el norte de Europa juraba que por las noches vagaba un espíritu negro con una espada de fuego y que más valía encerrarse en casa. Por esta razón, los viajeros procuraban entrar en los pueblos antes de ser atrapados por la oscuridad.

Al año siguiente, los hunos atacaron la península Escandinava y extendieron sus dominios hasta más allá del mar Báltico.

Constantinopla y Roma contemplaban cómo todas las tierras entre el Rin, el Danubio, el Volga y el mar Báltico rendían homenaje y pleitesía al nuevo emperador de los hunos, que así se hacía llamar Atila. Y la preocupación se incrementó cuando nos llegaron las leyendas que hablaban del poder mágico de un hombre que estaba por encima de todos los mortales, porque había recibido de manos de los dioses la espada de Marte.

—Dicen que también posee la piedra Gezi que le confiere el poder sobre la lluvia y el viento —explicó un embajador de las tierras del norte.

A la mañana siguiente Aecio me llamó. Se encontraba de pie y paseaba muy preocupado. Vi que mi hijo Marcos estaba con él.

—Contra una espada, aunque sea muy poderosa, puedes luchar con otra espada, pero... ¿Cómo luchas con la estúpida credulidad de la gente? —me preguntó Aecio.

—El día que caiga derrotado se acabará su leyenda —respondí con absoluta certeza. Era una evidencia confirmada mil veces por la historia.

—Posiblemente será así, pero mientras no llegue su derrota, necesitamos una alianza. Marcos partirá de inmediato con mi hijo Carpilio.

Le miré sorprendido. Carpilio era un niño.

—Atila ya no tiene que dar cuenta de sus actos a nadie y si se cree el enviado de los dioses, ¿no será demasiado peligroso? Piensa que, si él tiene a tu hijo en su poder, puede exigirte cuanto quiera.

—Ya te dije que Atila es una bestia inmunda en el campo de batalla, pero su palabra es sagrada —sonrió divertido, como si toda aquella historia fuese una broma—. Si yo le envío a mi hijo, él no podrá hacer nada contra mí. Es la ley de los hunos. Por eso hemos de darnos prisa. Les conozco muy bien y sé que no pueden atacar a quien les confía la vida de su hijo —me guiñó el ojo y añadió en voz baja—. Sería un sacrilegio incluso para un emperador.

—¿Y no sería más prudente una alianza con Oriente y darle una lección?

—Genserico desde Mallorca ha empezado a dominar el mar. No disponemos de una flota poderosa y nos hemos de centrar en la Galia y vigilar a los francos de Clodión en el norte. Demasiado complicado como para iniciar una guerra con los hunos y pretender dar lecciones a quien no está dispuesto a aprender.

—Atila no se conformará con las conquistas del norte de Europa y, tarde o temprano, atacará Oriente —insistí—. No podemos dejarles solos.

—Y no lo haremos —sonrió Aecio, se detuvo detrás de mi hijo y puso sus manos sobre los hombros del joven oficial—. Marcos llevará a mi hijo a Atila. Será una buena ocasión para que conozca al rey de los hunos y se haga una idea de con quién y con qué, tarde o temprano, habremos de enfrentarnos. Allí permanecerá unos meses, también como prueba de buena voluntad.

—Como rehén —le corregí.

—No —negó repetidamente con la cabeza—. El rehén es mi hijo. El tuyo viaja como embajador. Para Atila es muy importante recibir un embajador que es el hijo del ayudante principal de su hermano de sangre. Es como si Marcos fuera yo mismo, y no puede irse a la mañana siguiente de haber llegado. Además, Atila quedó muy impresionado contigo, porque fuiste capaz de guardar silencio todo el tiempo y mirarle a los ojos sin temblar, y ha de mostrar a tu hijo sus costumbres, tiene que acompañarle de cacería y, si todo va bien, Marcos se acostará con alguna mujer —se plantó ante mi hijo y le miró directamente a los ojos, mientras le decía—: Procura que sea una de las esposas del propio rey.

—¿Te has vuelto loco? —me levanté de un salto—. Si le ofende de esta manera, le matará.

—Los hunos son difíciles de conocer. Sus costumbres no tienen nada que ver con las nuestras. Únicamente el día después de que le haya ofrecido una mujer, podrá marcharse sin ofender a nadie —me miró a mí—. Si es una cualquiera del pueblo, por más hermosa que sea, querrá decir que Marcos no es de su agrado —de nuevo se encaró con mi hijo—. Sin embargo, si es una de las suyas, te recordará toda la vida y significará que te has ganado su respeto.

—Es gente muy retorcida —exclamó Marcos.

—Mucho más de lo puedes imaginar. Procura andarte con mucho ojo. Antes de partir hacia el norte, debo explicarte muchas cosas, porque en función de lo que seas capaz de hacer sabrá si confío en ti o no, y ésta será tu puerta de entrada. Sin embargo, vale más que no te fíes, porque siempre es mucho más difícil salir de un campamento huno que entrar.

—De acuerdo.

—Pero, ¿Y Oriente? —insistí.

—Cuando haya abandonado a los hunos, Marcos se dirigirá al sur, a Constantinopla, con un mensaje para Teodosio. El mensaje será de buena voluntad, con salutaciones para el emperador de Bizancio, pero con quien tiene que hablar es con Pulqueria y con el general Aspar —se volvió hacia Marcos—. Sobre todo con Aspar. Entonces, como conocerás bien a los hunos, sabrás lo que debes negociar con Oriente.

—¿Cómo quieres que haga todo eso y que aprenda tanto, si no habla la lengua de los hunos? —me quejé.

—¿En algún momento me has oído decir que iba a ser fácil? —rió Aecio—. Ya viste que Atila habla latín, y muchos otros de entre sus oficiales, porque saben que nuestra lengua es la lengua de los ejércitos. Además, ya he dispuesto que Marcos se lleve con él a Trigeris. A pesar de no ser hombre de armas, convivió con los hunos y conoce su lengua y sus costumbres —se volvió hacia Marcos—. Abre bien las oídos y los ojos y recuerda que si aprendes su lengua serás capaz de pensar como ellos. Y ésta, te lo aseguro, no es tarea sencilla, pero sí primordial.

Aquella noche Julia y yo cenamos con Lidia y Aecio. Se la veía preocupada, a la esposa de mi amigo, y en un momento de la velada se dirigió a mí y me dijo:

—No me parece nada bien que Carpilio se vaya a vivir con unos salvajes. Nuestro hijo tan sólo es un niño y...

—Yo tenía su misma edad cuando fui enviado con los visigodos —rió Aecio—. Nuestro hijo regresará hecho un hombre.

Pero Lidia me miró suplicante.

—No te preocupes. Hablaré con Marcos y le ordenaré que lo proteja como a un hermano —sonreí.

*** ***

Marcos no conocía Sirmium ni las tierras de más allá del Danubio. Había viajado por todo el sur de la Galia, por la costa griega y por toda Italia hasta alcanzar Sicilia, y no tardó en descubrir que aquel paisaje era diferente, de un verdor más intenso, más oscuro, con unos bosques frondosos y montañas no muy altas. Sabía, porque así se lo había contado Aecio, que más al norte la tierra es llana y que los hunos reunían inmensos rebaños de caballos que pastaban por todas partes. Se movían con rapidez gracias a la caballería y siempre llevaban consigo un mínimo de seis caballos por jinete que les permitía cambiar constantemente de silla, incluso en medio de una batalla, y mantener las fuerzas intactas. Por esta razón eran temibles, porque podían atacar, retirarse y volver a atacar con idéntica velocidad, porque era imposible alcanzarlos en una huida. De aquí teníamos que sacar la primera lección. Los hunos no podían aplicar sus tácticas en terrenos donde la hierba escasea, porque sus caballos, aquellos inmensos rebaños, precisan de grandes extensiones para alimentarse.

El viaje fue agradable. Habíamos entrado en la primavera y los ríos bajaban caudalosos, mientras la nieve fundía en las cimas de las montañas y aparecían los primeros frutos en los árboles. Marcos partió con cien hombres. Aecio era lo bastante inteligente y no quería que viajase completamente desprotegido, pero tampoco quería que llamase demasiado la atención.

Atila ya le esperaba. El mensajero de Aecio había llegado unos días antes. Conforme entraba en Sirmium, Marcos contempló la construcción. Aquellos salvajes trabajaban bien la madera, pero ningún edificio, ni el más suntuosos de sus palacios, podía compararse, ni de lejos, con cualquier edificación mediana de nuestro Imperio.

A pesar de todas las advertencias de Aecio, sobre el carácter de Atila, el recibimiento fue de lo más sorprendente.

El rey de los hunos le aguardaba sentado en el trono, rodeado de sus generales. Ante él una enorme piedra en forma de altar mantenía derecha y clavada la espada que le había hecho famoso. Marcos sintió la tentación de detenerse y examinarla, pero prefirió ignorarla y dirigirse directamente hacia el rey de los hunos. Aecio ya le había advertido que mirarla significaría tanto como otorgarle la veneración y el poder que la credulidad de la gente había creado en su imaginación. A un lado caminaba Carpilio con cara de asustado, a pesar de que procuraba disimular, y al otro Trigeris.

Durante todo el viaje, desde Roma hasta Sirmium, Marcos había conversado con el muchacho y le había explicado, una y otra vez, lo que Aecio ya hizo antes de partir. Repetía las mismas palabras para que quedasen bien gravadas en el cerebro de aquel mozalbete, pero seguía pensando que era demasiado joven y demasiado tierno y que aquellos animales se lo comerían de un bocado. Para Marcos, evidentemente, no había sido una buena idea. Para mí tampoco, pero Aecio sabía lo que se hacía y, además, el hijo era suyo. Aún así, el viaje permitió a Marcos mantener largas conversaciones con el muchacho y se tomaron mutuo afecto y simpatía.

Dentro de la sala grande había mucha gente, pero ninguna mujer ni ningún niño. Marcos llegaba solo, con Carpilio y con Trigeris. Era otra decisión que había tomado la noche anterior. De manera que dejó el centenar de hombres que los escoltaban y entró en la ciudad completamente solo. Con esta prueba de confianza deseaba impresionar a Atila y dejar muy claro que no le tenía miedo.

El rey de los hunos contempló a Carpilio, sonrió, se levantó del trono y descendió hasta el niño. A Marcos ni tal sólo le dirigió una mirada.

—Tu padre es un hombre como hay pocos —le agarró el brazo y Carpilio le miró directamente a los ojos, tal como le había ordenado su padre y le había repetido Marcos—. Pareces fuerte y valiente.

—Lo soy —respondió Carpilio. También lo hizo siguiendo las instrucciones que Aecio le había dado para cuando llegase el momento.

—Deberás aprender a hablar nuestra lengua.

—No es únicamente vuestra lengua que quiero aprender, sino vuestro orgullo, vuestro valor y vuestra habilidad para montar y manejar el arco y la flecha.

La carcajada llenó la sala y arrancó la de los demás. Todos reían. Todos excepto Trigeris, Carpilio y Marcos.

—Pretende ser como su padre —dijo Atila sin dejar de reír, de espaldas a los recién llegados, dirigiéndose a sus generales.

Aún reían cuando, de pronto, las carcajadas de Atila se quebraron, sacó una daga, se dio la vuelta y la puso en el cuello de Carpilio como si fuera a degollarlo.

Marcos reaccionó y agarró el puño de la espada, pero no tuvo tiempo para nada más. Tres lanzas le apuntaban directamente al corazón. Trigeris ni se movió. El pobre niño miró suplicante a Marcos. No sabía qué hacer. Mi hijo le devolvió la mirada con una orden silenciosa, pero taxativa, que Carpilio captó de inmediato y cumplió al pie de la letra. Los ojos del niño se clavaron en los de Atila y así permaneció durante un rato. En su interior, el pobre temblaba, pero se mantuvo firme.

—Eres como tu padre —estalló en sonoras carcajadas el rey de los hunos y apartó la daga del cuello del muchacho—. Que venga Ellak —ordenó.

Las lanzas dejaron de apuntar al pecho de Marcos, que respiró aliviado y se relajó. Instantes después, apareció un muchacho de doce años acompañado de Enga. El muchacho vestía como un soldado huno y tenía la misma mirada altiva y orgullosa de Atila. El rey lo tomó por los hombros y lo puso frente a Carpilio.

—Podemos decir que sois primos, porque vuestros padres son hermanos de sangre —dijo—. Este es mi hijo Ellak. Él te enseñará todo lo que debes saber y espero que, algún día, seáis hermanos de sangre —se volvió hacia Enga y ordenó—: Condúcelo a su habitación, que se vista como uno de nosotros y que coma con los muchachos porque, a partir de hoy, es uno de los nuestros. Ha demostrado que tiene cojones, porque si no huelo a mierda quiere decir que no se ha cagado —rió.

Una vez Carpilio se hubo marchado, Atila se acercó de nuevo hasta casi tocar a Marcos. Sus ojos no sonreían.

—Si llegas a sacar tu espada, habrías muerto —le dijo.

—Si hubieras cortado un cabello de Carpilio, los dos estaríamos muertos —respondió mi hijo sin apartar los ojos.

—¿Qué tal está el hijo de puta de Aecio? ¿No es capaz de educar a su propio hijo o es que piensa que Roma, ese agujero de afeminados, no es un buen lugar? —dijo, y su mirada aún se endureció más, como si quisiera traspasarlo.

—Sigue siendo un hijo de puta tan grande como su hermano, a quien envía saludos y desea larga vida y felicidad —exclamó Marcos, y sonrió divertido.

Atila se quedó plantado con los ojos clavados en sus pupilas. Decían que nadie era capaz de resistir su mirada, pero Carpilio lo había conseguido y eso tampoco rezaba con mi hijo. Poco antes de salir, Aecio ya le había advertido de cuanto podía encontrarse a la llegada y de todos los trucos que Atila practicaba. De todas formas, la jugada del puñal en el cuello de Carpilio no se la esperaba. Sin embargo, había sabido reaccionar correctamente.

Marcos resistió el embate de aquellos ojos quieto y sin pestañear ni un instante todo el tiempo que Atila le estuvo mirando a tan poca distancia. Me explicó que los ojos casi le lloraban y que sus párpados amenazaban con cerrarse. También me explicó que el cuerpo del bárbaro desprendía un extraño olor. No del todo desagradable, pero sí fuerte y sorprendente. Yo no lo noté cuando le conocí.

—¿Qué eres tú? —preguntó el rey, después de un buen rato.

—Soy el hijo de Severo Antonino Braulio Teodosio, ayudante principal del general Aecio.

—¿No me has comprendido o no deseas entenderme? Pregunto: ¿qué es tu madre: puta o cortesana?

Ahora todos los presentes se reían de mi hijo, pero siguió firme.

—Puedo asegurarte que no es cortesana.

—Entonces, es puta.

Se hizo el silencio. Marcos recordaba muy bien las palabras de Aecio: «Ten presente que los hunos prefieren ser hijos de puta antes que hijos de cortesana. Dicen que las putas lo son por necesidad, mientras que las cortesanas romanas lo son por vicio y que los hijos de cortesanas son afeminados y mentirosos, en tanto que los hijos de puta han aprendido a padecer y eso les hace fuertes».

Estuvo a punto de seguir las instrucciones de Aecio y responder que era un hijo de puta, pero Marcos tenía su propio orgullo.

—La verdad es que nunca se lo he preguntado a mi madre. Ya tengo bastante con saber que no es cortesana. Y siempre he confiado que mi padre es un hombre inteligente que sabe distinguir lo que se mete en su cama.

La mirada de Atila cambió. Aquella respuesta no se la esperaba. Además, ya le había insultado bastante y Marcos había salido airoso. Evidentemente no era un hijo de cortesana y tampoco había admitido que fuese hijo de puta. Seguramente era la excepción que confirma la regla, debió pensar el rey de los hunos.

—Estarás cansado —sonrió Atila. Toda la dureza había desaparecido y la mirada parecía franca y abierta —. Comerás con nosotros.

—Depende. ¿Qué son ellos? —preguntó Marcos, señalando los generales.

—¡Unos buenos hijos de puta! —exclamó Atila.

—Entonces, será un honor compartir la mesa.

Las carcajadas confirmaron que había pasado la prueba con méritos más que sobrados.

*** ***

Marcos se quedó cinco meses con los hunos. Cinco largos meses durante los que cabalgó con Atila, cazaron juntos y aprendió mucho sobre aquellos hombres.

Los hunos no son un pueblo que se pueda despreciar. Por lo menos en aquellos tiempos, como ya había podido constatar en Narbona, pero que Marcos me confirmó. Provienen de las tierras que lindan con la china y están emparentados con los mongoles. Allí combatieron contra los emperadores orientales. Atila era biznieto de Atel, pero no fue hasta la llegada de Turda que los hunos se establecieron en los Balcanes y atravesaron las estepas para alcanzar las riberas del Danubio.

Son un pueblo supersticioso, muy supersticioso, con hábitos que nada tienen que ver con la civilización romana. ¡Pobre Marcos! Tuvo que acostumbrarse a comer carne casi cruda, poco cocinada, y leche que dejaban pudrir hasta agriarse, pero sin llegar a convertirse en queso. Las verduras casi ni las probaban. En cambio consumían mucha fruta, de todo tipo, y aprovechaban cuanto la naturaleza los ofrecía en cada época y en cada lugar.

Por primera vez mi hijo pudo contemplar en toda su magnificencia lo que yo ya le había adelantado. Marcos, a su regreso, me explicaba entusiasmado que los mejores jinetes le hicieron toda una demostración de virtuosismo sobre el caballo y se dio cuenta de que Aecio tenía razón. No seria nada fácil dar una lección a aquel pueblo que se ganaba día a día su respeto como soldado. Allí, en la Panonia, Marcos contempló cómo los hunos montan unas sillas diferentes de las romanas, con unos estribos más largos que les permite alzarse y gobernar el caballo con las rodillas. Sus cabalgaduras tienen la cabeza grande y patas muy poderosas y corren y salvan los obstáculos a una velocidad impresionante. El jinete permanece siempre quieto, a la misma altura, sus piernas se tornan elásticas, y parece deslizarse sobre el aire de la llanura mientras apunta con precisión y dispara la flecha que, invariablemente, acierta en el blanco.

—Son cosas que hay que aprender de niño —le explicó Atila—. Los hunos hemos nacido con un caballo entre las piernas y un arco en las manos —añadía con orgullo.

Los hunos son salvajes y disfrutan con la lucha, los enfrentamientos y la violencia. Violencia que está presente en todos los actos de su existencia. Incluso en las fiestas. No es extraño que, después de haber bebido, la confrontación sea el colofón final, como si se tratase de una danza ritual. Y en ella participan todos, animando a los luchadores, gritando como locos mientras engullen y beben hasta caer extenuados. Por suerte los romanos sabemos beber y podemos aguantar mucho más que ellos, que carecen de medida y de control. A menudo tenían que ayudar a Atila a abandonar la sala.

Las mujeres no poseen la gracia de las romanas. Sus vestidos son pobres y sus maneras toscas —me explicó Marcos—. Lanzan risotadas como los hombres y comen como ellos, sin tener en cuenta la diferencia de sexo ni las buenas formas. No utilizan los perfumes con tanta prodigalidad como las nuestras y sus joyas no pueden compararse con las que adornan cualquier fiesta del Imperio, por más humilde que sea.

Fue allí, en mitad de una fiesta, que Marcos descubrió que el olor que había captado el primer día en el cuerpo de Atila no le era exclusivo, sino que la compartían casi todos sus súbditos más cercanos.

A las pocas semanas Carpilio ya se comportaba como uno de ellos y ya se había acomodado a una vida completamente diferente gracias a la ayuda de Ellak que cumplía todas y cada una de las órdenes de Atila. Los dos muchachos se hicieron buenos amigos, cosa que gustaba a Atila, que veía en aquellos dos mozalbetes la imagen de Aecio y de él, mucho tiempo atrás. A pesar de ser una pandilla de animales, tienen sus leyes y procuran que sus invitados se sientan bien tratados.

Un día, cuando ya llevaba dos meses entre ellos, Marcos asistió a un espectáculo que le proporcionaría la medida exacta de aquellos hombres que, sin duda, representaban un peligro de proporciones difíciles de predecir y de calcular.

Aquella mañana había cierto malestar en palacio. Unos soldados hunos habían llegado temprano y con ellos traían a dos prisioneros francos, atrapados más al norte. Explicaban que un grupo de francos había atacado unos pueblos del norte y habían huido.

Atila ordenó conducirlos hasta la plaza principal y se presentó con la espada de Marte, que mi hijo ya había podido examinar en detalle, pero que aún no había visto fuera del altar. Junto a Marcos se encontraba Trigeris. Él, que había vivido algún tiempo entre los hunos, conocía todas sus costumbres.

—Es la ceremonia del conjuro —le explicó—. Les sirve para predecir el futuro.

—¿Qué tienen que ver los prisioneros? —preguntó Marcos.

—Ya lo verás —contestó Trigeris con una sonrisa misteriosa.

En el centro de la plaza había un poste de madera, clavado bien tieso. Trajeron a los dos prisioneros junto al palo. Tenían las manos atadas a la espalda, les vendaron los ojos, les hicieron dar vueltas y empezaron a pincharlos con las lanzas para que se movieran, mientras los asistentes chillaban y se desgañitaban como si los animaran en una carrera absurda. Uno de los prisioneros chocó contra el poste y la gente enmudeció. Entonces lo agarraron y lo ataron al palo mientras apartaban a su compañero y le mantenían la venda. Por el contrario, al pobre desgraciado que el destino había señalado sí le descubrieron los ojos y sólo le ataron por la cintura, dejando libres sus brazos.

Atila se adelantó hacia el prisionero, le miró a los ojos durante un rato. Después se retiró un par de pasos.

Dos soldados sujetaron las manos del prisionero y le obligaron a ponerse brazos en cruz. Dicho y hecho, el soldado de la derecha dejó ir la mano del prisionero al propio tiempo que Atila alzaba la espada de Marte desde abajo hacia arriba con una rapidez impresionante, siguiendo la línea marcada por el costado del cuerpo del infortunado, y de un solo tajo cortó el brazo que escapó volando y cayó unos codos más allá. El grito espeluznante del prisionero dejó a Marcos casi sin respiración. No se esperaba aquel desenlace, pero aún se quedó más pasmado cuando el segundo brazo también salió despedido y cayó al otro lado.

Atila, los soldados y la gente se desentendieron de la pobre víctima y dirigieron su mirada hacia los brazos que aún se agitaban en violentas convulsiones.

—¡Atacaremos! —gritó Atila y el pueblo estalló en júbilo—. Les perseguiremos y acabaremos con todos ellos.

Trigeris señaló los brazos, ahora ya inertes, mientras el prisionero gritaba enloquecido, se desangraba como un puerco y nadie le hacía el menor caso.

—Si las dos manos caen con la palma hacia abajo, significa que no pueden atacar porque la desgracia les acompañará. Si caen con la palma hacia arriba, la victoria es segura. De manera que atacarán.

—¿Y si no caen del mismo lado? —preguntó Marcos.

El intérprete sonrió maliciosamente, señaló el segundo prisionero y dijo:

—Este desgraciado ha sido tocado por la mano de Dios. Normalmente cuesta un buen montón de brazos llegar a una interpretación evidente del futuro.

Cierto es que Roma también consulta los augures, a pesar de que el cristianismo ha limitado estas creencias, pero nuestros antepasados interpretaban el futuro en el hígado del animal sacrificado y nadie moría. Claro que, bien pensado, durante muchos años los circos romanos se llenaron de espectáculos que nada tenían que envidiar a aquel sacrificio en mitad de la plaza de Sirmium. Sin embargo, nosotros ya hemos superado esa etapa de la historia.

Mucho, mucho más, aprendió Marcos de aquella gente. Le enseñaron a cabalgar sobre sus sillas y a mantenerse durante días y días, sin desfallecer, a correr sin detenerse ni un instante y a vivir de lo que la naturaleza le podía ofrecer. Ellos se encontraban en el estadio que nos permitió a los romanos crear el Imperio, porque es con la carencia de todo cuando buscas cualquier cosa y es con la abundancia que te adormeces. Ahora el Imperio permanecía amodorrado o, mejor dicho, estaba tan profundamente dormido que era incapaz de apercibirse del peligro que le rodeaba, mientras que Aecio sabía muy bien lo que podía sucedernos y enviaba a Marcos para poder disponer de unos segundos ojos que le permitieran mantenerse despierto.

Finalmente, cuando ya se había cumplido el cuarto mes de permanencia y empezaba el quinto, una noche, después de cenar, Atila señaló una mujer que se sentaba al otro lado de la mesa. Poseía una belleza agresiva, un cuerpo fuerte y una mirada penetrante que lanzaba mensajes a cada instante. Respiraba excitada y agitada y sus pechos se hinchaban hasta casi reventar el vestido.

—Es una de mis esposas —explicó Atila—. Es una fiera en la cama. Ella sola podría cabalgarse a todos los presentes y, cuando acabara, se levantaría e iría a buscar leña para encender un buen fuego y cocinar para todos ellos. A mí me deja tendido cada vez que me la follo. Nunca tiene bastante.

—¿Y Enga, no se queja?

—Si la naturaleza te ofrece una gran variedad de frutos, ¿por qué te vas a conformar sólo con manzanas? —rió Atila—. Enga es la esposa principal, pero tengo muchas más. Los hunos no somos tan estúpidos como los cristianos —señaló de nuevo a la mujer—. Si la quieres, esta noche será tuya. No habla ni griego ni latín, pero tiene una lengua... —se lamió la comisura de los labios, soltó una carcajada y le propinó un manotazo en la espalda.

Marcos, desde que había abandonado Roma, no había gozado de ninguna mujer. Ésta era la consigna de Aecio. «No toques nada hasta que no te lo ofrezcan». Sí, ya hacía meses que Marcos no había probado las mieles de una mujer, y eso, para un soldado acostumbrado al ejercicio, es una eternidad. De manera que aceptó de inmediato aquel regalo.

Atila se levantó, le condujo hasta la mujer, pronunció unas palabras que Marcos medio entendió, y ella se alzó, le tomó de la mano y se lo llevó hacia una de las habitaciones de palacio.

La mujer caminaba delante y Marcos contemplaba su trasero redondo y simpático que se balanceaba a un lado y a otro. Abrió una puerta y entraron en un dormitorio con una enorme cama en el centro y el suelo cubierto de pieles. Nada más entrar, aquella mujer empezó a desnudarle, sin una sola palabra, y, conforme le quitaba la ropa, contemplaba extasiada la palidez y la finura de la piel de un romano y le acariciaba con ternura, mientras se acercaba y le olisqueaba. Marcos se sorprendió. Nunca ninguna otra mujer le había olido como si fuera una hembra en celo o un animal tierno y afectuoso.

Entonces, cuando ya comenzaba a excitarse y notaba que todo su cuerpo le pedía a gritos que se lanzase hacia adelante, ella se escabulló, agarró un pequeño recipiente y empezó a embadurnarle el cuerpo con una sustancia grasa y pegajosa. Marcos descubrió enseguida el olor penetrante que había captado en Atila y se sorprendió, pero la dejó continuar. Ella le cubrió el cuerpo con aquella pasta. Después le obligó a tenderse sobre la cama, se plantó ante él, se desnudó lentamente y también se embadurnó el cuerpo de crema, excepto el pubis, los pezones y la entrepierna. Lo hizo despacio, procurando que los ojos del hombre estuvieran pendientes del movimiento de sus manos, mientras respiraba de una forma especial, como si cada vez que se amasaba las carnes tuviera un orgasmo.

Finalmente, se acercó gateando por encima de la cama. Marcos intentó abrazarla y tenderla, pero ella se opuso y apartó sus brazos con violencia. Era fuerte como un toro. Mi hijo se quedó quieto y ella se echó sobre él. El olor cada vez era más penetrante, al tiempo que los cuerpos untados se restregaban y patinaban y notó que todos los sentidos se le despertaban y que la excitación aumentaba considerablemente. Aquella piel resbaladiza cada vez estaba más grasienta y el sonido de las friegas le recordaba el agua del mar que besa la playa. Las manos corrían arriba y abajo, el pene se le endureció como nunca y fue consciente que entraba y salía del interior de la mujer con una facilidad sorprendente, mientras ella lo cabalgaba con una fuerza inconcebible y el olor seguía excitándole y excitándole, como si no existiera límite al placer.

Cuando todo hubo concluido, cuando la respiración retornó a la normalidad, cuando la dulce modorra le atrapó y los párpados se le cerraron, un sólo pensamiento ocupaba su mente. Nunca, en toda su vida, ninguna mujer había conseguido con él lo que aquélla.

—Es grasa de oso —le informó Trigeris a la mañana siguiente, cuando le preguntó—. No parece muy agradable en un primer momento, pero a medida que avanzas, cada vez es más excitante. ¿No es cierto?

Y Marcos le dio la razón.

—Más que excitante, fue sublime —me dijo, en Rávena, una noche, cuando me contaba su historia.

Julia estaba cerca, pero hizo como que no nos había oído. No obstante, cuando ya nos retirábamos, se acercó.

—Una mujer romana es capaz de hacer todo lo que haga una salvaje y mucho más —dijo.

Nuestro hijo sonrió, la abrazó y contestó:

—Madre, me lo he pasado muy bien con aquellas mujeres medio salvajes, pero aún no he encontrado la que ha de ser mi esposa. Puedes estar segura de que, cuando la encuentre, tú serás la primera en saberlo —la besó en la mejilla y se marchó.

Aquella noche Julia estuvo muy melosa conmigo. Se sentía orgullosa de nuestro hijo y, por lo tanto, de quien lo engendró. Además, el relato de Marcos la había excitado o, tal vez, había herido su orgullo, porque se había bañado en agua de rosas y se había perfumado como nunca. También se movió como nunca lo había hecho. Quería demostrar, sin ningún género de dudas, que a una romana ninguna otra mujer le pasa la mano por la cara. Y a mí, estas demostraciones, como es natural, no me disgustan.

8 - LA PRINCESA

Antonio acabó sus estudios, Gala Placidia mantuvo su palabra y mi último hijo se convirtió en el senador más joven que se sentaba entre las más altas dignidades del Imperio.

Por más que lo explique, no podré dar una idea precisa de la felicidad que sentí el día que Antonio fue nombrado senador, entró por primera vez en el hemiciclo y recibió las felicitaciones de todos nuestros amigos, muchas de ellas sinceras, porque yo había conseguido la estima de buena parte del senado. Algunas, sin embargo, llenas de envidia. Las victorias nunca son completas ni bien recibidas por todos y ya puedes dar gracias si no son rechazadas o criticadas por la mayoría. Tú, Pablo, lo padeciste en tus propias carnes, cuando huiste como un ladrón, de noche y a oscuras, y embarcaste para dirigirte hacia África.

Valentiniano —¡por fin!— dejó embarazada a Licinia y la noticia se propagó por todo el Imperio desde Occidente a Oriente y llenó de felicidad el corazón de todos aquellos que nos imaginábamos que la buena nueva serviría para moderar los excesos de nuestro emperador y meter un poco de sensatez en un cerebro vacío. Un cerebro que Gala Placidia no quería que se llenase de ninguna manera, alejando todo cuanto era capaz de despertar al posible hombre que se escondía en su hijo y que yo había podido entrever sólo unos instantes, justo el día de su boda, cuando él dijo la única verdad de toda esta maldita historia.

Sin embargo, nuestras ilusiones, las de quienes inocentemente pensábamos que las cosas pueden cambiar, se diluyeron en pocos días hasta desaparecer por completo. La emperatriz madre, como un gran premio para su hijo, para que no molestase a su esposa y no truncara el embarazo, hizo venir dos africanas de piel morena y cuerpos voluptuosos que, según corrían las voces, eran capaces de volver loco a cualquier hombre. Pero el verdadero problema no fueron ellas, sino otro personaje que tuvo un desgraciado peso específico en la historia del Imperio.

Heraclio, el eunuco, apareció acompañando a las dos muchachas. Y nunca mejor dicho, porque fue toda una aparición. Era un ser gordo al que las carnes le colgaban por todos lados, con una cabeza grande y una cara redonda que sonreía hipócritamente. Se le oía llegar desde lejos. ¡No! Es más exacto decir que lo olías, porque se perfumaba más que una cortesana, con un vientre que parecía un tambor flácido y una voz chillona y afeminada que me resultaba en extremo desagradable. Procuraba moverse con una supuesta elegancia que le era negada por la inmensidad de aquel cuerpo deforme. Reía cualquier gracia de alguien que fuera superior a él y despreciaba a sus inferiores hasta el punto que, en alguna ocasión, les había escupido a la espalda cuando se marchaban. Era repugnante, asqueroso, grasiento, avaricioso y cuantas podridas cualidades se pueden atribuir a la más rastrera y viscosa de las criaturas de este mundo.

¿Cómo obtuvo el favor del emperador...? Éste fue un misterio que nadie se explicaba, aunque las historias corrían. Los rumores apuntaban que Valentiniano se excitaba penetrando aquellas montañas de carne y que el eunuco era capaz de moverse boca abajo con una concupiscencia que producía un masaje divino en las partes más íntimas del cuerpo. Otros decían que aquel ser, mezcla de sexos y de mentalidades, tenía la clave que le permitía intuir en todo momento el deseo de Valentiniano y avanzarse en la búsqueda de la satisfacción de su amo y señor con una imaginación capaz de inventar los más retorcidos placeres que puedan existir.

Sea como fuere, el hecho es que Heraclio entró en palacio, tal como Crisapio había hecho en Oriente, y Gala Placidia lo toleró porque era la solución ideal que permitía mantener ocupado a su hijo y excitarle los pensamientos hacia todo aquello que le impedía pensar en el gobierno del Imperio.

Hay personas que tienen el poder de embrujar a los demás y Heraclio, sin duda, era una de ellas. Cada vez que le miraba descubría que no había mayor mal nacido que él sobre la tierra y, sin embargo, sabía decir las cosas de una manera que no te permitía atacarle. Incluso, los ojos se le enrojecían y las lágrimas se le saltaban cuando se sentía ofendido. Y Valentiniano siempre se ponía de su parte.

Pocos meses después de su llegada ya disponía de una casa para él sólo, donde invitaba a sus amigos, tan podridos y apestosos como él. Y poco a poco se convirtió en una especie de secretario particular del emperador que escogía sus audiencias. Tan grande fue su ascendencia que comentaban, con una sonrisa maliciosa, que la propia Licinia, a veces, tenía que pasar por él para de poder hablar con su marido.

Era un ser repleto de mala fe, pero sumamente astuto. A la única que obedecía ciegamente, por encima de su señor, era a Gala Placidia, porque tenía una visión nítida de la situación y sabía muy bien quién movía los hilos del poder. En cambio, cuando Aecio visitaba Rávena, Heraclio desaparecía y no regresaba a la vida pública hasta que el general se había marchado. Era una cosa extraña, un semi-todo o semi-nada abyecto y abstracto, una definición exacta y perfecta de la ambigüedad que había recogido la inteligencia más sutil del mal.

También explicaban que había ordenado fabricar unos objetos de madera que él había traído de ciertas zonas de Egipto, tremendamente refinados, que se lubrican con aceites y esencias para incrementar el placer sexual y que permitían al emperador disfrutar de sensaciones desconocidas. Y nadie era ajeno a los rumores que corrían sobre las propuestas que aquel monstruo hacía a Valentiniano, abandonando por completo el uso del sexo con seres humanos para mezclarlo con animales y llegar, incluso, a la búsqueda del sufrimiento. Cuando escuchaba esos relatos espeluznantes, los pequeños pecados prohibidos que practicaba con Julia se me antojaban juegos de niños.

Parece mentira el paralelismo que existió entre los dos imperios. Dos emperadores marionetas, dos mujeres que los dominaban y dos eunucos que los contentaban y les robaban.

Heraclio, aquel saco de vicios, sería el instrumento a través del cual la muerte pasearía por encima de todos nosotros.

*** ***

Poco después del anuncio del embarazo de Licinia, Marcos regresó de Constantinopla. Su estancia entre los hunos le había permitido hacer amistades importantes y las negociaciones con Aspar garantizaban la paz. Aecio quedó muy satisfecho del resultado de las gestiones de un joven oficial que (decía) había heredado la habilidad familiar para tratar temas de estado. Fue entonces cuando Valentiniano lo reclamó. Lo consideraba un oficial muy agradable, que hacía juego con la guardia imperial. Recé para que Aecio se interpusiera y mis oraciones fueron escuchadas por el Dios Eterno.

—No puedo permitir que todo su valor y todo lo que ha aprendido de los hunos se diluya entre las putas y los eunucos de palacio. Dentro de poco atacaremos África y le necesito a mi lado —me dijo con una sonrisa, cuando hablé con él—. Puedes estar tranquilo, que no dejaré que lo corrompan. Valentiniano ya tiene más que de sobra con el culo de Heraclio.

Marcos ocupó un lugar de privilegio junto a Aecio. Y así transcurrieron los meses hasta el nacimiento de Aelia Eudocia, la hija de Licinia y de Valentiniano, la garantía de la unión de Oriente y Occidente.

Nos habría gustado más que fuese niño, pero la naturaleza manda. La celebración del nacimiento fue fastuosa. La gente bailó por las calles y cantó alabanzas a Dios, mientras el vino y la comida llenaban sus estómagos.

Aelia Eudocia fue bautizada por el obispo Marcelo, y Teodosio, como regalo, envió dos cofres de oro llenos a rebosar, mientras la paz seguía reinando en el Imperio, que no en palacio. Gala Placidia ordenó que Aelia fuese guardada por los mismos soldados que vigilaban la virtud de Honoria, la otra princesa. Bajo ningún concepto podía permitir que la mente enfermiza de su hijo, de aquel aprendiz de monstruo que ella había parido y había modelado, pudiese llegar a imaginar que su hija era un juguete más que añadir a los muchos que llenaban sus estancias.

*** ***

Una mañana del mes de junio nos levantamos como de costumbre. Serena abandonó la casa y se dirigió a palacio. De hecho, la mayor parte de las noches dormía con nosotros y, a pesar de que nos había dicho que Valentiniano no ponía nunca los pies en el ala este de palacio, yo me sentía más tranquilo si ella regresaba a casa.

Nada más llegar encontró a Pedro, que había sido nombrado jefe de la guardia imperial y que hacía la ronda para inspeccionar los puestos de vigilancia. Se conocían y se tenían mutua simpatía, porque era uno de los mejores amigos de Marcos, con quien había jugado cuando niño. Ambos habían estudiado en la escuela militar y, después, entraron a servir en la guardia de palacio y compartieron todas las aventuras de juventud, hasta que mi hijo fue enviado a la Panonia y tuvieron que separarse. De aquí su amistad con Serena, que arrancaba de cuando Marcos y él eran dos mocosos y jugaban en el patio de casa, bajo la atenta mirada de la hermana mayor que les vigilaba.

Pedro la invitó a pasear y mi hija le acompañó a las caballerizas y lo observó mientras el joven se interesaba por las novedades antes de regresar a los aposentos reales y comprobar que todo el mundo estaba en su sitio y que el cambio de guardia había sido hecho como estaba previsto. Este ritual lo repetía cada mañana, siempre con idéntica intensidad, pero nunca en el mismo orden. Eso lo había aprendido de Sebastián, de igual forma que mi hijo lo había aprendido de mí y yo de Bonifacio.

Recuerdo que el conde, cuando yo estaba a sus órdenes en África, no cesaba de repetirnos que un soldado siempre está atento si su superior ronda por allí. Sin embargo, es importante que el soldado no sepa nunca cuando te presentarás. Esa ignorancia le obliga a estar siempre alerta.

Aquella mañana, justo al llegar a las puertas del edificio principal, los dos soldados le informaron de que había más movimiento de lo habitual. Pedro también había aprendido de Sebastián, como yo de Bonifacio, que es vital que los hombres se sientan cómplices de su jefe. Son esos conocimientos que se transmiten de boca a oído y que forman parte de la sabiduría oculta que es el tesoro que acompaña a todo buen oficial. Entonces, cuando consigues esa complicidad, tus hombres te explican todos los pequeños detalles que de otra manera pasarían desapercibidos y que, a menudo, pueden ser más decisivos que los grandes acontecimientos.

—La emperatriz ha llamado a los físicos y a las sirvientas. Se cuece algo importante —dijo uno de los soldados.

Pedro miró a Serena y ésta se encogió de hombros e hizo un gesto de extrañeza. No era capaz de explicar la razón de tanto movimiento. La tarde anterior se había despedido como cada día y no había ninguna novedad.

Intentaron imaginarse lo que podía suceder, pero no fueron capaces, entraron en palacio y Pedro revisó los otros puestos. A cada paso que avanzaban, a medida que se acercaban a las dependencias de la princesa, los comentarios de los soldados eran más concretos.

—Dicen que la princesa Honoria está... —el soldado dudó, miró a un lado y a otro y bajó la voz—: Embarazada —se atrevió a decir, finalmente.

—¿Qué? —preguntó Pedro.

—No puedo jurarlo, pero es lo que me ha parecido oír. Todos lo comentan —respondió el soldado.

Cuando Serena me lo contaba, me decía que si en aquel momento la hubieran pinchado no habría brotado ni una gota de sangre.

—¿Cómo es posible? —exclamó ella, cuando se quedó a solas con el oficial.

—No es tan difícil. Muchas noches recibía visitas —le dijo Pedro, que no parecía tan sorprendido.

—¿Igual que el emperador? —se asustó Serena.

—No —sonrió Pedro y meneó la cabeza a derecha e izquierda—. Siempre era el mismo hombre —explicó, bajando la voz.

—¿Quién?

—Eugenio, el camarlengo.

¡Eugenio! ¡Madre de Dios! Lo conocía, aunque no mucho. Nos habíamos encontrado alguna vez en palacio. Era un hombre joven y atractivo. No tenía más allá de treinta años, buen conversador, agradable y discreto. Tan discreto que Serena no había descubierto su devoción por la joven princesa hasta que el resultado de sus amores ya no se podía disimular. ¿Pero, cómo podía saberlo, si Eugenio sólo iba de noche y, a aquellas horas, mi hija ya había regresado a casa?

Serena echó a correr hacia las dependencias de Honoria. Allí todos estaban muy atareados, moviéndose arriba y abajo. Las palabras saltaban de boca en boca, escurriéndose entre labios medio cerrados y manos que tapaban bocas, como si no desearan relatar lo que los corazones amenazaban con propagar a los cuatro vientos.

La noticia del embarazo se confirmó y pocas horas después todo Rávena ya estaba al tanto. La emperatriz, en lugar de llevar toda la historia con tacto, con sigilo y discreción, empezó a gritar como una loca y sus alaridos se esparcieron más allá de las puertas de palacio, recorrieron todas las calles de la ciudad y golpearon cada puerta de cada casa y cada oído de cada súbdito. Honoria esperaba un hijo de Eugenio, que fue hecho prisionero por orden de Gala Placidia, mientras la princesa quedaba confinada en sus aposentos para que nadie pudiese ver la barriga que ya no podía disimular, la muestra de la vergüenza en la que acababa de hundir a la familia imperial. ¡Santos del cielo! La virtud de un Imperio había sido ultrajada.

A partir de aquel instante el palacio entero se convirtió en un enjambre de abejas enloquecidas. La emperatriz llamó a Pedro y le ordenó guardar las habitaciones de Honoria como si fuese el más importante y más preciado de los tesoros. Ningún hombre, bajo ningún concepto, entraría en su habitación. La virtud de la princesa debía permanecer al abrigo de toda sospecha. Si alguien abría la boca y hacía algún comentario, le cortaría la lengua. Lo que había sucedido, no había sucedido. Ésta era la consigna.

—Son órdenes de Gala Placidia. Nadie ha de saber nada —nos explicó Serena, espantada.

Caía la tarde y estábamos en casa, en el patio. Hacía calor. La oía hablar y me parecía tan absurdo que no sabía ni qué decir.

—Todo Rávena ya está al corriente —sonreí—. La emperatriz lo ha pregonado a los cuatro vientos y ahora quiere cerrar la jaula, cuando el pájaro ya ha volado.

—En el senado no se habla de otra cosa —dijo Antonio —. Las consecuencias pueden ser terribles. Con todo este lío un camarlengo se sitúa en línea directa de sucesión.

—Pues Pedro es el responsable de que la virtud de la princesa quede a buen recaudo —replicó Serena.

¿Responsable de la virtud de la princesa? Sus hombres y él serían la garantía de una virtud inexistente, de una virtud que dentro de pocos meses llevaría nombre propio. Sin embargo, tal como decía Pedro, las órdenes son las órdenes y escogió a sus mejores hombres, los que le parecía que estaban menos enfangados, y les aleccionó. Honoria no podía abandonar sus estancias y se convertía en prisionera hasta nueva orden. Le llevarían comida, la servirían como siempre y nadie vería cómo su barriga crecía y crecía hasta estallar y parir un bastardo.

Julia, una semana después, me dijo que en las fiestas y en las cenas no se hablaba de otra cosa e incluso se daban detalles de las posturas que más gustaban a Eugenio. Era poco menos que increíble, toda la polvareda que aquella historia levantaba, una historia repetida mil veces, que ahora se convertía en un asunto de estado. Algunas mujeres añadían que el camarlengo era un gran amante y que Gala Placidia había ordenado encerrarlo por celos, porque ella quería el amor de aquel hombre capaz de matar de placer a cualquier mujer, pero Eugenio se había negado. De aquí ya salieron las partidarias de la disciplina impuesta por la emperatriz y las protectoras y defensoras de Honoria y construyeron nuevas versiones de un hecho que siempre ha sido natural. De un hombre y una mujer que joden, es muy normal que salga un hijo. Pero yo me sentía mucho más inclinado a escuchar los rumores que apuntaban que tras el enfrentamiento entre la emperatriz y la princesa se escondía un personaje que me era muy conocido.

Heraclio se movía con entera libertad por todas las dependencias de palacio, excepto las del ala este, que pertenecían a Honoria y que, tras comprobar sus artes y sus mañas, había dado orden expresa para que se le prohibiera el paso. De manera que surgió un sentimiento de odio del eunuco hacia la princesa que le empujó a buscar la mejor forma de vengarse. Desde entonces sus ojos perversos no dejaban de observar los pasillos que conducían las habitaciones de Honoria y tomaba buena nota de quién entraba y quién salía. Fue él quien descubrió el embarazo de la hija de la emperatriz; fue él quien visitó a Gala Placidia y la puso al corriente de la situación; fue él quien pronunció el nombre de Eugenio, porque la princesa guardaba silencio ante las preguntas de su madre; fue él quien insinuó que un bastardo ocuparía el trono imperial para vergüenza del Imperio; y fue él el único responsable del encarcelamiento de los dos amantes.

Marcos llegó con un permiso de dos días. La planificación de la campaña del norte de África ya estaba lista y tan sólo faltaba devolver a Hunderico a su padre y buscar una excusa para atacar.

Venía contento. La vida junto a Aecio le agradaba. Era portador de una carta de Lidia que entregó a Julia y nos sentamos a charlar un rato, mientras mi esposa leía las noticias de su amiga.

De pronto, Julia se levantó y nos miró con cara de sorpresa.

—¿Cómo ha podido...? —dijo—. No es posible que Lidia... —y dejó la frase en el aire.

—¿Cómo es posible que qué? —pregunté. No sabía de qué hablaba.

Se volvió hacia Marcos.

—¿Cómo sabe lo del embarazo de Honoria? Aún no puede haber recibido mi carta.

—En Arles lo sabe todo el mundo —respondió Marcos con una sonrisa, como si fuera la cosa más natural.

—Un secreto... —exclamé con una carcajada—. Todo el Imperio está al corriente.

El primer día Marcos lo pasó en casa con nosotros y nos explicó cómo era la vida en Arles, y el segundo día se fue a visitar su amigo Pedro. Llegó a palacio y lo condujeron hasta la zona de las habitaciones de la princesa, aprovechando un relevo, porque Pedro se había tomado muy a pecho la protección de la virtud de la princesa.

Su amigo le recibió con un fuerte abrazo y le pidió que le acompañase en la ronda.

—Ya sabes que aquí, en palacio, hay pocas novedades —sonrió Pedro—. De manera que este asunto es de primer orden.

Cuando llegaron a la puerta de la habitación de la princesa escucharon voces. Pedro se detuvo. La voz era de hombre. Abrió la puerta con sigilo y observó. Marcos, detrás de él, vio a Claudio, el sacerdote enviado por el obispo Marcelo, que permanecía de pie ante Honoria y alzaba las manos en actitud amenazadora.

Yo conocía a aquel sacerdote y puedo jurar que era un imbécil que me caía muy mal. Un deprimido mental, un pobre fanático que pretendía aplicar unas leyes divinas que nadie sabía de dónde habían salido.

—¡Arrodíllate pecadora! —me explicó Marcos que aquel visionario ordenaba a la princesa—. Arrodíllate y pide perdón por tu crimen. Has deshonrado al Imperio.

—No es ningún crimen amar —respondió Honoria.

—No hay virtud más alta que la virginidad —sentenció Claudio y agarró a Honoria por las muñecas y la obligó a arrodillarse.

—¡Me haces daño! —se quejó ella.

Pedro no pudo reprimirse y entró.

—No es forma de tratar a una princesa —dijo con firmeza.

—Sal de aquí —ordenó Claudio.

—Las órdenes son que no permita que ningún hombre entre en estos aposentos. Eres tú quien ha de salir.

—Yo soy el enviado de Dios —exclamó Claudio con ojos de loco—. Nadie ha de ver en mí a un hombre.

Pedro dudó. Entonces, Marcos desenvainó la espada y la puso entre las piernas de Claudio, que abrió la boca para gritar, pero no emitió ningún sonido.

—No te importará que me asegure de que no eres un hombre, y como tu virtud más preciada es la castidad, no padecerás lo más mínimo si pierdes esta parte de tu cuerpo —dijo mi hijo con una sonrisa en los labios.

Pedro se quedó helado, pero no intervino. Claudio contempló el filo de la espada y se puso a temblar. Quería decir algo y no podía articular una palabra.

—Te...arre...pen...tirás —dijo finalmente, de puntillas, apenas un hilo de voz.

Marcos aflojó la presión y el sacerdote se retiró enseguida y echó a correr hacia la puerta. Cuando Claudio abandonó la habitación, Honoria se levantó, miró a Marcos y le dio las gracias. Era la primera vez que mi hijo podía contemplar sus ojos a tan poca distancia y los encontró tan hermosos como el cielo del amanecer y, además, sinceros y nobles, grandes, abiertos y francos.

Al día siguiente, antes de que Marcos partiera de nuevo hacia Arles, el jefe de la guardia real nos visitó.

—Has tenido suerte —dijo Pedro—. Claudio ha presentado una queja y la emperatriz lo ha escuchado, pero Heraclio ha intercedido en tu favor —sonrió divertido—. Ha dicho que tu reacción era natural, porque eres muy viril y eres un soldado de pies a cabeza. También le ha recordado de quién eres hijo y me parece que eso te ha salvado. Deberás agradecérselo, quizás personalmente, yendo a su casa —la sonrisa acabó en carcajada, Marcos se le añadió, pero a mí no me hizo ninguna gracia—. De todas formas, procura no volver a excederte, aunque sea con el imbécil de Claudio y aunque tengas a Heraclio de tu parte. Piensa que ese tarado cambia de parecer como el viento de dirección.

—No podía consentirlo y no creo que la próxima vez pueda retenerme —contestó mi hijo.

Pedro lo miró a los ojos.

—Pues, la próxima vez no hables tanto ni dejes el trabajo a medias. ¿Entendido? —hizo un gesto bastante elocuente de cómo cortar los testículos de un hombre y prorrumpió en risotadas—. Heraclio ha dicho con desprecio que hay cosas que a Claudio no le sirven para nada. Y tiene razón, a pesar de que yo preferiría que le cortaran la cabeza, que tampoco le es de mucha utilidad.

*** ***

Honoria casi había cumplido los veinte años cuando dio a luz un niño que apenas sobrevivió unas horas. Y, quizás, no fue por casualidad, porque malas lenguas decían que Gala Placidia había dado instrucciones bien precisas sobre el futuro de aquel bastardo que, de ninguna manera, podría aspirar al trono, a pesar de que no sería el primer hijo fuera del matrimonio que accedía a tal honor. No hay más que consultar la historia sin ir demasiado lejos.

Días después de la muerte del recién nacido Eugenio apareció ahorcado en su celda. Una historia muy simple, según la versión oficial. El dolor le había empujado, explicaban por los pasillos de palacio. Sin embargo, la versión que corría entre los soldados difería, y la que me relató Serena, también.

Explicaban, con voz apagada y escudriñando todos los rincones, que Heraclio, no satisfecho con el mal que ya había producido, hizo ver a Gala Placidia que lo mejor para todos era que ordenase a Pedro que sugiriera al amante de la princesa que tomase una última decisión y se suicidase, pero al ver que no podían convencerle y que el pobre desgraciado no tenía valor, tuvieron que ayudarle.

Es duro, pero, en la corte de Rávena, esos detalles carecían de importancia cuando se trataba de salvar el honor de una princesa y proteger el acceso al trono. Las únicas lágrimas que se derramaron fueron las de Honoria. Serena las pudo escuchar a través de la puerta de las estancias reales. Durante todas aquellas semanas no había hablado con ella, pero la había oído llorar y había visto sus ojos enrojecidos. Cuando Serena me lo explicaba, me parecía que en medio de toda aquella porquería se alzaba una flor solitaria y recordé aquella niña que se mantenía de pie y bien derecha junto a su madre, firme y digna, mientras su hermano, asustado, asentía con la cabeza para aceptar la púrpura imperial y se le partía la voz al pronunciar un sí desgarrado.

A partir de aquel día mi hija dejó de acudir a palacio, porque la emperatriz madre decidió que para la vida retirada que Honoria *había escogido* no necesitaba tanto servicio ni tanta compañía.

9 - HASARDIA

Parecía que una vez muerto Bonifacio y con la amenaza de los godos en la Galia, Genserico debería haber conquistado Cartago en muy poco tiempo, pero no fue así. No podría jurarlo pero me imagino que las luchas internas para asegurarse el trono y la falta de disciplina entre hombres de toda condición, desde moros hasta suevos, en una mezcla de lenguas, de creencias y de caracteres imposibles de predecir, retrasaron su avance desde Hipona hasta Cartago más de ocho años, viaje que se podía hacer con un buen caballo en menos de tres días.

Durante todos aquellos años tuvimos tiempo para luchar contra los burgundios y vencerles, deshacer el sitio de Narbona y pactar la paz con Teodorico, rey de los visigodos. Y en aquel tiempo, Hunderico, el hijo del rey vándalo, se educó en Arles y regresó a África reclamado por su padre bajo el pretexto de que tenía que casarle con Hasardia, la hija del rey visigodo.

Aecio contempló con preocupación la marcha del hijo del vándalo, aunque él mismo quería una excusa para devolverlo a su padre. Sin embargo, que el propio rey lo reclamase no era bueno. Sabíamos que Genserico había ordenado ejecutar a todos sus sobrinos, los hijos de su hermanastro Gunderico. Les acusó de alta traición. No sé qué podían maquinar unos pobres muchachos que no levantaban un palmo del suelo. Y no contento con este crimen, ordenó ahogar en el río Ampsaga a Tilda, la esposa de su antecesor. Para ello no necesitó acusación alguna. Fue un simple accidente. Sí, un accidente que permitía que nadie disputase su supremacía sobre los vándalos, mientras su hijo se convertía en el sucesor natural a un trono que navegaba en un río de la sangre, la de todos aquellos que él había ordenado matar, porque todos los que se le opusieron o que despreciaron sus orígenes dejaron de existir. Incluso decían que habían muerto más vándalos en el cadalso por orden suya que en las batallas. Además, el enlace con Hasardia, la hija del rey visigodo, le aseguraba, cuando menos, la imparcialidad de Teodorico en una posible confrontación con nosotros. Y por si fuera poco, la larga paz en el norte de África le había permitido restablecer las fuerzas.

De todas las reflexiones, tanto por parte de Aecio como mía, lo único real es que, aunque lo temíamos, no pudimos hacer nada para detener el desastre. O, tal vez, no tuvimos suficiente coraje y Cartago, esta vez, cayó irremisiblemente llevándose la última esperanza de volver a poner los pies en África, mientras senadores, nobles y plebeyos, ricos y pobres padecían por un igual la venganza de un ser carente de piedad que sólo buscaba el poder y la riqueza.

La noticia de la caída de la última ciudad de Numidia significó un desconsuelo tan grande como cuando Alarico entró en Roma. Lo sentí como si hubiera perdido un hijo. Las imágenes de las calles, los barcos atracados en el puerto, los mercados ricos, la alegría natural de aquella gente, las discusiones en las escuelas, la música, la danza, el teatro y la poesía. Todo, absolutamente todo, se había acabado para mí, que nunca más volvería a pisar aquellas tierras.

Es muy triste contemplar cómo el Imperio pierde sus dominios, cómo olvidamos que la historia pasada no es garantía alguna de continuidad, sino que la vida se vive de instante en instante y la seguridad se alcanza con cada acción y nunca es del todo segura...

En aquellos días tenía bajo mi mando a todas las fuerzas establecidas desde Aquilea hasta Rímini y las nuevas responsabilidades me obligaban a frecuentes desplazamientos. Aecio había venido a Rávena para discutir ciertos asuntos con el senado y coincidimos. Lidia no vino, sino que se quedó en Arles. De hecho, no le acompañaba nunca y Julia y ella seguían manteniendo la relación epistolar. Es por mi esposa que yo sabía que algo no marchaba entre ellos. Julia me había hecho algún comentario. Nada en concreto, porque las cartas no explicaban detalles tan íntimos, pero Julia sabía leer entre líneas.

Aecio me invitó al pequeño palacio que le servía de vivienda cuando estaba en Rávena, el que tenía asignado en virtud de su rango. Me dijo que no quería hablar de nada en especial. Sólo quería sentir a su lado una voz amiga.

En previsión de que aquella conversación podía alargarse le dije a Julia que no me esperase despierta.

Cuando llegué, Aecio había ordenado preparar una mesa llena de viandas. Sólo estaríamos él y yo. Cenamos y bebimos más de lo habitual, y acabamos recordando los viejos tiempos. Ya entrada la noche despidió a los sirvientes. Quería estar a solas conmigo, que nadie no nos importunase y que nadie viera su tristeza. Tras el desastre del norte de África, ambos representábamos la vergüenza del Imperio, la imagen perfecta de la impotencia.

—Le he fallado cuando más me necesitaba —me dijo, cuando nos quedamos solos y nuestros estómagos habían vaciado cinco jarras de vino—. A Roma —me aclaró. Yo tenía las ideas confusas y me costaba seguirle—. He puesto delante y por encima del Imperio mis intereses personales y hemos perdido África —se levantó y se acercó con dificultad hasta la ventana. La noche era cálida y el cielo aparecía sereno, cuajado de estrellas brillantes que semejaban puntos de plata colgados de la inmensidad. Alzó la mirada—. Nunca más. Lo juro por lo más sagrado de este mundo. Nunca más volveré a fallarle, aunque tenga que matar al emperador —y me mostró sus manos, para dejar bien claro que lo haría él mismo, si era necesario—. Es un juramento solemne —añadió, tomó la jarra y apuró el vino de un solo trago para sellar el pacto que acababa de hacer con el cielo. ¿O, tal vez, con el diablo?

Aún permanecimos largo rato y seguimos bebiendo hasta que casi nos caíamos. Entonces me habló de Lidia. Nunca la había amado de veras, pero le tenía afecto. Eso me dijo. Además, era un regalo de Bonifacio.

—Hemos bebido demasiado y ya no sabemos ni lo que decimos —sonreí. Tenía la cabeza espesa y me pesaba. Tampoco deseaba escuchar lo que me decía. Oírle hablar de Lidia en aquellos términos no me gustaba porque captaba un pequeño deje de desprecio, pero él insistió. Cada vez que se acostaba con ella su pensamiento estaba lejos, me explicaba. Le escuchaba y me dolía. Me sentía incómodo y tenso. Quería cortar aquella conversación y no sabía cómo.

—¿Hay otra mujer? —le pregunté.

Durante un rato se quedó en silencio. Después movió la cabeza arriba y abajo y musitó:

—Sí.

—¿Y vuestros hijos? —le pregunté, recordando la existencia de Carpilio y Gaudencio.

—Carpilio aún está con los hunos y Gaudencio iniciará sus estudios muy pronto.

—Entonces, ¿Qué vas a hacer? ¿Repudiarla?

—No —negó repetidamente con la cabeza—. No puedo. Es demasiado noble y no se lo merece.

—Entonces, no te entiendo —exclamé—. Toma a la otra como tu concubina —le sugerí.

—No puedo, de ninguna de las maneras —negó—. Soy cristiano.

—¿Está casada?

—¡Qué más da! Éste no es el problema.

—¿La conozco?

—Sí. La conoces.

—¿Quién es? Habla ya de una vez —me enfadé.

—No puedo decírtelo. Es un amor que dura tiempo y tiempo, que me quema las entrañas y que no... —se quedó callado un instante. Después me miró—. Eres mi mejor amigo. Nunca te haría daño —sonrió, siguió bebiendo y ya no volvió a tocar el tema ni a abrir la boca.

Habíamos bebido demasiado y no era capaz de razonar con frialdad. Ya despuntaba el sol cuando hice ademán de irme, pero no me sostenía en pie y dudo que hubiera conseguido encaramarme al caballo, de manera que me quedé en su casa y dormí toda la mañana, hasta bien entrada la tarde.

Cuando me levanté, mi cabeza amenazaba con abrirse como una granada, la luz hería mis ojos, los ruidos me resultaban insoportables y las columnas no paraban de dar vueltas a mi alrededor. No lo entendía. En mi juventud, cuando nos juntábamos los compañeros de milicia e intentábamos la proeza de vaciar todas las botas de la bodega más rica de la región, bebíamos mucho más y nunca me había sentido así. Tal vez mi cuerpo ya no aguantaba aquellos desmanes, pensé. Los años suman por un lado, pero también restan por otro. Ésta fue la conclusión a la que llegué.

Por contra, Aecio ya hacía rato que se había levantado. Había salido a cabalgar y regresó después de comer. Lo hacía siempre que se mostraba preocupado. Se interesó por mi estado y simuló que no se acordaba de la conversación que habíamos mantenido pocas horas antes ni de la promesa que había formulado en voz alta. Ordenó que me acompañasen a casa y nos despedimos. Me sentía verdaderamente enfermo.

Llegué a casa con una cara que daba pena. Julia me miró y meneó la cabeza a un lado y a otro, mientras me ayudaba a tomar un baño.

—Ya no tienes veinte años —me dijo.

—Es cierto —respondí y cerré los ojos para no empezar a hablar y explicarle que mi amigo Aecio se había enamorado de una mujer, que no sabía quién era y que Lidia... ¡Dios mío! La cabeza se me iba...

—Serena se va a Arles —me dijo y de repente abrí los ojos y la miré—. Lidia me ha pedido que le haga compañía durante un tiempo. Dice que su hijo Gaudencio irá a la escuela dentro de muy poco y que se siente sola.

—¿La esposa del general de todos los ejércitos se siente sola? —exclamé con una sonrisa hipócrita, como si no supiera nada. Estuve a punto de explicarle la conversación, pero se trataba de un amigo y sus palabras eran un secreto que no tenía que conocer nadie más.

—Aecio ya no la mira como antes —comentó Julia—. Las mujeres, cuando alcanzamos cierta edad, lo perdemos todo.

—No digas tonterías. Sabes que no es cierto.

—Tú tampoco me buscas como antes.

—No, por favor —le supliqué—. Ahora no. Tengo un tambor dentro de la cabeza, el estómago revuelto y los ojos se me cierran. No pidas milagros.

Y mis pensamientos tomaron otro camino. Quizás Serena conseguiría llevar un poco de alegría a Lidia. De hecho ambas se entendían bastante bien. ¿O, tal vez...?

—¿Te lo ha pedido Lidia? —pregunté.

—No. Aecio lo ha hecho en su nombre.

«Eres mi mejor amigo. Nunca no te haría daño». Eso me había dicho Aecio. «Sí, la conoces», también me había dicho. Y recuerdo que, cuando escuché esas palabras, bajo el efecto del vino, llegué a imaginar que se refería a Julia. Pero, ahora, pensaba en Serena, en mi hija. ¡No podía ser, no podía ser!

Al día siguiente busqué a Serena por todas partes hasta dar con ella. Mantuvimos una larga charla, en la que procuré descubrir lo que la imaginación me escupía a la cara, intentando hallar las palabras que me condujesen a la respuesta. Serena no sabía nada de nada, ni siquiera de qué le hablaba, y me sentí más tranquilo. No, no era ella la mujer de quien me había hablado Aecio. Y, evidentemente, tampoco era Julia. ¿Entonces? ¿Quién podía ser? ¿Por qué me había dicho que no quería hacerme ningún daño?

*** ***

Unos meses después, Aecio regresó a Rávena y me llamó de nuevo. Quería conocer mi opinión sobre si el senado aceptaría una campaña en África. Le miré extrañado. Creía que aquel tema estaba zanjado, muerto y enterrado y que nadie no pensaba en él, pero...

—Nunca dije que África se hubiera perdido para siempre —me sonrió.

Entonces me contó cuál era la situación. Genserico podría haber atacado el sur de la península o Sicilia, pero no lo había hecho porque Aecio tenía como aliados a los poderosos hunos y podía llamarles en cualquier momento.

—¿Y por qué no los utilizas para atacar África y recuperarla?

—¿Me has tomado por un insensato? —me miró a los ojos—. Si pido a Atila que me ayude con África, el precio será inmenso. Es un buen amigo, pero le gusta demasiado el oro. Incluso podría suceder que África acabase en sus manos y entonces, amigo mío, los tendríamos en el norte y en el sur. El resto te lo puedes imaginar.

Me habría gustado preguntarle de nuevo quién era su amante, pero me abstuve. No era el momento. Sin embargo, ¿Por qué me preocupaba tanto aquel detalle?

Durante los días siguientes me entrevisté con un buen número de senadores amigos míos y le pedí a Antonio, que había aprendido a moverse con cierta habilidad, que descubriese el pensamiento de todo aquél sobre el que tuviera alguna ascendencia o buenas relaciones de amistad.

—Las opiniones están divididas —le conté, a Aecio, un par de semanas más tarde.

—¿Pero, si lo plantease, tengo alguna posibilidad de ganar?

—Creo que sí —respondí con sinceridad, tras hacer un cálculo aproximado. Si tenía en cuenta las palabras de mi hijo Antonio, la votación sería ajustada, pero podíamos ganar. Entonces, Gala Placidia no podría oponerse. Era hábil el planteamiento de Aecio.

—Prepáralo todo en silencio y avísame cuando llegue el momento.

A partir de aquel día cené cada noche fuera de casa. Julia sabía que algo importante se estaba cociendo, pero no dijo nada ni hizo ninguna pregunta porque conocía muy bien mi carácter. Me entrevisté con casi todos los senadores, uno por uno, y los sondeé. Algunos lo veían claro, otros dudaban, pero sólo unos pocos se oponían frontalmente. Lo más difícil fue conseguir el soporte de Mateo, el más rico de todos los senadores, perteneciente a la familia de los Antoninos, patriarca, amo y señor de una cantidad de votos equivalente a la cuarta parte de todo el senado. Cuando había que tomar una decisión, todos los ojos se volvían hacia él. Decían que era retorcido como una serpiente, capaz de sonreírte mientras ordenaba que te cortasen el cuello. Sin embargo, conseguí que me escuchara gracias a la intercesión de Petronio Máximo. De hecho fue la propia Ana que le empujó a hablar con Mateo, porque las mujeres saben cómo convencer a sus maridos. Entonces descubrí que Mateo tenía, podríamos decir, visión de estado. Tuve que negociar durante mucho rato, hasta que descubrí que él estaba a favor de la idea, siempre y cuando, una vez conseguida la victoria, Aecio recordase que él tenía un sobrino que deseaba establecerse en África y que... ¡En fin!

Como por arte de magia, cuando otros senadores se enteraron (no por mi conducto) que Mateo había pedido ciertas prebendas, me encontré con un alud de peticiones. Entonces me fui a hablar con Aecio.

—Diles que sí, que África es grande y rica y que habrá para todos —sonrió.

Con este argumento, otros senadores se añadieron a la lista de los partidarios y, tras algunas semanas, Antonio y yo hicimos el recuento. El éxito estaba asegurado y así se lo comuniqué, a mi general.

—No se hable más —me respondió—. He recibido noticias de Aspar. Ya tiene preparada una flota que zarpará de Constantinopla tan pronto como se lo pida.

Gala Placidia se puso hecha una fiera cuando recibió la noticia de que el senado había votado a favor de la campaña de África. Ella no estaba al corriente de nada.

—¡Ni el emperador sabe nada! —gritó.

Ahora se acordaba de su hijo y del trono que ocupaba, cuando resulta que, para ella, Valentiniano ni existía.

—El rey Genserico es amigo nuestro —dijo, furiosa. Había ordenado a Aecio que se presentara ante ella y el general había acudido, pero llegó expresamente tarde—. ¿De qué sirven todos los tratados de paz que hemos firmado con él? —gritó Gala.

—Únicamente han servido para que ese desgraciado hijo de puta rehaga su ejército —contestó Aecio, empleando un lenguaje vulgar y obsceno.

Sin embargo, la emperatriz siguió hablando sin tenérselo en cuenta.

—Para que esté a nuestro servicio. Para eso sirven los tratados —le corrigió—. Genserico es un rey federado de Roma.

—Genserico no es nada de nadie, excepto un criminal. El senado así lo ha entendido y ahora debes ratificar el acuerdo.

Era increíble. Cada vez que se veían era para pelearse. Ya no hubo más discusiones. Aecio había jugado bien sus apuestas y había ganado. De manera que un ejército salió hacia Sicilia, mientras yo viajaba a Constantinopla para hacerme cargo de la flota de Aspar.

*** ***

Nuestros soldados ya podían oler el viento cálido y salado de las costas africanas cuando todos los planes se vinieron abajo.

Tras el tratado de Margus, después de la muerte de Ruas, cuando Atila y Bleda le sucedieron en el trono de los hunos, toda la ribera septentrional del Danubio se había convertido en puerto franco protegido por la fortaleza romana de Constancia, bajo el mando del emperador de Oriente, garantía de la paz y de la fidelidad de los tratados.

Una mañana, cuando el sol despuntaba, los comerciantes establecieron sus puestos de venta como cada día a los pies de las murallas de Constancia, y las puertas de la fortaleza se abrieron para dejar paso a sus habitantes. Era un día con un cielo azul y sereno. Nadie tuvo tiempo de darse cuenta de que pequeños grupos de hunos se estaban replegando hasta convertirse en un ejército que cayó sobre los comerciantes, matándoles y obligándoles a huir, para después atacar Constancia y no dejar piedra sobre piedra.

Aquel incidente, incomprensible a todas luces, obligó a Aspar a desplazar buena parte de sus efectivos hacia el norte para hacer frente al desastre que se les venía encima. Pulqueria, fiel a la idea de buscar la paz a cualquier precio, instó a Teodosio a entrevistarse con Atila. Sin embargo, el emperador de Oriente, siempre pendiente de sus oraciones, delegó en Aspar tan delicado cometido.

—Ha sido Ilión, obispo de Margus, el primero en entrar en nuestro territorio, atacar a nuestro pueblo y robar el tesoro de nuestros antepasados. Si queréis la paz, tenéis que restituirnos el tesoro y entregarnos a Ilión y a sus seguidores —respondió Atila, cuando los embajadores de Oriente fueron a hablar con él a las llanuras que bordean las riberas del Danubio.

Aspar se negó. No creía que Ilión fuese culpable de un acto tan absurdo como atacar los territorios hunos y robar un tesoro cuya existencia él ponía en duda, y Pulqueria se le unió, porque un prelado de la iglesia cristiana no es moneda de cambio. Teodosio aceptó el parecer de su hermana e hizo suyo el estandarte de la cristiandad.

Es así como comenzó aquella guerra que todos los habitantes de la región aplaudieron. Por fin su soberano tenía el coraje de plantarse frente Atila y hacer ver a aquel bárbaro que el Imperio manda y que Dios está por encima de todos nosotros.

Yo también pensé que por fin daríamos una lección a los paganos descreídos que se atrevían a escupir sobre la religión cristiana, pero Aecio se llevó las manos a la cabeza. Aquello era una locura, la peor de las decisiones que Teodosio podía tomar. Y lo repetía una y otra vez, a pesar de que nadie le hacía caso, mientras Gala Placidia se sentía feliz porque aquel giro de la historia impedía que el general atacase el norte de África.

El senado de Rávena se dividió. Algunos decían que era un augurio y que, quizás, nos habíamos librado de una nueva derrota. Más valía olvidarse de Cartago, se escuchaba por los pasillos.

—¡Inútiles, inútiles! —no cesaba de repetir Aecio—. No es más que una trampa —gritaba.

Cuando ya nada podía detener la guerra que se acababa de declarar, otro pequeño incidente nos permitió descubrir con horror hasta qué punto Aecio había acertado y hasta qué extremo la inteligencia de nuestro enemigo había jugado con la inocencia de todos nosotros.

Fue en el norte de Italia, casi en la frontera con la Galia. Un grupo de vándalos viajaba hacia Hispania y cometió el error de atacar una pequeña aldea de agricultores cuando allí cerca acampaba una columna formada por dos legiones que regresaban del sur de Italia. Los campesinos pidieron ayuda y los vándalos fueron perseguidos, atacados, la mayor parte muertos y los demás hechos prisioneros y entregados en Arles, donde, después de una persuasiva conversación con los torturadores, decidieron explicar una historia increíble.

Venían de la Panonia, de las tierras al norte del Danubio. Allí, por orden de Genserico, habían atacado a los hunos y habían dejado suficientes evidencias como para que todos creyeran que habían sido los soldados de Teodosio, de la fortaleza de Constancia.

¡Qué gran astucia! Genserico había previsto todos y cada uno de nuestros movimientos y se había avanzado sutilmente hasta ganarnos todas las bazas. Había obtenido la neutralidad de Teodorico y había enfrentado Oriente a los hunos, dejando solo a Aecio.

El general envió una embajada a Atila para detener aquella guerra, pero el rey de los hunos se sentía ofendido por Teodosio y no quiso escuchar la voz de la razón. Por otro lado, toda la falta de coraje por parte del pobre idiota que gobernaba en Oriente fue substituida por un valor absurdo. Todos se habían vuelto locos. Los habitantes de la Mesia, al sur de la Dacia, y de la Panonia, orgullosos de la primera decisión, mudaron radicalmente sus lealtades cuando las hordas de los hunos destruyeron Viminiacum y todas las poblaciones vecinas y se plantaron en las puertas de Margus. Entonces, aquellos hombres y mujeres que defendían al obispo Ilión, pensaron que quizás valía la pena sacrificar una sola vida para de salvar muchas más, y la cabeza del obispo peligró.

Como ya había sucedido con Teodorico, a quien el conde Litorius no dejó ninguna alternativa, Ilión también tomó sus decisiones y pactó con Atila que le abriría las puertas de Margus si respetaba su vida. La fortaleza cayó y los hunos llegaron a la Iliria y atacaron Sirmium, Singidunum, Ratiara, Marcianópolis, Naisus y Sardica. ¡En fin! Que no se detuvieron hasta alcanzar el mar Adriático.

Mientras, Aecio se vio obligado a contener la invasión de Sicilia por parte de Genserico y no pudo contar con los hombres que le había dejado Aspar, porque los hunos eran una excusa más que poderosa para replegar todos los soldados de Sicilia y de la frontera con Persia, que tampoco sirvieron para detener al bárbaro.

Una derrota como aquélla no figuraba en los anales del Imperio. No quedó nada. Aquellas bestias con forma humana siguieron avanzando por las provincias de Dacia y de Macedonia.

Setenta ciudades desaparecieron por completo, dejando tras de sí una montaña de cenizas. ¡Setenta ciudades! Los campos de cultivo murieron, los ríos se llenaron de sangre, los animales huyeron atemorizados y los seres humanos no fueron enterrados, sino que se pudrieron entre el humo de las hogueras que se alzaban y ennegrecían el cielo trastocando el azul del cielo en un negro tétrico y horripilante.

Quien sobrevivía lo contaba con cara de espanto. La caballería escitia no conocía ni ley ni justicia ni sentimiento de piedad. Todo cuanto se movía era abatido por sus flechas, todo cuanto respiraba era ahogado por sus manos y todo cuanto tenía color, lo perdía en medio de las llamas.

Finalmente, Atila se plantó frente a las murallas de Constantinopla, las cuales habían sufrido el efecto de un terremoto que había hundido cuarenta y seis de las torres y había abierto una brecha en mitad de la muralla que los habitantes de la ciudad habían reparado a toda prisa.

La guerra despobló buena parte de las provincias al norte de Constantinopla. Atila hizo miles y miles de prisioneros y se los llevó como criados y esclavos, sin tener en cuenta que algunos de ellos eran grandes artesanos, notables pensadores o expertos arquitectos. En cambio, los constructores, los herreros y los médicos gozaban de su consideración. Sobre todo los médicos, porque los hunos temen a las enfermedades y todo aquél que puede curarles y alargarles la vida es tratado con respeto y veneración. Por otra parte, los constructores y los herreros podían proporcionarles armas e ingenios de guerra. También se salvaron algunos maestros, porque los hunos querían aprender latín, la lengua de los ejércitos. Sin embargo, despreciaban el griego. Sólo servía para recitar versos y filosofar, decían.

Tras lo que he visto, puedo asegurar que esa gente no ha nacido para dominar a nadie, porque perdieron la gran ocasión de convertirse en un pueblo culto y abandonar la salvaje ignorancia que les conducía a pasar a todos los prisioneros por el mismo rasero. La anécdota nos llegó en forma de burla. Onegesio, uno de los favoritos de Atila, ordenó que le construyeran un baño al estilo romano, pero con un lujo que sobrepasaba todo cuanto podemos estimar como correcto y fruto del buen gusto. El mismo día de su inauguración invitó a sus amigos bárbaros para que probaran las delicias de tan sublime placer, se emborracharon hasta el más absoluto desenfreno y destrozaron todo cuanto encontraron. Un baño magnífico que sólo se usó una vez. Una refinada construcción, muy costosa, que había empleado un buen número de carpinteros, artesanos, herreros, obreros,... Aquellas bestias no tan sólo no dominarían a nadie, sino que no eran nadie.

Y mientras Oriente se debatía en una guerra dura y cruel, nosotros contemplábamos cómo Sicilia se convertía en la clave de nuestro enfrentamiento con Genserico, la otra bestia salvaje que nada tenía que envidiar al rey de los hunos. Sin embargo, finalmente, conseguimos echarle y la paz se restableció.

*** ***

La primavera siguiente Julia decidió ir a visitar a Lidia y a Serena, que había alargado su estancia en Arles porque había conocido a un visigodo de nombre Adolfo que era pariente del rey Teodorico, estudiaba en Narbona y se desplazaba con frecuencia hasta casa de nuestra amiga.

Aecio no me había dicho nada porque parecía ajeno al caso, pero Julia estaba al corriente de todos los detalles gracias a las cartas de Lidia y me dijo que ya no podía aguantar más sin conocer a aquel joven que ella sospechaba que seguramente sería un salvaje como todos los visigodos, a pesar de que estudiaba en una escuela romana y Lidia le aseguraba que era amable y apuesto.

Creí que podría pasar unos días de descanso en Arles, pero Aecio me dijo que yo era un gran embajador, que ya lo había demostrado con creces en Constantinopla y que mi amistad con el rey Teodorico nos podía ser de gran utilidad. De manera que me rogó que, mientras mi esposa estuviese con su amiga, yo viajase hasta Tolosa para realizar una visita de cortesía al rey de los visigodos y transmitirle las salutaciones de nuestra emperatriz, de los miembros del senado y las suyas propias. Con esta maniobra pretendía que no se uniera a Genserico y que se mantuviese al margen, porque nos habían llegado noticias que el rey de los vándalos preparaba una nueva expedición a Sicilia.

En Arles sólo permanecí dos días. Aecio me recibió, pero no en su casa. Sus relaciones con Lidia habían alcanzado el punto de no retorno. Mi amigo vivía la mayor parte tiempo fuera de palacio, en una casa junto a la guarnición, con la excusa que la situación era delicada y requería de toda su atención.

Imaginaba que allí tendría escondida a su amante o, tal vez, más de una, pero sus habitaciones eran espartanas y nadie nunca había visto entrar ni salir a nadie, excepto soldados. En principio tampoco era de extrañar. Quizás apagaba su deseo con la compañía de algún muchacho. Los romanos tenemos larga tradición en la búsqueda del mismo sexo y, aunque la educación recibida es otra, sigo pensando que el placer no es patrimonio exclusivo de las relaciones que ordena la religión cristiana. No sé qué crees tú, sobre esta práctica tan extendida en otros tiempos, pero el obispo Marcelo la llama pecado contra natura. Le gustan las palabras y las definiciones que sirven para no tener que pronunciar lo que no quiere decir. Recuerdo que Agustín, en Hipona, también lo hacía, y León, el nuevo obispo de Roma que ha substituido a Sixto, posee una marcada tendencia a hablar demasiado lentamente escogiendo con sumo cuidado los sonidos para evitar palabras demasiado duras. Siento decirte que, en ese aspecto, prefiero a los hunos, que no se andan con tantas tonterías y llaman a las cosas por su nombre.

Sin embargo, durante aquellos días no descubrí el menor signo que confirmasen mis deducciones y, cuando finalmente se lo pregunté abiertamente, la respuesta fue negativa.

—¿Cómo te las apañas? —le interrogué, sorprendido.

—Simplemente, no me las apaño de ninguna manera —me respondió y cortó toda conversación.

¿Quién podía ser la mujer que era capaz de dominarle hasta el extremo de convertirlo en un asceta? ¿O, tal vez, se trataba de una promesa o de un voto de castidad? Bonifacio hizo un juramento, a pesar de que nunca llegó a cumplirlo, pero Aecio tenía una voluntad de hierro y cuando decidía echar a andar en una determinada dirección, nadie podía detenerle.

Me dio mensajes de paz y de concordia para Teodorico y me pidió, sobre todo, que averiguase si estaba dispuesto a respaldarle contra Genserico. Debía convencerle a cualquier precio —me dijo—, porque, si bien era cierto que habíamos perdido la ayuda de Constantinopla, no estaba decidido a renunciar a su proyecto de reconquistar África. Le respondí que, cuando menos, lo intentaría.

Durante aquellos días tuve muy pocas ocasiones para hablar a solas con Lidia. Julia siempre estaba presente.

Finalmente, la última tarde, la encontré sentada en el jardín. Estaba sola y sus ojos aparecían tristes.

—La historia se repite —me dijo—. Aecio no es el mismo —me confesó y yo asentí con la cabeza. No era necesario que me contase nada y ella adivinó que yo había hablado con él—. Ama a otra mujer. ¿La conoces?

—No ha pronunciado su nombre —respondí con una sonrisa que pretendía transmitirle todo cuanto tenía en mi corazón, mi sufrimiento por su dolor.

—Serena es como una hija para mí. La hija que me habría gustado tener y que me recuerda constantemente la imagen del hombre más noble que nunca he conocido.

Deseaba abrazarla, consolarla, pero en aquel preciso instante apareció Julia. Llegaba contenta, radiante. Había conocido a Adolfo, que había venido a pasar unos días, y la primera impresión era buena. No vestía como los visigodos, sino con una túnica romana, se expresaba con notable corrección, conocía perfectamente nuestras costumbres y, si no fuera porque lo sabíamos, podría pasar por uno de los nuestros. Además, a Serena le cantaba la mirada cada vez que posaba sus ojos en aquel joven y Adolfo era hijo de una prima hermana de Teodorico y su familia era rica. Sería una buena boda, dijo Julia y... si ella lo decía...

Aquel tarde Julia me dijo:

—¿Te has fijado en Lidia? Está muy triste.

—Ya me he dado cuenta. ¿Conoces la razón?

—Sólo me ha dicho que no se encuentra bien, que ya hace algunos días que se queja de trastornos.

Antes de partir hacia Tolosa tuve que tomar buena nota de todas y cada una de las preguntas para las que tenía que encontrar respuesta. Julia estuvo a punto de venir conmigo, pero pensó que la relación aún no estaba bastante madura y, por eso, me nombró su embajador con orden de conocer a los padres de Adolfo, pero sin ningún poder para negociar ningún compromiso hasta que ella no decidiera la mejor manera de hacerlo. Le dije que sí a todo, porque estaba convencido de que si llego a discutirle la más mínima cuestión, habría venido. Y a mí me gusta viajar deprisa y ligero de equipaje. Ya había padecido bastante con el desplazamiento desde Rávena a Arles, deteniéndonos a cada paso y cargado hasta las orejas.

*** ***

Teodorico me recibió con alegría. La noticia de mi visita le había llegado hacía más de una semana, había dispuesto unos aposentos en palacio y había ordenado un banquete para celebrar un encuentro que le traía agradables recuerdos.

Me gustó Tolosa. Nunca había estado en aquella región y la llanura, con un verdor que enamora y un río que serpentea lentamente con indolencia, servía para mostrar desde lejos las murallas que se alzan para romper la monotonía y la armonía del paisaje. ¡Pobre idiota!, pensé en Litorius. ¿Cómo se le había ocurrido sitiar aquella fortaleza sin la menor preparación? Era imposible acercarse por el llano, completamente al descubierto.

Tolosa es una ciudad visigoda, sin duda. La gente aún va vestida con una mezcla de pieles y de túnicas y los mercados son sucios. Sin embargo, el palacio real disfruta de comodidades propias de nuestra civilización, porque Teodorico era un rey que había sido capaz de asimilar la superioridad de la cultura de aquellas tierras y no sentía vergüenza alguna en proclamar su desconocimiento y aceptar las innovaciones.

Le transmití las salutaciones de Aecio y añadí unas cuantas de Gala Placidia. Era curioso cómo recordaban y reverenciaban a quien fue reina junto a Ataulfo. Después, haciendo honor a su confianza, le hablé de Adolfo y de la posibilidad de que Serena y él creasen un vínculo entre ambas familias. Rió alegre y me abrazó. Aquella noticia le colmaba de felicidad y quiso llamar de inmediato a los padres del muchacho, pero conseguí detenerle.

—Si Julia se entera, soy hombre muerto —exclamé.

—¡Bien! Entonces, guardaremos el secreto y no diremos nada, ni siquiera a la reina. Por lo que veo las mujeres romanas son peores que las nuestras o, tal vez, es que los romanos no tenéis bastantes... —rió de nuevo—. Esta noche, durante la fiesta te los presentaré discretamente y no es necesario que hagas ninguna pregunta. Todo cuanto quieras saber, te lo dirá Dania, que conoce a todo el mundo. Dispondrás de tanta información que tu esposa ordenará acuñar una medalla en honor de su embajador.

Seguimos hablando de otros temas. Empecé a exponer el motivo principal de mi viaje y le transmití la gratitud de Aecio por no haber participado en la guerra con Genserico.

—No me fío de él —me confió—. Genserico es peligroso. Espero que su hijo, cuando le suceda, haya aprendido algo de sensatez. No es bueno gobernar merced al terror y encaramarse sobre los cadáveres de los propios parientes. Te confieso que me arrepiento de haber casado mi hija con Hunderico. Ya hace demasiado tiempo que no tengo noticias suyas y Dania está muy preocupada.

Sus palabras eran sinceras y su inquietud más que real.

Aquella noche la fiesta fue impresionante. Los más exquisitos manjares se daban la mano con los mejores vinos de la región. La Galia siempre ha sido cuna de buenos vinos y Teodorico sabía que un buen vino hace una buena mesa, al tiempo que los visigodos habían aprendido a cocinar como es debido. También presencié la gracia de las bailarinas y me sentí halagado al comprobar que los invitados habían escogido sus mejores galas en mi honor.

La reina Dania me recibió con afecto, se colgó de mi brazo y me acompañó hasta el asiento junto a Teodorico que, cuando nos sentábamos, hizo un gesto con la cabeza y señaló discretamente una pareja a nuestra derecha, un poco más allá. Los padres de Adolfo. Los repasé de arriba abajo y gravé en mi memoria todos y cada uno de los detalles de sus rostros, de los vestidos y de las joyas que lucía la madre. Como bien decía Teodorico, Julia se sentiría orgullosa de su embajador. Y más valía, porque sería sometido a un verdadero interrogatorio al que se añadiría, sin duda, Lidia y, más que cierto, Serena. Valía, pues, la pena ir bien preparado para el examen.

La fiesta se alargó. Bebimos, reímos y hablamos. Teodorico, con extrema habilidad, interrogó a Dania sobre diversos invitados y, más concretamente, sobre los padres de Adolfo, y la reina nos hizo una demostración del extraordinario conocimiento que tenía de toda su gente, mientras yo escuchaba con mucha atención.

Pasada la medianoche, de pronto la puerta de la gran sala se abrió de par en par y aparecieron dos soldados que se dirigieron hacia el rey.

Le hablaron en voz baja, casi al oído, y vi que su expresión pasaba de la alegría propia de la fiesta a la extrañeza.

—¿Nuestra hija está aquí? —preguntó, y se levantó.

—¿Hasardia? —preguntó la reina.

—Que entre —ordenó Teodorico, mientras alzaba la mano para que todos los presentes guardásemos silencio.

Dania también se había levantado y el resto la imitamos. La música dejó de sonar y las bailarinas se quedaron estáticas.

Dos soldados más entraron escoltando a una mujer que caminaba cubierta por un velo negro. Se me antojó una aparición. Los murmullos rompieron el silencio. La mujer siguió avanzando hasta alcanzar nuestra mesa.

Cuando estuvo frente a nosotros, Hasardia retiró el velo y un grito desgarrador se escapó de la garganta de la reina y arrancó expresiones de horror de entre la gente. Tuve que apoyarme en la mesa para no caerme.

¡Aquel rostro era una máscara espantosa! ¡No tenía ni nariz ni orejas!

10 - JUSTICIA PARA UNA HIJA

Me lo repitió una y otra vez, pero yo seguía hablando y hablando, porque mi vehemencia me impedía escuchar nada de cuanto me decía. Finalmente, Aecio se levantó, me asió por los hombros, me zarandeó casi con violencia y, una vez más, me repitió:

—No puedo hacer nada.

Me lo sacudí de encima como quien se libera de una opresión que no puede aceptar y le expliqué de nuevo todo lo que ya le había relatado, todo lo que había vivido hacía unos días, lo que habían visto con mis ojos y que aún no había acabado de asumir, a pesar de que durante todo el viaje de regreso intenté comprender y aceptar.

—Le ha cortado las orejas y la nariz. ¿Entiendes? Y la ha devuelto a su padre como si fuera una mercancía defectuosa —exclamé a gritos—. Deberías haberla visto. Ni su madre podía reconocerla. Y yo estaba presente y contemplé el dolor de Teodorico, de aquel padre que cayó de rodillas. Genserico ha acusado Hasardia de querer envenenarle y su hijo, el bastardo podrido de Hunderico, ha declarado en contra de su esposa. ¿Te das cuenta? Ahora, Teodorico quiere luchar a nuestro lado y atacará África desde Hispania. ¿No era eso lo que tú querías?

—¡Sí! —exclamó y estrelló ambos puños sobre la mesa—. ¡Sí y sí! —repitió—. ¡Pero, no puedo hacer nada! No puedo luchar contra Genserico porque la emperatriz me lo impide. Ha firmado la paz con los vándalos y la ha sellado con su nieta.

Por primera vez presté atención a sus palabras.

—¿Qué tiene que ver Aelia en toda esta historia? —pregunté.

—Gala Placidia ha pasado por encima de su hijo y de Licinia y ha ofrecido Aelia como prometida de un hijo de Genserico. Éste ha sido el precio de la paz.

—¡No es posible! —dije, incrédulo, casi riendo. Sólo que mi risa era nerviosa—. Aelia sólo tiene seis años —y, entonces, até cabos y entendí muchas más cosas—. Aelia será para Hunderico. ¿Verdad? —dije, asustado.

—Eso me temo. Hasardia ha sido repudiada y ahora Hunderico vuelve a ser libre para casarse con quien desee.

—¿Cómo has podido permitirlo?

—Sólo puedes evitar lo que conoces y yo me he enterado cuando ya estaba hecho —negó con la cabeza—. Gala Placidia ha llevado todas las negociaciones en secreto y las ha presentado ante el senado aprovechando mi ausencia. Se ha vengado de mí —dijo con rabia, y añadió—: Y me ha vencido.

Le miré a los ojos. ¿Cómo era posible que Aecio aceptase una derrota? Le miré y no le reconocí. No era el mismo. Era un pobre hombre, la sombra de quien fue. ¿Qué le había sucedido?, no paraba de preguntarme.

—Un día me dijiste que servirías a Roma por encima de todo y de todos, que nunca más no volverías a fallarle y que, si era necesario, matarías al emperador —le recordé.

—Cierto —asintió con lentos movimientos de cabeza, derrotado.

—Roma no puede hacer tratos con Genserico y Gala Placidia acaba de entregar el Imperio a un vándalo —proseguí mi discurso—. Lo sabes tan bien como yo. Genserico reclamará el trono imperial para su hijo cuando llegue el momento. Por eso ha escogido a Hunderico por esposo de Aelia. Por eso no podía ajusticiar a Hasardia, sino que la ha devuelto a su padre, para que nadie pueda decir que se deshacía de la hija de Teodorico cuando ya no le interesaba, porque eso significaría que puede hacer lo mismo con cualquier estorbo y Gala Placidia no le habría ofrecido nada. El día que Hunderico se case con Aelia, reclamará sus derechos y, entonces, Roma habrá muerto —hice un corto silencio y añadí en voz baja, con rabia—: Si la emperatriz se interpone entre Roma y su destino, debe abandonar el trono.

—¿Te has vuelto loco? ¿Qué quieres?, ¿Que vaya a ver a la emperatriz y le diga eso mismo, que ha de dejar el trono?

—¡No! —le miré a los ojos—. Gala Placidia, a pesar de que todos le conferimos ese título, no es la emperatriz. Es la regenta, y Valentiniano ya es mayor y ha de gobernar.

Se quedó callado, pensativo. Después, sus labios se alargaron y me mostró los dientes, al tiempo que estallaba en una sonora carcajada.

—Valentiniano piensa con los testículos y la emperatriz ya se preocupa de que eso no cambie —me dijo y se volvió de espaldas para seguir riendo—. Me pides que apague un incendio con las brasas de otro que es aún peor.

Aecio tenía razón. No era una idea brillante, cambiar Gala Placidia por su hijo. Roma no se salvaría en manos de un vicioso. Tal vez, había llegado el momento de las grandes decisiones.

—Tú puedes ser el emperador, instaurar de nuevo la república y devolver la grandeza al Imperio —dije.

La risa de Aecio se detuvo en seco. En la sala sólo estábamos él y yo. Nadie nos había oído. Se volvió hacia mí y miró a un lado y a otro para cerciorarse de que nadie escucharía el resto de la conversación.

—¿Has perdido el juicio? —me preguntó, pero en esta ocasión no había enfado ni irritación en sus palabras, sino extrañeza.

—Cuentas con el soporte de la mayor parte del senado de Rávena, que ya está harto de contemplar los desmanes de Gala Placidia y los excesos de su hijo eternamente infantil, que a sus casi veinticuatro años se comporta como una criatura —respondí, como una confidencia que ya sabíamos todos.

Durante unos instantes meditó mis palabras. Era una propuesta interesante, podía leer en sus ojos. Y podía ver la lucha interna que se debatía en su cerebro o, tal vez, entre su cabeza y su corazón, porque no podía negar que era una posibilidad que él ya había contemplado.

—¡No! —dijo de pronto. Se sentó y su rostro cambió—. No puedo luchar contra la emperatriz —murmuró, casi una oración.

—Pero, si ya lo has hecho en otras ocasiones.

—Nunca he luchado contra ella.

Iba a replicar, pero tuve una revelación. ¡Era cierto! Aecio había luchado contra Bonifacio, pero nunca contra Gala Placidia. ¿Entonces...?

¡Dios mío! Lo llevaba escrito en los ojos y yo no me había dado cuenta hasta aquel preciso instante. No podía creérmelo. ¿Pero, cómo era posible? Aecio estaba enamorado de Gala Placidia. Ésta fue la gran revelación de aquel día. Todo encajaba. Se peleaban a todas horas, pero aquellos enfrentamientos no eran más que la muestra de su amor, de su deseo incompleto. Le contemplé y me quedé perplejo. ¿Cómo era posible?, no dejaba de repetirme, mirando a aquel hombre, el soldado más grande del Imperio, el bravo general que había caído a los pies de una mujer. Y él me lo confirmó.

Ahora entendía muchas cosas. La emperatriz era el fantasma que se interponía entre Lidia y él, el espectro que le perseguía por todas partes y la responsable de su estado y de sus decisiones.

Me dejé caer en la silla que había frente a él. Ahora lo veía claro. ¡Todo aparecía claro! Acababa de descubrir que no vale la pena seguir discutiendo con un hombre que ha perdido la capacidad de discernir y que sólo ve el coño de una mujer, aunque sea un coño imperial. Aecio seguía los mismos pasos que Bonifacio, aunque con menor éxito, porque el pobre desgraciado ni tan siquiera había abrazado una sola vez a su gran amor y el conde se la folló cuanto quiso. ¡Dios mío! Sentí pena por él. ¿Cómo puede una mujer tener tanto poder sobre un hombre?

—No puedes dejar que Roma caiga en manos de Genserico —aún me atreví a decir.

—No permitiré que Aelia embarque hacia Cartago —dijo—. Te lo juro. Pero, no me pidas que luche contra Gala Placidia.

Aquella noche no pude más y se lo expliqué a Julia, que afirmó con la cabeza, como si ya se lo oliese. Lidia le había hecho muchas confidencias, me explicó, y entre ellas figuraba el nombre que Aecio había pronunciado en diversas ocasiones mientras dormía. Lo sabía todo Arles y toda Rávena y, seguramente, lo sabía hasta la propia emperatriz. Y el único imbécil que no estaba al corriente era yo, la mente brillante que quería arreglar el Imperio, el pobre hombre que se consumía de amor por la esposa de su mejor amigo y que creía que el tiempo cerraría la herida y apagaría el fuego que quemaba en su interior.

Tal vez era cierto que Aecio no permitiría que Aelia partiera hacia África para casarse con un animal, pero yo tenía muy claro que Cartago se había perdido para siempre.

*** ***

Sin nuestra ayuda Teodorico no pudo atacar África y aquel rey noble y valiente se consumió en su dolor. Sus dos hijos mayores, Torismundo y Teodorico, intentaban consolarle, pero la tristeza de ver a una hija condenada de por vida, que no se atrevía ni a salir al patio de palacio, y una madre que no se movía de su lado, ponía freno a cualquier intento por dibujar una sonrisa en sus labios. Me lo imaginaba como cuando le dejé paseando por las almenas de la muralla y deteniéndose para fijar la mirada en el sur. Unos ojos duros donde se podían leer los mensajes de odio que el aire se negaba a transportar. Era un padre con el corazón deshecho, que nunca volvería a reír en las fiestas, un hombre abatido, con la sombra de la impotencia prendida perpetuamente en su dolor.

Le visité, porque los amigos están para esos momentos. Sobre todo para ésos. Los otros, los de la alegría y la felicidad, los puede llenar cualquiera.

Me lo agradeció. Y me agradeció que intentase convencer a Aecio, pero entendió que el general tenía las manos atadas e, incluso, disculpó a Gala Placidia diciendo que había buscado la paz con buena intención y que ella no podía imaginar el extremo de crueldad que alcanzaba la perversión de Genserico. Naturalmente, no mencioné la verdadera razón que mantenía quieto a un hombre que sin aquella circunstancia habría sido capaz de arrasar Rávena y lanzarse sobre los vándalos, como había hecho con los francos o con los burgundios o con tantos otros. Sin embargo, yo no pensaba como el buen rey visigodo, sino que me rebelaba ante la habilidad de aquel mal nacido de Genserico y ante Gala Placidia. No podía aceptar que una puta de mierda dominase a Aecio, porque la muy zorra sabía hasta dónde podía estirar la cuerda sin que se rompiera y lo hacía justo al límite, mientras gozaba de su poder y jugaba como el gato con el ratón antes de matarlo o como Julia hacía conmigo cuando me ataba a la cama. Sólo que en Gala Placidia no había amor, sino... ¿Vete a saber qué?

¡Pobre amigo Aecio! Llegué a pensar que lo único que le mantenía vivo era que nadie podía substituirle, pero el día que la emperatriz encontrase un soldado intrépido y con bastante valía... aquel día... ¡Pobre Aecio!

*** ***

Llegada la primavera se formalizó la relación entre Serena y Adolfo. El compromiso tuvo lugar en Arles, en casa de Lidia, que se sintió muy satisfecha de hacer los honores a los padres del joven visigodo.

Cintia, la madre de Adolfo, era tímida y se sentía empequeñecida ante las formas y la riqueza del palacio de nuestra amiga, pero tanto Lidia como Julia consiguieron cambiar la situación. La descripción que le había hecho era bastante fiel a la realidad, me alabó mi esposa. «Un poco sencilla, pero bien educada; no demasiado elegante, pero con cierto gusto», me confirmó Julia. De éste y de otros comentarios deduje que le era agradable. En caso contrario, las frases pronunciadas habrían variado ligeramente. «Sí, es educada, pero demasiado sencilla; tiene cierto gusto, pero carece de elegancia», habría dicho con un deje de resignación.

Mientras, yo me entrevisté con Onegio, el padre. Era un hombre alto y fuerte, serio y de maneras rudas y propias de la gente del norte. Lucía una barba espesa y roja. Había escogido para vestirse una túnica romana que no encajaba demasiado con su cuerpo ni con su carácter y se veía a la legua que no estaba habituado a llevarla, porque se hacía un lío con la ropa sobrante, la que colgamos del brazo. Tiempo después, cuando ya habíamos intimado, una noche me confesó que se había pasado casi una semana intentando aparentar unas normas de educación que nunca recibió. En el fondo era sencillo y afable y si le caías bien habías ganado un amigo para toda la vida.

Las mujeres hablaron y nosotros bebimos vino e hicimos tratos. Yo asignaría parte de las tierras de Tarraco y una casa como dote para Serena. Él otorgaría a su hijo un cofre de oro y le daría las tierras de cultivo y los viñedos al sur de Tolosa. Era un buen trato.

*** ***

La boda se celebró aquel verano en Narbona, en una mansión que Lidia poseía, legado de su anterior marido, el conde Bonifacio. Era una casa grande rodeada de jardines, con un estanque lleno de nenúfares y peces de colores, que fue adornada con guirnaldas blancas que simbolizaban la pureza. En los jardines había un pequeño oratorio cristiano. Menos mal que los visigodos ya hacía tiempo que habían abrazado nuestra religión y el matrimonio se celebró sin problemas.

Asistimos casi todos. Marcos y Antonio habían llegado dos días antes. La hermana de Adolfo vino acompañada de tres primos.

La emperatriz envió un presente para los novios y un mensaje de paz y prosperidad. Teodorico no asistió, ni su esposa Dania, pero sí Torismundo, que fue portador de regalos. También recibimos la visita de muchos parientes e, incluso, Sara convenció a Tolomeo para que gastase algún dinero y viajasen a Narbona. No sé cómo lo consiguió, porque mi cuñado siempre andaba con una mano agarrada a la bolsa para no perder ni una moneda y

Sara tenía que pegarle en los dedos para que, muy de tarde en tarde, abriese la mano.

Recuerdo que la ceremonia arrancó lágrimas de los ojos de Lidia, que amaba a Serena como a una hija, tal como me había confesado, y de las respectivas verdaderas madres de los contrayentes. Yo también me sentía feliz. Era la primera que se casaba y todo lo que haces por primera vez parece que tenga mayor significado.

El banquete levantó comentarios de admiración entre los más de mil convidados que quedaron boquiabiertos ante las largas mesas sobre las que habían dispuesto faisanes adornados con sus propias plumas, cerdos enteros, ciervos, todo tipo de verduras que crecían en la región, las mejores y más selectas frutas, los pasteles más dulces y los vinos mejor escogidos. Cincuenta y siete platos distintos que hicieron las delicias de nuestros invitados. Tengo que reconocer que a Lidia siempre le ha gustado hacer las cosas con magnificencia y no aceptó — ¡de ninguna manera!— que nadie que no fuese ella se encargara de buena parte de la celebración. Por lo menos, de aquella parte que hacía referencia al convite. Era, nos dijo, su forma de agradecer nuestra amistad y que hubiéramos permitido que Serena viviese con ella, porque siempre deseó tener una hija.

En momentos así es cuando piensas en cosas que llevas dentro y que no quieres sacar al exterior. Años atrás, durante el viaje de regreso a Rávena, con Lidia, juré que todos mis hijos se casarían por amor y que no los sacrificaría a ningún interés personal ni político ni material. Creo firmemente que fue una de las decisiones más importantes de toda mi existencia y, meses después, había obligado a Julia a hacer el mismo juramento. No acabó de entender mi interés por aquella promesa, pero transigió y había renunciado a un derecho histórico que le pertenecía.

En aquellos momentos, viendo la felicidad de mi hija, me sentía orgulloso de la decisión que había tomado tiempo atrás, y Julia también estaba contenta. Serena había escogido con sensatez y esperaba que Marcos y Antonio también lo harían cuando llegase el momento, pero a mí me preocupaba muy poco si se casarían pronto o no, si su esposa pertenecería a una familia principal o romana o extranjera.

Seguramente ella debía preguntarse si Marcos ya había hecho su elección, pero nunca se lo pregunté, porque también formaba parte del pacto. Ya nos lo comunicaría cuando juzgase oportuno. Por otro lado, ya sabíamos que Antonio visitaba con cierta asiduidad la casa de Polibio, un senador rico con dos hijas y ningún varón. Nuestro hijo decía que era para discutir temas de gobierno, pero yo estaba convencido de que había más, porque Polibio ya me había abordado en plena calle en diversas ocasiones y me trataba con sospechosa familiaridad, hasta el punto que me inducía a pensar que ya había hecho sus cálculos. A mí no me extrañaba nada porque Antonio me había sorprendido con una habilidad política que nunca habría podido imaginar.

Los invitados se lo pasaron en grande. Durante mucho tiempo se hablaría de aquella boda. Lidia no escatimó nada e hizo traer las mejores danzarinas y un buen número de atracciones que divirtieron a todo el mundo. Había de todo, desde enanos que arrancaban las risas de todos los presentes hasta equilibristas y contorsionistas capaces de la proeza más increíble.

Julia flotaba sobre una nube. Había temido, como siempre que tenía lugar una celebración, que algo fallara y los días precedentes no había parado de correr arriba y abajo y de padecer y de gritar y de quejarse y de... Pero, fue un éxito. ¡Todo un éxito!

En el momento álgido de la cena, cuando ya estábamos bastante alegres, me acerqué a Lidia y hablé con ella. Durante todos aquellos días había estado demasiado ocupada con las demás mujeres.

—Te felicito y te agradezco todo lo que has hecho por nosotros —le dije.

—Serena se lo merece de veras. Es dulce y amable, noble y sincera como su padre —me respondió con una sonrisa.

—Siento que Aecio y tú...

—Nadie manda en el corazón de nadie y sólo uno mismo puede reprimir el deseo de su cuerpo —me tomó la mano y noté el calor de su piel.

En aquel momento Serena me abrazó por detrás y me besó en la mejilla. Todos los presentes deseaban hacer un brindis por los padres de los novios y aquí se acabó nuestra conversación.

Hacia al final de la celebración, Aecio vino a mi encuentro.

—He concedido a tu hijo Marcos el mando de las fuerzas de Cesena, las mismas que tú mandaste —me dijo —. Le tendréis cerca.

—Eres muy amable. Julia te estará eternamente reconocida por haber pensado en nuestro hijo.

—Me lo ha pedido él —me guiñó el ojo con picardía.

Busqué a Julia con la mirada y sonreí. Nuestro hijo escondía algún secreto. Un hombre no solicita un destino como aquél si no existe una razón poderosa. ¿Y qué razón hay más poderosa en tiempos de paz que un culito que se mueve con gracia? Mi sonrisa fue de triunfo, porque por una vez en la vida me enteraba de algo antes que ella y, cuando Marcos nos lo comunicara, no haría el idiota.

La fiesta continuó y poco a poco los invitados se retiraron. Cuando nos quedamos solos, Aecio se me acercó de nuevo.

—Por cierto —me dijo—: Aelia, la hija de Valentiniano, no irá a Cartago. La emperatriz ha decidido que, a pesar de que exista el compromiso verbal, su nieta es demasiado joven y aún debe formarse y que no hay otro lugar mejor que Rávena para que crezca una reina. De manera que nadie tomará ninguna decisión hasta que ella no cumpla los quince años.

—¿Significa que atacaremos Cartago?

—Sólo quiere decir que, por el momento, Genserico no puede reclamar nada y nosotros disponemos de cierto tiempo para rehacer nuestras fuerzas y esperar la ayuda de Constantinopla. Parece que Gala Placidia no es tan simple como creíamos. Ha conseguido detener la guerra con una vaga promesa que no figura por escrito. Y cuando Genserico, por medio de su embajador, le ha hecho notar ese pequeño detalle, ella ha adoptado un gesto netamente femenino y se ha mostrado profundamente ofendida. El rey vándalo sabe luchar en el campo de batalla, pero mucho me temo que nuestra emperatriz es un plato demasiado fuerte para él —me contestó, y me dedicó una amplia sonrisa.

¡Claro que eres feliz!, pensé. No había tenido que enfrentarse a Gala Placidia, pero Teodorico, el noble rey de los visigodos, seguía contemplando el sur desde las murallas de Tolosa y reclamando justicia para una hija.

11 - LA PRISIONERA

Nos equivocamos. ¡Ya lo creo! Conseguimos la paz con Genserico, pero dejamos sólo a Teodorico y nos olvidamos de Oriente. Aecio debería haber entrado en Rávena y haber tomado el mando y el trono, pero vivía en un infierno extraño y muy particular por culpa de una mujer. Le visité en diversas ocasiones y cenamos juntos, como tantas otras veces. Sin embargo, aquella alegría del día de la boda de Serena había desaparecido por entero y cada vez se mostraba más triste y más lejos de todo y de todos. Seguía siendo un brillante soldado, pero parecía que le habían arrancado algo valioso del alma. Lidia y él ya ni se veían. Incluso, el nombre de Aecio había desaparecido de las epístolas que Julia y su amiga se cruzaban.

La historia a menudo se escribe en las cartas que se envían dos personas. Allí se encuentran los hechos que llegan al corazón del pueblo, los acontecimientos que se esconden bajo las grandes acciones y el testimonio de los pequeños olvidos a los que los historiadores oficiales se ven obligados para contentar a quien ostenta el poder.

Serena, después de la boda, había ido a vivir a Tolosa. Era feliz, explicaba en sus cartas, y nos anunció que estaba embarazada y que Adolfo deseaba que fuera un niño. Sus padres se sentían muy orgullosos y continuamente nos mandaban presentes y recuerdos. Julia me pidió que preparase un viaje a aquellas tierras. No podía permitir que su primer nieto naciera sin su presencia. Intenté disuadirla porque llevaba unos días un poco débil y a mí me preocupaba, pero ¿qué puede hacer una hormiga frente a un elefante? Cuando se le metía una idea en la cabeza, era como el borracho que se emperra en la taberna. Nadie es capaz de hacerle salir. De manera que inicié los preparativos. Mientras, las noticias de la guerra entre Atila y Teodosio cada vez eran más alarmantes.

El emperador de Oriente seguía creyendo que su persona aún representaba al invencible Augusto y sostuvo el embate de los hunos frente a Constantinopla hasta que la realidad le escupió a la cara su debilidad y le obligó a pedir clemencia al rey que había arrasado medio imperio.

Gala Placidia llamó a Aecio, y mi amigo me pidió que le acompañase. En la sala nos esperaban la emperatriz, Valentiniano y su asqueroso eunuco. No sé qué hacían allí aquel par, porque el emperador títere nos miraba con cara asustada y bajaba la cabeza cada vez que su madre alzaba ligeramente la voz y Heraclio se escondía detrás de su protector y tampoco abría la boca.

La emperatriz había recibido carta de su prima Pulqueria en la le pedía que ordenase a Aecio que convenciera Atila para que se retirase. Mi superior explicó que había enviado un mensaje y que su amigo no quería escucharle. No hizo falta nada más para iniciar una discusión que acabó con Gala Placidia abandonando la sala hecha una furia, insultando a Aecio y tratándole de cobarde. Entonces, Heraclio dejó su escondrijo y se dirigió a mí.

—Tú también conoces a Atila, y eres nuestro mejor embajador —soltó con aquella voz femenina y gritona.

—Sí —sonrió Valentiniano. Iba bebido—. Te ordeno que vayas a visitarle y le convenzas —alzó la cabeza, como si, una vez su madre se había ido, él fuera alguien.

—¡No! —respondió Aecio, estampando el puño sobre la mesa. No le tenía la menor consideración a Valentiniano, y le trataba como a un niño malcriado—. Atila respeta a Severo y lo tomaría por una ofensa.

Valentiniano se arrugó, bajó la testa y se dirigió hacia la puerta para seguir los pasos de la emperatriz. Una sola mirada del general bastaba para que temblara de miedo. Heraclio, al contrario, espoleado por las últimas palabras de Gala Placidia, se quedó. Se sentía fuerte, avanzó su enorme tripa, señaló a Aecio con el dedo índice y dijo:

—La emperatriz tiene razón. El más brillante de nuestros oficiales es un cobarde.

Su dedo estaba a poca distancia de Aecio y todo sucedió en un instante, porque yo capté su intención. Cuando lo solté, Heraclio contempló su mano incrédulo.

Ya no existía su dedo índice. Aecio se lo había atrapado, yo le había inmovilizado el brazo y mi amigo se lo había cortado con la espada. Entonces, el eunuco abrió la boca para gritar y Aecio se lo metió dentro.

¡Dios mío! Lo vomitó todo. Me imagino que desde el día en que nació.

Cuando salíamos nos cruzamos con Valentiniano, que había regresado al escuchar el grito desgarrador de su eunuco, y andando por el pasillo aún oímos los lamentos de aquel puerco que se había atrevido a insultar al general de todos los ejércitos imperiales.

*** ***

Vergüenza es una palabra demasiado suave para calificar las condiciones que Atila impuso para conceder la paz a un Imperio en decadencia. A partir de aquel instante, todos los territorios que se extendían desde Singidunum, en la ribera meridional del Danubio, hasta Novae, en la diócesis de Tracia, pasaban a manos de los bárbaros. La anchura fue establecida con un término tan ambiguo que hablaba de quince días de marcha y Teodosio comprobó con sorpresa que los caballos de los hunos eran más veloces de lo que podía imaginar, porque el territorio se extendió hasta las ruinas de la misma Naisus. La segunda condición elevó el pago anual de setecientas libras de oro hasta dos mil cien. Y pensar que habían comenzado con trescientas cincuenta, que era la cantidad que pagaba a Ruas... Atila también exigió la entrega inmediata de seis mil libras de oro para indemnizar el supuesto espolio que padecieron sus tesoros. No es que representara ninguna cantidad desorbitada. De hecho,

Oriente podía pagarla con relativa facilidad, porque no alcanzaba más allá de la fortuna de algún mercader rico del Imperio. No obstante, Teodosio constató con horror que el desorden se había apoderado de las finanzas del estado y que allí todos, quien más quien menos, habían metido las manos en el puchero y se habían llevado buena parte de las judías. Entonces ordenó recaudar nuevos impuestos para hacer frente al compromiso, pero llegaron mermados después de pasar bajo la tutela de los contables, corrompidos hasta extremos inimaginables. A una vergüenza se le sumaba otra y nadie era capaz de detener el desastre, porque la gente había perdido el respeto por quien ostentaba el poder y que no se daba cuenta de nada de cuanto sucedía a su alrededor.

¿Poder...? Esta palabra ofende. Crisapio, el eunuco, durante aquellos años había atesorado tanta riqueza que habría podido atender todos los requerimientos de Atila y continuar como si nada hubiera sucedido. Todo eran comentarios sobre sus triquiñuelas y las comisiones que cobraba por todo tipo de favores.

A todo ello había que sumar que Pulqueria había empujado a su hermano a hacer importantes donaciones, sobre todo después de perseguir las herejías de Eutiques y Nestorio, cuando ordenó construir varias iglesias y monasterios e instituyó casas de caridad para combatir la creciente influencia de las corrientes heréticas entre los más pobres. Y sólo faltó que Eudocia, tras la boda imperial entre su hija y el emperador de Occidente decidiera, impulsada por un fervor cristiano más que entusiasta, partir hacia Judea para pisar los lugares sagrados que había visto Jesucristo y dar gracias a Dios.

Ésta es otra historia que no viví personalmente, pero que escuché en boca de los mercaderes y de los senadores que llegaban de Constantinopla, una historia muy triste que contribuyó a conducirnos al punto en que nos encontramos.

Hasta que se firmó la paz, nadie era consciente (o no quería serlo) que, mientras Teodosio se las entendía con Atila, su esposa Eudocia, arrastrada por el fervor hacia un Dios que había adoptado al casarse con el emperador, viajaba hacia el este para dar gracias a Jesucristo por haberla colmado con tanta felicidad. Aquellos que la acompañaron y que regresaron explicaronn que la fastuosidad del viaje eclipsó todo cuanto era conocido hasta el presente. Por donde pasaba la adoraban como a una diosa. En Antioquía la recibieron con un trono de oro y piedras preciosas erigido en el centro del senado. Allí pronunció un discurso que fue aplaudido largamente y ella se sintió tan honrada que donó doscientas libras de oro para restablecer los baños públicos. El resto del viaje, una vez que la gente supo que la emperatriz era muy sensible a las muestras de afecto, aún engrandeció la devoción que el pueblo era capaz de mostrar hacia su reina y retrasó sobremanera su llegada a Jerusalén. Todas las ciudades querían que se quedase, halagarla, adorarla, y se inundaban de estatuas en su honor, que ella pagó con creces, convencida de que la fortuna del emperador era infinita. Era feliz, y una mujer feliz es generosa.

Años después, cuando regresó de Jerusalén, las bolsas y las arcas estaban vacías, pero su corazón llegaba lleno de emoción. Teodosio había pagado a duras penas las seis mil libras exigidas por Atila, pero su esposa le traía las cadenas del apóstol Pedro, el brazo de a saber qué otro santo, el retrato de la Virgen pintado por el apóstol Lucas y un montón de (disculpa que sea tan duro) estupideces que, quieras o no, estaba dispuesta a demostrar que eran auténticas. Con todo ello en las alforjas presentó su pretensión de gobernar el Imperio junto a su marido, apartando para siempre jamás la influencia de Pulqueria. Ella, Eudocia, había escuchado la llamada de Dios y venía a salvar el mundo.

Constantinopla, libre —¡al fin!— del asalto de los hunos, presenció una nueva batalla que duró unos cuantos años y que fue decisiva para el futuro de todo el Imperio. A un lado Pulqueria y, al otro, Eudocia. Y todos nos preguntábamos quién sería la vencedora.

Entre tanto desmán, de luchas femeninas y de un emperador que no tenía coraje para restablecer la paz, apareció un pueblo, una pequeña ciudad, perdida en mitad del Imperio, olvidada de todos e ignorada por la historia, que fue el contrapunto al desastre. Azimus se encuentra en Tracia, justo en la frontera con Iliria. Nunca se doblegó ante Atila y, a pesar de ser tan sólo un puñado de hombres, sus habitantes no aguardaron la llegada de los hunos, sino que abandonaron las murallas y salieron para castigar una y otra vez a los ejércitos invasores, recuperaron una parte de los cautivos. Incluso reclutaron nuevos soldados entre los desertores y los liberados. Sus gestas enfadaron a Atila hasta tal punto que exigió, en el tratado de paz con Teodosio, que los azimotines depusieran las armas, le devolviesen todos los prisioneros y le entregaran todos los desertores y todos los fugitivos y liberados. Mario, el cabecilla de aquellos aguerridos hombres, ejemplo de lo que debería de ser el Imperio, envió en respuesta dos prisioneros hunos y explicó que todos los desertores, todos los liberados y todos los fugitivos habían sido pasados por la espada porque habían preferido morir a manos de unos valientes que torturados por los hunos. Atila enrojeció de cólera cuando recibió aquella respuesta y más aún cuando Mario exigió su palabra de que se retiraría y que nunca más volvería a amenazar Azimus, pero capituló a cambio de recibir por parte de Teodosio una nueva concesión, una nueva anécdota que añadir a las muchas estupideces de aquel episodio.

Atila tenía a su servicio un aventurero galo llamado Constancio que le había sido recomendado por su buen amigo Aecio. Constancio era un buscafortunas que ponía su espada al servicio del mejor postor. El rey de los hunos pidió para él una esposa rica y hermosa y Teodosio acordó concederle la hija del conde Saturnino, pero Constancio no recibió más que desprecios por parte de ella, que fue castigada por el emperador y sus bienes confiscados. Aquella mujer hacía gala de mayor valor que los hombres que habían defendido Constantinopla y no consintió. Al final, Atila, empujado por Constancio, exigió que la sustituyeran por otra del mismo rango y riqueza. La viuda de Armacio, brillante oficial muerto durante la guerra, fue la escogida para tan dudoso honor. Es así como quedó demostrado que el emperador de Oriente no iba de buena fe o no tenía la fuerza necesaria para garantizar la seguridad de nadie que se le uniese ni que le manifestara su lealtad. Fue así como su prestigio —lo poco que de él quedaba— desapareció por completo.

El coraje del azimotines y de la hija del conde Saturnino fueron los únicos episodios heroicos de toda aquella guerra estúpida que demostró la debilidad de un Imperio que estaba perdiendo el nombre y el rango.

*** ***

A nuestro primer nieto le bautizaron con el nombre de Aurelio. Onegio fue el encargado de escogerlo. Es costumbre visigoda que el abuelo paterno ponga nombre a su primer nieto, y Julia aceptó porque el nombre de Aurelio había pertenecido a un importante emperador y agradeció que no hubieran buscado uno de sus —dijo— horribles nombres, de aquellos que acaban en «ico».

Cintia no permitió que viviésemos en casa de su hijo Adolfo. Decía que era demasiado pequeña y convenció a Serena que lo mejor era que se quedase unos días con ella, porque estaríamos más anchos. Personalmente se lo agradecí. La casa de Adolfo no estaba mal, pero no era muy grande y carecía de servicio propio, mientras que Onegio vivía en un palacio. Julia arrugó un poco la nariz. No era la casa de su hija y se sentía coartada porque no podía hacer y deshacer a su antojo. Sin embargo, nuestra consuegra se mostró muy hábil y la trató con tanto afecto y tanto cariño que cuando llegó la hora de abandonar Tolosa y regresar a Rávena, Julia me dijo que se sentía cansada y que no se encontraba con ánimos para soportar el viaje. Sonreí, porque pensaba que era una excusa para quedarse algún tiempo junto a su nieto. Aún así, ya hacía días que se cansaba demasiado y los físicos decían que era cosa de las vísceras, del corazón que no movía bien la sangre y los humores.

Antes de partir volví a visitar al rey Teodorico. Lo había hecho nada más llegar. El pobre seguía triste y con deseo de venganza, a pesar de que se animó y nos obsequió a Julia y a mí con una cena en la que no faltaron las bailarinas, pero la reina Dania tampoco había recuperado la sonrisa. Julia quiso saludar a Hasardia, pero la princesa se negó a recibirla. No recibía a nadie y sus habitaciones eran como una prisión.

Me marché con la promesa de que Julia obedecería a Serena y guardaría reposo. Su cansancio me preocupaba. El físico había recomendado guardar cama y ella no paraba de moverse arriba y abajo.

—Aunque tengamos que atarla, descansará —me dijo Serena, y Cintia asintió con firmeza.

Es una gran mujer, la madre de Adolfo. Sencilla, pero con un carácter firme, bondadosa y amable. De ella podía fiarme, porque Julia, a pesar de las promesas, nunca obedecería a Serena. Total, era su hija, ella la había parido y no podía aceptar sus órdenes... Además, ¿Cómo se las apañaría sin ella? ¿Cómo podría hacerse cargo de Aurelio sin su ayuda y sus consejos? Julia era así. ¡Una madraza! Pero Cintia era otra cosa. Sabía cómo halagarla y convencerla.

Mucho más tranquilo, me despedí de todos y me dirigí hacia el este.

*** ***

Por si todavía no era poca la vergüenza que tuvo que soportar el Imperio de Oriente, añadieron más leña al fuego.

Siempre he dicho que hemos vivido una época increíble, con un paralelismo tal entre los dos imperios que cuando lo contemplas no puedes pensar otra cosa sino que es natural que hayamos llegado al punto en que nos encontramos, porque ninguno podía alertar al otro.

Heraclio, sin su dedo índice, seguía dominando a Valentiniano y hacía con él cuanto quería, mientras que Gala Placidia les dominaba a ambos y Aecio constituía la única garantía de paz. Esta situación tenía su réplica exacta en Oriente, donde Crisapio, el otro eunuco, dominaba a Teodosio e influía sobre muchas de las decisiones, Pulqueria vivía perpetuamente con un ojo puesto en las actuaciones de su hermano, y el general Aspar se las veía y se las deseaba para garantizar una paz que pendía de un hilo.

Sin embargo, ciertos equilibrios son inestables y peligrosos y un pequeño desplazamiento de las fuerzas conduce al desastre. Eso es lo que sucedió cuando Crisapio propuso a Teodosio la muerte de Atila y el muy idiota del emperador aceptó. De manera que mientras Maximino, embajador de Teodosio, discutía y firmaba la paz con Oreste y Edecón, el eunuco envió a Virgilio para que tentase la codicia de los embajadores de Atila y consiguió que Edecón aceptara la invitación para cenar con Crisapio.

El eunuco lo preparó todo para deslumbrar al bárbaro y le ofreció telas de las más finas, joyas, oro, plata y piedras preciosas, con la promesa de que sería el más rico de la tierra y que gobernaría sobre todas las tribus de los hunos, si Atila desaparecía.

Semanas después, tal como habían convenido, Virgilio fue al campamento de los hunos acompañado de su hijo para no despertar sospechas y con una buena bolsa de oro para sobornar a los guardias personales del rey de los hunos. Nada más poner los pies en el campamento, fue conducido a presencia de Atila, que le preguntó por el destino de aquella bolsa de oro y le acusó de querer asesinarle. Virgilio lo negó todo, una y otra vez, hasta que el rey de los hunos tomó la espada de Marte y ordenó que levantaran los brazos del hijo del embajador.

—Ahora sabremos si dices la verdad o mientes —cuentan que exclamó Atila, mientras alzaba la espada.

Y también cuentan que Virgilio, que era hombre de pocas palabras, no dejó de hablar en toda la noche, hasta el punto que Atila le amenazó con cortarle la lengua si no cerraba la boca.

Edecón también estaba presente y sonreía.

Oreste y Eslaw fueron los encargados de viajar a Constantinopla con Virgilio y su hijo y hablar con el emperador, que los recibió en la sala del trono, con Crisapio a su lado.

—Teodosio es hijo de un hombre ilustre y respetable —dijo Eslaw—. Atila es descendiente del gran Mundzuk y ha heredado su dignidad. Pero, Teodosio se ha vuelto indigno del rango de sus antepasados porque en consentir y aprobar un acto vergonzoso, traidor y cobarde, se ha convertido en esclavo. Debe respetar, pues, a aquél que la guerra y la fortuna han situado por encima suyo, y ha de hacerlo como el servidor que mira a su maestro y no como el esclavo malévolo que conspira contra su señor.

Nunca nadie había visto enrojecer al emperador como aquel día. Teodosio se tragó todos los insultos y envió una caravana llena de regalos, al frente de la que puso a Nomio y Anatolio, ambos cónsules y patricios, el primero tesorero mayor y el segundo maestro general de los ejércitos. Atila moderó su cólera y consintió que Crisapio mantuviera la cabeza sobre los hombros.

*** ***

Meses después, una mañana, Antonio vino a verme. Mi hijo ya no vivía con nosotros, sino que había comprado una casa en el centro de Rávena, cerca del senado. Me sorprendió que los criados me anunciasen su visita, porque él estaba muy ocupado y no venía mucho por casa. Por otro lado, yo había quedado con Aecio.

—Gala Placidia quiere hablar contigo ahora mismo —me comunicó.

—¿Qué sucede?

—No te lo vas a creer —exclamó agrandando los ojos —.Honoria está embarazada.

—¡Dios mío! ¿Otra vez? ¿Y ahora quién es el padre?

—No lo sé —respondió.

—¿Y yo, qué tengo que ver? No puedo acompañarte. Me espera Aecio.

—Él también está en palacio.

Mientras le acompañaba, me lo explicó todo.

Nadie sabía quién era el padre. Con el paso de los años la disciplina impuesta por Pedro se había relajado y las estancias de la princesa no estaban tan vigiladas como antes. Habían detenido y encarcelado a todos los soldados que hacían guardia en el ala este de palacio, pero nadie había visto nada. Honoria tampoco soltaba prenda. Madre e hija habían discutido con violencia y la princesa le había dicho que esta vez el hijo que llevaba dentro nacería vivo y que nadie lo tocaría, excepto ella. Y, por lo que se refería al padre, nunca sabría quién era. Entonces, Gala Placidia la había echado, la había encerrado en su habitación y había gritado furiosa que lo pagaría muy caro.

—¿Y qué quiere de mí la emperatriz? —pregunté a Antonio.

—No lo ha dicho —se detuvo y me miró a los ojos—. Pase lo que pase, niégalo todo.

—¿Qué quieres decir?

—Yo no te he contado nada. Sólo he venido a buscarte y te he acompañado a palacio.

—¿Y por qué tanto misterio?

—La emperatriz se ha vuelto loca. Sospecha de cualquiera y el menor comentario puede resultar fatal.

—Entendido.

Gala Placidia me esperaba encerrada en un despacho. Estaba con Valentiniano y Heraclio y ordenó que nadie nos molestara. Estaba furiosa. Nada más verme entrar, el eunuco escondió las dos manos a la espalda y se retiró unos pasos. La emperatriz se levantó y caminó de un lado para otro, deprisa, alterada, hablando a saltos. De vez en cuando me miraba como si yo fuese el culpable de todos sus infortunios.

—Quiero encargarte una misión importante —exclamó, mordiéndose los labios. Nunca le había visto aquel gesto—. Te necesito como embajador.

—Hablaré con Aecio…

—Ya he hablado yo —me cortó y me mostró la orden de Aecio que me asignaba aquella misión.

—Si puedo servirte, estoy a tu entera disposición.

—Irás a Constantinopla —me alargó el pergamino—. Esta carta es para Pulqueria. Se la entregarás junto con la princesa Honoria.

—¿Con la princesa? —me sorprendí.

—¿No estás al corriente? —me preguntó y esperó que negase con la cabeza, mientras me miraba con desconfianza.

—Mi hijo Antonio me ha comunicado que querías hablar conmigo, pero no me ha dicho nada más —puse cara de idiota.

—Nos ha cubierto de vergüenza —apretó los labios en un gesto que ya había visto en otras ocasiones y que daba la medida exacta de su estado interior y de la furia que amenazaba con explotar—. Honoria vuelve a estar embarazada —murmuró entre dientes—. La mala puta quiere castigarme y desea tener un bastardo a cualquier precio, y el padre podría ser cualquiera de los soldados que guardaban su puerta y que juran que no han visto nada —se volvió hacia mí y me miró a los ojos—. ¿Quién crees que puede ser?

—Si no sabía nada de su embarazo, menos conoceré quién es el padre.

Siguió mirándome a los ojos un buen rato, como si quisiera revolver en mi alma. Finalmente se sintió satisfecha y dijo:

—Viajarás por mar y vigilarás para que nadie, durante toda la travesía, hable con ella. Nadie. ¿Has comprendido?

—Sí. Nadie debe dirigirle la palabra —repetí.

—Te acompañará María, en quien he depositado toda mi confianza —me miró de nuevo a los ojos con dureza—. Así estaré segura de que se cumplirán mis órdenes. Tú tampoco puedes hablar con ella.

Se dirigió a la puerta, la abrió y salió dejándome con el documento en la mano. La conversación había concluido. Valentiniano la siguió y Heraclio, cuando pasó por delante de mí, me dedicó una sonrisa e hizo ligeros movimientos afirmativos con la cabeza. Le hacía gracia aquella historia, pensé con desprecio. Quizás también había sido él quien había descubierto otra vez el pastel. ¡Hijo de puta asqueroso!

Dos días después todo estaba a punto. Embarcamos de madrugada, abandonamos el puerto de Rávena y nos adentramos en el Adriático, rumbo al sur. De nuevo era el embajador de la emperatriz y de nuevo partía con una misión estúpida, como si la virtud de una mujer fuera más importante que el destino de todo el Imperio.

Las dos mujeres llegaron escoltadas al romper el alba y se acomodaron lo mejor que pudieron. Había ordenado que no les faltase de nada en la pequeña cabina acondicionada como habitación. Ni siquiera las vi embarcar.

Los dos primeros días, no salieron para nada. Si me hubieran dicho que llevábamos fantasmas a bordo, me lo habría creído. Pero el tercero, al anochecer, aparecieron en cubierta y se pasearon contemplando el horizonte. Honoria vestía una capa y llevaba la cabeza cubierta por una capucha que ocultaba su rostro de las miradas de los marineros y de los soldados.

A partir de aquel día, cada tarde, invariablemente, abandonaba su pequeña habitación poco antes del ocaso, como si la llegada de la oscuridad reflejase su estado interior y la noche y el alma se buscasen para contarse sus penas. El ama la seguía y yo las contemplaba desde el puente. María era una mujer gorda y antipática, que parecía una sombra prendida del vestido de la princesa.

No me habría extrañado, ni lo más mínimo, si la hubiera visto aparecer con una cadena atada al cuello de su prisionera, porque su rostro era desagradable, con unos labios delgados y curvados hacia abajo, el cuello corto y ancho, las cejas perpetuamente tensas y unos ojos que aún parecían más pequeños cuando te miraban desconfiados.

Ya abandonábamos el Adriático para adentrarnos en el Mediterráneo, cuando Honoria, aquella noche, subió sola. Los vientos soplaban del este, el mar se embraveció y su carcelera estaba tan marejada que no se mantenía en pie. La princesa caminó agarrándose, se recostó en la borda y contempló el agua que se había calmado ligeramente. Por un momento temí que fuera a hacer una tontería y me acerqué.

—¿Está todo a tu gusto, princesa? —le pregunté. Con estas palabras contravenía las órdenes de la emperatriz, pero como nadie podía vernos...

—Sí, gracias —respondió sin volver la cabeza, siempre escondida bajo la capucha.

—Si necesitas alguna cosa, noble princesa... —insistí.

—Nadie se atreve a hablar conmigo. ¿Cómo podría pedir algún deseo? —entonces volvió el rostro y, por primera vez, vi sus ojos húmedos—. Tú eres Severo, el padre de Marcos —me reconoció.

—Así es.

—Marcos —repitió el nombre de mi hijo y sonrió—. ¿Sabes que en cierta ocasión estuvo a punto de cortarle los testículos a un sacerdote?

—Al imbécil de Claudio. Me lo contó —respondí divertido—. Según él, no le hacían ninguna falta.

—No se los cortó porque no quería ensuciar la alfombra y tampoco quería ofender mi vista. Eso me dijo. ¿Tú también eres un caballero, como él?

—Noble princesa, pide cuanto quieras que, si está en mi mano, puedes estar segura de que será tuyo.

—Paz —exclamó ella—. Paz para llorar mis desgracias. Paz para recordar a mi amor.

Me quedé en silencio. No sabía qué responderle. Finalmente, dije:

—El mar ha escuchado tu deseo, el rumor de las olas ahogará tus llantos y la noche es oscura y nadie descubrirá tus lágrimas. Como ves, puedo cumplir tu orden.

Aquélla fue su primera sonrisa de veras. En la oscuridad sus ojos resplandecían con una intensidad que sólo la humedad de las lágrimas podía otorgar. El reflejo de las aguas bajo la luz de la luna se confundía con el mar de su mirada perdida. La contemplaba y veía más allá de su rostro, podía adivinar su estado y sentir a través de sus ojos un alma que padecía. Era noble, muy noble. Una bocanada de aire fresco, la había definido Marcos, tiempo atrás, cuando me explicaba su aventura con el sacerdote.

—Padre e hijo. Dos caballeros y dos poetas —exclamó y se volvió de nuevo hacia el agua.

—Toda mi vida se me ha negado el don de los versos y no recuerdo que Marcos tampoco sea poeta —sonreí.

—Hay que ser un gran poeta para meter la espada en la entrepierna de un hombre para defender a una mujer. Es el mejor y más hermoso homenaje que nunca me han dedicado.

—Más vale que regreses a tu habitación. El viento se enfurece y las olas se levantan. Dentro de muy poco el barco volverá a moverse mucho.

—¿Este tiempo nos acompañará durante toda la travesía?

—Espero que no.

—Pues yo desearía que sí, que María acabase vomitando el hígado por la boca —de pronto me miró—. No soy una puta —me dijo—. Amo al padre de mi hijo. Le amo tanto que le he ordenado que guarde silencio, porque ya tuve bastante con Eugenio. Y nuestro hijo nacerá y llevará el nombre que hemos escogido para él.

Cuando era joven y estudiaba, había leído la poesía de los griegos, los versos de amor que arrebatan el alma y la transportan más allá del océano, y aquella noche, después de contemplarla, cuando ya nos habíamos despedido y estaba en la cama, en el preciso instante en que el sueño me alcanzaba, la imagen de aquel rostro, de aquel perfil recortado a la luz de la luna, y del dolor que la embargaba fueron mis últimos pensamientos conscientes. Quien se había enamorado de ella, se había enamorado de alguien capaz de amar como nadie. Sonreí al descubrir que incluso yo, si no fuera tan mayor, me habría enamorado de ella.

A la mañana siguiente ordené al piloto que no encarase la nave al viento.

—Señor, las olas golpearan directamente a babor y el movimiento se incrementará —me recordó el experimentado marinero.

—La única que lo lamentará es la acompañante de la princesa Honoria y de ella no nos hemos de preocupar. ¿No te parece? —le contesté con un guiño.

Durante dos días más el mar siguió revuelto y Honoria subió sola a cubierta. Una corriente de simpatía nos unía. Poco a poco, la princesa me abrió su corazón y me explicó los más íntimos sentimientos que cruzaban el interior de una mujer enamorada. ¡Pobre Eugenio! Su pecado fue amar a una persona inalcanzable. Y, ahora, su segundo amor debía permanecer en la oscuridad. Me sorprendió la confianza que depositaba en mí. Me relató detalles sobre cómo su amante alcanzaba su habitación sin que nadie le viese, cómo llegaba de noche y traspasaba el muro por una brecha que daba directamente al jardín y cómo, después, escalaba la ventana lejos de las miradas de sus vigilantes.

Cuando ya avistábamos las costas de Lesbos, una noche, Honoria se tocó la barriga y me dijo:

—Ha de ser varón para que algún día regrese a Rávena y les obligue a pagar sus deudas.

La tristeza había mudado en rabia y dolor. Sus ojos se habían oscurecido y sus labios eran más delgados y me recordaban el rictus que precedía el estallido de la furia en Gala Placidia.

—La venganza no es buena compañera de travesía y el odio no es la mejor enseñanza para un niño —respondí.

—No es venganza ni odio, sino justicia. Eugenio murió ahorcado como un criminal. Y mi hijo no vio la luz del sol. ¿Quién ha de pagar por esos crímenes? ¿O han de quedar impunes? Ahora me envían lejos de Rávena y quieren que esta vida que llevo dentro de mí muera, como también desearían ver muerto a quien la ha engendrado.

—Si yo pudiera hacer algo…

—Quizás, algún día, te tome la palabra. ¿Tendrás bastante memoria para recordarlo? —me miraba directamente a los ojos y su mirada era firme.

—Llámame y acudiré —le contesté. Y mi promesa era sincera y también firme.

No hubo más palabras. Nos quedamos quietos y en silencio, bajo la bóveda celestial.

—Hace frío —escuchamos la voz del ama, plantada a nuestras espaldas, con aquellos ojos pequeños y la mirada dura y escudriñadora.

Por desgracia el mar se había calmado y la tregua se había acabado. No sé si había escuchado la conversación, pero ya no volvimos a hablar. Aquella bola de grasa se interpuso entre nosotros e, incluso, cuando saludaba a la princesa, la muy desgraciada la tomaba por el brazo y la apartaba.

*** ***

El barco alcanzó el puerto de Constantinopla. Las instrucciones de Gala Placidia eran precisas, concisas y claras: ordené desembarcar de inmediato y formar una escolta que nos acompañaría hasta el palacio de Pulqueria, que ya nos esperaba con sus hermanas Arcadia y Marina.

Conforme avanzábamos entre la gente que llenaba el puerto y los alrededores y nos adentrábamos en las calles que conducen a la residencia de Pulqueria, me sentía tenso y triste por tener que separarnos, por perder la grata compañía de una princesa que se paseaba cada noche a la luz de las estrellas, que me había hablado y me había concedido el honor de ser su confidente.

La escolta llegó a las puertas de palacio y se detuvo. Mostré el pergamino con el sello de Gala Placidia y el oficial nos condujo, sólo a Honoria, a María y a mí, hasta al patio interior, el jardín que rodeaba una fuente presidida por una Virgen. Pulqueria apareció y me saludó con alegría.

—El mejor embajador de mi querida prima —me dijo con una sonrisa.

—Es un honor regresar a tu presencia —me incliné y le alargué el documento.

Rompió el sello y lo leyó con suma atención. Cuando hubo acabado, me dio las gracias y me pidió que trasmitiese a su prima, la emperatriz de Occidente, sus salutaciones y la seguridad de que Honoria, merced a la oración y al sacrificio, recuperaría todas las virtudes que han de adornar a una persona de su rango y condición. Me sentí idiota, allí de pie, entregando a Honoria como si fuera una mercancía.

Me despedí con una profunda reverencia, pero Honoria se avanzó y me abrazó.

No sabía cómo reaccionar y le tomé las manos como un padre haría con su hija.

—Ha sido un viaje muy agradable —dijo con una sonrisa—. Cuando estés en alta mar, saluda a la noche de mi parte.

*** ***

Durante todo el viaje de regreso me asaltó una desagradable sensación, de las que anuncian desgracias. Todas las noches, sin fallar una, me costaba conciliar el sueño y, cuando lo conseguía, las imágenes que se me aparecían eran agitadas y perversas. Espectros nocturnos se confundían y me atormentaban; repasaba una y otra vez las posibles causas; pensaba en Julia, en Serena, en Aurelio...; imaginaba que Genserico podía haber atacado la península... Y todos esos pensamientos se mezclaban con la imagen de Honoria, prendida en la borda del barco mientras las olas golpeaban y levantaban paredes de espuma. La veía con la mirada perdida y su barriga de embarazada.

¿Cómo es posible que Gala Placidia condene a su hija a vivir eternamente prisionera?, me preguntaba. Ella, que se había enfrentado a todos los peligros por amor a Ataulfo, ¿No veía en Honoria el coraje que había heredado de su madre?

Cuando bordeábamos la costa italiana no paraba de escudriñar las playas, pero el humo no se alzaba ni aparecían muestras de violencia por ninguna parte. Mi corazón palpitaba con fuerza hasta que entramos en el puerto de Rávena y desembarcamos. Entonces, me sentí más tranquilo. Y así continué hasta cruzar las murallas de la ciudad, donde todo se torció.

La primera persona que reconocí fue Máximo, que seguramente abandonaba alguna de las casas de juego.

Nada más verme se asustó. Te he cazado, pensé divertido, y ahora vendrás hacia mí y me pedirás que no se lo cuente a Ana. Y no me equivoqué. Por lo menos en parte, porque efectivamente se dirigió hacia donde yo estaba.

—Lo he sentido profundamente —me dijo—. Me ha dolido como si fuese un hijo mío.

Me quedé mirándole, intentando entender sus palabras, y mi corazón casi se detuvo.

—¿Antonio...? —pregunté con cautela.

—¡Pobre Antonio! No podíamos consolarle por tan gran pérdida.

—¿De qué me estás hablando? —le agarré por la túnica.

—De tu hijo Marcos —respondió Máximo, espantado por mi reacción.

—¿Qué le ha sucedido? —se me encogió el alma.

—¿No sabes nada?

—¡No! ¡Maldito seas! —estuve a punto de golpearle, pero me abstuve y le pedí disculpas. No sabía ni lo que hacía—. ¿Qué le ha pasado? —repetí la pregunta.

—Tuvo un accidente hace unos días.

—¿Dónde está ahora?

Me costaba respirar y sudaba. ¿Dónde está ahora?, no dejaba de preguntar.

No fue necesario que pronunciase ninguna palabra, porque sus ojos me lo decían todo. Me senté en uno de los escalones de un portal.

La gente hablaba a mi alrededor, gritaba, discutía; el sol brillaba como nunca y hería mis pupilas; Máximo decía alguna cosa, pero no sabría explicar qué; los edificios se movían; y, de pronto, el mundo se oscureció por completo y desapareció.

12 - LARGA VIDA A LOS EMPERADORES

Al día siguiente de mi partida hacia Constantinopla, aquella misma la tarde, durante unos ejercicios de entrenamiento en la costa, Marcos y su caballo cayeron por un acantilado. La muerte había sido instantánea, me dijeron, y nadie había podido hacer nada por él, excepto recoger sus restos, porque se encontraba sólo cuando sucedió.

Antonio había enviado mensajeros a Tolosa y a Constantinopla, pero los que pretendían alcanzarme no lo consiguieron y llegué a Rávena para recibir la brutal noticia en mitad de la calle.

Máximo se había asustado al verme desmayado y había pedido a unos soldados que pasaban por allí que me trasladaran a mi casa. Cuando abrí los ojos, Julia me tomó la mano y vi que tenía los suyos llenos de lágrimas. Había llegado de Tolosa hacía un par de días. El viaje había sido rápido y se sentía agotada y enferma, pero se había levantado para cuidar de mí. Serena la había acompañado y Antonio se había hecho cargo de las exequias.

Durante dos días no fui capaz de hacer nada de provecho. Me levantaba tarde y me quedaba sentado en el jardín, junto a la fuente, horas y horas, sin hablar, sin moverme, sin comer, mirando el agua. Julia se sentaba a mi lado y me hablaba, pero yo no le contestaba. Serena cuidaba de la casa y procuraba que la vida siguiese su curso. Fiel a las órdenes de Fidel, que además de médico era un gran amigo, me obligaba a sentarme a la mesa y a comer. Él procuraba animarme. Me recetaba infusiones, sales y hierbas, pero su conversación era el mejor de todos los bálsamos. Nos conocíamos desde hacía años. Ya había curado a mi padre y era un anciano de notables conocimientos y mucha experiencia.

Todos los sirvientes de la casa guardaron un respetuoso silencio y, transcurridos los dos primeros días, me sentí más reconfortado y con bastante ánimo para recibir el alud de visitas que me cayó encima tan pronto como Fidel dijo que ya me encontraba mejor y que podía empezar a hacer vida normal. Un buen número de personalidades se acercaron para hacerme llegar sus muestras de consuelo.

Aecio había asistido al entierro y había ordenado que durante siete días una guardia de honor formada por diez hombres permaneciese ante la tumba de su oficial. El emperador Valentiniano con su esposa Licinia habían visitado a Antonio y lo habían abrazado, mientras que Gala Placidia nos envió una carta expresando su pena por la pérdida y se unió a nuestro dolor. También recibimos carta de Sara, desde Roma, manifestándonos sus sentimientos y los de su marido, y poniéndose a nuestra disposición para lo que necesitáramos. Lidia estaba en Barcino cuando sucedió la tragedia y llegó unos días después y se quedó con Julia, consolándola.

Nunca habría imaginado que la pérdida de un hijo representase un golpe de semejantes proporciones. No podemos saber el alcance exacto de una desgracia hasta que nos alcanza.

A todo el mundo se lo agradecí personalmente. Sobre todo a Máximo y a su esposa, que había venido cada día a casa y nos habían ayudado en todo. Aquella mujer tenía un corazón de ángel y una voz dulce que sabía escoger las palabras más acertadas. En momentos así, cualquier palabra de consuelo, de apoyo, de ánimo o de pena es bien recibida, cuando captas la sinceridad, y Ana respiraba nobleza por todas partes. No me extrañaba que Máximo estuviera tan enamorado de ella.

Marcos fue enterrado en un panteón, en una finca en las afueras de Rímini que me pertenecía, donde reposaban mi padre y mi abuelo. Aprobé la decisión de Antonio, que había interpretado a la perfección lo que habría sido mi deseo y viajé hasta allí para visitar la tumba de mi hijo. Había sido un gran soldado, noble y valiente, con un buen sentido de la justicia, pero la vida es injusta, Dios no tuvo en cuenta sus méritos y se lo llevó. ¿O, tal vez, sus virtudes eran tantas que había preferido tenerlo junto a

Él? Quizás Dios quiso ahorrarle la vergüenza y los sufrimientos que aún tenían que llegar.

Sentado frente a la estatua que habían erigido sobre su tumba, mis pensamientos se confundían con mis sentimientos y las contradicciones me devoraban. Maldije el destino, lloré, recé e, incluso, blasfemé. Supongo que Dios me disculpó, si de veras es cierto que Él todo lo ve. Seguramente podía leer el pergamino de mi dolor y darse cuenta de lo que aquella pérdida significaba. Había depositado tantas esperanzas en Marcos...

En aquellos desgraciados días descubrí otro hecho que me llenó de pena. Me sentía tan orgulloso de Marcos que había cometido el mismo error que mi madre con mi hermano Juvenio. Durante todos aquellos años sólo había tenido ojos para Marcos, olvidando por completo la existencia de Antonio, que se reveló como un gran hijo, estuvo a nuestro lado todo el tiempo y demostró la nobleza de sus sentimientos.

Cada mañana venía a casa y se quedaba largo rato. Hablábamos y hablábamos y con cada palabra surgía un aspecto de él que yo ignoraba. Un día le pedí excusas y él desvió la conversación y comenzó a explicarme anécdotas del senado. No me tenía en cuenta mi abandono.

¡Qué lástima! Casi toda una vida y le descubría cuando ya era mayor. Incluso lo comenté con Julia y ella me abrazó y lloró. Ella era consciente desde hacía tiempo, pero nunca me lo dijo. Y ella también me confesó que Marcos era tan abierto, tan fuerte, tan noble, tan amable y tan hablador que eclipsaba a su hermano. Entonces, ambos, nos dimos cuenta de que Antonio se había ido encerrando en sí mismo y que se había marchado de casa porque se sentía de más. Cuando estábamos todos juntos, la sola voz que podíamos escuchar era la de Marcos, después la de Serena, que por ser hija compartía confidencias femeninas con su madre, pero Antonio... ¡Pobre Antonio! Lo habíamos relegado a un rincón.

Lidia regresó a Arles. Serena se quedaría con nosotros hasta que considerase que Julia y yo ya nos habíamos rehecho de la tragedia.

*** ***

Unos meses después Aecio vino a Rávena y me llamó.

—Me has traicionado —me dijo con desprecio, nada más verme entrar en la sala de oficiales—. Todos estos años he confiado en un traidor.

Me quedé helado. ¿Qué había pasado? Sus ojos me miraban con odio y mantenía las manos cruzadas a la espalda. Dentro de la habitación sólo estábamos él y yo.

—Debería haberte matado el día que regresé de la Panonia —exclamó de pie, a poca distancia de mí. Sentí su sinceridad y toda la dureza de sus palabras.

—Nunca te he traicionado en nada —respondí—. Te he servido fielmente todos estos años, desde el mismo instante que Lidia detuvo tu brazo.

—¿De veras? ¿Y siempre has sido sincero conmigo?

—Siempre —dije mirándole a los ojos.

Me dio la espalda y caminó unos pasos.

—¿Conoces a una mujer que responde al nombre de Emilia? —preguntó sin mirarme.

—Emilia... —repetí, buscando en los agujeros de mi memoria—. Emilia... —dije por segunda vez y entonces recordé—. Era una esclava de Lidia, hace muchos años, cuando vivía Bonifacio. ¿A qué viene eso, ahora?

Se acercó de nuevo hacia mí y se plantó frente a mí.

—Te estoy hablando de tu hijo —casi me escupió a la cara.

—¿Qué tiene que ver Antonio?

—No —negó con la cabeza.

—¿Marcos?

—Carpilio —dijo arrastrando cada sílaba.

—¿Qué? —puse cara de idiota. Y era sincera.

—Emilia tiene un hijo que ha sido condenado a muerte por asesinato y para salvar a su hijo ha explicado que Carpilio es hijo tuyo.

—¡Es mentira! —grité.

—Lidia también ha confesado —sonrió Aecio, pero más que una sonrisa era una mueca—. Siempre he estado convencido de que Carpilio nació sietemesino, pero era falso. Lidia, cuando vino a mí, ya estaba embarazada, y el padre no era Bonifacio. Lidia ha sido tuya. ¿No es cierto?

Asentí lentamente, en silencio. Comprendía su dolor, porque Carpilio era su predilecto. Hacía pocos días que había regresado de su estancia con los hunos y sé que dio una gran fiesta en su honor.

—¿Gaudencio también es hijo tuyo? —me preguntó.

—No la he vuelto a tocar. El día que murió Bonifacio juré que nunca más tocaría la esposa de ningún amigo...

—No utilices la palabra amigo para hablar del noble Bonifacio —me cortó—. Le traicionaste a él, y un hombre que traiciona una vez puede volver a hacerlo. Quiero que abandones la milicia y que no vuelvas a dirigirme la palabra nunca más. Para mí has dejado de existir.

—Juro por Dios y por lo más sagrado de este mundo que no sabía nada. Juro por mi vida que...

—No jures más —me cortó de nuevo—. Si no te mato ahora mismo es en recuerdo de los servicios prestados. Serás relevado de inmediato y procura no cruzarte en mi camino, porque no sé si podré detener mi espada —y me dio la espalda.

Abandoné el palacio y anduve desorientado por las calles de Rávena. Carpilio era hijo mío, no paraba de pensar. Lidia no me había dicho nada, había guardado celosamente aquel secreto, el fruto de un amor que apenas duró unos meses. Ahora debería decírselo a Julia. ¡Pobre Julia! Estaba delicada desde hacía tiempo, desde que viajó a Tolosa y la muerte de Marcos aún la había hundido más. ¿Cómo reaccionaría?

Estuve caminando durante horas, intentando encontrar las palabras exactas, con miedo por tener que enfrentarme a una situación absurda, producto de un pasado lejano, perdido en la noche de los tiempos, y justo al llegar a casa supe que no necesitaba contarle nada. Mientras yo estaba con Aecio, un mensajero le había entregado una carta de Lidia que el propio general había traído de Arles. En ella se lo confesaba todo.

Fue entonces cuando la debilidad de Julia se agravó y Fidel me dijo que no lo veía claro. Estaba pálida como la luna, hablaba con voz queda y respiraba con pesadez. Sus ojos habían perdido la alegría y la tristeza se reflejaba en su rostro.

—Es el hígado —me dijo Fidel—. No responde a los tratamientos y sus humores cada vez van peor. Es como si hubiera decidido morirse.

Así permaneció por espacio de diez días. Me levantaba temprano y me dirigía a su habitación, donde siempre había una sirvienta que se mantenía despierta para cualquier cosa que necesitara su ama. Serena dormía poco y procuraba animarla. Le contaba chismes y la obligaba a comer. Yo las observaba sentado en un rincón, en silencio, y veía como la energía de aquella mujer, mi compañera, se apagaba lentamente.

—Volveré en verano, con Aurelio, y nos quedaremos hasta el otoño. Le verás jugar aquí, bajo las higueras, porque seguramente ya andará, y deberás regañarle para que no se meta en la fuente y agarre los peces... —decía Serena, mientras le daba la comida.

El décimo día, cuando la luz era más fuerte y la habitación más alegre, Julia alargó su mano hacia mí y me rogó que me acercase. Me levanté del rincón, me acerqué y me arrodillé junto a ella. Cada vez que había intentado pedirle perdón me tapaba la boca con su mano y no me permitía hablar.

—Ya tenemos un nieto —me dijo, con voz cansada—. Ahora eres abuelo y has entrado a la edad del prestigio — sonrió—. Que tu prestigio sea largo y que tu nieto y los que vendrán puedan recoger tu nobleza y tu sabiduría.

Escondí el rostro entre sus manos y las besé. Hablaba de la edad del prestigio y yo acababa de perder el grado de general y había dejado el ejército. No sabía qué decirle.

—Tú también has alcanzado la edad del prestigio — apreté su mano con dulzura—. Ahora no quieras traspasarme todos los años a mí y no quedarte ninguno para ti —aún me atreví a bromear.

—Pero no disfrutaré de la edad del ocio ni podré contemplar cómo crece Aurelio ni conoceré a más nietos.

—No digas tonterías —oculté el rostro para impedir que descubriese las lágrimas que amenazaban con escapar de mis ojos.

—¿Sabes qué pensé el día que nuestros padres nos presentaron? —dijo—. Pues, pensé que eras muy serio y muy prudente. Y no me equivoqué. Eres el hombre más fiel y más noble del Imperio. Todos estos años he sido muy feliz porque he sentido tu amor. A partir de ahora, tú has de ser mis ojos y mi corazón y esto es lo que debes transmitir a nuestros nietos, a aquellos que yo no conoceré.

No pude aguantar y caí sobre su mano, besándola y llorando como un niño. Y así permanecí durante un rato, hasta que Serena me abrazó. Entonces, levanté los ojos y vi el rostro de Julia que parecía dormir y sonreía.

—Te lo juro —murmuré—. Te juro que seré tus ojos y tu corazón y que tus nietos sabrán de ti y aprenderán a amar la vida como tú lo has hecho.

*** ***

De pronto la existencia, todo a mi alrededor, daba un giro inesperado y brutal. Contemplaba el patio y el jardín y tenía la sensación de que algo se había perdido, que le habían arrancado el alma y que con ella había escapado todo vestigio de vida. El jardinero seguía cuidando las flores, pero yo no las veía igual. Los colores eran más apagados. Recuerdo que, cuando besaba su mano, hubo un instante que noté como si un ligero aliento soplara sobre de mis labios. Quizás fue entonces que su alma escapó y, en esta huida, aún tuvo tiempo para depositar el último beso en mis labios. Si cierro los ojos, aún puedo sentir su caricia.

Habían vivido muchos años juntos. Toda una vida, toda la vida de Marcos, y aún más. Instantes de ternura y de pasión se superponían en un reguero de recuerdos imborrables. ¿Cuántos vestidos le rompí?, pienso ahora con una sonrisa. ¿Cuántos arañazos me hizo en la espalda? Horas y horas de conversación sobre nuestros hijos, de planificar el futuro, de escuchar sus reproches, pequeños castigos verbales que no hacían más que recordarnos que vivíamos juntos, que éramos una familia. Sonrisas, risas y carcajadas al contemplar cómo crecía la simiente que habíamos lanzado al mundo y el dolor, el inmenso dolor, cuando la muerte nos arrebató un trozo de nuestras vidas. Todo esto era lo que el destino me había arrebatado de las manos en muy pocos días. Fue una mujer tan grande, tan inmensa, que aún decía que le había sido fiel. Era cierto en los últimos años, pero no creo que se deba a ningún mérito personal, sino que el destino tuvo mucho que ver. No sé qué habría sucedido si Lidia hubiera estado cerca, si Bonifacio no la hubiese entregado a Aecio o si hubiera vivido en Rávena. Y pedí perdón por no haberla amado como ella se merecía, por haber dedicado pensamientos a otras mujeres, por compartir momentos de ternura con otras manos que no eran las suyas. Si hablase con alguno de los sacerdotes que había conocido, de aquellos idiotas fanáticos, aún me habrían dicho que todo, la muerte de Julia y la de Marcos, era un castigo divino por mis ausencias. Ahora creo que, tal vez, fuese cierto. Tarde o temprano acabamos pagando nuestras deudas.

Serena escogió el mejor vestido y le rogué que añadiera el collar que había lucido en la boda del emperador, aquél que tanto realzaba su belleza. Deseaba recordarla tal como era, en todo su esplendor, como un tributo a un amor que no supe corresponder en toda su dimensión. Lidia me había dicho, en la boda de Serena, que Julia me amaba como nunca ninguna otra mujer había sabido hacer. ¡Cuánta razón tenía!

El obispo Marcelo ofició la ceremonia fúnebre y elevó una oración de consuelo. Habló del amor de Dios, de la resurrección de la carne, del perdón de los pecados y de la vida eterna. Me recordó que algún día Julia y yo nos encontraríamos de nuevo. No le escuché demasiado porque nunca me han gustado sus razonamientos y porque mi pensamiento era todo para ella.

A mi lado estaban Antonio y Serena. Eran las personas más próximas, las que habían conformado toda mi existencia. Sin embargo, faltaban dos más: Julia y Marcos. Me volví y vi la iglesia abarrotada. Todos los amigos y compañeros habían acudido. Todos no. Lidia y Aecio no estaban. Pero mucha más gente, a la que yo no conocía, habían venido para rendir el último homenaje a una mujer que se lo merecía de veras.

¡Julia!, grité en mi interior, y lloré. Todo, desde el estúpido accidente mortal de Marcos, habían sido malas noticias y desgracias que habían acelerado lo inevitable. Él, que era un jinete como pocos, que había aprendido a cabalgar como los hunos, había caído por un acantilado. ¿Por un acantilado...? ¡Pobre Marcos! ¿Pero, cómo había podido suceder?

—No lo sabemos con exactitud —me había explicado Pedro, cuando se lo había preguntado—. Según dicen, se había quedado en la tienda para estudiar las maniobras. Después salió para unirse a sus oficiales y al ver que no llegaba fueron a buscarle y le encontraron en el fondo del barranco, junto al mar.

Concluidos los funerales, regresé a casa. Serena quería quedarse conmigo, pero la convencí de que era mejor que regresara a Tolosa, con su marido y su hijo. Protestó, pero Ana se había ofrecido y le dijo que no tenía que preocuparse por mí. Entre ella y su marido no dejarían que me hundiese. Se lo agradecí. Deseaba quedarme a solas, reflexionar y buscar el perdón por mis actos.

Durante los días siguientes, poco a poco, retorné a la vida. Me levantaba temprano y montaba a caballo. La actividad me mantenía despierto. Antonio también estaba triste, pero disimulaba cuando estaba junto a mí. Él tenía una vida social muy rica y daba grandes fiestas, tal como corresponde a un senador. Me invitó a todas e insistió hasta que consiguió que asistiera. Máximo y Ana eran unos de los asiduos y entre nosotros creció una buena amistad. Él era un hombre al que le gustaba la fiesta, la broma y, sobre todo, el juego. Lo llevaba en la sangre. Podía apostar por cualquier cosa, y lo hacía a menudo con el emperador. Ana me había comentado que aquella faceta del carácter de Máximo la ponía enferma, detalle que yo ya conocía por otras bocas.

—Algún día se jugará incluso lo que no tiene —se quejaba.

Sin embargo, Máximo era un hombre de suerte y sabía cuando debía retirarse. Alguna vez perdía, pero nunca en exceso, razón que le conducía a burlarse de las preocupaciones de su esposa.

No tuve noticias de Lidia ni me atreví a ponerme en contacto con ella, entre otras razones porque desconocía si Carpilio estaba al corriente de todo y temí un encuentro con él. ¿Qué le diría? ¿Quizás le saludaría como a un hijo y le abrazaría?

*** ***

Habían transcurrido casi cinco meses desde la muerte de Julia y la vida proseguía. Cumplí, punto por punto, la promesa que le había hecho y no permití que el dolor se apoderase de mí ni que ningún sentimiento de culpa me relegara a un rincón. Procuraba distraerme de todo recuerdo que me produjera tristeza. Sin embargo, cada noche hablaba con el recuerdo de Julia y le explicaba cosas, lo que había pasado, las decisiones que tomaba con los criados e, incluso, le preguntaba su opinión. Supongo que deseaba compensarla de todas las carencias a las que injustamente la había condenado.

Una mañana, cuando ya creía que la tristeza quedaba atrás e, incluso, ya había comenzado a hacer planes sobre mi futuro, aprovechando la amistad que me unía con Máximo, que me había ofrecido la oportunidad de entrar en un negocio de transporte de mercancías por todo el Mediterráneo, unos soldados se presentaron en casa.

—¿Eres tú Severo Antonino Braulio Teodosio? —me preguntó el oficial.

—Sí. ¿Qué deseas?

—Quedas detenido por conspiración y alta traición.

Hicieron caso omiso de mis protestas, peticiones y exigencias, y me llevaron ante Valerio, magistrado supremo de Rávena, a quien conocía muy poco, pero que era famoso por su dureza.

—¿Cuál era tu papel en la conspiración? —me preguntó.

—No sé nada de ninguna conspiración.

—¿Por qué queríais matar a la emperatriz?

—¿Por qué hablas en plural? ¿Quiénes son los otros, si es que los hay? —respondí con preguntas.

—Tú y tu hijo.

—Mi hijo es el más noble de los miembros del senado de Rávena y no puedo creer que haya sido capaz de ninguna conspiración. Además, ni siquiera está aquí, sino que ha ido a Constantinopla.

—Regresó ayer.

—Pues, pregúntale a él.

—Ha muerto.

*** ***

Me desperté al recibir el agua helada en la cara y los puntapiés del soldado. Lentamente, la realidad retornó a mis ojos y las últimas palabras del magistrado resonaron en algún rincón de mi cerebro. ¡Antonio había muerto! Aquel carcamal de Valerio me había explicado que mi hijo se presentó en palacio con la excusa de informar a Gala Placidia del resultado de su viaje a Constantinopla y que nada más verla sacó un puñal e intentó matarla, pero que la guardia se lo impidió y una espada había acabado con su vida.

—¿Por qué lo habrá hecho? —recuerdo que pregunté, casi en un murmullo.

—Eso es el que queremos que tú nos aclares —había respondido el magistrado.

Y me torturaron. ¿Pero qué querían que les dijera? Para mí era un misterio.

Cuando se cansaron, me metieron de nuevo en la celda, entre ratas, criminales y ladrones, y me encadenaron a una pared húmeda y fría a la espera del juicio. Allí, humillado y apaleado, contemplé a mis nuevos compañeros que la miseria me había otorgado. En pocos meses lo había perdido casi todo. Menos mal que Serena estaba lejos y que Teodorico no permitiría que nadie le hiciese ningún daño. Este pensamiento era lo único que me mantenía vivo. En la oscuridad de aquella madriguera de criminales intenté meditar sobre cuál podía haber sido la razón que impulsó a Antonio a cometer semejante disparate, pero por más vueltas que le di no fui capaz de hallar una explicación. ¿Se habría vuelto loco?

Quince días más tarde tenía el cuerpo deshecho, lleno de llagas, de quemaduras, de morados y todas las articulaciones doloridas a causa del potro, y estaba convencido que en cualquier momento moriría a manos de mis torturadores, que ya no podría resistir un día más, pero, sin saber por qué, se olvidaron de mí, el mundo entero perdió la conciencia de mi existencia e inicié una vida en el infierno, donde nos peleábamos por conseguir un pedazo de pan que nuestros carceleros nos arrojaban por entre los barrotes de la celda, apenas iluminada por la débil luz de la antorcha que quemaba al final de un largo y tenebroso pasillo. Y así transcurrió el tiempo, sin que fuera capaz de precisar cuándo era de día y cuándo de noche.

Relatar las condiciones en las que viví durante aquellos días aún me produce escalofríos, arrastrado entre excrementos y orines que lo inundaban todo de hedores indescriptibles, y no lo haré. No vale la pena. Sólo diré que éramos tres. Uno de ellos se llamaba José y era un asesino que había matado y descuartizado a tres hombres y a una mujer. El otro se llamaba Nicolás y era un ladrón. Su crimen fue intentar robar a un noble, al que había herido, y ya hacía dos años que estaba allí. Era listo como una ardilla y si le hubieran dejado una sola rendija, habría huido y nadie le habría atrapado. Él me defendió de José y compartió conmigo parte de su comida.

Un día nos despertamos y vimos que José había muerto. Llamamos a los carceleros y se lo llevaron a rastras como si fuera un puerco. A partir de entonces dormimos más tranquilos.

Nicolás hablaba y hablaba. Decía que era la manera de seguir vivos y me relataba dónde había vivido, lo que había hecho y las mujeres que había poseído. Y yo le expliqué quién era y cuanto me había sucedido. Se lo vomité todo porque necesitaba recordar cada detalle y no olvidarlos nunca. Le expliqué pasajes impensables, y él me escuchaba embobado, casi incrédulo por encontrarse en la misma celda que un antiguo general del ejército romano.

—¿Qué harías, si algún día consiguieras salir de aquí? —le pregunté en cierta ocasión.

—En Rávena todo el mundo me conoce —chascó la lengua—. Me marcharía muy lejos, hacia el norte. Los bárbaros aún no han oído hablar de mí —rió—. Viajaría por todas partes y conocería mundo. Soy hábil con las manos y tengo la palabra fácil.

—De eso no me cabe la menor duda. Engañarías al propio diablo. ¿Cómo es que te cazaron?

—No es fácil robar la bolsa de un hombre que se encuentra rodeado de soldados. Aún así, estuve a punto de conseguirlo.

Fue él, con sus explicaciones y su atención cuando le hablaba, que me permitió resistir hasta que la puerta del calabozo se abrió, dos soldados pronunciaron mi nombre y me arrastraron al exterior. Cada vez que venían y se llevaban a alguien de otra celda, el pobre desgraciado salía gritando y pataleando como un loco para no regresar jamás. De manera que pensé que había llegado el final y no paraba de repetírmelo mientras me conducían por los tenebrosos pasillos. Lo más curioso de todo es que no sentía miedo. Al contrario, era feliz porque deseaba acabar de una vez y reunirme con Julia. Los soldados no me condujeron a la sala de torturas, sino que subieron hasta llegar arriba del todo. Entonces la luz del sol que entraba a raudales por la ventana hirió mis pupilas y no pude reconocer al hombre que tenía frente mí hasta que escuché su voz.

—El emperador te ha perdonado —dijo Máximo.

—Amigo, buen amigo… —musité, y él me abrazó para evitar que cayese al suelo. La debilidad de mis piernas me impedía sostenerme largo rato en pie.

—¡Eres libre! —exclamó con alegría.

—¿Y Gala Placidia? ¿Qué dice ella?

—¿No lo sabes? Gala Placidia ha muerto —me miró extrañado.

—En este agujero el mundo no existe —respondí—. ¿Cómo ha muerto?

—Hace tres meses su corazón se detuvo y no despertó.

¿Cuánto tiempo había vivido en aquel infierno? ¡Meses! Y parecían siglos. Abandoné la prisión y Máximo me acompañó a su casa, donde viví durante unas semanas para poder rehacerme y curar todas las heridas del cuerpo, que no las del alma.

Máximo me explicó que me había ganado a los dados, jugando con el emperador. Mi casa había sido clausurada por orden imperial y todos los criados habían ido a servir a palacio, mis posesiones y pertenencias habían sido subastadas, incluso las de Rímini, el lugar donde todos mis antepasados reposaban en sus tumbas. Ni tan siquiera recibí una compensación económica, porque Valentiniano dijo que ya tenía bastante con conservar la vida, que se la debía a Máximo y a su esposa. Sobre todo a Ana, porque de ella fue la idea. Aecio no había movido ni un dedo, pero, por contra, supe por boca de Ana que Lidia también había removido cielo y tierra para conseguir mi perdón. Pero fue Ana que, rompiendo todas sus normas, empujó a su marido a jugar. Sin embargo, yo seguía preguntándome qué era lo que tenían que perdonarme.

No pude recuperar los restos de mi hijo Antonio. Habían enterrado su cuerpo en algún agujero perdido en mitad del campo. Recé por él. No entendía lo que había hecho, pero confiaba que existiera una razón poderosa, porque mi hijo era noble de veras. Aunque me costara el resto de mis días, lo averiguaría. Éste fue mi solemne juramento.

También me explicaron que se habían recibido muestras de dolor de todo el Imperio, y de más allá, para manifestar su respeto por la emperatriz. Todo el mundo había enviado a sus embajadores y el protocolo ordenaba que había que aguardar cinco días antes del entierro, pero Valentiniano no había querido esperar tanto. Necesitaba sentir que su madre, que le había dominado durante casi treinta años, estaba muerta y bien muerta, y enterrada y encerrado su cuerpo por siempre jamás, y que no se levantaría de la tumba para ordenarle lo que debía hacer.

Los funerales habían sido magníficos y todo Rávena se había congregado y había acompañado con sus llantos las fingidas lágrimas del emperador, que al día siguiente comenzó a dictar órdenes y más órdenes para cambiar todo cuanto había tocado la mano de su madre, pero su alegría duró poco, tan sólo los días que Aecio tardó en plantarse en Rávena y asumir el mando absoluto. El emperador seguiría gobernando en palacio y… en ninguna otra parte.

—Todo sigue igual —me explicó Máximo que había dicho el general ante el senado, y nadie se atrevió a replicar.

Valentiniano entendió enseguida el significado de aquellas palabras. Había muerto su madre, pero él seguía teniendo a alguien que le diría lo que hay que hacer y cómo hacerlo.

Aplaudí la decisión de Aecio. Mi antiguo superior me había apartado del ejército y se había olvidado de mí, pero me horrorizaba imaginar lo que habría sido capaz de ordenar el emperador si llega a alcanzar el poder real.

Cuando me sentí bastante recuperado, me despedí de Máximo y de Ana. Les agradecí profundamente todo lo que habían hecho por mí, su bondad, y enfilé mis pasos hacia el oeste, camino de Tolosa para vivir con Serena. Cuando te quedan pocos amigos, aún los valoras más. Ana me dijo que podía regresar cuando deseara, que su casa era la mía. ¡Qué gran mujer!

Atrás quedaba el horror. De todas mis posesiones y riquezas sólo se salvaron la casa y las tierras de Tarraco, porque aquello era territorio visigodo y Teodorico, muy inteligente, se negó a entregarlas argumentando que pertenecían a Adolfo, el hijo de su primo.

*** ***

Serena y Adolfo me recibieron con un fuerte abrazo y me establecí en casa de Onegio, donde los meses siguientes sirvieron para que pudiera restablecerme por completo y recuperar buena parte de las fuerzas, lejos de todo.

Una sorpresa me aguardaba. Aurelio ya caminaba y hablaba sin parar. Se le veía despierto e inteligente. Mi hija le llevaba tomado de la mano y le dijo que yo era su abuelo, igual que Onegio. Primero me miró con desconfianza, pero al cabo de un rato me hizo un montón de preguntas y más preguntas. ¿Por qué vestía diferente?, se extrañó. ¿Y por qué no tenía barba? ¿Y por qué mi cabello era negro y no rojo, como el de su otro abuelo? ¿Y por qué...? Incluso me trajo un caballo de madera que le había regalado Onegio y me pidió que jugase con él. Era rubio como un campo de trigo a punto de siega y peinado por el viento, con unos ojos azules y grandes como un océano, donde podías ahogarte. Se sentaba en mis rodillas y me daba el caballo para, inmediatamente después, quitármelo otra vez y repetirme su nombre. Veloz, lo había bautizado, porque era el más rápido de todos, aseguraba con aquellos ojos vivos. Lo hacía correr por encima de la mesa mientras imitaba el trote de un potrillo sobre la calzada. Con él en mis rodillas me sentí feliz, inmensamente feliz, y triste, muy triste al contemplarlo y que Julia no estuviera allí. Sin embargo, tal como ella me había pedido, yo era sus ojos y sus oídos y aquella noche, cuando me retirase a dormir, hablaría con ella y le explicaría todas las preguntas que nuestro nieto me había hecho y nos reiríamos juntos.

Un día que Serena nos había obsequiado con una cena, a la que asistimos toda la familia, yo contemplaba a Aurelio que corría y reía, y Onegio me dijo:

—Es más visigodo que romano y me siento muy orgulloso de él.

—No he venido a discutir sobre qué parte es tuya y cuál es mía, sino a verle crecer y compartirlo —sonreí.

Él, aquel niño, me salvó de morir de pena.

*** ***

Al comienzo del verano llegaron noticias de Rávena. Decían que Valentiniano, que nunca se había acercado al senado, se había presentado con una carta en la mano y el rostro desfigurado. Le acompañaba Heraclio, que estuvo todo el tiempo a su lado y no despegó los labios para nada.

—Dice que le he de entregar la Galia —gritó Valentiniano enloquecido y asustado—. ¡Dice que le pertenece porque el hijo de Honoria es suyo! ¿Cuándo pudo engendrarlo? ¿Cuándo?

Las noticias explicaban que los senadores aún tardaron un buen rato en enterarse de qué hablaba porque gesticulaba blandiendo la carta como si fuese una espada y no había manera de arrancársela de las manos.

Finalmente se calmó y un senador, Horacio, consiguió leer el documento que había obrado el milagro de sacar al emperador de palacio y conducirlo al senado.

—¡Atila! —exclamó Horacio—. ¡Oh Dios! Reclama a la princesa Honoria como su esposa y reclama al hijo como propio. Y añade que tiene pruebas. Así mismo, reclama la mitad de Occidente que dice que pertenece a Honoria como hija que es de Constancio, el anterior emperador. Pero, concluye que se conformará con la Galia.

Se quedaron mudos. Se miraban unos a otros sin entender nada. Honoria había tenido a su hijo y le había puesto por nombre Braulio. Supuse que como venganza hacia su madre, porque Gala Placidia odiaba ese nombre. Le recordaba a un oficial que tuvo en Barcino y que participó en la traición que le costó la vida al rey Ataulfo. Es curioso, eso de los nombres. A Julia le habría hecho mucha ilusión tener un nieto que se llamase Braulio y la emperatriz, si no estuviera muerta, habría muerto del disgusto.

—Nos hemos vuelto locos —había dicho Máximo.

—Tenemos que avisar a Aecio —había respondido Julio Antíoco.

—¡Sí! —exclamó Valentiniano—. Eso mismo. Que venga Aecio y que defienda Rávena. Quiero todos los soldados, todos los ejércitos y todos los oficiales aquí. Tienen que defender a su emperador.

Máximo se quedó mirándole. Y también miró a Heraclio, que los contemplaba junto a la silla de Valentiniano y les concedía su desprecio desde lo alto del trono de su soberbia. Se sabía poderoso, con su señor cerca, y era odiado en silencio por mucha gente, a pesar de que nadie lo manifestaba abiertamente. Aún así, yo estaba convencido de que más de uno de sus enemigos sentiría un inmenso placer en cortarle el cuello, de la misma manera que Aecio y yo sentimos una felicidad indescriptible cuando le cortamos el dedo. Desde aquel día yo me había fijado que escondía la mano. ¡Sientes vergüenza, malparido!

El emperador siguió dando órdenes y más órdenes. Estaba tenso y horrorizado ante la posibilidad de que Atila viniese a buscarlo personalmente. Supongo que ya se imaginaba la puerta de su palacio derribada por una bestia que blandía una enorme espada y que quería cortarle los brazos. Aquello era el caos absoluto. Las órdenes llegaban a ser contradictorias y nadie era capaz de hacer nada con sentido.

Mateo había sido el único en reaccionar y había ido en busca de Pedro. Le había explicado lo que hacía al caso y el jefe de la guardia real había ordenado que saliera de inmediato un mensajero camino de Arles.

Los días siguientes Valentiniano se encerró en palacio a la espera de la llegada de Aecio y el senado recuperó la calma y la capacidad de razonar.

Atila decía que el hijo que Honoria había parido era suyo y que si alguien se atrevía a tocarlo, atacaría y arrasaría todo el Imperio. Afirmaba que Honoria y él se habían visto en Constantinopla, en la visita que había hecho meses atrás a la capital de Oriente, cuando decidió firmar la paz definitiva con Teodosio, y allí la había dejado embarazada.

—¡Es absurdo! —exclamé cuando me lo contaron—. La princesa Honoria no estaba cuando Atila se entrevistó con Teodosio. Y, además, Honoria ya estaba embarazada cuando salí de Rávena. Todo es mentira.

—Hemos de responder esta carta, pero no podemos insultarle diciendo que es un mentiroso, porque posiblemente es lo que él busca —dijo Julio Antíoco en el senado—. Busquemos, pues, la manera de demostrarle que se equivoca.

—Esperemos a ver qué tiene que decir Aecio —sugirió Máximo.

Dos semanas después llegaron a Rávena noticias de Aecio. Se entrevistaría con Atila. Él tenía muy claro que Honoria no tenía ningún derecho a la sucesión porque Valentiniano era el emperador y ya tenía hijos. Además, instaba al senado a que hiciera una declaración legal conforme las mujeres en Roma no pueden ocupar el trono imperial.

Así lo acordaron, siguiendo los consejos de Aecio, y fueron los miembros del senado que respondieron a las exigencias de Atila en nombre de Valentiniano. De esta manera el emperador quedaba por encima del rey de los hunos y no cometía el mismo error que Teodosio.

*** ***

A mediados del verano, cuando el calor era más asfixiante, nos llegaron noticias de Constantinopla, donde todo el mundo también parecía haber perdido el juicio.

La confrontación entre Eudocia y Pulqueria se había convertido en una tragedia. La hermana de Teodosio acusó a Paulino de traición, a pesar de todas las protestas de la emperatriz, que le defendió con tanto ardor y vehemencia que permitió a Pulqueria acusarles de ser amantes, historia que prendió enseguida entre el pueblo, porque el maestro de oficios, a pesar de los años, seguía despertando pasiones entre las mujeres de la corte. A todo esto, Crisapio, el eunuco intrigante y traidor, cuando vio que Eudocia perdía la partida, olvidó su lealtad y declaró en contra de su protectora, corroborando las acusaciones de Pulqueria y obteniendo el perdón y la remisión de sus pecados. En consecuencia, Cirus, el prefecto del Pretorio de Oriente, que había tomado partido por Eudocia, también cayó en desgracia y fue apartado de todos los cargos. Teodosio condenó y ejecutó a Paulino, pero loco de celos, no se detuvo y ordenó perseguir y matar a dos sacerdotes que habían consentido y tapado el pecado de Eudocia. Por fortuna, en el último instante, cuando todo apuntaba a un baño de sangre, la emperatriz reconoció su culpa, imploró clemencia en nombre de su hija y en nombre de Dios, Teodosio le permitió retirarse a Jerusalén y el gran desastre se detuvo.

En muy poco tiempo Oriente cambió de una forma increíble. Toda la devoción de un emperador débil y cobarde se convirtió en afán de venganza, mientras Pulqueria ganaba la guerra y una mujer partía hacia el exilio para siempre.

Yo vivía completamente ajeno a todos aquellos avatares. Sabía que no era el mejor momento para asistir a peleas de mujeres que habían perdido la razón y se enfrentaban con más brutalidad y coraje que los propios soldados. A mí me daba igual, y, por esto, no sentí la menor pena cuando poco después una nueva desgracia atrapó Constantinopla.

Una tarde Teodosio se encontraba de cacería y su caballo se desbocó y lanzó el jinete al río Lycus con tan mala fortuna que se abrió la cabeza con una roca y murió al instante.

¿Pero qué estaba sucediendo? De pronto todos morían, las grandes columnas del edificio se tambaleaban y el techo amenazaba con desplomarse sobre nuestras cabezas. ¡Cierto es que las desgracias nunca se presentan solas!

No hubo problemas para buscarle sucesor. Pulqueria fue investida con la púrpura imperial. Y su primera decisión fue ejecutar a Crisapio y recuperar para el trono todas las inmensas riquezas que el eunuco había atesorado durante todos los años del reinado de Teodosio. Con ellas rehízo las arcas completamente y dispuso de suficiente dinero para restaurar las murallas de Constantinopla y buena parte de las iglesias.

Sin embargo, un problema se divisaba en el horizonte, que fue real pocos días después de que Pulqueria accediera al trono. Una nueva carta de Atila recordaba al emperador el caso de Gala Placidia, emperatriz de Occidente durante más de veinticinco años, y adjuntaba el caso más reciente de Pulqueria, que el senado de Constantinopla acababa de nombrar emperatriz de Oriente. Y su epístola acababa con una pregunta: ¿Cuál es la ley que impide que el marido de la princesa Honoria reclame lo que le pertenece?

¡Dios mío! Ahora ya se proclamaba el marido de Honoria. Toda aquel disparate apuntaba directamente en una sola dirección. Atila había decidido expandir sus territorios y como el norte ya era suyo, sólo le quedaban el oeste y el sur.

Por suerte una nueva decisión de Pulqueria, verdadero cerebro del Imperio de Oriente, encontró una solución. Ella, mujer inteligente como no había otra, que había hecho voto de castidad, se dio cuenta de que su sexo ponía en peligro todo el Imperio y tomó marido. El escogido fue un viejo conocido.

Marciano, que durante muchos años había servido fielmente a Ardaburius y a Aspar y había obtenido en mérito a su participación en las guerras con los persas y en África los títulos de tribuno y, después, de senador, aceptó la condición de respetar la virginidad de la emperatriz y un mes después de la muerte de Teodosio, un nuevo emperador se sentó en el trono de Constantinopla. De esta manera el senado de Rávena pudo responder a Atila que Marciano, y no Pulqueria, era el emperador de Oriente y que Gala Placidia fue la regenta mientras Valentiniano era demasiado joven para hacerse cargo del gobierno. Por tanto, sus pretensiones carecían de fundamento.

Personalmente creo que fue una buena elección por parte de Pulqueria y los años posteriores habrían de darme la razón. Si Marciano no había cambiado, significaba que Oriente disponía de un emperador prudente que había sido soldado y que conocía el arte de la guerra.

Sea como sea: ¡larga vida a los emperadores! Y me dediqué a jugar con mi nieto, que era la mayor alegría de este mundo.

13 - LA GALIA

Enga, la esposa principal de Atila, fue sustituida por Kerka, mientras crecía el incontable ejército de esposas segundas, concubinas y aventuras del rey de los hunos, que según explicaban era muy proclive a ponerse al frente de sus hombres en el momento de saquear una ciudad y desnudarla de vírgenes. Pero, al contrario que la anterior, la nueva reina de los hunos tenía un carácter fuerte. Éste era el convencimiento que Aecio captó de su entrevista con quien ya se hacía llamar sin ambages el emperador de todas las tierras del norte, desde las puertas de Asia hasta el mar.

Enga había dado a Atila dos hijos, Gheism y Ellak, el amigo de Carpilio. Y Kerka le dio otro hijo, Ernak. Estos tres eran los únicos reconocidos a nivel oficial como posibles sucesores al trono, a pesar de que sus descendientes se contaban por centenares. Pero las mujeres manejan su mundo particular, soterrado y oscuro, que dispone de armas que ningún hombre puede imaginar. Kerka poseía un poder sobre Atila como ninguna otra mujer nunca consiguió y había elevado a su hijo hasta conseguir que ocupase el lugar más relevante. Incluso había logrado ser nombrada emperatriz de las tierras del norte, honor que era la primera vez que el bárbaro concedía a una esposa y que la confirmaba como la única.

Cuando Atila recibió la carta de Honoria, en la que se le ofrecía en matrimonio, Kerka intervino y dejó muy claro que ella nunca abandonaría el lecho conyugal ni dejaría su lugar a ninguna puta ni a ninguna cortesana del Imperio, aunque llegara con el título de princesa y le regalase a su marido un anillo en señal de compromiso, y los hunos asistieron a una disputa conyugal que hizo temblar las paredes de palacio.

El escándalo también fue mayúsculo en la corte de Constantinopla al enterarse de que Honoria, por medio de un eunuco, había burlado la seguridad del palacio de Pulqueria y había enviado la carta y un anillo a Atila. El emperador de Oriente, con el permiso de Valentiniano, había estado a punto de ordenar que la condenasen por alta traición, pero, las disputas entre Pulqueria y Eudocia aplazaron la decisión y la muerte de Teodosio hizo caer el juicio en el olvido con la única ejecución del eunuco.

Con Pulqueria en el trono de Constantinopla, Atila retomó sus exigencias y Kerka murió poco después, de repente. Algunos dicen que de muerte natural, otros como consecuencia de una infección, tal vez por algo que comió y que no le sentó bien, y, pocos, apuntaron que, posiblemente, Atila reflexionó y prefirió que le salía más a cuenta sustituir una esposa por una princesa, para ofrecer el brillante título de emperatriz a quien podía aportarle toda la Galia.

La negativa del senado de Rávena fue interpretada por Atila como un desprecio hacia su persona y el rey de los hunos —¡bien que lo sabíamos!— aceptaba muy mal la derrota. Entonces, volvió de nuevo los ojos hacia Oriente y envió sus embajadores al nuevo emperador para recordarle, en un tono de exigencia, el pago del tributo anual que su antecesor había acordado para mantener la paz, pero se encontró con una respuesta inesperada. Marciano no era Teodosio y se había formado en el campo de batalla.

Ahora sólo le quedaba por decidir cuál de los dos imperios atacaría primero. Y fue Occidente.

Con la excusa de tomar lo que legalmente le pertenecía y un poderoso ejército formado por los hunos, la caballería escitia y tribus germánicas, abandonó la capital de la Panonia, recorrió más de ochocientas leguas, entró en la Germania inferior y atacó campos, aldeas, pueblos y ciudades.

Las noticias se multiplicaban. En la confluencia del Rin y del Nécker se le unieron los francos al mando de Clodión, y Colonia cayó en apenas unos días bajo la brutal embestida de cuatrocientos mil bárbaros que abrieron de par en par las puertas de Bélgica al encontrar en el bosque Herciniano la madera necesaria para construir un puente.

Después de arrasar ciudades y más ciudades, de matar y de descuartizar a todo ser viviente, de no hacer distinción entre soldados enemigos y gente del pueblo, de asesinar sacerdotes al pie de los altares, de violar mujeres y niñas, de quemar campos de cultivo y bosques enteros, prosiguió hacia el sur. Estrasburgo fue la siguiente, después Metz, donde no quedó ningún vestigio, excepto una pequeña capilla. Y así continuó hasta alcanzar Reims y devastarla por entero. París fue la única en resistir el asedio y Atila no quiso perder el tiempo y enfiló de nuevo hacia el sur, hasta plantarse frente a las murallas de Orleáns. Desde allí podía fustigar a los visigodos de Aquitania que habían rehusado someterse.

*** ***

En aquellos días la princesa Hasardia murió. Se quitó la vida al no poder soportar más la contemplación de su rostro desfigurado. Sentí una enorme pena por Teodorico y fui a visitarle. Estaba deshecho. En aquel momento me vino a la memoria la imagen del rey, orgulloso y fuerte, arrodillado ante su hija, abrazando sus rodillas, llorando como un niño en medio del silencio de la sala donde poco antes reíamos y comíamos, mientras yo notaba que la sangre se me helaba y el mundo se me venía encima. Y no puedo apartar el rostro absolutamente desencajado de Dania, la reina, incrédula, intentando acariciar las mejillas de su hija, con manos temblorosas, sin atreverse a tocar las heridas aún tiernas. Pero, lo que más me sorprendió, fue la mirada perdida de Hasardia, aquellos ojos sin vida que no miraban a ninguna parte, que no derramaban ni una lágrima, que ni siquiera parpadeaban. ¡Dios mío! ¿Cómo pueden unos padres soportar tanto dolor y seguir vivos?

Me sentía bastante recuperado y ya había decidido irme a vivir a Tarraco cuando llegó una delegación de Aecio encabezada por Avito, que después de haber ocupado con dignidad el cargo de prefecto del Pretorio y haber sido nombrado senador, se había retirado a una casa que tenía cerca de Marsella. Nos habíamos conocido en Rávena, años atrás, y tenía fama de ser un gran negociador y buen amigo de los visigodos. Era inteligente y afable, fuerte y con una notable capacidad para prever situaciones y avanzarse a los acontecimientos. Su agilidad mental para encontrar argumentos y replicar me había sorprendido en diversas ocasiones y todos los senadores, desde el primero al último, le respetaban.

Dos días después vino a verme. Sabía que yo estaba allí y quería hablar conmigo. Le recibí en recuerdo de otros tiempos y escuché lo que tenía que decirme.

Se había entrevistado con Teodorico. Su gesto era grave y se le veía abatido, me dijo. Avito me explicó que lo había encontrado más viejo, diez años por lo menos, y que había perdido gran parte de la energía que desplegaba, verdades que yo ya había constatado con dolor. Entonces me dijo que había buscado todas y cada una de las palabras para manifestarle su pésame y que había iniciado el tema principal de su visita, pero una vez concluido su discurso, los dos hijos de Teodorico se opusieron frontalmente. Eran contrarios a enfrentarse a los hunos y sólo pensaban en Genserico.

—Torismundo tiene razón —le había contestado Teodorico mientras sus hijos le miraban. No era el mismo hombre. Las lágrimas se le saltaban de los ojos. Un rey que había sido capaz de levantar un asedio, de derrotar a Litorius y avanzar hasta las orillas del Roine, ahora parecía un anciano débil, caduco y perdido, a merced de las palabras de sus hijos—. Hasardia está muerta y la reina ha perdido la sonrisa para siempre —entonces su mirada se había endurecido—. Genserico debe pagar su crimen y éste es el sentimiento que llena por entero nuestro corazón. No me pidas que luche contra los hunos.

Siguieron discutiendo. Sin embargo —me explicaba Avito— Teodorico parecía no ver la evidencia de que Atila había empezado por el norte y ahora bajaba y no se detendría hasta alcanzar el Mediterráneo. Le había dicho que ninguno de ellos disponía de un ejército que pudiese enfrentarse con una fuerza de cuatrocientos mil hombres. ¿O sería más apropiado decir cuatrocientas mil bestias? Pero no había conseguido nada. Los oídos del rey permanecían sordos a todos los argumentos que la fértil imaginación de Avito puso sobre la mesa de negociaciones, y se había retirado de palacio con preocupación, después de haberle arrancado la promesa de que lo meditaría y que al día siguiente volverían a hablar. Por lo menos, aunque sus hijos habían intentado impedirlo, Teodorico no había cerrado la puerta definitivamente. Quizás porque sentía afecto por el embajador. Aún así, Avito era consciente de que las posibilidades de obtener una respuesta positiva eran escasas y recurría a mí como su último recurso para enderezar unas negociaciones que estaban casi muertas.

—Tienes que ayudarme —dijo—. A ti, Teodorico te escuchará.

—¿A mí? —sonreí.

Después de todo lo que había padecido, ¿cómo se atrevía a pedírmelo?

—Todo el Imperio está en peligro.

—¿Qué Imperio?

—Nuestro Imperio, porque tú también eres romano.

¿Romano? ¿Qué significa ser romano? Sólo es una palabra. Me habían acusado, encarcelado, torturado y robado todas mis propiedades. Sin embargo, insistió e insistió y... le dije que le acompañaría a ver a Teodorico, pero que no le prometía nada.

A la mañana siguiente, con Aurelio de la mano, entramos en la sala del trono. Teodorico se sorprendió al verme, y más todavía acompañado de mi nieto Aurelio que contemplaba la inmensa sala de altos techos y miraba a Teodorico y a sus dos hijos, mientras apretaba con fuerza mi mano y abrazaba contra su pecho su caballo de madera.

—Noble Teodorico, hemos venido a rogarte que unas tus fuerzas a las de Aecio y luches contra los hunos —dije. Avito permaneció en silencio.

—¿Cómo puedes pedirme una cosa así? —me preguntó —. Tú, que has sido expulsado de Rávena, que has venido hasta aquí, que has sido acogido como un amigo y pariente, que ya eres uno de los nuestros.

—Cierto, noble rey. Y toda mi gratitud eterna es para el más grande de los monarcas —respondí, mientras Aurelio jugaba con el filo de su vestido—. Sin embargo, no soy yo quien te lo pide, sino él —tomé a mi nieto en brazos—. La respuesta que tengas que darnos, dásela a él. Explícale que los hunos quieren la Galia entera, que ya están a las puertas de Aquitania y que, si sus abuelos no se unen y luchan, tendrá que entregarles su caballo.

Teodorico se quedó callado, contemplando a Aurelio.

—Padre, los sentimientos no son argumentos —replicó Torismundo.

—Vosotros queréis atacar a Genserico con más sentimientos que argumentos —respondí, antes de que el rey abriese la boca—. Hasardia fue ultrajada y toda vuestra familia también. Nos conocéis bien, tanto a Avito como a mí, y sabéis que compartimos vuestro dolor —le miré directamente a los ojos, olvidando la presencia de sus dos hijos—. Si la Galia cae, ¿con qué fuerzas atacarás a los vándalos? Si los hunos llegan hasta aquí, ¿cómo podrás defender a tu pueblo? Atila no es Litorius y su asedio será definitivo. Ninguna ciudad ha resistido su ataque y ningún hombre ha visto crecer la hierba tras su paso. Desde Colonia hasta Orleans, toda la tierra ha quedado estéril. Ese animal ha quemado todas las iglesias, no se ha detenido ante nada, ni lo más sagrado de este mundo ha representado ningún freno a la bestialidad de sus instintos asesinos. Aurelio es hijo de un visigodo y de una romana y Gala Placidia fue vuestra reina. Los romanos y los visigodos nos hemos respetado porque estamos condenados a entendernos, porque nuestras sangres se han mezclado y nada ni nadie puede cambiar esta verdad. O nos unimos o moriremos todos, unos más temprano y otros más tarde, pero nadie escapará, porque Atila no conoce ni el miedo ni la piedad.

—Padre... —dijo Torismundo.

—¡Silencio! —le cortó Teodorico.

Se levantó y descendió hasta donde estábamos nosotros. Acarició la mejilla de Aurelio e intentó hacerse con el caballo, pero mi nieto lo apartó y lo protegió con ambas manos.

—¿No quieres dármelo?

—Se llama Veloz y es mío —respondió con orgullo—. Y es el más rápido de todos —añadió arrastrando las eses y tapando aún más su juguete.

—No lo dudo —sonrió Teodorico—. Y es evidente que estás dispuesto a defender lo que es tuyo —entonces, se volvió hacia mí—. ¿Estás dispuesto a luchar, a pesar de todo lo que te han hecho?

Miré a Avito y contemplé sus ojos que me suplicaban. Ahora todo dependía de mi respuesta.

Confieso que dudé mucho y durante unos instantes, que se me antojaron eternos, la memoria luchó con la razón, el dolor con la fuerza y el odio con la realidad. Pero, finalmente, la inteligencia se impuso.

—Somos todos, los que estamos en peligro. No es momento para plantear quejas ni para venganzas.

—Pero, cuando acabemos con Atila, atacaremos a Genserico. Ésta es mi condición.

—Puedes estar seguro de que yo personalmente arrancaré la promesa a Aecio y, si no la cumple, mi espada le cortará la cabeza. Tienes mi palabra —respondí.

—Así será. Prepararemos el ejército y mis hijos y yo mandaremos las fuerzas para unirnos a Aecio.

Una vez fuera de palacio Avito me abrazó. Aquella misma mañana, Teodorico ordenó redactar una carta para

Meroveo, el rey de los francos. En ella le comunicaba sus intenciones y le pedía que tomase partido por la libertad de aquellas tierras.

No había tiempo que perder y nos despedimos de Onegio, de Cintia, de Adolfo y de Serena para partir hacia el este. Pero, antes, quise llevarme conmigo el recuerdo del abrazo de mi nieto y Avito también le dio un beso muy fuerte y le dijo:

—Algún día, la historia hablará de ti, de cómo ganaste una batalla sobre el caballo más rápido de todo el Imperio.

*** ***

Arles no había cambiado en todo aquel tiempo. No sabía si Lidia estaba allí o si me encontraría con Carpilio e hice todo el camino con el corazón en un puño, pensando en qué les diría.

Aecio recibió inmediatamente a Avito y entramos en la sala de oficiales, pero nada más verme se alzó amenazador. Junto a él estaba Carpilio. El corazón me dio un vuelco. No le había visto desde que se fue a la Panonia y ahora era todo un hombre, alto y fuerte como sus hermanos. Me miró directamente a los ojos, serio.

—Te dije que si volvía a verte te mataría —me espetó Aecio.

—Severo nos ha… —intervino Avito.

—¡Calla! —le cortó Aecio y me miró con odio.

—He venido para luchar contra los hunos, porque necesitas gente que les conozca —dije.

—Ya me tiene a mí, que les conozco mejor que nadie —respondió Carpilio.

—No lo pongo en duda, hijo —se me escapó.

296

—Soy el tribuno Carpilio —exclamó, de pie y tenso.

Le miré. Ya tenía una respuesta. Carpilio, indudablemente, conocía sus orígenes y no se sentía demasiado orgulloso de ellos.

—Perdón, tribuno Carpilio —hice una ligera reverencia. Entonces me dirigí a Aecio y le entregué la carta de Teodorico.

La leyó de un tirón y se quedó mirándome. En aquel momento no había odio en sus ojos, sino burla.

—¿De qué me sirve alguien con esa pinta? —sonrió—. Has envejecido y has perdido peso y fuerza. Quizás ni te acuerdas de cómo se maneja una espada y dudo que tu cabeza se encuentre en condiciones para...

—Ya has leído la carta —repliqué. Estaba harto de sus mofas—. Si yo no voy, olvídate de Teodorico y de Meroveo —le amenacé y él se puso tenso ante mi impertinencia.

—¿Por qué lo haces? —me preguntó.

—Por el Imperio. Soy romano.

—¿Y... después...?

—No hay después. Para defender el Imperio ocuparía cualquier lugar, aunque fuera entre los soldados de primera fila y sin ningún rango.

—Nunca toleraré que Severo tenga un rango inferior al de general —dijo Avito y comenzó a explicar y a alabar mi intervención ante Teodorico hasta que Aecio enrojeció. Tampoco olvidó mencionar que había añadido su palabra a la mía, prometiendo a Teodorico que atacaríamos Cartago una vez derrotásemos a Atila.

—Pero sólo cuando Atila ya no represente ninguna amenaza y, tal como le conozco, puedo asegurarte que no será fácil —respondió Aecio, me miró y dijo—: Espero que la prisión no te haya hecho olvidar ninguna de tus habilidades como general —después se volvió hacia Carpilio y ordenó—: Servirás a sus órdenes. Severo es tu general. Prepáralo todo.

Carpilio iba a replicar, pero guardó silencio, me miró con dureza, después miró a Aecio y dijo:

—Sí, padre —y abandonó la sala.

*** ***

En pocos días tuvimos noticias de toda la Galia. Animados por Teodorico, los laecios, los armoricanos, los breones, los sajones, los sármatas, los alanos, los burguiñones y los francos, que ya habían decidido capitular ante la brutalidad de los hunos, se nos unieron al norte, en Orleans, la antigua Cenabum que siglos atrás se había rebelado contra César en mitad de la Galia.

—Que Dios nos ayude —exclamé cuando me puse el casco. Hacía tanto tiempo que no vestía la armadura que me pesaba y me molestaba.

—Necesitaremos algo más que la ayuda de Dios — sonrió Avito.

—Aún así, no nos vendrá mal que nos eche una mano.

Habría deseado ver a Lidia, aunque sólo fuera durante un instante, pero Aecio la había mandado a Rávena, juntamente con todos sus parientes. Muy poco seguro debía de estar de la victoria, para tomar tantas decisiones.

Y nos pusimos en camino hacia una batalla decisiva, conscientes que una derrota significaría el fin del Imperio.

14 - ¡SALVEMOS EL IMPERIO!

Contemplar todos los ejércitos juntos representaba un espectáculo como nunca había visto. Allí estábamos todos los pueblos, hasta un total de casi trescientos mil hombres. Toda la Galia, desde la Bretaña hasta el Mediterráneo, desde los Pirineos hasta las llanuras de Bélgica. No faltaba nadie. Teodorico venía acompañado de sus dos hijos y Meroveo mandaba los francos y los alanos.

Cuando llegamos a Orleans, Atila ya había entrado en los suburbios de la ciudad y había iniciado el pillaje. Aún así, nada más vernos, a Meroveo por el norte y a nosotros por el sur, Atila se dio cuenta enseguida del peligro de quedar atrapado entre dos fuerzas y ordenó la retirada inmediata. Los habitantes de la ciudad nos recibieron con la alegría de un milagro y alababan a Dios por haberles librado del diablo. Ordené a Carpilio que se llevase algunas de las columnas para fustigar a los hunos y les persiguió mientras Teodorico y Aecio se reunían con Meroveo y tomaban la decisión de no esperar y salir hacia el este con todos los ejércitos.

Carpilio regresó y se nos unió para informarnos de que Atila se había detenido junto al río Marne, en los Campos Cataláunicos, cerca de Châlons, y allí nos esperaba. También nos dijo que una columna de francos se había enfrentado con los gepidas y que el resultado era una alfombra de más de quince mil cadáveres de las fuerzas bárbaras, noticia que nos llenó de coraje, como si representase el preludio de una victoria. Me sentí orgulloso de él, pero Aecio se mostró más prudente. Aquello no era nada más que una pequeña escaramuza y no podíamos confiarnos. Y su hijo estaba de acuerdo.

Discutimos todas las alternativas. Atila no nos esperaba solo, sino que le acompañaban diversas tribus germánicas y los ostrogodos. Sus fuerzas eran superiores en número y, además, había escogido las llanuras junto al Marne para poder mover su caballería con libertad. Pero había cometido un error. Confiado en una victoria segura, como siempre había sido, y siguiendo su costumbre, había ido quemando todos los campos y ahora no tenía suficiente hierba para sus caballos. Aecio lo descubrió enseguida. Por primera vez la batalla la decidiría la infantería, porque ellos no dispondrían de bastante caballería para aplicar las tácticas que los habían hecho famosos en el mundo entero. Ésta era nuestra gran oportunidad y no podíamos dejarla escapar. De manera que nos dirigimos a su encuentro.

Me sorprendió mucho el cambio que se había operado en Teodorico. Volvía a ser el mismo hombre que negoció conmigo en la orilla oeste del Roine y sus dos hijos habían recuperado el entusiasmo y el coraje de la lucha. Y me sentí feliz porque la muerte de Hasardia había representado un bálsamo para la herida. Supongo que no ver el sufrimiento de su hija, que ya descansaba en paz, le había permitido recuperar parte de la vida y volver los ojos hacia la realidad.

Avito también se quejó de que la armadura le molestaba y nos reímos mucho. Ya no éramos dos muchachos, pero me recordó que todo aquello que con los años perdemos en energía lo ganamos en experiencia y en inteligencia. O, mejor dicho, en astucia.

El cuarto día de marcha llegamos a la llanura de los Campos Cataláunicos y establecimos el campamento. Éramos una inmensa ciudad, sólo de hombres, que se movía con exquisita precisión, en silencio, como recuerdo que la historia relata de los antiguos romanos. De noche, las hogueras del campamento se podían distinguir desde muy lejos y las tiendas se extendían hasta donde la vista se pierde.

*** ***

Aquella mañana el sol se levantó entre una ligera niebla que se desvaneció rápidamente. Situados sobre un promontorio pudimos distinguir a lo lejos el campamento de los hunos, tanto o más grande que el nuestro. Había llegado el momento decisivo.

Aecio ordenó formación de combate. Los visigodos, con Teodorico y sus dos hijos al frente, ocuparon el ala derecha, los alanos y parte de los francos a las órdenes de Meroveo se situaron en medio y nosotros, bajo el mando de Aecio, ocupamos nuestro puesto a la izquierda, a orillas del Marne.

A media mañana, los hunos todavía no habían desplegado sus fuerzas y eso nos hacía recelar. Aecio estuvo a punto de ordenar el ataque, pero ¿y si todo era una trampa? Y esperamos, mientras inspeccionábamos las tropas una y otra vez y procurábamos que todo estuviera listo. Fue allí donde descubrí hasta qué extremo había llegado la pérdida del Imperio. Al llegar a un joven soldado, le vi temblar.

—Hace frío —buscó una excusa estúpida, procurando mantenerse firme.

Alcé la vista para contemplar el cielo sereno y noté el calor del sol en mi piel. No era el frío, que le hacía temblar. Entonces, miré a los demás soldados. Muchos de ellos también temblaban. Aquellos eran los nuevos romanos, los restos de un ejército que se había paseado por toda Europa y había llevado los estandartes hasta Britania, donde el frío era real e intenso, y no habían temblado.

—¡Que Dios nos ampare! —murmuré.

No fue hasta primera hora de la tarde que el enemigo estableció sus formaciones. Los ostrogodos a nuestra derecha se las verían con los visigodos, los hunos al centro plantarían cara a los alanos y a los francos y los germánicos se opondrían a nuestras fuerzas, a aquellos hombres que no paraban de temblar.

Aecio se paseó a caballo entre las formaciones y les recordó las virtudes de los romanos, lo que yo estaba más que convencido que sólo era un recuerdo lejano y que no veía reflejado en unos soldados que ofendían este título, pero que se sintieron reconfortados y más animados. Aún así, la larga espera hacía estragos entre la moral de la tropa y estoy seguro de que más de uno habría echado a correr y no se habría detenido hasta su casa.

Por fin se dio la orden de avanzar y la caballería escitia cargó contra Meroveo con la rapidez que yo ya había presenciado mucho tiempo atrás y que mi hijo Marcos me había relatado con tanto elogio, corriendo como el viento, deslizándose sobre la llanura y cubriendo el cielo con una lluvia de flechas que hacía palidecer la luz del sol, al mismo tiempo que Teodorico, inflamado por un coraje impresionante se lanzaba sobre los ostrogodos y Aecio, Carpilio, Avito y yo procurábamos que los romanos mantuvieran la formación y aplicasen la disciplina como mejor arma contra los germánicos.

La noticia nos llegó a la tienda donde Aecio había establecido el cuartel general. Ya hacía mucho rato que aquellos campos se llenaban de cadáveres y la muerte de Teodorico nos sobrecogió. El noble rey de los visigodos había tomado personalmente el mando del ejército, había atacado en primera línea, recibiendo la herida mortal de una jabalina, y había caído del caballo para ser pisoteado por la caballería ostrogoda.

Abandoné la tienda y me retiré unos instantes. Necesitaba pensar, porque estaba convencido de que aquel rey y amigo había escogido voluntariamente la muerte.

Otra explicación a su valor de plantarse ante los soldados, olvidando que un jefe debe mantener la vida para dirigir a sus hombres, no era capaz de encontrarla.

Cuando regresé a la tienda, las noticias no eran muy halagüeñas. Los visigodos se retiraban en desorden. Si un milagro no lo remediaba, aquello era el principio del fin, porque todo el planteamiento de la batalla caía. Aecio, al contrario que Atila, que había situado a los hunos en el centro, su mejor baza para atacar en punta de flecha, había preferido dejar a los alanos más desprotegidos para atacar por los flancos y establecer unas tenazas que ahogasen al enemigo, pero, ahora, con los visigodos en retirada, la táctica de envolverlos ya no servía y las fuerzas se desequilibraban.

Por fortuna, nosotros habíamos sido lo bastante hábiles como para ocupar la única elevación de toda aquella inmensa llanura y los germánicos tenían que atacarnos desde un plano inferior que nos concedía una evidente ventaja. Ellos no podían avanzar tan rápido y nuestras jabalinas los alcanzaban con relativa facilidad.

Los hombres siguieron cayendo y el sol ya era destronado del firmamento cuando un mensajero nos informó de que Torismundo, el hijo primogénito de Teodorico había recuperado el mando de los visigodos y había reorganizado el ejército que contraatacaba. Este nuevo giro de la batalla nos dio ánimos y Aecio ordenó a sus hombres que se lanzasen pendiente abajo contra las defensas germánicas, maniobra que constituyó todo un éxito. A partir de aquí, ya podíamos encargarnos del flanco derecho de los hunos, porque los alanos de Meroveo, aunque habían cedido terreno, supieron aguantar la embestida sin perder la formación y Atila tuvo que retirarse y replegarse hasta un círculo de carros que había previsto como reducto en caso de no vencer en el primer ataque.

Entonces comprendimos las razones que le habían conducido a no iniciar la batalla hasta la tarde. No estaba seguro de la victoria y quería ampararse en la oscuridad de la noche.

Lástima que en aquel momento decisivo, cuando podíamos haber reorganizado la formación de todos los ejércitos y haber retomado el ataque con todas las posibilidades de éxito, Torismundo cometió un error propio de un principiante y se marchó en persecución de los ostrogodos que huían en desbandada y amparados por las sombras. Esta absurda decisión, de atacar en medio de la noche, fruto de la precipitación, estuvo a punto de costarle la vida, porque cayó del caballo y sólo el coraje de los hombres que le acompañaban evitó que siguiera los pasos de su padre.

Aecio se enteró de este episodio y se enfureció. En una batalla, el tiempo es el mejor aliado, si las decisiones son las correctas. El retraso fue aprovechado por Atila, que pudo replegar a sus hombres y esconderlos tras los carros.

Al día siguiente, con las primeras luces del alba, me quedé horrorizado. Cuerpos y cuerpos cubrían por entero los campos que todavía humeaban. Contarlos era imposible y enterrarlos todavía más. Había tantos que dudaba que pudiéramos cruzar por allí, y los buitres, a miles y miles, ya hacía rato que disfrutaban del mayor festín de todos los tiempos.

Sin embargo, habíamos vencido. La mayor parte de los muertos pertenecían al enemigo que permanecía confinado tras el círculo de carros.

Torismundo ordenó buscar el cuerpo de su padre y encontraron los restos pisoteados por los caballos ostrogodos. Cuando vi sus despojos, añadí mi dolor al de sus hijos y lloré con ellos. Teodorico fue un gran hombre, como pocos he conocido, y su valor recibió todas las alabanzas de Aecio, mientras su cuerpo era enterrado en el único montículo de aquella llanura, ante los ojos de Atila, y los cánticos se elevaron y se mezclaron con los gritos de victoria. El mejor homenaje que le podíamos ofrecer.

Una vez concluida la ceremonia, Aecio nos reunió en su tienda y nos propuso asediar a Atila y cortarle los suministros hasta forzarlo a una rendición y a un tratado vergonzoso o a un combate desigual. Era pagarle con su misma moneda todo el mal que había hecho y me pareció prudente, porque el tiempo jugaba a favor nuestro. Aún así, a pesar de que el plan era perfecto, Torismundo se opuso y dijo que teníamos que acabar con el rey de los hunos y volvernos hacia Genserico. Incluso, llegó a amenazarnos con asumir el mando de todas las fuerzas, destituir a Aecio y atacar por su cuenta.

—Atila todavía no está vencido y no podemos atacar abiertamente. Nuestra única oportunidad es ahogarlo lentamente —repetía el general.

—Nuestro padre ha muerto en combate y reclama venganza. Nuestra hermana está muerta y también reclama venganza. No podemos esperar eternamente —bramaba Torismundo.

Una mañana envió parte de sus hombres a un ataque suicida y pocos regresaron. Aún así, a pesar de que veía que las flechas enemigas acertaban con facilidad y los hombres morían, todavía siguió discutiendo y discutiendo.

Es absurdo, pensaba yo. Intenté razonar con él y hacerle comprender que su padre nunca habría atacado de aquella manera, pero no me escuchaba. Tampoco hizo caso de las juiciosas palabras de Meroveo, que pensaba como nosotros, hasta el extremo que de aliado se convirtió en un peligro. No hubo manera de que se diera cuenta que teníamos la victoria al alcance de la mano y que su tozudez podía dar al traste con todo.

Poco a poco, las relaciones entre Aecio y él fueron cada vez más tensas y Avito dio con la solución.

—Tenemos que obligarle a que se marche —me dijo una noche.

—¿Cómo?

—He hablado con uno de sus mensajeros. Por un buen precio aceptará llevarle noticias falsas de Tolosa. Le dirá que, después de la muerte de Teodorico su trono peligra, porque sus otros hermanos han decidido tomar el poder y el tesoro del rey. Eso hará que salga hacia el sur y nos dejará las manos libres.

No había que darle demasiadas vueltas y fuimos a hablar con Aecio, que escuchó la proposición de Avito y la encontró acertada.

Al día siguiente Torismundo juntó su ejército y se puso en camino. Casi ni se despidió de nosotros.

—Esperemos que Atila no se entere y ataque —dijo Carpilio, visiblemente preocupado.

Pasaron los días y una mañana vimos que Atila abandonaba la protección de los carros. Rápidamente ocupamos nuestros puestos de batalla, pero las fuerzas de los hunos enfilaron hacia el este. Respiramos aliviados. El enemigo se retiraba. Un griterío llenó la llanura y enardeció a nuestros soldados, pero Aecio nos ordenó permanecer quietos, consigna que Meroveo no aceptó, sino que siguió a los hunos a prudente distancia, hasta que cruzaron el Rin.

¡El Imperio se había salvado!

*** ***

Rávena era una inmensa fiesta cuando llegamos. Aecio, Avito y yo nos paseamos por todas las avenidas hasta llegar a palacio, donde nos esperaba Valentiniano acompañado del omnipresente Heraclio, que quebró su sonrisa nada más verme y alertó al emperador de mi presencia.

—¿Por qué viene contigo este traidor? —preguntó Valentiniano.

—Es un general y nunca ha traicionado a nadie —respondió Aecio—. Las acciones de su hijo no son responsabilidad suya.

Esta vez asistí a la ceremonia que coronaba a los héroes del Imperio. No sé si era posible, pero me pareció que el puerco de Heraclio todavía estaba más gordo. Daba asco, allí de pie, con su sonrisa hipócrita y las continuas reverencias.

Abracé a Máximo y saludé a Pedro que permanecía firmes al final de la escalinata de la plaza principal. Allí estaba todo el mundo. Incluso había venido León, el obispo de Roma, a quien todavía no conocía.

León era un hombre mayor, aunque conservaba toda la fuerza de su espíritu, alto, con un rostro cuadrado y una barbilla poderosa. Su carácter tranquilo le hacía agradable y su voz pausada y grave le convertía en un buen orador. No entiendo mucho de estas cosas y seguro que tú, amigo Pablo, lo puedes explicar mejor que yo, pero sé que en los años que llevaba como cabeza de la Iglesia se había enfrentado a Eutiques en diversas ocasiones. Aquel monje sostenía algo así como que subsistía la persona de Cristo en una sola naturaleza divina después de la encarnación. Expuso abiertamente su tesis en Constantinopla y obtuvo el favor del obispo Dióscoro, enemigo declarado de Pulqueria, que a la muerte de Teodosio cargó contra todos ellos y decretó el destierro para Eutiques y solicitó de León que convocase el concilio de Calcedonia, donde fue condenado el monofisismo y sirvió para destituir a Dióscoro. ¡En fin! Historias de religión que nunca me han interesado. De toda manera, el éxito no fue total, porque las iglesias copta, etiópica, jacobita y armenia permanecieron junto a la tesis de Eutiques. Sin embargo, el prestigio del obispo León era indiscutible.

Durante la celebración que siguió a la ceremonia y que duró hasta bien entrada la noche, con un espléndido banquete, tuve que aguantar los halagos de Heraclio que se movía como una mariposa junto al emperador y reía todas las gracias de los importantes. Ahora yo volvía a ser uno de los principales y aquel saco de grasa repugnante se mostró especialmente solícito conmigo.

En un momento de la cena, Valentiniano, completamente ebrio, preguntó a Aecio:

—¿Volverás a dar el mando de las fuerzas de Cesena a Severo?

—Si él acepta, suyo es —contestó Aecio.

—Pues yo añadiré otro regalo. Su casa de Rávena le será devuelta de inmediato —se volvió hacia Heraclio—.

Tendrás que desprenderte de ella —le dijo con una sonrisa.

—Se la regalaré con mucho gusto —hizo una reverencia el eunuco.

—Prefiero recuperar las tierras de Rímini donde están enterrados mi abuelo, mi padre, mi esposa y mi hijo Marcos —respondí.

Valentiniano se echó a reír, alzó la copa y dijo:

—Heraclio también te las regalará.

El eunuco perdió la sonrisa. Aquello era demasiado, debía pensar. Alcé la mirada y la clavé en sus ojos. El hijo de puta había comprado la mayor parte de mis pertenencias en la subasta por un precio irrisorio, y aún pensaba que mis peticiones eran excesivas.

—Mañana sin falta haré que redacten los documentos —volvió a doblar su enorme barriga.

—¿Qué respondes sobre hacerte cargo de las fuerzas de Rímini? —me preguntó Aecio.

Le miré. En sus ojos se reflejaba la simpatía de otro tiempo y me sentí contento y feliz.

—Ya soy demasiado viejo y me siento cansado.

—Es una lástima, porque pierdo un gran oficial. Sin embargo, siempre conservarás el rango de general y recibirás el respeto y la consideración de todo el ejército —dijo.

El emperador volvió a alzar la copa e hizo un brindis por una amistad que se renovaba, y con voz pastosa me dijo:

—Te nombro senador y si rechazas lo consideraré un insulto.

—Entonces, acepto —respondí.

Una vez acabada la fiesta, Aecio me rogó que le acompañase a su casa y cuando llegamos me invitó a sentarme. Quería hablar conmigo y brindar una vez más por el éxito, como en los viejos tiempos, me dijo.

—Puedes estar orgulloso de tu hijo —le dije—. Ha luchado como un valiente y será un gran general.

—Estoy orgulloso de él —sonrió. Entonces cambió de conversación—. ¿Sabes qué creo? Que debería haber tomado Rávena cuando me lo propusiste y haber enviado a Gala Placidia a un retiro dorado, pero lejos del poder —sonrió más ampliamente—. ¿Sabes qué me dijo Atila, en nuestro último encuentro? Él nunca conoció a la emperatriz, pero tenía un retrato de ella, una figura que le hice llegar porque él me la había pedido. Quería conocerla, pero la emperatriz siempre se negó a entrevistarse con él.

—¿Por qué?

—Por pura intuición femenina —rió—. Las mujeres ven mucho más allá que nosotros y Gala Placidia era una hembra de pies a cabeza, en todos los sentidos, capaz de embrujar a cualquiera y hacer con él lo que le viniera en gana. He tenido que esperar a que muriese para descubrir hasta qué punto era poderoso el olor de su coño —me dijo, empleando el lenguaje aprendido de los hunos que tanto me repugnaba—. Todo hombre que estuviera en la misma habitación que ella, si era un hombre de veras, se excitaba, aunque fuera un espacio tan grande como el propio senado. Y estoy convencido de que medio imperio se ha masturbado en su honor. Atila es un macho perpetuamente en celo y deseaba follársela. En aquel encuentro, mientras yo intentaba convencerle de que su pretensión de casarse con Honoria era absurda, me confesó que había planeado entrevistarse con Gala Placidia en diversas ocasiones y que aquella mala puta (son sus palabras) tenía el poder de leerle el pensamiento. Por eso se negaba, porque sabía que, en el preciso instante en que se encontraran, los hombres de Atila atacarían a su guardia y él la jodería allí mismo.

—¿Violar a una emperatriz...? —pregunté—. Sería el mayor de los insultos, una profanación.

—Para él, no. Más bien sería un acto que permitiría restablecer el orden natural de las cosas. Una mujer es un agujero donde el hombre escupe su deseo. Ninguna mujer puede ocupar el lugar de un hombre. Y él quería follarse a Gala Placidia como un favor personal hacia mí. ¿Lo entiendes?

—No —respondí.

—Según su particular forma de pensar, una vez se la hubiera paseado él, yo tendría el camino libre para llevármela, encerrarla donde quisiera y abrirle las piernas tantas veces como deseara, hasta que se me pudriera el pene o a ella se le ablandara la higa.

—Es repugnante.

—Para una mente romana, sí. Para una mente bárbara y salvaje como la suya, no —guardó silencio, mientras yo acababa de asimilar sus palabras. Después, dijo—: Esto todavía no se ha acabado.

—¿Qué?

—Atila.

—¿Qué? —repetí. No le seguía. Mi cabeza todavía no se había rehecho de la falta de respeto que el rey de los hunos tenía por cualquier cosa que considerábamos sagrada.

—A Oriente ya le ha vencido bastantes veces pero a Occidente todavía no lo ha hecho nunca —dijo él, pensativo—. Actúa de la misma manera que con las mujeres. No pudo follarse a Gala Placidia y quiere hacerlo con su hija. Hay que comprenderlo para saber como reaccionará. Conquistar a una mujer es penetrarla. Así de sencillo. Y cuando ya has poseído a una mujer, tu interés disminuye, porque sabes que puedes repetir tantas veces como desees. De manera que con las fuerzas intactas ha preferido atacarnos a nosotros y ha perdido una batalla, pero emprenderá una nueva conquista, porque ya ha penetrado muchas veces a Oriente y ya le ha escupido su semen, mientras que Occidente sigue virgen.

Me quedé boquiabierto. Nunca le había oído hablar con aquel lenguaje tan vulgar y obsceno. Habitualmente, procuraba no llegar tan lejos. Pero, abrí bien los oídos porque todo lo que decía tenía sentido. ¡Demasiado sentido!

Nos retiramos muy tarde. Cuando me acompañaba hasta la puerta, se detuvo, me miró a los ojos y, en un tono misterioso, me dijo:

—Te concedo la libertad.

Me pareció que habíamos bebido en exceso y que ya no sabía ni lo que decía. Asentí con la cabeza y me marché.

Es difícil describir la sensación que tuve al llegar a casa. Era como si entrara en lugar sagrado. Empujé la puerta lentamente, descorriendo la cortina que me retornaba al pasado. El jardín estaba descuidado, las flores que tanto amaba Julia permanecían en estado salvaje y las hierbas cubrían todos los rincones. Me sentí triste. Buscaba su figura por todas partes y esperaba que, de un momento a otro, aparecería y me anunciaría que el baño me esperaba, que nada había cambiado.

De pronto, apareció Heraclio y mis pensamientos y recuerdos se desvanecieron.

—He ordenado que te preparen un baño caliente y la cama te aguarda —me dijo entre sonrisas, apartándose de mi camino y dedicándome reverencias.

Deseé matarle allí mismo. Había esperado escuchar aquellas mismas palabras, pero la boca que las había pronunciado era la más repugnante de todas y ofendía mi memoria.

—Te he dejado dos criados y he llenado la despensa. Mañana a primera hora ordenaré que limpien el jardín para que el esplendor vuelva a tu casa —se mordió aquellos labios grandes y carnosos—. Sentí mucho que te encarcelaran. Hablé con el emperador... Ya sabes que te tiene en gran estima, pero Gala Placidia...

Le ordené callar. Me sentía cansado y no deseaba escuchar más mentiras ni más hipocresías.

—¿Puedo hacer algo más por ti? —dijo, tras un largo silencio.

—Sí —respondí—. En la cárcel había un ladrón que se llama Nicolás, condenado por haber intentado robar la bolsa de alguien importante. Le debo la vida y me gustaría que fuese perdonado y puesto en libertad.

Le noté tenso.

—Yo no tengo ningún poder para... —comenzó, pero le miré con dureza y él captó mi mensaje—. Si sigue vivo, así se hará —me dijo.

—Que sigue vivo y bien vivo, ya te lo puedo asegurar —respondí guiado por un sexto sentido—. En Rávena le conoce todo el mundo y desea irse lejos de aquí, hacia el norte. Me sentiría muy triste, si llega a sucederle alguna desgracia.

Tembloroso abandonó la casa y un criado salió a buscarme.

Al día siguiente recibí dos mensajeros. El primero me traía las escrituras de la casa y de las tierras de Rímini. El segundo venía de parte de Lidia. Me esperaba en su casa, me dijo. Dudé y me fui al encuentro de Aecio, que estaba preparado para regresar a Arles, y le mostré la nota. Ni se la miró.

—Ayer te dije que te concedía la libertad —me contestó, y me dejó.

Los años pasan, pero la encontré hermosa. Más que nunca, porque su mirada era viva. Se había arreglado muy bien y se había perfumado con agua de rosas. Me invitó a comer y acepté. Reía todo el tiempo y no paraba de hablar y de explicar cosas, mientras me ofrecía las mejores viandas y el mejor vino de su bodega. A media tarde seguíamos sentados a la mesa, hacía calor y me entró sueño. Ella se dio cuenta.

—¿Te apetecería un baño? —me preguntó y, sin dejar que replicase, dio dos palmadas para llamar a las sirvientas y les ordenó que lo preparasen.

Me levanté y acompañé a las dos muchachas hasta al baño. Me ayudaron a desnudarme y me sumergí en el agua caliente que me proporcionaba un placer indescriptible. Cerré los ojos para dejar que el vapor y los perfumes me acariciasen.

Al cabo de un rato (casi dormía) unas manos me despertaron. Lidia estaba a mi lado, desnuda y arrodillada, con una jarra de vino en las manos y su pecho junto a mi boca. Lentamente, dejó caer el contenido de la jarra sobre su hombro para que resbalase hasta alcanzar el pezón y que saltara hacia mi boca.

Esta escena ya la he vivido, pensé, pero los pensamientos me llegaban turbios y el deseo me devoraba.

Entonces, se agarró el pecho por debajo y me puso el pezón entre los labios mientras murmuraba:

—En su última carta, desde su lecho de muerte, Julia me pidió que hiciera por ti todo lo que ella ya no podría hacer y me dijo que ya eres un hombre libre, que cuando yo también lo fuese, si me aceptabas, ella no tendría ningún inconveniente, porque me había perdonado.

Me aparté ligeramente de su pecho y la miré a los ojos.

—¿Eres libre?

—Aecio me ha repudiado.

—Lo siento —exclamé.

—Todo ha ido bien. Él también nos ha perdonado. Por fin ha entendido que eres noble y que le respetaste. Y siente a Carpilio como hijo suyo. Él lo ha convertido en todo un soldado. Él es su padre, a pesar de que tú pusiste la semilla.

—¿Por qué no me lo dijiste?

—Lo hice, el día que nos encontramos de nuevo en Arles, delante de Aecio, cuando conociste a Carpilio. Recuerda que te miraba a ti cuando te dije que era nuestro hijo. Y te lo repetí cuando Carpilio se marchaba con los hunos. También te miraba cuando te dije que nuestro hijo era un niño.

Tenía razón. La primera vez me lo dijo con una sonrisa y yo llegué a imaginar... Y la segunda vez, sus ojos reflejaban la preocupación de una madre que habla de su hijo con el padre.

—¿Cómo he podido estar tan ciego? Si yo hubiera sabido que...

Me tapó la boca y siguió escanciando el vino.

—¿Es ella, quien te lo contó? —sonreí, mientras señalaba la jarra.

Lidia asintió con la cabeza.

—Algún día dejaré que leas sus cartas. Hay detalles muy jugosos.

—Ya lo veo. ¿Y sabes qué sucedió luego?

Lidia asintió de nuevo, en silencio, y se levantó. No tenía el mismo cuerpo que años atrás, los pechos no se mantenían tan firmes ni las caderas eran tan marcadas, pero yo tampoco era el mismo. Mis brazos habían perdido fuerza, había engordado y tenía barriga. Abrió las piernas y continuó dejando que el vino chorrease por todas partes.

*** ***

Me sumergí en el ritmo pausado de la vida de Rávena. Cada mañana me acercaba al senado y discutía nuevas leyes y nuevas disposiciones, mientras la paz reinaba en el Imperio, pero en mi cerebro sólo había una idea. Tenía que descubrir las razones que condujeron a Antonio a intentar matar a Gala Placidia. Ésa era la razón que me había impulsado a regresar a Rávena.

Unas semanas después llegué a la conclusión de que me enfrentaba a uno de los grandes misterios de este mundo. Nadie sabía nada de nada, nadie era capaz de decirme cuáles fueron los últimos pasos de mi hijo. Todos los senadores con los que hablé no se lo explicaban. Nunca había hablado de sus intenciones, nunca había hecho el menor comentario de la emperatriz, como no fuese para alabarla y respetarla. Entonces, ¿qué había sucedido? Alguno de los senadores apuntó la posibilidad de que se hubiese vuelto loco. De hecho, era un hombre solitario, que no se había casado, porque nunca existió compromiso alguno con la hija de Polibio, excepto en nuestra imaginación. Tampoco se le conocían aventuras, sino que llevaba una vida espartana. Y eso, decían, no es bueno para el cerebro de un romano.

¡Dios mío! Todo eran novedades para mí. Conocía tan poco a mi hijo que no era capaz de seguir ninguno de sus pensamientos y su vida privada era un misterio que me atormentaba. No sé qué habría dado por volver atrás en el tiempo y recuperar el pasado para cambiarlo y corregir todos mis errores.

Los meses transcurrieron sin aportarme ninguna novedad, excepto que Heraclio me informó que Nicolás había sido liberado. El eunuco había ordenado que le entregasen ropa, provisiones y un par de monedas y que le condujesen fuera de la ciudad. Me sentí contento. Ahora, seguramente, podría viajar tal como decía y se iría lejos, hacia el norte. Por lo menos, alguien había salido ganando y se le ofrecía una segunda oportunidad. Esperaba y deseaba fervientemente que supiera aprovecharla.

Aquel año padecimos una horrible sequía y las cosechas fueron pobres. Ya no contábamos con las ricas tierras del norte de África y la falta de previsión trajo el hambre a muchas casas. Los senadores nos reunimos para solicitar de Valentiniano que ordenase medidas excepcionales de racionamiento mientras nos llegaban provisiones de las provincias de Hispania y de la Galia. Tuvimos que insistirle mucho, porque Heraclio quería controlar el comercio de aquellas mercancías y obtener substanciosos beneficios. Finalmente conseguimos que Valentiniano nos escuchara y delegase en manos del senado la decisión de establecer los mecanismos de distribución. Al eunuco no le hizo ninguna gracia, pero guardó silencio. De manera que creamos una delegación de comerciantes y mercaderes y les encargamos un estudio detallado sobre las posibilidades, que nos presentaron al cabo de pocos días.

Todavía no habíamos tenido tiempo para evaluar las conclusiones de nuestros expertos, que se presentó un mensajero del emperador. Traía una carta que entregó a Julio Antíoco con unas palabras de Valentiniano:

—Respondedla como se merece, ha dicho el emperador —nos repitió textualmente.

Julio Antíoco leyó la carta y nos quedamos boquiabiertos. Era de Atila. En ella nos recordaba que su compromiso con la princesa Honoria seguía en pie y que reclamaba la Galia.

—Hay que poner fin a este disparate —se levantó Julio Antíoco, que se sentaba a mi lado—. Propongo que Honoria se case con alguno de los nobles, allí en Constantinopla, y que su marido cuide de ella.

—¿Qué conseguiremos con esa boda? —preguntó Horacio.

—Atila ya no podrá reclamar a una mujer casada.

—No podemos obligarla a casarse —me opuse.

—¿Por qué?

—Porque no somos nadie para decidir el destino de una princesa. Carecemos de autoridad.

—Entonces, que lo haga el propio emperador —me respondió Julio Antíoco.

—Sí —corearon otros senadores—. La seguridad del Imperio está por encima del capricho de una persona.

—No creo que el amor sea un capricho —me levanté.

—¿Su amor por Atila? —me replicó Horacio—. Tenemos que defender el Imperio. ¡Solicito una votación!

—¿Y si ella no acepta? —intervino Máximo.

—Nosotros no somos Gala Placidia ni Valentiniano tampoco. Si no acepta, la confinaremos en un lugar del sur de Italia, encerrada para siempre y sin posibilidad de comunicarse con nadie.

—¿Y en qué cambiará su situación? —pregunté—. Ya es una prisionera.

—Una prisionera que puede enviar cartas a Atila y poner en peligro el Imperio —gritó Horacio—. ¡Solicito una votación!

—¡Esta idea es absurda! —exclamó Máximo—. Atila, cuando vea que hemos casado a Honoria, sencillamente atacará.

—¡Solicito una votación! —repitió Horacio por tercera vez.

Supongo que no necesito contar cuál fue el resultado...

Horacio abandonó el senado entre los aplausos generales y Máximo vino a mi encuentro.

—Nos hemos quedado solos —dijo con una sonrisa.

—Sí, pero una estupidez repetida por cien bocas, sigue siendo una estupidez —dije y asentí mientras me dirigía a la puerta.

Aquella misma tarde una delegación partió hacia la capital de Oriente. Ya se habían apuntado diversos nombres y el más repetido fue el del conde Fabio, un hombre que podría pasar tranquilamente por padre de la princesa y, si me apuras un poco, casi por su abuelo. Decían que la prudencia y el buen juicio de un hombre mayor modera los impulsos de una mujer inmadura.

—¡Pobre Honoria! —exclamó Lidia cuando se lo conté.

Sí. ¡Pobre Honoria! Eso es todo cuanto podíamos hacer por ella. Dedicarle un pequeño pensamiento.

Un mes después la casaron con Fabio y no hubo discusión, porque Honoria aceptó sin rechistar y salió del palacio de Pulqueria en compañía de su hijo Braulio para irse a vivir a una otra cárcel, a casa del conde. Confieso que me llevé una sorpresa. Habría esperado un poco más de rebeldía por su parte.

—¿Lo ves? —me dijo Horacio—. El cautiverio le ha aportado juicio, prudencia y obediencia. No ha habido ningún problema.

Tal como la recordaba yo, recostada en la borda del barco, digna, serena y amable, pero fuerte y decidida, mucho tenía que haber cambiado para aceptar semejante castigo sin siquiera abrir la boca.

15 - ¡SALVEMOS ROMA!

Era inteligente. Mucho más de lo que imaginamos. Y nos engañó a todos.

Durante un mes, Honoria se comportó como la perfecta esposa y parecía que teníamos que darle la razón a Horacio, pero, tan pronto como la vigilancia por parte de conde se relajó, ella tomó a su hijo y huyó de Constantinopla. La alcanzaron a punto de embarcar hacia Italia, y Marciano convenció a Pulqueria de que ya era hora de quitarse de encima un problema y alejar el peligro de Atila. Fueron decisiones rápidas. Honoria quería regresar a Italia y nadie se opondría a sus deseos. El conde consiguió anular el matrimonio y la princesa fue embarcada y enviada a Valentiniano, que no la quiso en Rávena y ordenó confinarla en Mesina, en la isla de Sicilia, lejos de todos y bajo estrecha vigilancia.

—¡Allí morirán, ella y su hijo bastardo! —gritó enloquecido.

La noticia corrió por todo el Imperio y llegó a Sirmium, a oídos de Atila, que no tardó ni dos semanas en preparar el ejército, mientras Aecio se desesperaba por la estúpida decisión de un emperador sin cerebro que cerraba los ojos a la realidad. Lejos quedaban los días en que me consideraba su mejor amigo y sólo escuchaba a Heraclio, el malparido eunuco que todavía enardecía más y más los sentimientos del emperador. Ahora Honoria volvía a ser una mujer soltera y Atila la reclamaba, y con ella toda la Galia. Además, se sentía ofendido. Le habíamos rechazado y teníamos prisioneros a su futura esposa y a su *amado* hijo. El emperador ni siquiera se apeó del burro cuando los hunos entraron en Italia, arrasándolo todo y matando a todo aquél que encontraban a su paso, y no se detuvieron hasta Aquilea, que padeció un asedio horroroso.

El ejército de Atila era tan numeroso como el que se llevó a los campos Cataláunicos y nosotros no podíamos contar con la ayuda de nadie, porque todos los esfuerzos de Avito por convencer a Torismundo fueron estériles. El rey de los visigodos tenía presente que Aecio le había engañado, que no cumplió su palabra de atacar a Genserico y no quería ni oír hablar de defender Italia. Todas nuestras esperanzas se centraron en lo que pudiera hacer el general Octavio, el hombre que mandaba las fuerzas de Aquilea.

Durante tres meses, las murallas de aquella ciudad resistieron el ataque de los hunos que se les echaban encima con torres y máquinas construidas por los propios artesanos romanos que se vendían al enemigo para conservar la vida. Por suerte, Octavio contaba con una tropa de soldados godos al mando de Alarico y de Antala que supieron mantenerse en sus puestos.

Cuando ya parecía que Atila renunciaba a un asedio imposible, un hecho banal dio un vuelco a toda la situación. Explican que un día, paseando ante las murallas inexpugnables de Aquilea, vio una cigüeña que levantaba el vuelo desde una hendidura de las rocas. Entonces, el rey de los hunos observó con mucha atención y tuvo el presentimiento que aquello era el presagio de la victoria. Ordenó atacar el lado este y, mientras todos estaban ocupados en la defensa, dirigió las torres de asalto hacia el lugar de donde había salido la cigüeña y consiguieron agrandar un agujero que permitió que sus hombres penetrasen y abrieran las puertas de la ciudad.

No quedó nada, excepto humo, cenizas, ruinas y cadáveres.

Perdida Aquilea, Italia era suya. Altinum, Padua, Concordia, Venecia, Verona, Bérgamo, Turín y Módena no fueron más que ligeros estorbos en su paseo por todo el norte de la península, que ocupó de punta a punta hasta separar las fuerzas de Aecio de las nuestras, cortándonos toda posibilidad de presentar batalla en campo abierto con todas nuestras fuerzas agrupadas. Sólo quedaba una oportunidad, si los refuerzos que nos había prometido Marciano llegaban desde Oriente y atacaban Atila por la retaguardia.

En tan delicada situación, el senado se reunió. Debíamos tomar decisiones y disponíamos de poco tiempo. Las desastrosas cosechas del último año habían traído el hambre y los graneros estaban vacíos. Y, por si fuera poco, la guerra y la muerte trajeron la peste, que ya se había cobrado una buena cantidad de vidas por todo el norte de Italia. Si queríamos resistir, debíamos confiscar todo el trigo, todos los animales y todas las provisiones que encontrásemos y no acoger a ningún desgraciado que viniera de aquellas tierras.

Aecio nos había enviado un mensaje conforme embarcaría a sus hombres y vendría hasta Livorno para dirigirse hacia nosotros. Las fuerzas de Cesena se desplazarían hasta Bolonia y le esperarían. Allí podría enfrentarse a Atila e implorar un milagro. Nosotros resistiríamos como pudiéramos. Rávena contaba con defensas muy seguras y aguantarían la embestida.

Entonces llegó Pedro.

—El emperador ha huido a Roma —nos anunció.

Echamos a correr hacia palacio. Al llegar vimos que era cierto. Valentiniano, su esposa Licinia, el eunuco Heraclio y toda la familia imperial, con todos los sirvientes y parte de la guardia, se habían marchado llevándose todas sus riquezas.

—Si Atila llega a Roma, el emperador embarcará hacia Oriente —nos informaron los pocos soldados que habían quedado.

—¡Bien! —exclamó Máximo meneando la cabeza con desespero—. El Imperio depende de nosotros.

Intenté convencer a Lidia para que abandonase Rávena y se dirigiera a Roma, pero no quiso escucharme.

—Si tú te quedas, yo también —me contestó muy digna.

Y por más que discutí con ella, nada obtuve. La contemplé con orgullo. Tenía más valor que todos nuestros hombres juntos.

El senado me encargó que acompañase a Pedro con una columna de soldados para dirigirnos a Roma, obtener provisiones y regresar a Rávena. Salimos deprisa y atravesamos media península, pero nada más llegar a nuestro destino nos enteramos de que Atila, en medio de aquel panorama desolador, había sido mucho más rápido, más de lo que podíamos imaginar, y había seguido hacia el sur, dejando de lado Rávena, aislada completamente, despreciando la ciudad y viniendo al encuentro de Valentiniano.

No pudimos regresar. Bolonia y Florencia cayeron, igual que todos los pueblos y todas las pequeñas ciudades de los alrededores. Finalmente, Atila llegó a Ardelica, a los pies del lago Trasimeno, y allí estableció su campamento.

Valentiniano ordenó prepararlo todo para embarcar. El muy cobarde huía a la desesperada y abandonaba Roma, donde todo iba manga por hombro. Me reuní con los oficiales y les pedí que plantaran cara a los hunos mientras llegaba Aecio y los ejércitos orientales, pero tenían tanto miedo como el propio emperador. ¡A qué extremo habíamos llegado!

Sólo un milagro podía librarnos del desastre total, porque el bárbaro no se detendría hasta llegar a Sicilia y llevarse a Honoria.

León, el obispo de Roma, aquel hombre al que había conocido en Rávena el día que regresábamos victoriosos de la Galia, vino a verme.

—Tenemos que hablar con Atila —dijo.

Me quedé mirándole. ¿Hablar con un animal que no se detiene ante nada?, pensé

—No es cristiano —sonreí con tristeza.

—Pero es inteligente —me devolvió la sonrisa.

—Sí —asentí—. Posee una gran inteligencia para matar.

—Tú le conoces. A ti te escuchará.

—¿Y qué le cuento?

—Sólo dile que quiero hablar con él.

—Con eso no bastará

—Los caminos del Señor son inescrutables. Ten fe.

El Imperio a punto de desaparecer y me pedía fe con una sonrisa beatífica. Los caminos del Señor son inescrutables. Pensé que se había vuelto loco. Pero me fui a hablar con Basilio, uno de los cabecillas del senado de Roma y un hombre sincero.

—Nosotros se lo hemos propuesto y él ha aceptado jugarse el pellejo e ir al encuentro de Atila —me respondió.

—¿Avenio también está de acuerdo? —pregunté, sabedor de la rivalidad de los dos senadores.

—Sí. En momentos como éste las diferencias de criterio se desvanecen, porque están en juego muchas vidas.

—No precisamente la del emperador, que está a punto de embarcar.

—Le hemos convencido para que espere el resultado. Incluso, él mismo ha propuesto que Avenio y Trigecio, el prefecto del Pretorio, acompañen a León.

¡Bien! Aún no sé cómo me dejé convencer, pero al día siguiente enfilamos hacia el norte con León, Avenio, Trigecio, veinte hombres y una bandera blanca, a pesar de que se me antojaba una pérdida de tiempo.

Hicimos todo el viaje de día, al descubierto. Los soldados que me escoltaban tenían más miedo que las viejas de los poblados que atravesábamos. El primer día no vimos a casi nadie. Mucha gente había huido de los pueblos y se había marchado hacia el sur. El segundo día topamos con soldados hunos. Por un momento pensé que nos mataban, porque nos rodearon y nos apuntaron con sus lanzas. Suerte que llevaba conmigo un soldado que hablaba su lengua y les convenció de que éramos una delegación que venía a entrevistarse con su rey. El jefe de aquellas bestias lo meditó y, finalmente, decidió conducirnos a presencia de su rey y emperador que había ocupado el palacio de Ardelica.

Me sorprendió que las casas no humeasen ni tampoco se escucharan gritos de espanto y de dolor. No había sido así en la Galia ni en Germania y menos todavía en el norte, en las tierras heladas del Volga donde el fuego llegó a fundir la nieve. Y si buscaba lugares más cálidos, la memoria me traía las tierras de Tracia, una vez pasado el Danubio, camino de Constantinopla. Allí no quedó piedra sobre piedra, como tampoco había quedado nada en el norte de Italia.

Mis compañeros se quedaron a las puertas del palacio y yo entré. Un soldado me condujo hasta la sala principal y encontré a Atila plantado frente a los ventanales. El amo de la Panonia, de la Dacia y de todas las tierras del norte, de las tribus de los hunos, el hombre que hacía temblar Europa entera, contemplaba el valle y el lago Trasimeno. Campos de cultivo, huertos y frondosos bosques de un verde intenso. Quizás era la primera vez, en todos aquellos años, que no arrasaba cuanto encontraba a su paso. Tal vez porque el Azote de Dios había perdido fuerza o quizás porque sus hombres necesitaban un descanso o puede que ya estuviese harto de tanto saqueo y destrucción. ¡Qué mas da! El hecho es que se había detenido y Ardelica se había salvado. Sólo mataron a unos cuantos hombres. El resto se sometió enseguida. Y las mujeres... también habían capitulado. No había habido pillaje, todavía. Lo harían al marchar, seguramente.

Atila se volvió hacia mí. Su rostro seguía siendo tan feroz como siempre. Quizás aún más, porque tenía las mejillas encendidas y un montón de pequeñas venas violeta que amenazaban con reventar en cualquier momento. Durante un rato me miró, sin decir palabra, y yo permanecí callado.

—Ya sé que tu madre está muerta —fue la primera frase que pronunció. Estuve a punto de echarme a reír, recordando cuando acompañé a Aecio en aquella visita, muchos años antes, pero me abstuve—. ¿Puedo ofrecerte comida o bebida? —dijo, señalando una mesa larga, repleta de alimentos.

—Si tú bebes conmigo, tomaré un vaso de vino —le contesté.

Hizo un movimiento con la cabeza y un soldado se acercó, nos sirvió de la jarra que descansaba sobre una mesa grande y nos entregó las copas. Atila elevó la suya en un brindis y yo le imité, para acabar apurando hasta la última gota. Ésa era otra de las costumbres que Aecio explicó a Marcos antes de partir hacia Sirmium, y yo la recordaba. Atila también apuró su copa y me miró satisfecho.

—Ha pasado mucho tiempo —dijo.

—Y muchas cosas —afirmé.

—Sentí la muerte de tu hijo.

Se refería a Marcos.

—Y yo la de tu esposa.

—También sentí la muerte de tu otro hijo.

—Yo también sentí la muerte de tu segunda esposa.

Se quedó callado.

—¿Cómo está mi hermano Aecio?

Ya habíamos hablado bastante de las respectivas familias y, como bien decía mi amigo, los hunos son difíciles de conocer. Se habían enfrentado, habían luchado a muerte y todavía podía descubrir un deje de cordialidad cuando pronunciaba el nombre del único general que le había derrotado.

—Triste por esta nueva confrontación, pero firme y sereno. Él siente un gran respeto por ti. Dice que no ha habido en toda la historia un hombre tan grande como el señor de todas las tierras del norte.

—Tampoco ha habido un general más grande que él y Roma no sabe lo que tiene. Él debería ser el emperador y no el podrido de Valentiniano. Mira que se lo dije, pero no me hizo caso.

—Yo también se lo dije.

—¿De veras? —preguntó extrañado.

—Sí. Cuando Gala Placidia todavía era emperatriz.

—Gala Placidia —murmuró—. Me habría gustado conocerla.

—Quizás tú le habrías apagado el fuego que tenía entre los muslos.

Se quedó perplejo, en silencio. Me miró a los ojos, pero no con violencia, sino sorprendido.

—Tú y yo nos entendemos —estalló en una sonora carcajada—. ¿Qué deseas? —me preguntó cuando dejó de reír. Habíamos roto el hielo y yo había superado por segunda vez la prueba.

—León, el obispo de Roma, quiere hablar contigo y solicita audiencia.

—¿Qué puedes decirme de ese hombre?

—Es magnánimo, bondadoso y piadoso.

La carcajada llenó la habitación. Los dos soldados que guardaban la puerta permanecían quietos y en silencio.

—La bondad y la piedad son signos de debilidad y no tienen nada que ver con el nombre de León —dijo.

—No me parece prudente despreciar a un hombre que ha llegado a la silla más alta de la religión cristiana tal como él lo ha hecho —respondí imperturbable—. Se ha enfrentado a Dióscoro de Alejandría, a Eutiques y a Nestorio. A los tres les ha vencido sin una sola lucha en el campo de batalla. Los cristianos coptos, los etíopes, los siríacos occidentales, los jacobitas y los armenios han capitulado ante él. Un antecesor suyo en el cargo, Celestino, comenzó a decir que el obispo de Roma estaba por encima de los de Constantinopla, pero León ha hecho más que hablar. Él ha conseguido que nadie discuta su supremacía. No creo que en su caso la bondad y la piedad puedan tomarse como muestras de debilidad.

Atila alzó la mirada hacia los techos decorados con las pinturas. Todo aquello tenía muy poco en común con su palacio de madera en Dacia, junto al Danubio, tal como me había explicado Marcos. Los romanos viven bien, debía pensar. ¡Claro! Son siglos de historia. Aún así, vivimos tan bien que ya estamos podridos. Por eso sus ejércitos entraban y salían del Imperio cuando les venía en gana, removían y escogían y tomaban cuanto querían. Sin embargo, todo esto me lo callé.

Sus ojos se pasearon por los capiteles y bajaron lentamente hasta detenerse en los mosaicos del suelo de colores vivos que la luz del sol todavía enriquecía más. Allí podía extasiarse en las voluptuosas formas de una mujer que llevaba una jarra en las manos y la ofrecía a un hombre tan delicado como ella. ¡Afeminados! Eso es el que éramos los romanos para él. Y pensar que habíamos dominado el mundo y ahora teníamos que arrodillarnos ante la incultura…

Seguí con la mirada el mismo camino que sus ojos y, de pronto, unos pies rompieron el encanto. Aquellas botas de piel de oso destrozaban el cuadro. Entonces, mi atención saltó del mosaico al soldado y observé los pantalones sucios y la camisa hasta acabar en el sombrero redondo heredado de los tártaros, sin olvidar el rostro de animal del dueño de toda aquella desgracia. Se necesitan siglos de historia para mudar el aspecto de fiera salvaje por la delicadeza de los cuerpos romanos. Atila se sentó y me invitó a acompañarle.

—Háblame de sus cualidades —dijo—. Pero, de las que yo considero verdaderas cualidades. ¿Entiendes?

Asentí.

—Cumple su palabra —respondí. Ésta sí que era una cualidad para él.

—¿Siempre?

—Siempre.

—Entonces, no es romano. No existe ningún romano que mantenga su palabra —sentenció.

—Excepto los hijos de puta —le contesté.

Me miró fijamente y sonrió, mientras afirmaba con la cabeza.

—¿Como Aecio o como tú? —preguntó

—Yo no tengo madre. ¿No te acuerdas?

—Es cierto. Pero también cumples tu palabra. Eso dicen los visigodos. Sin embargo, si descontamos las madres muertas y las putas, quedan pocos romanos que sean como es debido —hizo un silencio—. Aecio —repitió lentamente—. Tienes razón, pero no olvides que Aecio es más nuestro que romano. ¿O has conocido algún hijo de puta mayor que él? —rió—. Si tú me jodes, la punta de mi espada te perseguirá por donde vayas y, tarde o temprano, te alcanzará. Por eso ganamos.

—Quizás León también es un hijo de puta o no tiene madre.

—Es posible. Roma está a un paso. El imbécil de Valentiniano ha huido de Rávena y huirá de la capital del Imperio. Y, si le empujamos un poco más, seguirá corriendo hasta lanzarse de cabeza al mar, porque el único que podría salvarle no encuentra aliados entre sus amigos de la Galia —se calló de nuevo y me miró a los ojos —. Como ves, estoy bien informado —dijo, y añadió—: Una cosa era defender su casa y otra venir a Italia. La única razón por la que todavía estáis vivos es que los hombres necesitan comer, beber y follar y esta región es bonita y acogedora. Sus habitantes no han opuesto resistencia y las mujeres, tampoco. Sí, quizás podemos dedicar un poco de tiempo a descubrir si el obispo de Roma es un buen hijo de puta —rió—. Me lo estoy pensando.

—¿Le digo que venga acompañado de su madre? —me atreví a bromear.

—No —negó Atila, tomó un vaso de vino, lo levantó como si fuese a brindar y dejó escapar la más sonora de sus risotadas—. Ya debe ser demasiado vieja y a mí cada día me gusta más la carne tierna, tal vez porque mis dientes ya no son lo que eran.

Atila se volvió hacia la ventana y contempló el valle. Roma estaba a un paso. Casi podía oler el perfume de sus jardines. El emperador romano había creído que él se quedaría a las puertas de Rávena hasta conquistarla. Era un pobre diablo que había vivido toda su vida tras las faldas de su madre, la inexpugnable Gala Placidia, y ahora quería jugar a general.

—Dicen que Marciano ha decidido enviar un ejército —dijo—. ¿Crees que llegarán a tiempo?

—No creo que una simple entrevista con León te haga perder tanto tiempo como para que tengas que preocuparte.

—De acuerdo. Le recibiré, pero sólo porque tú me lo pides.

Ya me daba la vuelta para retirarme cuando se abrió la puerta y apareció un soldado con una mujer romana, hermosa, morena, de larga cabellera y suaves formas. Sus ojos, negros como la más oscura de las noches, miraban directamente al emperador de los hunos.

—Dice que no se dejará deshonrar por un animal —explicó el soldado mientras empujaba a la mujer.

—¿De veras crees que sólo soy un animal?

—Sí —respondió ella, desafiándole.

Atila se volvió hacia mí y me miró. Habría saltado sobre él para arrancarle la vida, porque aquello era un ultraje a Roma, pero mi misión era otra y aquella mujer debería sacrificarse. Años atrás, en África, yo hacía lo mismo. Sólo que sin tanta ceremonia. De manera que no era momento para pensar en ofensas.

—Después diréis que soy un salvaje que viola mujeres. Pues ahora podrás contemplar hasta dónde llega la magnanimidad del emperador de los hunos —dijo Atila, y ordenó—: que venga Eslaw. Él será testigo de nuestra boda.

—¿Cómo podemos casarnos, si ya eres hombre casado? —preguntó la mujer.

—Esto ya es territorio nuestro y las leyes romanas no sirven para nada —gritó enfurecido—. Puedo casarme tantas veces como quiera y tú ya no eres esposa de nadie.

—Porque tus hombres han asesinado a mi marido —se atrevió a decir la mujer.

Creí que la mataba, porque los ojos de Atila se oscurecieron y el rostro se le enrojeció, pero, de pronto, sonrió.

—No somos bestias. No asesinamos. Luchamos —dijo e intentó acariciarle la mejilla.

—¿Y si yo no quiero? —se opuso ella y apartó el rostro.

—Si tú no quieres, aún me gustará más —y su mano alcanzó la cara de la mujer—. Ya te he dicho que las leyes romanas no sirven. No eres tú quien ha de querer sino yo.

Soy yo que te hago esposa de un emperador. Y cuando me marche, tú vendrás conmigo.

Todavía discutían cuando entró Eslaw.

—Eres testigo que tomo a esta mujer por esposa —dijo Atila, y Eslaw asintió y se marchó.

Ni siquiera había preguntado el nombre de aquella mujer ni su parecer ni su consentimiento. Entonces Atila ordenó que se la llevaran a la habitación de al lado y que esperasen mientras se despedía de mí.

—Tienen más coraje vuestras mujeres que vuestros soldados. Ve a buscar a León, pero no corras demasiado. Tengo que acabar un trabajo —me dijo, me guiñó un ojo y se dirigió a la habitación.

Aquella tarde nos recibió en la misma sala, sólo que esta vez no estaba solo, sino que le acompañaban tres hombres. Nos los presentó. Yo ya había oído hablar de ellos. Walamir era rey de los ostrogodos y hombre de confianza del emperador de los hunos. En todas partes le tenían por modesto y juicioso, gran servidor de su señor. Vestía más a la romana. Su calzado era de cuero y la armadura más pesada. En los hábitos también difería. No aceptaba de buen grado la carne cruda reblandecida y adobada bajo la silla del caballo, tal como habían aprendido de los tártaros, y le resultaba difícil entender ciertas crueldades que Atila practicaba con asiduidad. No obstante, servía con devoción a su señor. Los otros dos, Scotta y Esla, parecían cortados por el mismo patrón. Ambos eran altos y fuertes, feroces y brutales cuando era necesario, pero, tal como me había explicado Marcos, en el fondo, nobles y buenos compañeros de fiesta, capaces de beber hasta la madrugada y mantenerse en pie y despiertos ante cualquier novedad. Llevaban muchos años con Atila y le seguirían hasta la muerte. A Edecón y a Berik los había perdido en la única derrota de toda su historia, a manos de Aecio, su hermano de sangre.

Durante todo el viaje no había dejado de hablar sobre aquel hombre y sus costumbres, sobre todo de lo que nos podíamos encontrar, recordando todas las explicaciones de Aecio. León había escogido sus mejores vestidos pontificales, entró majestuoso, con la cabeza bien derecha y un andar lento y mesurado. Atila nos esperaba de pie y desafiante, pero el obispo no se detuvo, sino que siguió caminando y le abrazó.

No sé cuál de todos los presentes, excepto el obispo de Roma, ponía mayor cara de idiota, pero puedo jurar que nunca había visto aquella expresión en el rostro de Atila. El hombre más feroz del mundo se sintió cohibido y perdido. No se esperaba aquello. Y yo menos, todavía.

—Que la paz de Dios sea contigo —sonrió León—. Y que todas sus bendiciones te sean concedidas para que tu corazón se ilumine con la bondad y la sabiduría de un hombre justo y generoso.

A partir de aquel instante los modales de Atila se transformaron en exquisitos. Nos ofreció de comer y de beber e hizo que León se sentara a su lado, no enfrente, mientras le dirigía miradas de respeto de vez en cuando.

Soy incapaz de relatar todos y cada uno de los argumentos que el obispo empleó, con una elocuencia que nos dejó sorprendidos. Parecía como si Dios hablara por su boca.

—Los campos han sido arrasados, las cosechas son pobres y el pueblo tiene hambre y está enfermo —decía aquel hombre—. Y el poderoso Atila se ha detenido. Es una señal. Alarico, el valeroso rey de los godos, saqueó la

Ciudad Eterna, pero no sobrevivió mucho tiempo. El rey de los hunos es más grande que Alarico y más sabio y sabe que ésta es una guerra absurda que no conducirá a ninguna parte, como no sea a la destrucción. La peste nos persigue y Atila debe velar por sus hombres, porque su pueblo le ama y confía en él. Ha demostrado que es el más grande de todos, un verdadero emperador. Ha llegado a las puertas de Roma y nadie le impide abrirlas y entrar. Aún así, ¿lo hará?

Atila se levantó y paseó por la sala. Los hunos son un pueblo supersticioso y su rey no era una excepción. León había dejado sobre la mesa un desafío, más que una petición, y en ningún momento había mentado ni a Honoria ni la Galia.

—No entraré a Roma —dijo, finalmente, después de un prolongado silencio que nadie se atrevió a romper.

¿Qué le había hecho cambiar? Nunca lo sabremos, porque él nunca lo explicó.

—Roma está a un paso y con ella el Imperio entero será nuestro —exclamó Scotta. Hasta aquel momento ninguno de los presentes se había atrevido a despegar los labios—. ¿Las tiernas palabras de este hombre te han asustado?

El emperador de los hunos se volvió y le miró.

—Cuando quería, no pude —dijo con voz firme, y añadió—: Y ahora que puedo, no quiero. Que se preparen los hombres. Regresamos a casa —ordenó.

León se levantó.

—Las generaciones futuras recordaran al emperador de los hunos como un hombre sabio y prudente, como el más poderoso de todos los monarcas de la tierra, y cantarán su nombre —y le abrazó de nuevo.

Avenio, Trigecio y yo también nos levantamos e hicimos una reverencia. El milagro se había producido.

Cuando ya alcanzábamos la puerta, Atila me detuvo.

—Tenías razón —me dijo en voz baja—. Es un buen hijo de puta —entonces, puso su mano sobre mi hombro—. Me retiro, pero volveré. Quise follarme a Gala Placidia y no pude, pero Honoria será mía.

Le respondí que sí, con la cabeza. No valía la pena discutir. Lo único importante es que Roma se había salvado.

16 - EL ANILLO DE ATILA

No estuve atento al discurso de Valentiniano, que nada más recibir la noticia de que Roma se había salvado se sintió de nuevo emperador, ordenó congregar a toda la gente delante del Capitolio e inició una especie de arenga alabando las virtudes del pueblo romano, dando gracias a Dios y jurando y perjurando que permanecería a su lado dirigiendo los destinos del Imperio, como siempre había hecho.

Aquellos que conocíamos la verdad, le mirábamos y no podíamos creer que su hipocresía y su bajeza pudieran llegar a tal extremo. Sólo dedicó algunas palabras de agradecimiento a León, pero sin entrar en detalles, y siguió pavoneando su propia persona, mientras la gente le aclamaba como la figura más grande de todos los tiempos. No le escuché. Me producía náuseas.

El viaje hasta Rávena fue una repetición del baño de multitudes de Roma. Por todas partes salían a los caminos y gritaban enardecidos alabanzas al emperador que, con Heraclio a su lado, sonreía todo el tiempo y se le veía satisfecho y feliz. La capital del Imperio se había salvado sin el concurso de Aecio y el emperador supo transmitir a sus súbditos que él también era alguien.

—Pareces triste —me dijo un día Valentiniano.

—Cansado —le contesté.

—¿Pero, feliz?

—Mucho. El Imperio se ha salvado una vez más.

En Rávena nos esperaba Aecio. Había atravesado todo el norte de Italia. Los hunos ya estaban lejos. No asistí a la ceremonia que tuvo lugar en la catedral para dar gracias a Dios y para glosar una vez más la gran gesta de Valentiniano, su valor por no haber abandonado Roma, por haber esperado el resultado de las gestiones de León, y nada más entrar en la ciudad me marché a casa sin ver ni hablar con nadie.

Cuando llegué al jardín, un criado salió a mi encuentro. La última semana había sido horrible, me explicó. Hablaba atropelladamente, a saltos, como si me ocultara algo y no se atreviera a decírmelo. Las pocas provisiones que fueron capaces de almacenar se habían agotado y la ciudad había padecido hambre. Además, las noticias del norte no eran nada halagüeñas, a pesar de toda la fiesta, porque la gente moría de peste y las ciudades habían sido cerradas, mientras el humo de las hogueras, alimentadas con los cadáveres, se elevaba y cubría todo el cielo.

—¿Dónde está Lidia? —le pregunté. Ya conocía la situación.

—Está... está... muerta —me respondió y sus ojos se inundaron de lágrimas.

—¡No es verdad! ¡No puede ser! —lo agarré por los hombros y lo zarandeé.

Sí, que lo era. Me condujo hasta la habitación que ella ocupaba desde que había venido a vivir conmigo. Había muerto aquella mañana y su cuerpo estaba allí. Tenía el rostro blanco como la cera, estaba delgada y demacrada, pero parecía dormir plácidamente.

Me sentí mareado. Anduve los escasos pasos que me separaban de la cama y caí de rodillas. La pobre había enfermado de espantosas fiebres, escuchaba la voz del criado detrás de mí, y nadie pudo hacer nada para salvarla. Fidel, nuestro médico y amigo, también había muerto. Y dos sirvientas más.

—Ha sido espantoso —gemía el criado.

Dos días después la enterramos junto a Julia, en la finca de Rímini. Aecio no se opuso. Al contrario, asistió, y Carpilio y Gaudencio también, y le rindieron un sentido homenaje. Lidia y Julia habían sido las mejores amigas del mundo y merecían reposar una junto a la otra. Por tercera vez escuché palabras de consuelo de mis amigos y compañeros y me entristecí, porque allí faltaba alguien. Faltaba Antonio. No podía creerme toda aquella desgracia que parecía no tener fin, porque cada vez que encontraba la paz una sacudida más fuerte que la anterior me golpeaba. Ya no me quedaba ánimo para seguir luchando. Lo había perdido casi todo. Sólo me quedaban Serena y mi querido nieto. Para ellos tuve un pensamiento. Serena amaba a Lidia como a una segunda madre. Les escribiría para comunicarles la desgracia.

Cuando concluyó la ceremonia, Aecio me abrazó. Entonces, yo abracé a Gaudencio, mientras Carpilio se mantenía distante. Pero cuando ya se retiraban, Carpilio se volvió y vino hacia mí.

—Yo quería mucho a Marcos y sentí muchísimo su muerte —me dijo—. Él me condujo a la Panonia y habría muerto por mí. Lo leí en sus ojos cuando Atila me puso la daga en el cuello.

—Tu hermano fue un gran soldado —le contesté.

—Sí, mi hermano —asintió, y me abrazó.

En aquel instante éramos una extraña familia ligada por un vínculo que reposaba bajo tierra.

Ante la tumba de las dos mujeres que habían llenado mi vida derramé hasta la última lágrima, hasta que mis ojos se quedaron secos. Después regresé a Rávena y... nada sería igual.

Aquélla era la historia del Imperio. Poco a poco lo estábamos perdiendo todo, a pesar de que habíamos salvado Roma, porque todos los sentimientos morían, uno tras otro, y nuestros corazones quedaban vacíos. Incluso me planteé la posibilidad de marcharme a Tolosa o, tal vez, a Tarraco, tal como hizo mi padre, y esperar tranquilamente la hora final.

¿Por qué no lo hice? Pues... no lo sé. Tal vez, porque no tenía ganas de tomar ninguna decisión y me sentaba largo rato dejando que mis pensamientos vagaran por los espacios infinitos de la nada. Tan sólo me quedaban los recuerdos.

*** ***

Unos meses después, una mañana, cuando entraba en el senado, Máximo salió a mi encuentro.

—Corren rumores de que Valentiniano quiere juzgar a Honoria y condenarla a muerte por ser la responsable del ataque de Atila —me dijo.

—¿Se ha vuelto loco? —exclamé asustado.

—Más que loco —me contestó Máximo—. No tan sólo quiere ejecutar a Honoria, sino a su hijo. Tenemos que avisar a Aecio.

Viajamos a Arles y visitamos al general. Él ya hacía días que estaba al corriente, desde la última vez que estuvo en la capital, y estaba de acuerdo con nosotros. Si Honoria y Braulio morían, Atila atacaría de nuevo y esta vez no habría clemencia. También nos comunicó que había hablado con Valentiniano y había intentado hacerle ver las consecuencias, pero el emperador contaba con el respaldo de gran parte del senado, que votaría a favor de su propuesta, y gozaba de popularidad, por lo que el pueblo aprobaría cualquier decisión suya. La situación era en extremo delicada.

—Debes tomar el poder —le manifesté por segunda vez en mi vida.

—No hay otra solución —me apoyó Máximo.

Aecio se quedó pensativo. Finalmente, dijo:

—Si Honoria es juzgada, Roma morirá y yo no puedo permitirlo.

Más tranquilos, con la palabra de Aecio de que prepararía el ejército, regresamos a Rávena y dos días después, cuando subía por la escalera del senado, vi que los senadores formaban pequeños corros y hablaban animadamente. Algunos reían y muchos se felicitaban. Máximo me vio y bajó corriendo. Se le veía excitado.

—¿Ya conoces la noticia? —me preguntó, y negué con la cabeza—. Atila ha muerto. Nos lo acaba de comunicar un hombre que ha llegado de las tierras del norte. Ven, que escucharás su relato.

Me condujo hasta un grupo más numeroso, justo a la entrada del edificio. Un mercader explicaba una y otra vez la misma historia conforme llegaban nuevos senadores. Tal vez habría sido más sencillo esperar a que estuviéramos todos, pero aquel mercader repetía lo que había oído explicar.

Atila, como si hubiera olvidado la existencia de Honoria, había decidido tomar nueva esposa y, fiel a lo que me había dicho, buscó carne tierna que pudiera masticar con unos dientes que ya habían perdido la fuerza de otros tiempos. La afortunada fue Ildico, una mujer joven y muy hermosa, según contaba aquel mercader. La noche de bodas hubo un gran banquete, el mayor de todos, y el vino corrió como el agua del Danubio. Bien entrada la noche, cuando nadie se tenía en pie, Atila se retiró con su joven esposa. Al día siguiente los sirvientes no se atrevían a despertarle y dejaron reposar al matrimonio hasta casi la tarde. Finalmente, como nadie respondía, abrieron la puerta. Ildico permanecía en un rincón, acurrucada como una criatura, llorando horrorizada. El cuerpo de Atila reposaba cara arriba, echado sobre la cama, inerte, con el rostro y la almohada cubiertos de sangre. Ildico explicó que su marido llegó a la cama muy bebido, se echó y le ordenó que lo cabalgara. Ella se montó sobre él, agarró el pene de su marido, se lo introdujo en la vagina, cerró los ojos y comenzó a moverse hasta que sintió que las entrañas se le desgarraban. Notaba que su marido también se movía con ímpetu y que parecía gozar del mayor de los placeres por la violencia que demostraba. Entonces, abrió los ojos y vio con horror que Atila escupía sangre por la nariz y por la boca y que las convulsiones no eran otra cosa que el desesperado intento por sobrevivir al ahogo. Se asustó terriblemente, se azoró, no supo cómo reaccionar y el emperador de los hunos murió allí mismo.

—¿Estás seguro? —preguntó un senador.

—Me lo ha explicado un mercader de aquellas tierras, que se encontraba en Sirmium. Al rey de los hunos le ha reventado la nariz y se ha ahogado en su propia sangre. Su cuerpo ha sido expuesto en mitad de la plaza durante cinco días y miles y miles de hombres, de mujeres y de niños se han acercado hasta sus pies para cantar alabanzas al hombre más grande que nunca ha pisado la Panonia. Sus guerreros se han cortado la trenza y dicen que el montón de cabellos es tan grande como una montaña. Después, lo han enterrado dentro de tres sarcófagos. El primero de oro macizo, el segundo de plata y el último de hierro. Cuando ha comenzado la ceremonia fúnebre, los cortes de dolor que sus soldados se habían infringido en la cara eran más numerosos que todas las heridas recibidas en todas las campañas que vivieron a su lado. Y cuando todo ha concluido, el pueblo entero se ha lanzado a cantar y a bailar alrededor de su tumba, tal como él habría deseado, y ha acabado en una orgía que deja en ridículo los tiempos de Calígula y de Nerón.

—¿Quién le ha sucedido en el poder? —me avancé. Ya estaba harto de oír historias y nadie, felices como estaban, había formulado la pregunta que de veras importaba.

—Dicen que Ellak, Gheism y Ernak se disputan el trono y que otros hijos se han sumado a la discusión. Incluso cuentan que han empezado a luchar entre ellos y que Scotta también reclama territorios y muchos de los generales exigen una parte del tesoro.

La noticia corrió por todas partes y se confirmó. Toda Rávena se convirtió una inmensa fiesta, donde la música, las danzas y el vino llenaban cualquier rincón. ¡El diablo ha muerto!, gritaban por las calles. ¡Dios nos ha librado de él!

Una vez alejado el peligro, Valentiniano se sintió fuerte y poderoso y ya soñaba de nuevo con la grandeza del Imperio, sin tener en cuenta que Genserico aún seguía vivo. Pero la felicidad de aquel desenlace le hizo olvidar a Honoria, que no fue juzgada.

Durante unos meses vivimos una paz desconocida. Aecio se había trasladado a Rávena y asistía a todas las fiestas de palacio. Incluso había hecho cierta amistad con Heraclio, que le visitaba a menudo.

Un día Máximo me invitó a cenar a su casa. Ana, como siempre, fue la perfecta anfitriona. Y la cena estuvo a la altura de su casa. En un momento dado, la política ocupó la mesa. Era inevitable.

—Aecio ya ha obtenido su premio —dijo Ana.

—¿Qué premio? —nos volvimos hacia ella.

—Lo he sabido esta misma tarde, en casa de Polibio. Dicen que Aecio quiere casar a su hijo Gaudencio con Aelia Eudocia, porque una vez muerta Gala Placidia y sin que el compromiso con Genserico haya sido rubricado, siempre pueden decir que no existe ningún acuerdo, que todo es invención del rey vándalo —bajó la voz—. Dicen que ha sido Heraclio, que ha convencido a Valentiniano.

Yo no sabía nada, pero el rumor no tardó demasiado en convertirse en realidad. Ahora todos entendíamos la amistad que unía al general con el eunuco, capaz de mudar lealtades como cambiaba de túnica, intrigante hasta donde la imaginación le permitía.

Poco después me encontré con Aecio y él me lo confirmó. Le vi satisfecho, feliz como nunca.

Pero el tiempo transcurría y el matrimonio no se celebraba. Valentiniano tenía que fijar la fecha y nunca encontraba el momento oportuno.

Fue entonces cuando, una noche que estaba en casa, oí ruidos en el jardín. Los criados luchaban con alguien. Tomé la espada y salí.

—Le hemos detenido cuando saltaba el muro —me dijo uno de los criados—. Es un ladrón.

Era un hombre de mediana edad, con cara de zorro y delgado, que caminaba ligeramente encorvado.

—Entregadlo a la justicia —ordené.

—¿No me has reconocido? Soy yo, noble Severo. ¡Soy yo! —gritó aquel hombre, mientras intentaba liberarse de las manos de los sirvientes.

Aquella voz… ¡No es posible!, exclamé.

—Traedlo aquí, a la luz.

Le miré a los ojos. ¡Era él! Era Nicolás, el ladrón que Heraclio puso en libertad por intercesión mía. ¿Cómo podía reconocerle? Dentro de la celda, con aquella barba que le llegaba más abajo del pecho, greñudo, sucio y maloliente, no se parecía en nada.

—He venido para hablar contigo —me dijo, de rodillas.

—¿Y no podías haber llamado a la puerta? —me quejé.

—Es la costumbre —se disculpó.

348

La carcajada llenó el jardín y los criados me miraron sin comprender una palabra.

—Traed comida y bebida —les ordené, y me llevé a Nicolás a una de las habitaciones traseras.

Su relato me hizo reír mucho. Heraclio le había dicho que si volvía a verle le mataría. De manera que dos soldados le condujeron hasta las murallas y le obligaron a cruzar la puerta. Como consideró que con dos monedas no tenía bastante, aligeró la bolsa que uno de los soldados llevaba colgada en la cintura y desapareció lo más rápido que pudo.

—No es que hubiera mucho, pero... —me explicó, mientras yo me partía de risa.

Viajó hacia al norte y se fue en busca de los hunos. Con la historia de mi vida había construido una fábula que les explicó con tanta elocuencia que se la creyeron. Era, según su nueva vida imaginaria, un funcionario que había sido injustamente encarcelado porque también era el amante de una mujer rica a la que dejó embarazada. El marido, un mercader de notable influencia, le acusó de querer matarle para casarse con su esposa y robarle todo su dinero. Pero, había podido escapar.

Le escuchaba hablar y me maravillaba su fértil imaginación, capaz de tener en cuenta el menor de los detalles. Incluso se había creado una familia, con esposa y dos hijos, los había bautizado y podía describir cinco veces su casa con idénticas palabras y un detalle exquisito. Y así siguió hablando durante mucho rato, bebiendo vasos de vino y relatándome aventuras que me hicieron vivir instantes de verdadera diversión. Los hunos quisieron que luchara a su lado, pero les convenció que sería más útil en intendencia y no tomó las armas.

—Se lo creyeron todo, que era un funcionario, que trabajaba en los almacenes del emperador, que... —decía con lágrimas en los ojos, de tanta risa.

—¿Y por qué has vuelto?

—Soy un ladrón, pero siempre pago mis deudas. Te he traído un regalo —buscó una bolsa que escondía bajo la camisa.

—¿Sí? ¿Y a quién se lo has robado? —sonreí.

—¡Oh! No tienes que preocuparte. Nadie lo echará en falta —me respondió, mientras abría la bolsa.

—¿Cómo quieres que acepte un regalo, si lo has robado?

—Porque es un recuerdo muy valioso.

—No quiero recuerdos. Ya tengo bastante con los míos —le dije muy serio. Acababa de pronunciar una palabra que yo odiaba.

Me miró a los ojos, sin acabar de abrir la bolsa.

—Éste es especial. Es el anillo de Atila. Se lo robé a un mercader que lo había comprado a Ildico.

Negué con la cabeza, pero él no me hizo caso, sino que acabó de abrir la bolsa, hurgó en su interior y depositó el anillo en mis manos.

Creo que estuve a punto de morir, porque mi corazón se detuvo nada más ver los dos palomos sobre el nido que yo había regalado a Julia el día que me marché a Cartago, el mismo día que ella quedó embarazada de nuestro hijo Antonio.

No podía creer que fuese el mismo anillo que Julia había regalado a Marcos.

—¿Cómo sabes que es el anillo de Atila? —fue la primera pregunta que se me ocurrió.

—Porque se lo vi y juro por Dios que es el anillo que Atila regaló a Ildico en prueba de su compromiso, cinco días antes de la boda. Y también recuerdo que tú me lo describiste con todo detalle cuando estábamos en la celda. Por eso he creído que querrías recuperarlo.

Me levanté lentamente y tuve que apoyarme para no caerme. La cabeza me daba vueltas y las ideas se agolpaban sin que pudiera detenerlas. ¡Dios de los cielos!

—Este es el anillo que…

—Sí —afirmó él—. Es el anillo que la princesa Honoria envió a Atila en prueba de su amor. También lo sé con certeza, porque yo estaba presente cuando Atila se lo puso en el dedo a Ildico y le dijo: el anillo de una princesa para el dedo de una emperatriz.

—Marcos juró que sólo lo entregaría a la mujer que amara de verdad. Entonces significa que el amante de Honoria era mi hijo —respiré profundamente. Me faltaba el aire. Nicolás se asustó, se levantó y me ayudó a sentarme de nuevo—. Eso quiere decir que Braulio es hijo suyo y, por lo tanto, mi nieto.

No pude dormir en toda la noche. Al día siguiente, nada más despuntar el sol, me fui en buscar de Aecio. No le encontré. Se había levantado temprano y había salido a cabalgar. Busqué a Carpilio y él me informó que su padre estaba furioso, que quería hablar con Valentiniano y exigirle que cumpliese la promesa de casar Aelia con Gaudencio. Entonces le expliqué que tenía que hablar urgentemente con Aecio, porque el emperador había dado órdenes estrictas para que nadie pudiera visitar Honoria y él era el único que podía conseguirme un permiso especial. Carpilio me escuchó con mucha atención e intentó disuadirme de mi propósito.

—No hará nada por ti —me dijo—. Está demasiado ocupado con la boda de Gaudencio. No es un buen momento para pedirle nada. Ten un poco de paciencia.

Respondí con una sonrisa, dejé a Carpilio y me dirigí a palacio. ¿Qué sabía él? Era una tontería decir que mi amigo no me ayudaría.

Nada más llegar, me identifiqué y dije que traía un mensaje muy importante para Aecio y que debía esperarle allí. Los soldados me informaron de que el general había llegado hacía un rato y que estaba con el emperador.

No podía aguantar más y subí la escalera que conduce a la sala del trono. Tanto mejor si estaban reunidos. Así, de un golpe, hablaría con él y con el emperador.

Cuando traspasé la puerta me quedé helado ante la escena que se me presentaba a los ojos.

Aecio permanecía echado en el suelo, sobre un charco de sangre, mientras Heraclio y otros cortesanos le clavaban las espadas y Valentiniano les contemplaba con otra manchada de sangre en la mano. Se volvió y me vio.

—Quería matarme —dijo, apuntando con la espada el cuerpo de Aecio e intentando disculpar su crimen—. No he tenido más remedio. Quería matarme —repitió.

El muy idiota ponía cara de asustado. Me acerqué y todos se apartaron con temor. Miré a Heraclio, que hizo un salto hacia atrás, casi increíble en aquella monstruosidad. Me arrodillé y tomé la cabeza de Aecio para abrazarlo contra mí. Estaba muerto.

—¡Llamad a la guardia! —ordenó Heraclio, con aquella voz de falsete.

—¿Para qué? —dije—. Ya no puede hacer daño a nadie —me levanté y miré a Valentiniano, mientras señalaba al eunuco—. Con tu mano izquierda acabas de cortarte la derecha —y apunté con mi dedo a Aecio—. Espero que no hayas condenado también al Imperio.

—¿Estás conmigo o contra mí? —me preguntó.

—Siempre he estado y siempre estaré junto al Imperio —le contesté.

Los soldados entraron y ocuparon sus puestos para proteger al emperador. Sonreí con pena. Llegaban un poco tarde y protegían a quien no necesitaba protección.

Boecio, prefecto del Pretorio y gran amigo de Aecio murió aquella misma tarde, igual que diecisiete de sus oficiales y buena parte de sus amigos. Gaudencio consiguió huir, pero Carpilio fue encarcelado. A mí me respetaron porque había manifestado mi lealtad al emperador y no había hecho nada contra él.

Mi tercer hijo fue ejecutado una semana después. Obtuve permiso para despedirme de él, momentos antes que vinieran a buscarle para conducirlo al cadalso.

Nos encontrábamos solos, en la celda. Él no estaba triste, sino que asumía su destino, a pesar de que no era culpable de nada. Yo, al contrario, contemplaba como el último de mis hijos también moriría sin remisión y nada podía contener mis lágrimas.

—Mi madre decía que eres el hombre más noble de todo el Imperio —dijo con una sonrisa—. Mi padre... —dudó unos instantes y, finalmente, rectificó—. Aecio también era noble, pero en estos últimos tiempos había cambiado. Ya no vale la pena seguir ocultando los hechos —murmuró—. Él sabía que Braulio es hijo de mi hermano Marcos.

—¿Qué? —exclamé desorientado.

—Lo sabía desde hacía meses. La mañana de su muerte discutimos y se le escapó. Dijo que Valentiniano había aceptado que Gaudencio se prometiera con Aelia Eudocia y que el único que podía hacerle sombra era Braulio, pero que nada ni nadie les cortaría el paso hacia el trono del Imperio. Hablaba en plural. ¡Él y su hijo! Y se comportaba con un deje de insolencia, como si ya viera a su familia encaramada hasta la púrpura imperial. Incluso me miró con odio y me dijo que tú querías robarle cuanto él poseía.

—¿Por qué no me lo dijiste?

—Antes quería volver a hablar con él y convencerle de que tenía que contártelo todo. Erais amigos y confiaba que aún guardaba una chispa de gratitud y de lealtad en su interior.

—¡Dios mío! —exclamé y escondí la cabeza entre las manos.

—Padre —me dijo, y alcé los ojos. Era mi hijo, el tercero—. No quiero que me veas morir. Deseo que me conserves vivo en tu memoria.

—Pero, hijo...

—No, padre —me cortó—. Nunca nos hemos tratado, nunca hemos tenido ocasión de hablar con sinceridad y confieso que el día que me enteré que no era hijo de Aecio, sino tuyo, te odié. Sin embargo, ahora te amo y te ruego que respetes mi deseo.

—Así será, porque yo también te amo, desde el día en que supe quién eras.

—Tienes dos nietos. Procura que vivan en un mundo mejor.

—Te lo juro.

La puerta de la celda se abrió. Cuatro soldados aguardaban. Nos abrazamos y él me estrujó con la fuerza de mil leones, como si a aquel último abrazo quisiera añadir todos los que una vida de ignorancia y de sufrimiento nos había negado.

Ya no volví a verle.

*** ***

—Quiero respuestas. Toma esta bolsa, soborna a quien tengas que sobornar, compra todo lo que necesites, pero haz lo que te diré —ordené a Nicolás.

Y al día siguiente, a primera hora, abandonó Rávena.

Dos semanas más tarde Nicolás regresó. Había cumplido todos mis encargos y traía consigo respuesta para todas mis preguntas.

—No ha sido fácil, pero lo he conseguido —me dijo—. He tenido que sobornar a un montón de soldados y oficiales. Braulio es tu nieto. Honoria me lo ha confirmado. También me ha explicado que no te dijo nada para proteger a Marcos, pero fue inútil. Sospecha que alguien se lo contó a la emperatriz y está convencida que fue ella que ordenó asesinarle. Un accidente.

—Y Antonio lo descubrió —medité. Más afirmación que pregunta.

—Antonio sospechaba algo y aprovechó su viaje a Constantinopla para hablar con Honoria. Lo consiguió gracias a un eunuco que sentía gran afecto por la princesa. Cuando regresó, tenía muy claro que Gala Placidia debía morir.

—Si me lo hubiera dicho... —exclamé con tristeza. Le miré—. ¿Y el resto del encargo?

—Todo ha sido dispuesto conforme tus deseos. Sólo aguardan tus órdenes.

—¿Es gente de confianza?

—Puedes estar bien seguro. Con lo que tú pagas, son capaces de cualquier cosa.

—¿Y el barco?

—Preparado para hacerse a la mar.

—Bien. Ahora irás a Rímini, te esconderás en la casa que tengo allí y esperarás a que te avise.

—¿Y tú?

—Necesito acabar lo que Antonio no pudo concluir.

—No te entiendo.

—Quiero saber quién se lo dijo a Gala Placidia y, si aún sigue vivo, ajusticiarlo.

—Pero...

—No te preocupes. Si a mí me sucede algo, ya sabes qué tienes que hacer —le puse la mano en el hombro—. Confío en ti.

—¿En un ladrón? —sonrió.

—Una cosa es cierta —le devolví la sonrisa—. No sé si me engañarás o no, pero estoy seguro de que a ti nadie te engañará. Y, puestos a decir, no creo que seas peor que cualquier otro. Cuando menos, eres agradecido.

Nicolás se marchó al día siguiente, a primera hora, y durante muchos días estuve reflexionando sobre la historia que me había contado, pero había puntos oscuros que no encajaban. Que la muerte de Marcos no había sido ningún accidente, no lo dudaba. Era demasiado buen jinete para despeñarse por un acantilado. Pero que Gala Placidia hubiese ordenado que pareciera un accidente, no tenía sentido. Ella era la emperatriz y habría ordenado encarcelarlo y ajusticiarlo, porque aquello se ajustaba mucho más a su carácter. Además, ¿por qué nos había de manifestar su dolor por la muerte de nuestro hijo? Y la carta parecía sincera.

Entonces, fui atando cabos. Todas las desgracias habían llegado después de que Aecio le cortase el dedo a Heraclio. Y mis ojos se dirigieron hacia el eunuco. ¿Quién había sugerido a Gala Placidia que yo condujera a Honoria hasta Constantinopla? Él, sin duda. ¿Quién había sonreído enigmáticamente cuando abandonaba la sala? El eunuco. ¿Quién había llevado a Aecio la noticia de que el padre de Carpilio era yo? Heraclio. Mirase donde mirase, su nombre se alzaba y su rostro me devolvía la mirada.

Tenía que confirmarlo, pero ¿cómo?

17 - LA EJECUCIÓN

Nadie era capaz de decir hasta dónde alcanzaba la mente enferma de Valentiniano. Una mente podrida con el paso de los años y llena de gusanos monstruosos que se alimentaban con los hedores de Heraclio. Una vez muerto Aecio, ¿quién le detendría? ¿Quién pondría freno a su bestialidad?

Durante los meses que siguieron nos enteramos de todo lo que había permanecido escondido y que ahora ya no necesitaba seguir tapando y disimulando. Heraclio se convirtió en el verdadero poder a la sombra. No había nada que él no supiera, nada que él no sugiriese al emperador y nada que él no decidiera. Y el secreto de su dominio sobre el idiota de Valentiniano salió a la luz en forma de rumores que erizaban el vello.

El emperador, un cerebro podrido y débil, vivía en la certeza de que la magia le protegía. Heraclio, procedente de las tierras del Nilo, practicaba unos ritos sangrientos que ponían los pelos de punta. Explicaban que durante todos aquellos años había mantenido una casa apartada donde invitaba a jóvenes, les daba de comer y de beber, les suministraba drogas infernales y después les ofrecía unas esclavas voluptuosas, especialmente formadas para proporcionar placeres indescriptibles. Los jóvenes vivían momentos de éxtasis en presencia de él, montando a las esclavas. Una se abría de piernas bajo el joven. Mientras la penetraba, la otra se tendía sobre él para evitar que pudiera huir y en el instante preciso de la eyaculación, Heraclio le cortaba los testículos, con los que preparaba una bebida que hacía tomar al emperador como si fuera el filtro de la vida eterna. Después, los cuerpos de los infortunados eran quemados y sus cenizas esparcidas por el mar.

El número de crímenes cometidos por aquel asesino infecto horrorizaba. Y ahora disfrutaba de total libertad para continuar practicando sus ritos sin que nadie se atreviera a levantar la voz. Sin embargo, el pueblo tiene oídos y ojos y no se le puede engañar eternamente. No alzó ni un dedo para vengar la muerte de Aecio, pero, ahora, lo descubría todo.

Un día recibí un mensaje de Ana. Quería hablar conmigo para pedirme consejo. Estaba muy preocupada. Máximo seguía jugando a los dados, a pesar de que le había prometido mil veces que desterraría aquel hábito.

—Sé que cada vez apuesta más y eso no puede acabar bien —me dijo.

Yo llevaba tiempo y tiempo buscando la manera de conseguir que Heraclio confesara todos sus crímenes, pero no podía hacerlo sin descubrirme y, mientras ella hablaba, me vino una inspiración.

—Dentro de cinco días será vuestro aniversario —le dije—. Busca un regalo personal, algo especial, y cuando se lo des arráncale el juramento de que nunca más volverá a jugar.

—¿Qué podría ser?

—Si me permites, yo te lo proporcionaré.

Fui a ver a un artesano que conocía y le mostré el anillo con los dos palomos sobre el nido.

—Quiero uno igual, pero más grande, porque es para un hombre.

—Un trabajo difícil —dijo el artesano, alabando la calidad y la perfección de la joya—. Te costará caro.

—No importa el precio. Lo quiero para mañana y que sea idéntico.

La fiesta fue espléndida y Máximo no pudo negarse. De manera que, cuando recibió el anillo y se lo puso en el dedo, juró que mientras lo llevase nunca más volvería a jugar.

Al día siguiente, por la tarde, mi amigo y senador vino a verme a casa. Estaba escitado. Me explicó que necesitaba tres mil libras de oro con urgencia y que sólo podía recurrir a mí.

—Es mucho dinero —le dije.

—A cambio te daré todas las fincas y el palacio que tengo en Roma —casi me suplicó.

—Valen mucho más y la oferta es tentadora, pero no dispongo de esa suma. Por lo menos, de inmediato. ¿Tan grave es tu problema?

Lo era. ¡Ya lo creo que sí! Porque la suerte es una mujer encantadora y esquiva que te da la espalda en el peor de los momentos. Había vuelto a jugar a los dados con Valentiniano. Se había sentido obligado, me explicó a modo de disculpa.

—Le dije que sería la última vez que jugaba y estoy convencido de que hizo trampa para de poder resarcirse de todas las ocasiones en que jugó conmigo y perdió —me contó—. Heraclio estaba allí y me distrajo, mientras Valentiniano cambiaba los dados. Estoy seguro, porque a partir de aquel momento la suerte me dio la espalda y Valentiniano no dejó que me fuese hasta que se sintió satisfecho.

—¡Tres mil libras! —exclamé—. Bien. Pon en venta algunas propiedades y le pagas la deuda.

—No puedo —me contestó con ojos húmedos—. Si Ana se entera... ¿Comprendes?

—Sí —respondí. Y me sentía culpable. No podía imaginar que aquella historia tuviera semejante final, sino que esperaba otro—. Ofrécele a él las fincas y las casas de Roma —le sugerí.

—No las quiere. Verás: ha sucedido una cosa muy extraña. Le he jurado a Ana que no volvería a jugar mientras llevara el anillo en el dedo y he cumplido mi palabra, porque me lo he quitado antes de entrar —me explicó y yo me puse tenso.

—¿Y...?

—Al acabar la partida, cuando ya me marchaba, me lo he puesto de nuevo. Heraclio se ha quedado pálido y ha llamado la atención de Valentiniano, que me ha agarrado la mano y me ha preguntado de dónde lo había sacado. Le he dicho que era un regalo de Ana. Entonces me ha pedido el dinero enseguida y me ha exigido que le dejara como garantía aquel anillo. Me he negado, pero me lo ha arrancado del dedo —alzó la mano desnuda y me la mostró—. No puedo regresar a casa sin él.

—¿Qué ha hecho, entonces, Valentiniano?

—Se ha quedado embrujado con el anillo, como si fuese una aparición —me miró suplicante—. Ayúdame. Te lo ruego.

Me levanté y paseé por el jardín. Valentiniano también se había asustado al ver el anillo. Con ello no contaba. ¿O, quizás, sí? De hecho, era la explicación más natural. Heraclio quería vengarse y Valentiniano era un pobre idiota. El eunuco, él solo, no se habría atrevido a tomar ciertas decisiones, pero si contaba con el respaldo del emperador... Sin embargo, Gala Placidia mandaba y me tenía cierta estima. Seguro que se las apañó para hacer creer a Valentiniano que, si su madre descubría que el padre de Braulio era Marcos, aún podía consentir la boda y entonces Braulio se convertía en candidato al trono. El resto ya caía por su propio peso. Una vez me hubieron alejado, tenían las manos libres para asesinar a mi hijo y simular que había sido un accidente. Después se enteró de que Carpilio era hijo mío y coronó su venganza. Pero, Antonio, por su lado, se equivocó en sus razonamientos y escogió como culpable a Gala Placidia, que nada tenía que ver con toda aquella historia.

—¿Cuánto tiempo está dispuesto a esperar? —pregunté, truncando mis reflexiones.

—Una semana.

¡Pobre Máximo! Aquello, tarde o temprano, tenía que ocurrir. Se lo habíamos advertido todos, pero él se reía y seguía confiando en su buena estrella. Sin embargo, debía ayudarle, porque el responsable de aquel desastre era yo, porque le había utilizado y porque, si bien la fortuna a él le daba la espalda, a mí me daba la cara. Ahora ya sabía cuanto deseaba saber. Si le dejaba solo habría otra víctima inocente.

—Es posible que tenga la solución —dije.

Tolomeo podía echarnos una mano. Mi cuñado poseía una inmensa fortuna y el comercio le obligaba a disponer de dinero en efectivo en cantidades importantes. A él le gustaría comprar unas buenas tierras y un palacio en Roma. Así haría feliz a Sara.

No disponíamos de mucho tiempo, pero si partía de inmediato y no se entretenía, podría llegar a Roma y regresar. Redacté una carta y se la entregué.

—¿Hablarás con Ana? —me preguntó—. Dile que he tenido que…

—¡Sí, hombre, sí! Ya se me ocurrirá algo —le contesté.

Pero, lo que de veras debía pensar con calma eran los siguientes pasos.

*** ***

Máximo regresó de Roma ocho días después, uno más de los concertados con Valentiniano, pero yo no le vi hasta una semana más tarde, cuando me avisaron de que Ana había muerto. Se había suicidado.

No podía creerlo. Ella, cristiana de verdad, se había quitado la vida ingiriendo un veneno…

Me fui a casa de mi amigo para manifestarle mi dolor y enterarme de las circunstancias. Encontré a Máximo sentado en una silla, rodeado de todos sus parientes y amigos, abatido, con los ojos turbios, sin que pudiera pronunciar una sola palabra. Me vio y se levantó para abrazarme. Lloraba como un niño y se agarraba a mí como a un padre.

—La ha matado él —no paraba de murmurarme al oído—. Él es el asesino.

Me lo llevé dentro, a las habitaciones privadas, lejos del resto de los presentes. Caminaba apoyado en mi hombro y las lágrimas no paraban de brotar de sus ojos.

—¿Qué ha sucedido? ¿Quién es él? —le pregunté, una vez estuvimos solos.

Aún tardó tiempo en poder hablar porque los sollozos se lo impedían.

—El emperador —dijo con rabia—. Él la ha matado.

—Explícate.

—Cuando regresé, ella se había encerrado en su dormitorio. No quería hablar con nadie, no quería comer y no quería recibirme. Le rogué, le imploré que me dejase entrar, que me perdonara por haber jugado, porque estaba convencido de que ella ya lo sabía. Entonces, abrió la puerta y la vi. No era ella. Te juro que no era ella —dijo, respiró y se rehizo un poco—. Valentiniano siempre la había deseado, pero Ana me era fiel. Durante mi ausencia la mandó llamar, pero ella se negó a visitarle. Entonces le envió el anillo y le dijo que tenía de explicarle un hecho muy grave sobre mí. Ana acudió a palacio y allí, ese asesino, le dijo que yo me la había jugada a los dados y que había perdido. Ella se horrorizó e intentó huir, pero Valentiniano la forzó.

—¡No es posible! —exclamé.

—Le juré que era falso, pero ella no me creyó. Me dijo que aquello, tarde o temprano, tenía que llegar, que había confiado en mi promesa y que no quería seguir viviendo a mi lado. Y esta mañana la han encontrado muerta.

Me senté. Estaba mareado. ¿Hasta dónde podía llegar el emperador? ¿Hasta dónde alcanzaba su mente enferma? ¿En manos de quién habíamos caído? ¿Qué sería de todos nosotros?

Ana fue enterrada en una finca propiedad de Máximo y ningún sacerdote asistió ni pronunció palabra alguna de despedida ni de esperanza ni de consuelo.

Tú, amigo Pablo, dirás todo lo que quieras, pero yo no puedo ni creer ni aceptar que Dios la haya condenado al fuego eterno. A ella, que dedicó toda su vida a su marido a sus hijos y a su hogar, y que luchó por defender su honestidad, no puedo imaginar que un acto, un error cometido al final de su vida, le haya robado todos sus méritos anteriores. Porque Dios no es ningún malnacido.

Días después, Máximo me llamó a su casa. Con él se encontraban dos oficiales hunos que habían servido a Aecio y ahora formaban parte de la guardia imperial. Nada más reconocerme, me saludaron con respeto. Hongar y Tarbe, eran sus nombres.

Ellos sentían verdadera devoción por su general, el amigo de Atila, y estaban dispuestos a cualquier cosa, porque tenían suficientes deudas como para exigir una reparación. Y Máximo también, Y yo, naturalmente. Y muchos otros que servían al emperador. Poco a poco se habían unido y habían ocupado los lugares más cercanos a Valentiniano y habían trazado un plan Necesitaban a alguien que pudiera acercarse hasta el emperador sin levantar sospechas y Máximo me había llamado, porque él no se atrevía a ejecutarlo solo.

—Necesitamos ayuda —nos dijeron—. Alguien que pueda llegar hasta él. Alguien en quien confíe y que tenga suficiente valor.

—Entonces, tendréis que daros prisa —respondí—. Valentiniano ha enviado al senado una petición de juicio contra Honoria y su hijo. Y él es el único que puede acceder al trono.

—¡No! —exclamó Máximo—. Tienen razón nuestros compañeros. Honoria es la responsable de este desastre y no podemos permitir que su hijo acceda al trono en las mismas condiciones que Valentiniano, con una madre que será la regenta y que es hija de Gala Placidia. Pase lo que pase, ellos deben morir.

Callé. Afortunadamente no les había comunicado los lazos que me unían a la princesa y Máximo vivía convencido de que el único motivo que me conducía a aceptar su propuesta era vengar la muerte de Aecio y de mi hijo Carpilio.

Llegados los idus de Marte, como si fuera la premonición que le habían hecho a Julio César siglos atrás, Valentiniano asistió en compañía de Heraclio a los juegos que tuvieron lugar en el Campo de Marte. Ambos ocupaban el palco imperial. Hasta el último momento no supimos si el eunuco asistiría, porque había estado enfermo. El exceso de comida, habían diagnosticado los médicos. Pero, finalmente, pudo asistir. Quien no asistió fue Licinia. Decía que aquellas celebraciones la aburrían.

Yo había escrito una nota a Heraclio, comunicándole que quería pasar a visitarle para desearle una pronta recuperación y que le traía un presente, una pequeña escultura de un gladiador saludando con la espada. Él, tal como imaginé, me contestó que estaría en el palco, con Valentiniano, y me invitaba a disfrutar de los juegos con él, donde recibiría mi presente con mucha alegría. Siempre lo hacía, porque le gustaba sentirse halagado en público y que el emperador viera las muestras de afecto que le dedicábamos.

Máximo seguía jugando, como si no hubiera sucedido nada. Asistía a todas las fiestas y disimuló muy bien que la muerte de Ana le había destrozado el corazón. Lo hizo con tanta habilidad que corrían rumores de que se había vuelto loco, hasta el punto que aceptaba jugar con el propio emperador.

Hacía unos días que había enviado órdenes a Nicolás. Él había hecho su parte y yo cumpliría con la mía. Confiaba en él y estaba seguro de que no me fallaría. Si quieres conocer de veras a un hombre, no hay nada mejor que el sufrimiento. Cuando la muerte te ronda, no hay secretos.

Aquella mañana la guardia estaba formada por soldados especialmente escogidos por Hongar, bajo sus órdenes. Tarbe, por su lado, había tomado el mando de gran parte de las fuerzas de Rávena y las mantenía acuarteladas, pero alerta.

Cuando llegué al palco, aquel podrido asqueroso de Heraclio estaba allí, medio echado en una litera, gordo, inmensamente gordo. Tan gordo que dudaba que una espada pudiera alcanzarle las vísceras. Hacía días que no digería bien, se quejó, y los médicos le habían puesto a régimen, pero ya se encontraba mejor, me mostró la mesa llena de pasteles y me ofreció uno. Valentiniano ni siquiera se dio la vuelta. Estaba entusiasmado con los juegos, con los atletas que practicaban la lucha grecorromana. Hongar permanecía de pie, quieto, con la mano en la espada y vigilando. Instantes después llegó Máximo y se ofreció para una partida de dados.

—No me interrumpas. Jugaremos luego —le dijo Valentiniano, y se lo quitó de encima.

Heraclio dejó escapar un comentario punzante sobre Máximo, que no respondió, sino que se sentó allí cerca y me miró esperando que yo tomase la iniciativa. Lo observé. Estaba tenso y se mordía los labios, mientras escondía las manos bajo la túnica y supongo que acariciaba el puñal.

Entonces el eunuco se interesó por el obsequio y yo me acerqué a él.

No tuvo tiempo de nada. Cuando ya me encontraba a un paso de su asqueroso cuerpo, me lancé sobre él y le clavé la espada del gladiador en la garganta, mientras le mantenía inmóvil con todo el peso de mi cuerpo. Pataleó como un puerco, mientras me miraba con ojos de loco, de verdadero pánico y horror.

—De parte de mis hijos: Antonio, Marcos y Carpilio —dije con rabia, mientras hacía girar la estatua para asegurarme que le partía la garganta y que la sangre lo ahogaba.

Valentiniano se dio cuenta de mi acción y se levantó para llamar a la guardia, pero Hongar no se movió de su puesto e hizo que miraba hacia otra parte y que el griterío del pueblo le impedía oír los gritos del emperador.

Máximo sacó la daga y la clavó en el pecho del emperador, una y otra vez, con una violencia que se desataba como una tempestad y que lo llenaba todo del color escarlata del fluido vital.

Cuando acabó, resoplaba y el cuerpo del emperador tenia más de cien heridas. Incluso tuve que apartar a mi amigo, porque le quería muerto y no paraba de asestarle puñaladas, a pesar de que se veía a la legua que ya había cumplido su propósito con creces.

Desde el palco vecino los nobles nos miraban. Era un espectáculo mucho más interesante que los luchadores de la arena. Sin embargo, nadie movió un dedo para ayudar a Valentiniano.

En aquel mismo instante, todas las salidas del circo fueron tomadas por los soldados de Tarbe, Hongar proclamó a Máximo nuevo emperador y el pueblo entero lo aclamó. De aquel pacto, yo no sabía nada.

—Hemos hecho justicia —dijo Máximo, engrandecido por las aclamaciones.

—Sí —le contesté.

—Y hemos vencido —añadió, como si se refiriera a una batalla.

—Has ganado. Eres el nuevo emperador.

—Tú serás mi hombre de confianza —me abrazó—. Juntos, gobernaremos el Imperio.

—No —negué con la cabeza—. Ya soy demasiado viejo. Me voy a Tarraco, a casa de mis antepasados, a esperar tranquilamente la muerte.

Y me marché.

Nicolás me esperaba en Rímini con un barco, pero ya no valía la pena correr. Nadie me perseguiría.

EPÍLOGO

Era una mañana. Me encontraba contemplando las aguas infinitas y le vi caminar entre resoplidos, mientras escalaba la ligera cuesta que conduce hasta al pequeño promontorio donde mi abuelo construyó la casa que permanece como un vigilante perpetuo sobre el mar. Se le veía cansado y sucio por el polvo que se levanta al inicio del verano, cuando la tierra ya está seca y el sol brilla con esplendor. Nadie me había prevenido de su visita y le observé desde el pórtico que da paso al atrio, desde la pequeña plaza que sirve de mirador, porque aquella mañana no dejaba de vigilar las extensas aguas y la entrada del puerto, como si temiera una desgracia.

Hacía tres meses y diez días que me había establecido definitivamente en Tarraco, junto al mar, retirado de todas las intrigas de la corte de Rávena, lejos de los intereses escondidos bajo las túnicas de los prohombres, y la tranquilidad de estas costas me habían permitido pensar y meditar. Hacía tres meses que había recibido tu carta y todo mi tiempo lo había destinado a escribir estas palabras.

Aquel joven senador, nada más llegar, se plantó frente a mí. Era moreno, con unos ojos del color de las almendras que crecen junto al Mediterráneo, que te miran fijamente y te muestran la sinceridad que sólo otorga la juventud.

—¿Eres tú, el noble Severo Antonino Braulio Teodosio, embajador, senador y antiguo general del ejército de Roma? —me preguntó, añadiendo a mi nombre todos los títulos que han adornado mi existencia. Respiraba pesadamente a causa del esfuerzo de los últimos pasos y pronunciaba las palabras a saltos. Hablaba latín con absoluta corrección, con un acento muy peculiar que yo conozco bien y que me recuerda las tierras de Roma, a orillas del mar Mediterráneo, aquellos perfumes salados de un mar cerrado y el viento cálido que nos llega del sur.

—Sí, lo soy. ¿Y tú, quién eres?

—Arcadio Setulio, senador de Roma.

—Estás un poco lejos de tu senado —respondí.

—He de hablar contigo.

—¿Y has venido andando desde Roma? —sonreí ante el aspecto de aquel joven, con las sandalias cubiertas de polvo, la túnica arrugada y el pelo alborotado.

—Casi —me respondió, y señaló hacia la parte baja del camino—. He dejado el carruaje abajo, he preguntado por ti y he venido corriendo.

—Tiene que ser muy importante, lo que quieres decirme —asentí, mientras le invitaba a entrar.

Arcadio llegaba sediento y, más que sentarse, se dejó caer en la silla que le ofrecí. Después, antes de que comenzase a hablar, ordené que le trajeran vino y fruta. Comió, pero no demasiado. Tenía más ganas de hablar que hambre o sed.

—El emperador Máximo ha muerto —me anunció de pronto, sin más preámbulo, como un golpe de maza.

Entonces decidí que la conversación tenía que ser privada, lejos de la presencia de los criados.

Le rogué que me acompañase a la parte de atrás de la casa, a la biblioteca. Una vez dentro, cerré la puerta.

—¡Dios mío! ¿Cómo ha sucedido? —murmuré, moviendo la cabeza a derecha e izquierda, incrédulo ante la noticia.

—Lo han matado a pedradas —me explicó el joven Arcadio—. El emperador Máximo era un cobarde —añadió con desprecio. No repliqué—. Quería huir del asalto de Genserico y sus vándalos. Vi cómo recibía la primera pedrada y cómo los sirvientes de Licinia le aplastaban la cabeza y cómo su cerebro se esparcía por toda la calle y era pisoteado por la gente. Genserico no podía reconocerle, pero la cicatriz del brazo, de la herida que se hizo cuando niño, ha permitido identificarle. Ha sido horrible. Durante catorce días y catorce noches los vándalos han saqueado Roma. Se han llevado todo cuanto tenía algún valor, han hecho miles y miles de prisioneros, pero han respetado muchas vidas porque León, el obispo de Roma, finalmente le ha convencido. También se han llevado a Licinia y a su hija Aelia, que se casará con Hunderico.

—León, el buen León, el amigo León. ¡Qué desastre! —exclamé de nuevo, horrorizado.

—Roma ha caído en la locura. Máximo obligó a Licinia a casarse con él. O aceptaba o moría. Hay quien dice que era su venganza por la muerte de Ana, pero yo estoy convencido de que era la forma de legitimar su acceso al trono, porque Honoria y Braulio habían desaparecido de Mesina y podían regresar y reclamar lo que les pertenece —tomó aliento para proseguir su relato—. Después se estableció en la Ciudad Eterna, porque odiaba Rávena y todos sus recuerdos. Ha sido su nueva esposa, viuda de Valentiniano, hija de Teodosio de Constantinopla, que ha empujado a Genserico a atacar Roma, que sin defensas ha caído. ¿Te das cuenta de la insensatez que nos alcanza? No queda ningún resquicio de sentido común, ni en Roma ni en Rávena —me dijo, casi con lágrimas en los ojos.

No queda ningún vestigio de sentido común. Y tenia razón. Ya hace tiempo que lo perdimos todo.

—¿Y tú? ¿Cómo has conseguido librarte? —pregunté, haciendo a un lado mis recuerdos y mis pensamientos.

—En mitad de la confusión he alcanzado el Tíber y lo he atravesado. Estaban demasiado ocupados y nadie me ha seguido. Los vándalos sólo pensaban en llevarse el oro y la plata, en beber vino y gozar de las mujeres. ¡Y suerte que León ha conseguido detenerles!

—La inmortal Roma ultrajada —dije y me levanté para mirar por la ventana. El sol ascendía lentamente—. Come, buen amigo. Come, que otra cosa no podemos hacer.

—¡Oh, noble Severo! El trono está vacío y necesita que alguien lo ocupe. He hablado con otros senadores, hemos discutido largamente y hemos vuelto nuestros ojos hacia ti. Acepta mi propuesta y acompáñame a Roma —dijo.

—Un senador me ofrece el trono imperial —sonreí, sin mirarle—. Bonifacio muerto, Gala Placidia muerta, Atila muerto, Aecio muerto, Teodosio muerto, Pulqueria muerta, Valentiniano muerto, Máximo muerto,... Y un senador me pide que camine hacia la inmortal Roma y la levante de las cenizas —no soy del todo consciente, pero me parece que una sonrisa alargaba mis labios y que se convirtió en una mueca entre cómica, irónica y dramática —. ¿Por qué no has acudido a Marciano? Él es el emperador de Oriente. Él dispone de un ejército.

—¿Crees que Licinia se habría casado con Máximo, si Oriente le hubiera ofrecido su ayuda? —respondió—. Ya lo intentó, pero muertos su padre y su tía, el cetro de Constantinopla ha pasado a manos de un extranjero. Marciano no quiere saber nada de Occidente.

—No me extraña. Seguramente piensa que está demasiado podrido.

—Hemos de recuperar el honor, necesitamos a un romano —me dijo de pronto.

—Sí, naturalmente. Sin embargo, Aecio también era romano y está muerto. Ahora, lo que necesitamos es un milagro.

—Tú eres romano. Y el Imperio te necesita.

—¿Estás seguro? —pregunté, y la pregunta no era para la segunda afirmación, sino más bien para la primera.

¿De veras soy romano?, pienso. ¿Para serlo, no hay que sentirse? ¿De veras tú y yo somos romanos? ¿Cuántas veces no habíamos discutido, tú y yo, cuando éramos dos muchachos? Recuerdo que me decías, muy orgulloso, que siempre serías visigodo y yo te respondía que Roma está por encima de todos y de todo el mundo, que o eres romano o eres bárbaro. Ahora no estoy tan seguro. Nací aquí, en Tarraco, casi por accidente, en una de las muchas visitas que mi padre hacía al abuelo. Aquí he vivido la mayor parte de mi infancia, en estas tierras he jugado y he crecido. Y hace tanto tiempo que estos paisajes no sienten el calor del Imperio...

—A ti te respetamos todos —insistió—. Dicen que eres el último de los grandes romanos.

—Sí. Lo mismo decían de Aecio. No obstante, para embarcarse en una aventura como ésta hace falta una buena dosis de fe y yo he dejado de creer en la inmortal Roma —negué con fuertes movimientos de cabeza—. No pretendas que repita el milagro de Lázaro. No soy Jesucristo.

Arcadio aún intentó convencerme, pero ya no le escuchaba. Mis ojos permanecían quietos y fijos en el barco que enfilaba la entrada del puerto. Él, seguramente, traería las mismas noticias y la gente quedaría horrorizada.

—Amigo Arcadio, a Roma ya no le viene de unos días, de manera que te ruego que comas y descanses.

—No puedes dejar el trono vacío.

En aquel instante vi a mi nieto en el peristilo, que llegaba acompañado de su madre. Habían bajado a la playa para recoger caracolas y charlar con los pescadores.

—Ya soy demasiado viejo y debo pensar en ellos —respondí. Arcadio se levantó y se acercó a la ventana—. Mi hija y mi nieto —señalé—. El trono no quedará nunca vacío —me eché a reír—. Lo sabes tan bien como yo. Por desgracia, en el Imperio, siempre ha habido más culos que sillas y, a menudo, el problema es que todo eran culos y no había cabezas —un juego de palabras para recordar los excesos de Valentiniano, de Honorio, de la propia Gala Placidia y de tantos otros.

Arcadio es joven. Estoy seguro que es el senador más joven de Roma. Inteligente y hábil con la palabra, disfruta del espíritu emprendedor que se necesita para echar adelante los proyectos. Soy consciente de que nos enfrentamos a una situación que está muy por encima de nuestras posibilidades. Reconstruir un Imperio a partir de las cenizas. ¿Te lo imaginas? Para conseguirlo, deberíamos olvidar el pasado, porque es un lastre demasiado pesado. ¿Pero, cómo se puede olvidar? Y he contemplado mi mano y he visto, una vez más, el anillo que llevo en el dedo meñique. ¿Cómo se puede olvidar?

Yo también fui joven y me he visto reflejado en Arcadio. Años atrás, muchos, muchos y muchos, también hacía gala de un entusiasmo como el suyo y había cruzado toda la Galia para salvar el Imperio. Ya sabes que lo hice. Mi padre fue un senador de Roma, muy respetado. De él heredé el sentido de la justicia, el coraje y la nobleza, a pesar de que, mucho me temo, tras los últimos acontecimientos y con las manos manchadas de sangre, ya hace tiempo que lo he perdido todo. Mi madre era descendiente de una de las ramas emparentadas con el gran Teodosio, el primero. Tal vez, por ese detalle, me han ofrecido la púrpura imperial. Sea como fuere, malo es cuando hemos de ir a buscar sangre real tan lejos. ¿No crees, querido Pablo?

Un hombre aguardaba mi respuesta y yo tenía que dársela. Sólo que, ¿cómo pueden pedirme que olvide todo cuanto ha sucedido a lo largo de estos años? ¿Cómo pueden pretender que me ponga al frente de un ejército que hemos destruido y que eche a andar? ¿Hacia dónde? ¿En algún momento hemos sabido lo que hacíamos? ¿Verdaderamente, alguien lo sabía?

El Imperio ha muerto. Nadie lo levantará. Y así se lo he dicho, a Arcadio, que ha partido de inmediato hacia el norte, hacia la Galia, en busca de Avito, que no es romano, pero es valiente. Quizás él... ¿Quién sabe?

Nada más desaparecer Arcadio me he dirigido al peristilo. Braulio ha venido corriendo hacia mí.

—Abuelo, mamá dice que no es mañana, cuando llega mi primo Aurelio. ¿Verdad que sí?

—No lo sé. El viaje desde Tolosa es muy largo.

Él tampoco se siente romano y, posiblemente, conocerá lo que fue el Imperio en los libros de historia.

—¿Quién era? —me ha preguntado Honoria, refiriéndose a Arcadio—. Parece un senador, pero es demasiado joven.

—Es un senador de Roma —le he respondido.

—¿Y qué quería?

—Que le ayude a realizar el sueño imposible que todos hemos deseado siempre. Enderezar la historia, hija mía.

He nacido en Tarraco, Aurelio en Tolosa y Braulio en Constantinopla, y mi decisión es firme. Viviremos aquí y ésta será nuestra tierra, porque el Imperio ha muerto.

Esta mañana han llegado Serena y Aurelio. He abrazado a mis dos hijas mientras contemplaba a mis nietos. Ya he entrado en la edad del ocio y espero que

Julia pueda contemplarlos a través de mis ojos, tal como le juré, hasta que la luz se apague.

Amigo Pablo, ruega con fuerza a Dios para que Aurelio y Braulio sean capaces de construir un mundo mejor.

OTRAS OBRAS DE ALBERT SALVADÓ

Si habéis disfrutado con la lectura, quizás os interese conocer otras obras de Albert Salvadó, todas disponibles en formato de libro electrónico.

EL INFORME PHAETON

Ésta no es una novela normal. Si la empieza, tiene que acabarla. No porque se lo diga el autor, sino porque, quizás, no podrá dejarla hasta cerrar la última página.

A través de un relato lleno de misterio, un escritor halla una explicación alternativa a todo lo que nos han contado, que mueve su interior y le abre las puertas de un mundo fascinante, hasta conducirle a un descubrimiento demoledor que lo cambia todo: el Diluvio Universal lo provocamos nosotros mismos: el ser humano. No hubo ninguna intervención divina. Y lo demuestra.

Dice la leyenda de los indios Hopi: «La explosión demográfica, la multiplicación de las mega-polis y de los transportes aéreos hicieron que el Hombre no se conformase únicamente con la creación... siempre deseaba más y más. No dejaba de producir incluso lo que no necesitaba y cuanto más tenía, más reclamaba.»

¿De qué «mega-polis» y de qué «transportes aéreos» hablaban? Porque la leyenda Hopi tiene siglos y siglos de antigüedad.

Por otro lado, hay un mínimo de 83 relatos y leyendas que hablan de un gran cataclismo y de montañas de agua que se nos vinieron encima. Y todos esos relatos hablan de un hombre previsor, que en nuestro caso fue Noé. Pero cada región tiene su salvador particular: Nata, Ouassou, Montezuma, Manu, Bergelmir, Yima, Nan-Choung y otro muchos Noés repartidos por toda la geografía mundial.

La pirámide de Keops... ¿Sólo es una tumba para un faraón?

Y, por si fuese poco, existe un libro silenciado y apartado de la Biblia, llamado el Libro de Enoc (uno de los patriarcas bíblicos) que habla sin tapujos de experimentos genéticos, naves, estaciones orbitales...

Ante semejante despliegue de información silenciada, el protagonista de esta misteriosa historia se pregunta: ¿Lo que nos han contado es la verdad? Y lo que es más interesante: ¿Las leyendas son sólo leyendas o son gritos de un pasado que nos implora que no lo olvidemos?

LA GRAN CONCUBINA DE EGIPTO

Obra ganadora del IX Premio Néstor Luján de Novela Histórica (2005)

En el año 1100 antes de Jesucristo gobierna el faraón Ramsés XI, los caminos no son seguros, los comerciantes están asustados, las naciones vecinas no respetan a Egipto, la nación se rompe... Herihor, general del ejército del faraón, viaja a Tebas para salvar el imperio de las garras de Penehasy, usurpador nubio. Tras la gran victoria, recibe una revelación de los dioses y ocupa el puesto de Sumo Sacerdote. Él será el primer miembro de una nueva dinastía: la dinastía de los sacerdotes. Y pacta con el otro gran general, Smendes, que Ramsés XI continuará siendo el faraón, pero ahora habrá dos reyes: Smendes reinará en el norte y Herihor reinará en el sur. Ellos pactan la división de poderes y toman todas las decisiones. Sin embargo, la muerte de Herihor se convierte en un misterio que amenaza con desencadenar la peor de todas las crisis. Su cuerpo ha desaparecido y si no pueden enterrarlo su sucesor no puede acceder al trono, con lo que Ramsés puede reclamar de nuevo el reino de Tebas. ¿Dónde está el cuerpo de Herihor?, se preguntan todos y el misterio crece,mientras su esposa Nodyme, la Gran Concubina de Egipto, mueve los hilos con una sutileza digna del mejor de los gobernantes y decide por encima de todos.

EL ENIGMA DE CONSTANTINO EL GRANDE

El emperador Constantino el Grande es una de las figuras más impresionantes y controvertidas de la historia universal.

Sus decisiones son un verdadero enigma que esta obra desvela magistralmente. Su vida es un sinfín de luchas y conquistas, amistades y odios, amores y desamores, grandezas y miserias, noblezas y crímenes, engaños y traiciones. Y él, desde la humildad del hombre que se enfrenta a su muerte, hace balance de todo.

Fue el último de los grandes emperadores. Hijo bastardo de Constancio Cloro, reunificó el Imperio romano por última vez, concedió la libertad a los cristianos, creó el primer ejército móvil, instituyó la moneda única (el Solidus, verdadero precursor del Euro), fundó Constantinopla, asesinó con sus propias manos... y vivió un gran amor con Minervina, su primera esposa.

Sumergirse en la vida de Constantino es revivir una época increíble y descubrir el gran misterio de sus decisiones, aparentemente absurdas y contradictorias y, a pesar de todo, cargadas de una lógica sorprendente e implacable que Albert Salvadó nos disbuja con pulso firme y mano maestra. Una obra que jamás se olvida y que mereció ser finalista en el I Premio Néstor Luján de Novela Histórica.

EL MAESTRO DE KEOPS

Obra ganadora del PREMIO NÉSTOR LUJÁN DE NOVELA HISTÓRICA.

Esta es la historia de la época del faraón Snefrú y la reina Heteferes, padres de Keops, el constructor de la mayor y más impresionante de las pirámides. También es la historia de Sedum, un esclavo que llegó a ser el maestro de Keops, del sumo sacerdote Ramosi y del nacimiento de la primera pirámide.

Sebekhotep, el gran sabio de aquellos tiempos, decía: «Todo está escrito en las estrellas. La mayor parte de nosotros vivimos sin ser conscientes de ello; algunos son capaces de leer en ellas y ver el destino; pero muy pocos aprenden a escribir sobre ellas y pueden cambiar el destino».

Ramosi y Sedum aprendieron a escribir e intentaron cambiar sus destinos, pero su suerte fue muy desigual. He aquí el relato del enfrentamiento de dos inteligencias: una luchaba por el poder y la otra por la libertad.

EL RELATO DE GÜNTER PSARRIS

Los que la han leído dicen que se trata de un relato duro, pero que es, a la vez, el más tierno y humano que ha escrito Albert Salvadó.

En una cabaña en mitad de los Pirineos, tres hombres encuentran el cadáver de un pastor, la fotografía de un oficial nazi y un manuscrito.

Ésta es la apasionante historia de Günter Psarris, a quien el mundo convirtió en asesino, aunque él nunca dejó de ser una gran persona. Vivió durante la Segunda Guerra mundial en la Alemania de la locura, fue encerrado en el campo de Mauthausen y sobrevivió. Sin embargo, el precio que pagó por ello fue muy elevado.

Ésta es también la historia de alguien que amó con locura, que fue deportado y que el mundo, lejos de su casa, le trató con dureza y le robó cuanto tenía. Incluso el amor. Y ésta es una historia llena de esperanza y de lecciones, de un episodio reciente de la humanidad que ha quedado marcado por la violencia, la brutalidad, el salvajismo y el desprecio absoluto por todo aquello que es sagrado: la vida humana. Sin embargo, Günter Psarris sabe que la vida continua y que el amor es eterno. Y eso nadie se lo puede robar.

EL PUÑAL DEL SARRACENO
(Primera parte de la trilogía de JAIME I EL CONQUISTADOR)

Sin duda alguna, la trilogía de de JAIME I EL CONQUISTADOR es una de las obras cumbre de Albert Salvadó. Estuvo durante más de cuatro meses en las listas de los más vendidos. Se han vendido en formato impreso más de 70.000 trilogías.

EL PUÑAL DEL SARRACENO es la primer aparte de esta trilogía y abarca los primeros 20 años del monarca que se sentó en el trono durante más de 60 años.

Ser hijo de rey no es sinónimo de nacer predestinado, y LA HISTORIA DE JAIME I, llamado EL CONQUISTADOR, constituye la prueba más evidente. A la tierna edad de tres años era un prisionero, pero un hombre con una voluntad de hierro es capaz de cambiar el futuro y convertirse en el rey más grande de su tiempo. Pocos reinados han sido tan largos como el suyo. ¡Más de sesenta años en el trono! Sin embargo para llegar hay que luchar. Y no tan solo en el campo de batalla. Jaime tuvo que escalar los peldaños que conducen al trono, y para hacerlo, antes tuvo que recibir la enseñanza que se adquiere en la Escuela de los Sonidos y que sólo podría otorgarle Luís de Estemariu, un caballero templario proscrito.

LA REINA HÚNGARA

Albert Salvadó

(Segunda parte de la Trilogía de JAIME I EL CONQUISTADOR)

LA REINA HÚNGARA es la segunda parte de la trilogía de JAIME I EL CONQUISTADOR, una de las obras cumbres de Albert Salvadó. Ha estado más de cuatro meses en las listas de los más vendidos.

Jaime ya es rey. Ha conseguido escalar los peldaños que ascienden hasta el trono, ha pacificado ARAGÓN y CATALUÑA y se ha sentado en lo más alto del poder. Ahora llega el momento de contemplar el horizonte e iniciar las grandes conquistas. MALLORCA y VALENCIA le aguardan.

Y aparece también con toda fuerza de la pasión, su conquista más importante, Violante de Hungría, LA REINA HÚNGARA, una de las historias de amor más tiernas y, al mismo tiempo, más turbulenta. Entre plazas, castillos y luchas internas con los nobles, caen las murallas y los corazones. Y en medio se alza Violante, LA REINA HÚNGARA. Sin duda es la etapa más apasionante y más apasionada de JAIME I EL CONQUISTADOR.

HABLAD O MATADME
(Tercera parte de la trilogía de JAIME I EL CONQUISTADOR)

HABLAD O MATADME es la tercera y última entrega de la trilogía de JAIME I EL CONQUISTADOR, la gran aventura en la Europa del siglo XIII, una de las obras cumbre de Albert Salvadó, sin duda alguna. Más de cuatro meses en las listas de los más vendidos.

El rey Jaime ya ha conquistado Mallorca y Valencia, pero sus enemigos son cada vez más poderosos. Ahora se enfrenta a la Iglesia, a las envidias e intrigas de los nobles y a las luchas de sus hijos por conquistar el poder. Los reinos de Castilla y León se enfrentan con Aragón y Cataluña y hay revueltas y sublevaciones en la Corona.

En esta tercera parte, Jaime I el Conquistador, el rey que conquistó tierras y corazones, nos ofrece su legado ideológico y en ella descubriremos el desenlace de la trilogía y cómo utilizar la última vocal de la Escuela de los Sonidos, la que Luís de Estemariu, el caballero proscrito, no pudo enseñarle y que abre la puerta del espíritu.

UNA VIDA EN JUEGO

Durante la Semana de la Novela Negra de Barcelona 2009, "Una vida en juego" fue calificada como una novela negra llena de colores. La razón es que en ella se dan cita elementos que permiten clasificarla como novela negra, de misterio, costumbrista, histórica y romántica.

El protagonista es Víctor Pons, que trabaja como jefe de seguridad del casino de la Rabassada, que se inauguró en Barcelona con toda la pompa el 15 de julio de 1911 y que tenía la pretensión de convertirse en el emblema de la ciudad. Esto es un hecho histórico. Y sólo duró un año. Esto es otro hecho histórico.

Como responsable de seguridad del casino se verá enfrentado en toda su crudeza a la codicia y la locura que generan las mesas de juego, pero también será allí donde encuentre el amor de Carla Torres, una joven burguesa.

La muerte en extrañas circunstancias de un cliente de origen italiano, provocará que Víctor tenga que hacer uso de todos sus recursos para evitar un escándalo, por lo que hace desaparecer el cuerpo. Sin embargo, lo que en principio parecía un suicido resultará ser un asesinato y Pons se verá inmiscuido en una trama policial salpicada por la amenaza mafiosa, que le obligará a desentrañar la madeja de lo sucedido, sin darse cuenta de que hay una vida en juego: la suya.

EL RAPTO, EL MUERTO Y EL MARSELLÉS

Obra ganadora del "Primer Premio Serie Negra 2000" de Planeta.

¿Puede un bebé desaparecer de una clínica en menos de dos minutos? Posiblemente. Pero, delante de los ojos de todo el mundo...? ¿Sin que lo hayan perdido de vista ni un instante...? Eso ya es mucho más difícil.

¿Puede un hombre morir ahogado en su bañera con el estómago lleno de somníferos? Posiblemente. ¿Pero, sin que nadie le haya visto llegar ni haya oído nada, a pesar de que había gente en la casa...? ¿Y cómo entró? ¡Ah!

¿Qué tiene que ver un hecho con el otro? ¡Menudo lío!

Éstas y muchas otras preguntas son las que tiene que responder Álex Samsó en una aventura que empieza de una forma casual y, poco a poco, se convierte en un misterio constante. Pero la mayor sorpresa no es el misterio, sino otro personaje más que curioso: el Marsellés.

Las explicaciones siempre existen, pero para encontrarlas se necesita una mente capaz de hacer que dos y dos sean cuatro, a pesar de que a veces parece que las matemáticas fallan y todos acabamos creyendo que dos y dos son cinco o tres.

Albert Salvadó, con la habilidad que le caracteriza, nos ofrece un nuevo misterio que nos mantiene sujetos y nos hace bailar la cabeza hasta que aparece la solución.

UN VOTO POR LA ESPERANZA

Según las profecías de San Malaquías, Benedicto XVI, el Papa actual, es el penúltimo. El próximo será el último.

«Un voto por la esperanza» comienza justo cuando acaba de fallecer el Pontífice, el cónclave se ha reunido para escoger al sucesor y, de pronto, en la plaza de San Pedro se alzan voces que gritan «¡Fumata blanca, fumata blanca!». Entre la multitud, Mario Darino, periodista que cree dominar los entresijos del Vaticano, se queda petrificado al conocer el nombre que ha escogido el nuevo Papa: Pedro II. En veinte siglos, ningún otro Papa se había atrevido a adoptarlo.

A partir de este instante Mario Darino vive una experiencia increíble. Su vida da un giro de ciento ochenta grados y se ve inmerso en una peligrosa trama de intereses políticos y económicos a la que no son ajenas las intrigas que se alimentan tras los mismos muros del

Vaticano, donde a menudo el afán de poder se esconde bajo un manto de religiosidad.

La historia está plagada de ejemplos, y todo se precipitará cuando empiece a tomar cuerpo la profecía de san Malaquías, que vaticina que el último Papa tendrá por divisa Petrus Romanus, llevará por nombre Pedro II y durante su pontificado tendrá lugar el juicio final.

www.ingramcontent.com/pod-product-compliance
Lightning Source LLC
Chambersburg PA
CBHW051242270626
47162CB00001BA/208